語言文字叢書

珠三角白話漁村語音研究

馮國強　著

推薦序
讀《珠三角白話漁村語音研究》

眾所周知，中國是一個方言大國。九百六十萬平方公里的國土上生活著十四億人口，通行著眾多漢語方言土語，但是自古以來總有著一種歷史上曾經叫做「雅言」或者「通語」，而如今叫做「國語」或者「普通話」的民族共同語。因此中國有史以來的語言狀況呈現出一種「共同語＋諸多方言」的語言格局。

自秦漢以降，中國的著名文化學者，尤其是專攻「小學」的學者，對漢語方言的研究成果顯著。惟若從源頭論，則以西漢揚雄的《輶軒使者絕代語釋別國方言》為漢語方言學的濫觴。但論及一門獨立的、具有科學的學科意義出現的漢語方言學當始於二十世紀的二〇年代。

一九二八年中央研究院歷史語言研究所成立，以趙元任[1]為代表的一批語言學者，運用現代語言學的理論方法，建立起調查研究漢語方言研究的範式與圭臬。

趙元任自一九二七年開始就系統地調查研究漢語方言，並從此親身連續不斷地進行廣泛的「田野調查」。他調查過吳語、粵語、粵北土話、徽語以及江西、湖南、湖北三省的方言，發表過眾多調查報告、專題論文和專著，如《現代吳語的研究》、《南京音系》、《中國方言中爆發音的種類》、《鐘祥方言記》、《湖北方言調查報告》、《中山方

1　趙元任（1892年11月3日-1982年2月24日），字宣仲，又字宜重，原籍江蘇武進（今常州）。光緒十八年（1892年）生於天津。現代著名學者、語言學家、音樂家。中國現代語言學先驅，被譽為「中國現代語言學之父」。

言》、《臺山語料》、《績溪嶺北方言》、《常州方言》等等。為從事漢語方言的調查，他設計新的漢語方言字音調查表格，引進及修訂國際音標用以標註各地方言語音，並整理各漢語方言的音系。這些範式和操作法至今仍然為國內外漢語方言研究者所廣泛採用。

趙元任的《現代吳語的研究》[2]係中國第一部應用現代語言學方法調查研究吳方言的專著。該書審音、記音準確，語音分析系統、嚴謹，是這一時期漢語方言調查研究的代表性著作。

自趙元任對漢語方言研究開創了上述科學的研究方法和路徑之後，我國湧現了一大批方言研究的煌煌巨著。如：趙元任、丁聲樹、楊時逢、吳宗濟、董同龢合著的《湖北方言調查報告》，楊時逢著的《湖南方言調查報告》、《雲南方言調查報告》、《四川方言調查報告》，陶燠民著的《閩音研究》，羅常培著的《廈門音系》和董同龢著的《華陽涼水井客家話記音》等等。

這些著作挖掘、記錄並積累了一大批有相當價值的漢語方言材料，對漢語方言的分類及各自的特點研究建立了理論架構與實踐經驗。很多的著作都有開創性的貢獻。

以後的七十多年，漢語方言研究迎來了大發展階段。一九五五年中國社會科學院語言研究所根據趙元任的《方言調查表格》修訂編製了《方言調查字表》，並陸續編寫了《方言調查詞彙手冊》、《方言調查簡表》、《古今字音對照手冊》（丁聲樹編錄，李榮參訂），出版了李榮的《漢語方言調查手冊》。

尤其是從一九五六年起漢語方言普查便全面開展。往後兩年多時間共完成了全國各地二二九八個方言點中一八四九個點的方言普查。先後編寫出版了近一二〇〇種調查報告，二十餘種各省區的方言概

2 趙元任：《現代吳語的研究》，清華學校研究院叢書第4種（1928年北京初版，1935年再版，1956年北京科學出版社重印發行）。

況。著名的調查報告有《江蘇省和上海市方言概況》、《四川方言音系》、《河北方言概況》、《安徽方言概況》、《昌黎方言志》等等。還陸續出版了綜合介紹漢語方言的專著和方言字音、詞彙的材料集，如袁家驊等的《漢語方言概要》、北京大學中文系的《漢語方音字彙》和《漢語方言詞彙》。

從五〇年代至七〇年代，海內外一些語言學家也發表了不少重要的論著，如，趙元任的《臺山語料》，楊時逢的《臺灣桃園客家方言》、《臺灣美濃客家方言》，董同龢的《廈門方言的音韻》、《四個閩南方言》，丁邦新的《如皋方言的音韻》，俞靄芹的《粵方言研究》，張洪年的《香港粵語語法研究》、易家樂的《中山隆都方言》、包擬古的《廈門方言》，羅傑瑞的《福建建陽方言》，橋本萬太郎的《海南文昌方言》和《客家話基礎語彙集》、《客家方言》，張賢豹的《海口方言》等等。

如今，自橫跨入新世紀以來的二、三十年間，漢語方言研究又進入了深入調查眾多次方言、各地歸屬尚不明的「地點方言」——土語以及各地方言島的階段，如粵北土語群等等。各類調查成果正陸續呈現出來。

縱觀百年來現代漢語方言學的發端、拓展、深挖的歷史及演變的軌跡，筆者認為，趙元任的研究工作及其成就為後來的方言研究者樹立了諸多研究方面的規範及標竿：一、研究者應是具有相當語言理論基礎的專家學者，尤其是對漢語音韻學、方言學和語音學的基礎理論應具備一定的學術素養。二、研究者應親自參與並進行實地「田野調查」。三、研究者必須選擇好恰當的發音合作人。四、研究者應親身現場聽音、審音、記音。五、研究者應對調查所得的語料親自動手做整理及系統的歸納工作。六、每一項研究都應進行延續多年的深入細緻的調查。七、調查、整理、歸納的工作必須講求科學的方法論和推演過程。

香港樹仁大學漢語方言研究專家馮國強博士，自上個世紀八十年代開始孜孜不倦地對華南地區及香港當地方言進行系列性研究。其精神之專注、調查之深入、語料之詳盡、方法之科學，當屬佼佼者之列，因而成果豐盛，建樹頗多。今馮博士又完成《珠三角白話漁村語音研究》一稿，並首賜予本人閱覽。經仔細閱讀，竊以為該著作有多處優勝之處，值得讚賞。

馮博士自一九八二年始就著力研究珠江三角洲「疍民」的語言狀況。至今歷時已整整四十多載。他的專注使得他對遍布珠江三角洲的「漁民白話」具備了較為全面的了解及深入的理解。

「疍民[3]」，指以船為家的漁民。他們世世代代居於粵閩沿海[4]，靠簡單的捕魚工具維持簡樸的生活。「疍民」歷史上曾被稱為「蜑戶」、「蜑丁」、「蜑家」、「蜑船」等，甚至在粵語口語中還被普遍稱之為「水流柴」。早期有些文獻也稱他們為連家船民、艇家、水上人、海越仔或者遊艇仔、白水郎、蜒等。

「疍民」所操口語一般分為「粵疍」與「閩疍」兩種。前者方言學上屬於粵語（廣州話）系統，即「漁民白話」或者「水上話」；後者則歸屬閩語系統，即「漁民福佬話」（包括福州、廈門、潮汕、海陸豐和海南方言）。

歷來對於「粵疍」的研究，多見於對「鹹水歌[5]」以及「粵疍」漁民生活風俗的各類記載。唯對「粵疍」的語言狀況研究甚少。現今

3 現今學術界較主流的觀點認為疍民主要源於古代的百越，像羅香林、傅衣淩等人就認為，疍民乃是居水的越人遺民，與佘同源。

4 他們生活於嶺南地區的廣府珠江三角洲以及中國東南沿海的港灣之處，即廣東、廣西、海南、福建和浙江沿海一帶。

5 「鹹水歌」是「粵疍」漁民一種傳統民歌，又稱「白話漁歌」。主要流傳於中山、珠海、番禺、順德、東莞、臺山等地。此外，廣東沿海其他地區如陽江、電白及香港長洲島、澳門等地有與「正宗」鹹水歌曲調相近的漁歌。

馮博士專心於珠江三角洲「漁民白話」的研究。他的研究視野擴展至廣州市的河南尾、大沙鎮九沙漁村、香港的石排灣、新界糧船灣、中山市的坦洲鎮新合村、佛山市的三水區西南河口、珠海市的擔杆鎮伶仃村、東莞市的道滘鎮厚德坊、江門市的大鰲鎮東衛村、肇慶市的端州南廠排等十大水上話。他的《珠三角白話漁村語音研究》一書對以上十個漁村各自的音系做了詳細的歸納與描述。那十個調查點的語音研究均記有以下八個方面的精確描述：一、聲韻調系統，二、聲韻調的語音特點，三、同音字彙，四、香港石排灣漁村水上話語法，五、聲韻調的音節表，六、聲母韻母配合關係表，七、文白異讀，八、連讀變調和習慣變調。最後在此基礎上作出簡要分析、歸納了珠三角漁村水上話語音的內部的一致性和差異性。

值得指出的是，馮博士的上述研究具備以下特質：一、研究者本身具有相當良好的語言學素養[6]，二、盡力找對合適的方言調查發音人，三、堅持做到親自「沉浸」在各個漁村現場，參與整個方言調查、記錄、統計、分析、歸納的全過程，三、堅持做到長期連續不斷進行研究，校正語料，勘正記錄，做出判斷，四、運用現代漢語方言學理論區分析方言的語音特點，五、精確使用國際音標標音、注音、記音。這些特質使得整篇研究文稿達到了：一、語料詳實，二、記音準確，三、分析得當，四、結論可信的四大標準，因此竊以為此乃一份較高質的特定方言調查報告。

馮博士對兩廣及海南的水上族群方言的研究長達四十餘年，已經出版了《香港白話漁村語音研究》、《珠三角水上族群的語言傳承和文化變遷》等相關學術研究專書計共七本之多。現再加之這本《珠三角白話漁村語音研究》，已能形成一個專列。可謂之蔚為大觀！

6　馮博士求學於香港，先後追隨余迺永教授與單周堯教授，獲得語言學碩士學位和博士學位。並兼任新亞研究所助理研究員多年。

「前修未密，後出轉精」乃係一切科學研究的共有規律之一。期待馮博士今後的研究能「更上一層樓」，不斷有上乘的學術佳作問世。也祈望日後能看到更多年輕一代學者，如馮博士一般，堅持以「沉浸式」、「持續式」和「忘我式」的求知態度與切實行動投身於語言調查科學的研究之中，將更多、更好、更高的研究成果奉獻給我們這個時代。

湯志祥
深圳大學文學院漢語言文字學教授
二〇二三年十二月二十八日

目次

第一章
緒言

第一節　蜑（䑣）名之義

「蜑」字不見記錄於東漢許慎《說文解字》，後之《說文解字》有「蜑」字，是宋初徐鉉於宋太宗雍熙三年（986）奉敕校定，始將「蜑」字收入卷十三新附中，註曰：「南方夷也，从虫，延聲，徒旱切。」[1]「蜑」字收錄於字書新附中並不是最早一本字書。「蜑」字最早收錄的字書是南朝梁孝緒的《文字集略》，可惜此書已早軼了，但可從唐時何超《晉書音義》知道該書所言之蜑的解釋，其文云：「天門蜑，徒旱切。蠻屬，見《文字集略》。或作蜒。」[2]

《文字集略》稱「蜑」為蠻屬，《說文解字》新附字又稱「蜑」南方夷也，兩者都不是蜑字的原意。「蜑」字實際上是對這些族群的一種語譯而已。這股北蜑族群於魏晉南北朝時，長江流域蜑人勢力非常強大，「蜑族廣為人知，蜑便成了通用字，最後列入字書」。[3]蜑字還有不少異寫，如亶、蜒、蛋、賧、蜑、但、疍等，[4]都是「同音異

---

1 〔東漢〕許慎（約58-約147）著、〔宋〕徐鉉（916-991）等奉敕校定：《說文解字》（北京：中華書局據平津館叢書本影印，1985年）卷十三上，頁446。

2 （唐〕何超（八世紀中葉）：《晉書音義》（臺北：迪志文化出版社，2001年）晉書卷九，帝紀第九，頁7b。

3 詹堅固（1972-）：〈試說疍名變遷與疍民族屬〉，收入《民族研究》（第一期）（北京：中國社會科學院民族學與人類學研究所，2012年），頁83。

4 〔清〕鈕樹玉（1760-1827）：《說文新附考》（北京：中華書局，1985年）卷六蜑字條云：「蜑，疑亶之俗寫……」，頁284。

譯」，是一種「同音或近音異形」而已，羅香林稱這是蜑人對自己的民族一種稱呼。[5]關於這個解釋，筆者十分認同，但筆者認為只能限於指北蜑的自稱，不能用於南蜑（艔）的解釋，可惜古漢人視蜑為蠻，蜑字就是蠻。當說到這些北蜑也善於水性，因此，也把嶺南的水上人也稱作蜑，這便是強加上去，是一些學者主觀想像而已。

蜑字於粵語是讀作「但」[tan²²]。蜑字在珠三角許多人口裡經常說成「鄧」[tɐŋ²²]，實在不是「蜑」這個字。tɐŋ²² 的原字是「艔」，也有不少人讀作「定」[teŋ²²]，筆者也曾在香港聽過有人稱艔家人為「定家人」（teŋ²² ka⁵⁵ jɐn²¹）。[6]肇慶廠排艔民合作人彭慧卿稱肇慶西江流域、高要、肇慶羚羊峽一段水路，那邊的人說起「蜑」就是說成「定」[teŋ²²]，而肇慶市鼎湖區廣利鎮水上人（今為街道）梁均生先生（1944-）稱廣利鎮的水上人也是把「蜑」就是說成「定」[teŋ²²]，與壯語[teŋ⁴²]基乎一致。

「艔」，不是漢字，是古壯（壯族人，源流是古越的後裔）方塊字，壯語是小舟、小船之意，壯音是[teŋ⁴²]，从舟，丁聲。[7]所以[tɐŋ²² ka⁵⁵]或[teŋ²² ka⁵⁵]實在是古越水上人對自己的水上族屬一種稱

---

5 羅香林（1905-1978）：〈唐代蜑族考上篇〉，《國立中山大學文史研究所月刊》第二卷，第三、四期合刊（廣州：國立中山大學文史學研究所、中山大學文史學研究所月刊社，1934年），頁41云：「蜑一名詞，初為越裔自稱，中土習其語，循其音聲，繫以漢字，雖字形紛紜雜沓，而音義則未嘗因是盡變也。」
羅香林：〈蜑民源流考〉，《百越源流考與文化》（臺北：國立編譯館中華叢書編審委員會印行，中華民國67年2月增補再版），頁230。

6 張壽祺：《蛋家人》（香港：〔香港〕中華書局公司，1991年11月），頁57：「廣東東莞市、中山市、珠海市這一大片地段以及北江上游的武江流域，人們口語稱『水上人家』為Ding⁶ ga¹（類似於粵語語音『定家』）」張教授寫得太闊，應寫上該地段的某市某區某鎮較好，方便後人跟進。

7 張元生（1931-1999）：〈壯族人民的文化遺產——方塊壯字〉，收入《中國民族古字研究》（北京：中國社會科學院出版社，1980年），頁509、頁513。

呼，就是艇家之意，不含侮辱和貶義。疍字粵語讀成「鄧」[tɐŋ^{22}]或「定」[teŋ^{22}]，實際是壯語的保留。

第二節　從Y染色體數據中O3a2a-C3c2（M134）等單倍型分布看原始疍（蜑、蛋）與原始越之關係

復旦大學現代人類學教育部重點實驗室主任李輝教授〈東亞人的遺傳系統初識〉[8]稱：「迄今為止的任何理論都承認，人類都有一個共同的遠祖，在漫長的歷史中漸漸分化成不同的族群。這種分化的起因，當然是人口增長之後的群體擴散造成的地理分離。而群體分化的內在表現為遺傳差異，外在表現則為文化特徵。自然，兩種表現除了決定於群體的系統發生關係外，也都會受到群體間交流的影響，使我們看到血統的混雜和文化的融合。科學調查已經證實，自然狀態下遺傳交流比文化交流要慢得多。所以長期以來，民族學和考古學要從文化特徵來研究人群的系統發生關係，總會遇到不可逾越的障礙。更為致命的是，與遺傳特徵不同，文化特徵還會受到地理環境等各種因素的影響，使得文化人類學家們的探索之路坎坷異常。所以要認識人群的系統發生關係，直接研究其遺傳特徵，不啻是條捷徑。長期以來，人們一直了解遺傳現象的本質，更不知道遺傳的物質基礎DNA分子。所以最早對人群遺傳特徵的研究，都停留在外在形態的觀察。體質人類學因此發展起來，科學家們測量了一個個人群的眼、耳、口、鼻、四肢和身軀，用大量數據來比較人群間的差異程度。[9]然而，我們都知

8　李輝：〈東亞人的遺傳系統初識〉，《國立國父紀念館館刊》第十期（臺北：國立國父紀念館，2002年），頁123-136。

9　如中山大學的黃新美（1935-）：《珠江口水上居民（疍家）的研究》（廣州：中山大

道，許多體態會吸收營養狀況的影響，譬如身高、體重等等。還有一些又會受制於特殊生活方式，或氣候環境的影響，譬如膚色等。所以體制形態的分析結果，離人群真實的系統發生關係還是很遠，至今都沒能解決各種指標的成分區分，雖然體質人類學家還在努力著。語言學家白保羅（Paul Benedict）認為侗臺語系和南島語系的語言有很大程度的共性，所以可以合為一個語系，即澳臺語系（Austro-Tai）[10]。事實上，這兩個語系的 NRY 主要 SNP 單倍型基本一致。他們的共同祖先是拓進東亞、東南亞的先頭部隊。在印度支那共同生活了很長一段時間後，他們向南向北兩個方向擴張，並在兩廣和馬來亞形成了兩個中心。不知何時，緬甸的南亞語先民也開始了向東南方向擴張，並從澳臺語先民手中接管了印度支那，使得南向和北向的澳臺語先民基本失去聯繫，於是分別形成南島語系馬來語族和侗臺語系先民，即後

學出版社，1990年）；張壽祺（1919-2003）《蛋家人》（香港：〔香港〕中華書局公司，1991年11月）。

10 筆者在這裡補充李輝教授沒交代清楚的地方。Benedict, Paul K. (1975). "Austro-Thai: A Language Family of Southeast Asia." *Journal Anthropological of Linguistics*. 17(2), 1-246.這篇論文認為侗臺語系和南島語系的語言有很大程度的共性，所以可以合為一個語系，即澳臺語系（Austro-Tai）。他從語音方面說彼此有喉音，有聲調，有鼻音音節；至於詞彙方面，有大量的同源詞，有共同的詞彙分類系統；語法方面，有共同的語法結構，有共同的語法特徵。基於這些共性，白保羅認為侗臺語系和南島語系在發生學上有密切關係，應屬同一語系。然而，白保羅的論文也受到了一些批評。一些語言學家認為，侗臺語系和南島語系的共性並不能完全證明它們是同一語系。李輝教授是認同Benedict, Paul K.（1975）所言。但有些語言學家認為，侗臺語系和南島語系的共性可能是由於借詞或語言接觸造成的。目前，澳臺語系的假說在語言學界仍存在爭議。這些語言學家有：David Bradley (1977). "Austro-Thai: A New Look at Old Problems." *Linguistic Reconstruction and Indo-Pacific Studies*. pp.11-45: Bradley認為，侗臺語系和南島語系的共性可能是借詞或語言接觸造成的。Robert Blust (1976). "Austronesian Culture History: Some Linguistic Inferences and Their Relations to the Archaeological Record." *World Archaeology* 8(1): 1 pp.19-43.: Blust認為侗臺語系和南島語系的共性可能是由語言擴散造成的。

來的馬來族群和百越族群。百越族群先民最早進入兩廣的現代人類，當地的『柳江人』可能就是屬於這個族群。這支人群在當地又居住了幾萬年，人口緩慢地增長起來。大約在一萬年前，末期冰川消融，於是其中一部分人穿越南嶺進入江西，百越族群開始分成南北兩群。

南越和北越分化後，各自產生了新的 SNP 單倍型，使我們今天能看到這約一萬年前發生的事件。北越在江西長期留居的人群在後來的記載中被稱為『干越』……南越部分也在北越離開後一段時間開始東進，到達福建和浙南，形成後來的閩越和東甌。而南寧一帶的南越人被稱為西甌。所以與『駱』為北越代稱相對應，南越的代稱可能是『甌』。秦末南越國的主體民族可能就是南越。」[11]

李輝稱：「根據現有的百越民族群體 Y 染色體數據，我們應用主成分分析的數理統計方法，把數據中的主要趨勢信息抽提出來，得到了三個主成分（趨勢），按各個群體的對應值把三個主成分按等高線繪製原理作成三張地圖。這三張地圖體現了百越遺傳結構中的三個主要特點。第一主要成分占到信息總量的百分之四十七。從圖三中單一中心、梯度平緩的分布格局明顯看出，所有的百越群體首先是有整體性的，共性是最主要的。因此百越的血統只有一個主要本源。圖中的分布中心在廣東一帶，所以廣東最有可能是百越民族血統最早的發源地，而後漸漸向四周擴散。」[12]

11 李輝：〈東亞人的遺傳系統初識〉，《國立國父紀念館館刊》第十期（臺北：國立國父紀念館，2002年），頁123-132。

12 李輝：〈百越遺傳結構的一元二分跡象〉，收入連曉鳴、李永鑫編：《2002年紹興越文化國際學術研討會論文》（杭州：浙江古籍出版社，2006年）頁400-401。

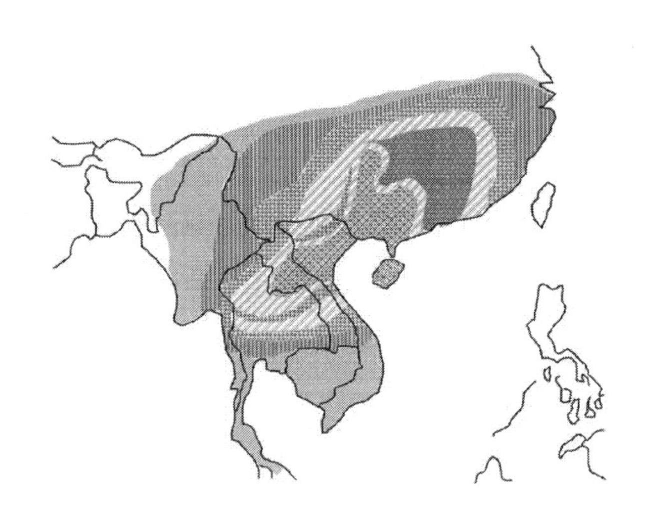

地圖一　百越遺傳結構第一主要成分的地理分布

來源：李輝：〈百越遺傳結構的一元二分跡象〉，收入連曉鳴、李永鑫編：《2002年紹興越文化國際學術研討會論文》（杭州：浙江古籍出版社，2006年），頁401；〈百越遺傳結構第一主要成分的地理分布〉。李輝教授的論文則是圖三。

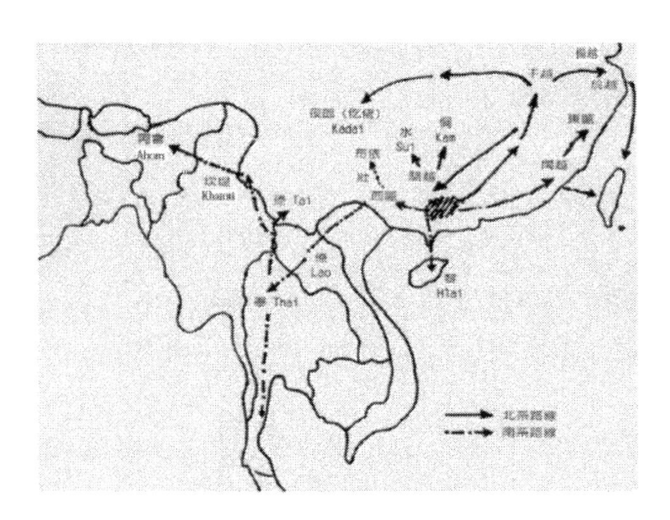

地圖二　百越的遷徙

來源：李輝〈東亞人的遺傳系統初識〉，收入《國立國父紀念館館刊》第十期（臺北：國立國父紀念館，2002年），頁133。李輝教授的論文則是圖八〈百越的遷徙〉，李輝教授稱深黑色地帶是珠江口。

從地圖一來看，廣東最有可能是百越民族血統最早的發源地；從地圖二來看，黑色部分，就是珠江口一帶，此地圖說明了珠江口一帶是「原始越」的起源和源頭，然後向四面遷徙，後來就成了百越。這裡便能解釋何以珠三角特別多水上族群的人，就是現在的水上族群的䑩家人，其源頭就是承傳著「原始越」之故。

第三節　通過對遠古水棚遺址的研究，探討䑩族的淵源與珠江口附近的關係

䑩民是源自古代水居越族的後裔，他們的生活完全依賴於水。他們的居所和生產單位是他們的小艇，船艙被用作居住空間，而船尾則用來捕魚。由於他們的艇船是生活的核心，因此它們被認為是家庭的象徵。家族的老少三代常常一起居住在艙中，船艙上面覆蓋著席篷，一般是以竹篾夾闊大的蒲葵葉編織成的，船篷分為兩至四節，可以前後推移，十分輕便。在捕魚時，篷可以疊放於後艙上；晚上，則可以拉開覆蓋全船，遮蔽風雨霜露，讓居住舒適。䑩民非常重視艇船的潔淨，因為這是他們生活的空間。每天都會清洗多次，並且用桐油刷過船板，保持它們的光潔。在船內，無論是主人還是客人，都會赤足行走，這種風俗在他們的生活中扮演著重要的角色。

廣東佛山三水黃塘漁村，船艙上覆的席篷

（來源：筆者攝於二〇〇三年十二月二十七日）

廣東肇慶高要南岸江口社區，筆者與學生正在艇上進行調研

（來源：筆者攝於二〇〇二年七月二十二日）

廣東佛山三水黃塘漁村

（來源：筆者攝於二〇〇三年十二月二十七日）

廣東清遠市清新區山塘鎮黃江基

（來源：筆者攝於二〇〇二年十二月二十二日）

明人田汝成《炎徼紀聞》卷四〈蠻夷〉:「蛋人瀕海而居，以舟為宅，或編篷水滸，謂之水欄。」[13]由此看見「以舟為宅」是魟民由來已久的居住形式。此外，也會在岸邊聚居，田汝成稱這些「水滸」作「水欄」，就是今天香港所稱的「水棚」或「棚屋」。這些古代的「水欄」上面和周邊都是「編篷」而成屋。方式是在水邊以杉木或坤甸木架在木樁成石樁上，然後再架起棚架，再以平滑木板作為地板。周邊可以用上木板，也可以用上水杉皮，東莞麻涌鎮漳五坊角尾東街那邊的水棚的周壁是用上水杉皮。木欄上邊基本用上水杉皮蓋成。臨水那邊，特別開了一個門，然後築起一把木梯，直接延伸到水裡，下邊便安放一艘作業的漁艇，漁艇就泊在梯旁，今天的香港大澳，新會會城鎮崗洲管理區還是如此。這些水欄（水棚、棚屋）是在涌邊數百座聚成一起，水欄與水欄之間有木板作為通道。以水欄作居室，有悠久的歷史，大概有二千多年。楊豪、楊耀林於〈廣東高要縣茅崗水上木構建築遺址〉結語稱:「茅崗遺址是嶺南首次發現的一處水上柵棚木構遺址。作長方形，一端靠山，一端臨水，靠山崗一段略高，臨水一段

13 王雲五主編，〔明〕田汝成（1503-1557）、〔明〕高拱（1513-1578）撰：《炎僥紀聞・綏廣紀事》（上海：商務印書館，民國25年6月）卷四，頁63。

稍低，從而形成臺階式居住面。其略高一段用來住人，稍低一段用以撈捕水中生物。遺址附近的內河，至今亦還保留有這種建築形式。棚架的周壁和上蓋，都用樹皮板和茅草搭蓋（遺址內亦見保留有樹皮板）。」[14]這木構建築跟今天珠三角的木構建築水棚一致。從楊豪論文來看，還發現遺址有漁獵工具和貝殼堆積層。楊豪〈茅崗遺址遠古居民族屬考〉稱：「茅崗遺址是一處水上棚居類型的遺址，其經濟結構以漁獵為主。這種居住方式及經濟結構，在今天嶺南水上聚居的『疍家』(『疍』音『但』通。古籍習慣稱作『蜑』) 仍有保留。據陳序經《蛋民的研究》中載：其柵棚『後面接近堤岸或磯圍，全部基礎都用彬木插入河邊沙泥中，普通高出水漲得最高時一尺左右。故在水漲時，從遠處看去，好像是浮在水面一樣』。茅崗遺址中的居住柵棚，位置雖一依磯圍、堤岸，但卻瀕依湖泊沼澤；棚距水面的高度，因淤泥逐年上積，已無從分辨，然浮於水面之特徵，卻無庸置疑。」[15]關於肇慶高要縣茅崗的年代有多遠，中山大學人類學家張壽祺《蛋家人》稱：「至於高要縣金利區茅崗這座古遺址的年代，意見極為分歧；經碳十四分析，樹輪校正年代為四千幾百年前遺址。目前廣東考古工作者對之仍有著兩種意見；『一種認為這是屬於新石器時代晚期遺址無疑，另一種認為其年代上限當在戰國，下限則在秦漢。(戰國到秦漢，在時間上，相當於離開現在二千二百多年到二千年之間)。」這兩組對茅崗遺址的識別和判斷差距甚大。儘管目前仍未能取得一致意見，惟這個遺址反映出水上干欄（水欄）的建築已有二千多年的歷史，則是無疑。我們可以說：今天嶺南水上居民殘存的「水欄」住所，其形式早在幾千年前已形成；從幾千年遠古時代傳承到現

14 楊豪、楊耀林：〈廣東高要縣茅崗水上木構建築遺址〉，《文物》第十二期（1983年12月），頁41。

15 楊豪：〈茅崗遺址遠古居民族屬考〉，《文物》第十二期（1983年12月），頁47。

在。」[16]由此遺址而看，這肇慶市高要金利鎮遺址是古䑸民民族的先祖的居所。

今天珠三角部分䑸民仍居住在水棚中。這些水棚是在沿海築造的，靠近堤岸，底部使用水杉或木杉，以椿子固定在水底沙泥中。在建造水棚時，考慮到水位變化，會建造高於漲潮高度的結構。水棚內搭建木棚架，內部地板和牆壁則使用平滑的木板，而上方的覆蓋則由水杉皮構成。在水棚旁邊設有小梯子，方便從漁船上登上水棚。進入水棚後，可以看到大廳，大廳通常會放置神位，而神位後面的房間則稱為「神後房」。水棚與船艙一樣，分為大邊和細邊，廁所位於右邊，稱為細邊；廚房位於左邊，稱為大邊。這種水棚在珠三角仍有保留，也被稱為「水欄」或「水寮」。建造方法與上述相同。現今香港的大澳、新會和東莞等地仍有保留。在漲潮時，水棚看起來像是浮在水面上的小鄉村，而在退潮時，水棚的底部會露出水面。大澳早期的水棚通常位於一涌、二涌和三涌等地。

東莞市虎門新灣和佛山市三水區政府會幫助䑸民把舊漁艇搬上沙灘或岸上，讓他們搬進小社區，但一些老漁民堅持居住在沿岸的船屋。在東莞虎門新灣和三水地區，仍可見到這樣的船屋，如下圖所示。這些船屋都是老年人的住所，他們不喜歡搬到樓房上。由於船屋通常位於社區漁民新村旁邊，做兒子的會搬到新居，並將自來水駁到船屋下方，老年人也可以用上自來水。僅虎門新灣就有三十多戶船屋。

16 張壽祺：《蛋家人》（香港：〔香港〕中華書局公司，1991年11月），頁134-135。

香港新界大澳棚屋

（來源：筆者攝於二〇〇二年二月二日）

香港新界大澳棚屋

（來源：筆者攝於二〇〇一年十一月十八日）

香港新界大澳棚屋

（來源：筆者攝於二〇〇一年三月十日）

佛山三水西南

（來源：筆者攝於二〇〇三年十二月二十六日）

廣東江門市新會會城鎮崗洲管理區棚屋

（來源：筆者攝於二〇〇一年十二月二十四日）

廣東東莞市麻涌鎮漳五坊角尾東街棚屋

（來源：筆者攝於二〇〇二年七月二十日）

廣州市南沙區橫瀝鎮馮馬二村漁村棚屋

（來源：照片係吳水田先生提供給筆者，攝於二〇一〇年二月二日，吳水田先生是廣州大學管理學院副教授）

廣州市南沙區東涌鎮大穩村漁村棚屋

（來源：照片係吳水田先生提供給筆者，攝於二〇一一年八月二十五日，吳水田先生是廣州大學管理學院副教授）

東莞虎門船屋

（來源：筆者攝於二〇〇二年七月二十一日）

東莞虎門船屋，帶領筆者到此一睹船屋者是虎門有線電視臺副臺長

（來源：筆者攝於二〇〇二年七月二十一日）

東莞虎門船屋

（來源：筆者攝於二〇〇二年七月二十一日）

廣東佛山市三水蘆苞鎮內河江灣船屋

（來源：筆者攝於二〇〇二年七月十七日）

三水蘆苞鎮漁民新村內河江灣船屋

（來源：筆者攝於二〇〇二年七月十七日）

香港新界大澳船屋

（來源：筆者攝於二〇〇一年十一月十一日）

第四節　從珠三角珠江口海洋地名「排」的密集分布看疍族族群的發源地

在香港西貢一帶有以峒為名的地名，如雞麻峒、觀音峒、黃地峒、南山峒、大峒、鹿湖峒、尖光峒。此外，新界十四鄉的大洞、上水的古洞、粉嶺的萊洞（舊稱黎峒），大埔的沙螺洞、洞梓。洞或峒，是「村」的意思。[17]「地名是一種語言文化遺存，命名地名的語言一般是較早在該地活動的族群的語言。地名一經約定，就具有公認性，使用的廣泛性、持久性和穩定性。因此，地名往往反映某一地區早期族群特定的語言、歷史和文化。對於沒有書面文字系統記載其語言、文化和歷史的族群而言，地名作為語言的底層遺留，就具有了『活化石』的價值。」[18]所以地名是能夠顯露該地先民活動過的遺

17 石林：〈侗語地名的得名、結構和漢譯〉，《貴州民族研究》（第二期）（貴陽：貴州民族研究編輯部，1966年），頁154-164。

18 鄧佑玲（1966年-）：《民族文化傳承的危機與挑戰——土家語瀕危現象研究》（北京：民族出版社，2006年7月），頁88。李如龍（1936年-）：《地名與語言學論集》

跡，以上幾個地方，正反映了古越族當年曾經在香港活動過。石排灣也是一樣，「排」（海裡的礁石、山丘）是反映香港古舡族族群在此活動和為其命名。

「排」分成石礁、泥礁、船礁三種；也可以以暗礁、明礁、乾礁來分別。後者之分，是學術性的區分，「排」是珠三角漁民的說法。石頭凸起的地方，漁民稱作「石排口」，泥土凸起的地方稱為「泥排口」，沉船沒有被泥土埋平凸起的地方稱為「船排口」。因此，排是海裡的礁石、山丘。[19]石排灣就是指這個「灣頭」海裡有露出水面的礁石的意思；[20]海底之大石不突出水面，則稱作海排，即是暗礁。

有些學者望文生義，表示村民把石磚在此港灣放到大船付運，因而命名石排灣。[21]梁炳華博士稱「據說昔日石排灣近海一帶滿布大大小小的石塊，遠看像經過人工排列一般，故此得名。也有一個說法，指這裡是港島經常排滿一排一排的巨石，故此被稱作石排灣。」[22]兩位博士應該去求證，不宜把據說寫出來，否則就是個人也認同了這看法，作為一個學者不宜這樣子處理。這是嚴重錯誤的解讀，是望文生

（福州：福建省地圖出版社，1983年），曾世英序，頁5-6：「地名是語言中的專有名詞，它和語言中的其他專名（例如人名）有相同的特點，又有不同的特點。地名的構成有一定的語法規律，地名用字的分布和民族語、方言的分布密切相關，地名的書寫和稱說可能存在不同的變體，對歷史地名的考釋必須從字的形、音、義入手……所有的這些都說明了地名的研究和語言學的研究也是密切相關的……李如龍同志多年從事語言學和漢語方言的研究，並較早注意到地名的研究，把語言學的研究方法運用到地名研究中去。」

19 劉南威（1931年-）：〈現行南海諸島地名中的漁民習用地名〉，《中國地名》第四期（瀋陽：中國地名編輯部，1996年），頁27：「對低潮也不出露，淹沒海面下較淺的暗沙，海南島漁民稱之為線排、沙排。」

20 這兒的礁石，築避風塘時已炸去，方便漁船進出。

21 丁新豹（1948-）：《香港早期之華人社會（1841-1870）》（香港：香港大學博士論文，1988年），頁12，註13。

22 梁炳華：《南區風物志》（香港：南區區議會，1996年），頁37。

義，產生南轅北轍的結果。

鄧佑玲《民族文化傳承的危機與挑戰——土家語瀕危現象研究》稱：「所有書面文獻中的土家語地名都是用漢字來標記的。用來記錄土家語語音的漢字與土家語語音接近，但不一定十分精確。由於用漢字記音的土家語地名並不表示漢語語義，而用土家語卻可以得到合理的解釋。如「舍」[se^{55}]不是指漢語「房屋」、「館舍」之意，也不是指動詞「舍卻」（捨卻）之意，而在土家語中指「猴」的意思。字音雖同，但語義相差甚遠。如果離開了土家語背景，按照漢語字音望文生義，就可能產生南轅北轍的結果。」[23]梁炳華等確確實實是離開了舡族族群「排」字的古越音的考慮，離開了舡族的背景，只按照漢語字音便望文生義，結果便有他們上文的說法。

香港以「排」命名的地方，約有七十三處之多，[24]如：白墩排、鴨蛋排、鴨兜排、崩紗排、炸魚排、扯裏排、火燒排、蝦鬚排、孝子角排、蜆排、殼仔排、紅排、高排、角大排、爛樹排、爛頭排、鵜鶘排、鶘鵜排（北區）、鶘鵜排（西貢區）、老虎吊排、老鼠排、饅頭排、龍山排（建有燈塔）、龍船排、孖仔排、媽印排、尾排、牙鷹排、牛頭排、光頭排、龍船排、白馬咀排、白排、螺洲白排、墨洲排、細排、散排、大排、蒲魚排、三排、沙排、深水排、筲箕排、雙排、水浸咀排、水排、高排、龍船排、打蠔排、大排、鐵樹排、吊鐘排、塘口排、咀排、灣仔排、桅夾排、橫排、往灣排、烏排、湖洋洲排、烏蠅排、二浪排、二排、打浪排、荔枝排、光頭排、龍船排、七星排、打浪排、大浪排（暗礁）、鴨脷排、劏人排。

---

23 鄧佑玲（1966-）：《民族文化傳承的危機與挑戰——土家語瀕危現象研究》（北京：民族出版社，2006年7月），頁89。

24 〈地方——香港島嶼〉，網址：http://www.hk-place.com/view.php?id=138，發布日期：2000年4月1日；瀏覽日期：2012年2月1日。

「排」字是舡族族群對水裡山體、水中的壩石的一種稱呼，是反映漁家對自然地貌特徵的地名遺存，這點跟廣西壯南壯語有密切關係。水中的山體、水中壩石，漢人則稱作礁石，彼此用字是完全不同的。覃鳳余、林亦[25]《壯語地名的語言與文化》稱「今靖西、龍州等南部方言水壩讀pai……南部壯語有的方言有送氣塞音，以『派排』對譯 p^hai 最為相近。」[26]廣東、廣西兩地相隔這麼遠，所指的水中壩石、小山體、礁石，其聲母、韻母、詞義都能一致，那不是偶合的。現在我們知道壯南那邊 p^hai 是陰平；「排」[p^hai^{21}]在珠三角是陽平。兩地在這還有少許差異，這是兩地經過漫長歷史，出現少許變異是可以理解的。

「排」（粵拼是p^hai^{21}）這個地名，在珠三角廣泛應用。《廣東省海域地名志》一書，把珠三角對出的海洋礁石命名為排的，合計有四〇六個。[27]如石排礁、竹排礁、土排礁、石排礁、蓮子排、馬鮫排、大排、紅排礁、澳肚排、大排礁、大排腳、南湖排、牛鼻散排、紅排仔、欄桿排、大排石、大紅排、魚鱗排、排尾、排角排、排仔、紅排、暗排、馬洋排、木杓排、星排、淺排、東排、紅石排、企鳥排、三到排、二到排、頭到排、西排礁、大網排、金龍排、馬鮫排、烏鴨排、鴨頭排、鴨肚排、鴨屎排、鴨蛋排、紅排、海龜排、下標排仔、南排仔、碗排、三角排、塞口排、青洲排仔、鴨腳排、大南排、猛排、下半排、蓮花排、湖口二排、湖口大排、麻籃排、君子排、新排、門墩大排、門墩二排、虎洲排、大排角、高排、上池排、棺材

25 兩位女教授都是廣西壯族人。

26 覃鳳余（1966-）、林亦（1953-）：《壯語地名的語言與文化》（南寧：廣西人民出版社，2007年），頁184-187。。

27 廣東省地名委員會辦公室編纂：《廣東省海域地名志》（廣州：廣東省地圖出版社，1989年），頁188-381。

排、傘子排、浮排、龜外排、大排、灶隙排、陰山排、柴梳排、三點排、飯甑排、鐵砧排、東洋排、內三排、銅鑼排、虎爪排、三角排、門星排、沉水排、牛繩排、橫排、媽印排、甕頭排、百兩銀排、純洲頭排、小紅排、黃魚排、茨莨排、豬兜排、虱麻坳排、鱸鶿排、禾坪排、北排、老虎排、棺木排、當門排、墨魚排、東散排、南散排、茫蕩排、馬排、馬槽排、叢林門排、鵝兜排、揚屋排、鵝屎排、黃泥排、三腳排、新排、刀石洲排、貓洲排、橫沙排、阿婆排、亞孫排、牛牯排、牛牯仔、大鱗排、擔桿排、雞心大排、棺材排、馬鞭散、南塘排、西角咀排、雞爪排、栗排、青鱗排、大碗排、小碗排、圓洲北排、圓洲西排、圓洲南排、光頭排、菱角排、西貢排、燕仔排、芋頭排、西門排、泥灣排、牛結排、浪船排、雙洲排、鬣洲排、大扁排、筆頭排、竹篙排、大產排、燈火排、二排、三排、四排、五排、北扣排、爛排、浦排、鹽船排、橋墩排、三姊排、滑排、爛洲東排、雞排、吊巖排、阿鵲巢排、企巖排、急水排、千魚排、三只排、獨石排、流門排、三家排、外雞心排、外牛牯排、墨斗排、打浪排、花錦排、旗排、紅排、青洲北排、淹排、大產排、鷺鷥排、紅辣排、王母排、北排、大排、南排、排仔、白石排、紅螺排、虎頭排、卡船排、牛骨排、紅排、搭橋排、大排礁、沉排、蟾蜍排、排仔石、砍舵排、三仔爺排、東排、西排、銅鑼排、大沉排、小沉排、三排、大洲排、蝦縉排、虎膽排、金鎖排、黃魚排、西排、東排、黃花排、較杯排、石排、瀝心排、浪排、黑排礁、拖鮫排、平洲北排、平洲排、平洲南排、細排礁、灣口排、上排礁、二排礁、高排礁、浪排礁、姐妹排、南排石礁、白臘排、百足排、噴水排、北排礁、南排礁、沙鉤排、白瀝小排、白瀝大排、石排礁、小排、小萬大排、千排礁、鴨母排、東澳排、石門排、烏紗排、銅鑼排、西咀暗排、云排礁、大浪排、大排礁、白鶴排、沉排礁、蚊排礁、石排、龜排、赤魚排、排背礁、排角仔礁、排角礁、長排礁、長排石、開頭排、黃竹大排、散排仔、蠔排、大排石、仔排、襟頭排、檳榔排、三排、神咀排、雙板排、沉排、穿船排、過船排、頭排、麻籃排、南灣排、小排、灣仔排、辣螺排、青欄上排、青欄下排、飛沙排、飛沙大排、浸排、八掛排、同排、管泵排、排仔咀礁、回潮排、東排、浪排、雙排、標坑排、放船隨排、臥排、萬節排、夾尾排、蔘屋排、攔排、平排、墊板排、過門排、江鷗排、墨斗排、陰排、露排、曬谷排、米灣排、米筒排、紅路大排、疊石排、雞排、定家排、咬魚排、參裝排、二洲排、琴沖排、珊瑚排、瀉米排、橫步排、沙咀排、橫山排、紅花排、牛乸排、角咀排、萍洲大排、萍洲小排、黃茅大排、丁老排、紅排、石排、海鰍排、排仔、絞水紅排、牛鼻排、榕樹排、掛榜排、大水塘排、大咀排、大水坑排、北排、黑沙排、草塘排、青螺排、砧板排、三牙排、頭爐排、下排、擔桿排、棉花排、企人排、深排、赤消排、新排、五狼排、地塘仔排、黑石仔排、紅魚排、鴨乸排、石那排、紅排、四六排、中間排、大排、沙白排、三排、二排、一排、露水排、潭排石、龍蝦排、白排、沙腳排、洲尾排、紅魚排、頭爐排、七星排、福排巖、磚子排、燈火排、大盆排、小盆排、連鋪排、金鰲排、孖排仔、石龍排、歐墩排、山嬌排、長聯排、高樹排、白石排、大石排、排石、排西石、排公石、排婆石、七連排、大排、排擔礁、排吐礁。

甚至把海洋的沙、灘也稱作排，共有五個，如：沙排角、鹽嶼排、虎頭排、排沙、排海（土昌）；此外「排」也擴散到岬角也以排來命名，這方面有四個，如：紅排角、爛排角、大排咀、排尾角。[28]不單如此，甚至把島嶼也以「排」命名，如礁排嶼、白鴨排、黑排、

28 廣東省地名委員會辦公室編纂：《廣東省海域地名志》（廣州：廣東省地圖出版社，1989年），頁383-447。

排墩、連排、牛奶排、火燒排、白排島、赤灘排島、三牙排、大牙排島、山排島、魚排島、大白排島、西大排島、馬鞍排島、草鞋排島、圓排島、長連排島、白排、大排、火燒排、抒排、青鱗排、銅鼓排、鵝咀排、銀豆排、排角島、石排、掛錠排、馬鞍排，其有三十一個。從這兒可以看見珠三角的古舸民把水壩叫「排」擴散到海裡的岬角、島嶼也稱作「排」。中山市神灣鎮定溪漁民盧添培表示神灣鎮有兩個地方是帶有排字的，如「竹排」和「大排」都是村子的名字，而這兩個村子都屬於獨立海島。排上是住人，大排上有山，竹排則無山。因此，從廣東、廣西沿海的地名「排」字，加上廣西壯區靖西和南部壯語有的方言有送氣塞音，以「派排」對譯 p^hai 最為相近，兩者合成來看，可以聯繫到廣東、廣西沿海的古舸族族群，廣西壯族人，都是古越族後裔。

至於廣西方面，以排命名礁石、岬角、島嶼只有十四個，如小紅排礁、大紅排礁、紅排攔、大排礁、迷排礁、細紅排石、大紅排石、三排石、四排石、篙竹排島、大排石（防城各族自治縣）、基紅排石、插排尾石咀、大排石（合浦縣）。[29]至於《福建省海域地名志》、《遼寧省海域地名錄》卻沒有以排解作礁石的意思。[30]

29 廣西壯族自治區地名委員會辦公室編：《廣西海域地名志》（南寧：廣西民族出版社，1992年），頁67-129。

30 福建省地名委員會辦公室、福建省地名學研究會編：《福建省海域地名志》（廣州：廣東省地圖出版社，1991年）。遼寧省地名委員會：《遼寧省海域地名錄》（內部資料）（瀋陽：欠出版社資料，1987年）。

表一　圖一、圖二的「排」（礁石）的數量和分布[31]

潮州市	1
汕頭市	3
汕尾市	18
惠州市	155
深圳市	26
香　港	73[32]
廣州市	4
中山市	1
珠海市	44
江門市	87
陽江市	20
茂明市	12
湛江市	18

31 數字根據廣東省地名委員會辦公室編纂：《廣東省海域地名志》，香港的數字，《廣東省海域地名志》是不包括的，是筆者加上去。澳門方面，暫時未找到數據。

32 〈地方──香港島嶼〉，網址：http://www.hk-place.com/view.php?id=138，發布日期：2000年4月1日；瀏覽日期：2012年2月1日。

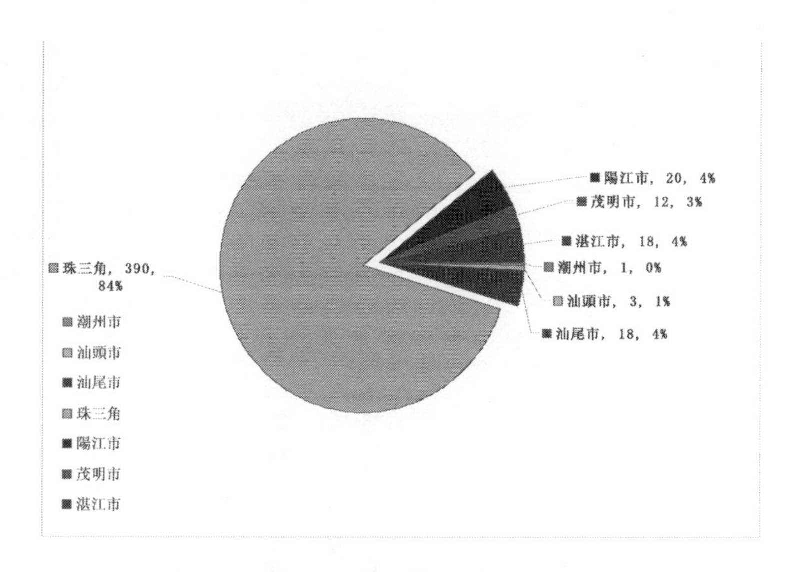

圖一　廣東沿海「排」(礁石)的分布
(「排」的總數量共四六二個)

(數據來源:主要來自《廣東省海域地名志》;香港的數據是筆者個人補充的。)

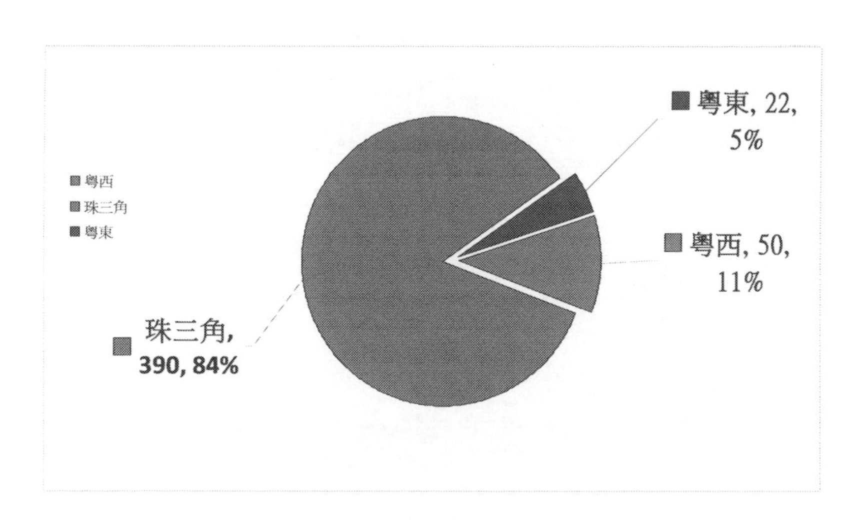

圖二　粵西、珠三角、粵東中的「排」(礁石)的分布
(廣東沿海「排」的總數量共四六二個)

(數據來源:主要來自《廣東省海域地名志》;香港的數據是筆者個人補充的。)

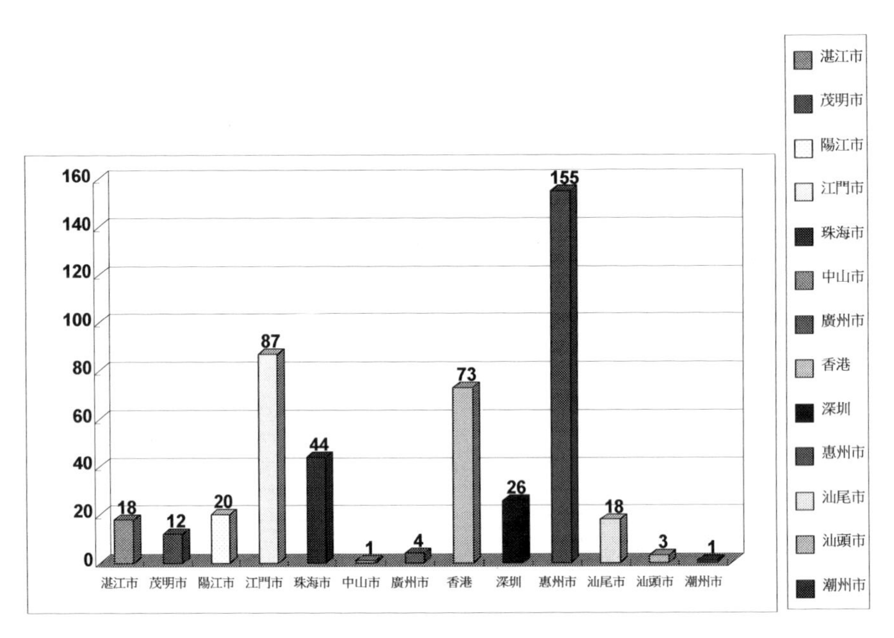

圖三　廣東沿海城市「排」(礁石)的分布
(「排」的總數量共四六二個)

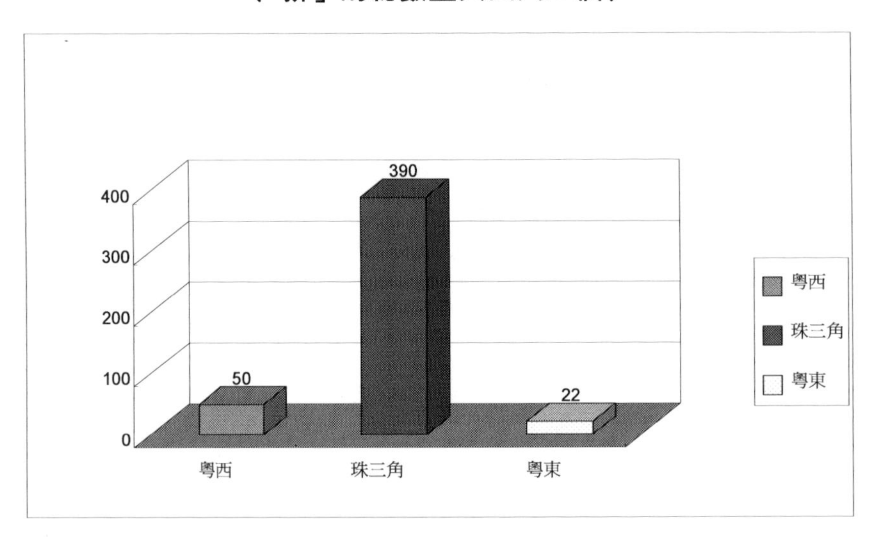

圖四　粵西、珠三角、粵東中的「排」(礁石)的分布
(「排」的總數量共四六二個)

黃新美[33]《珠江口水上居民的研究》在〈珠江口水上居民種族現狀的研究〉的小結說：「從1983年底－1989年七年的時間中，我們對珠江口水上居民即疍家的後代，進行了較長時間的實在調查、觀察、測量和研究，結合參閱有關文獻，從珠江口水上居民目前的生產、生活現狀和現代水上居民的體質特徵分析，我認為，他們是組成廣東漢族的一個群體。也是漢族的一個部分。」[34]

張壽祺《蛋家人》稱，他曾與人類學家黃新美教授合作調查廣東珠三角的水上人，對水上人的膚色、毛髮、面形、鼻部、額部、頬部、齒部、頭型、鼻型、腿型、身高進行體質特徵研究，結果認為是非常接近廣東珠江三角洲漢族居民的體質特徵。從人類學角度來看，水上居民不是一個特別的民族，乃是南方漢族的一個支群，[35]

筆者也曾認同這兩位學者的看法。後來看到看到兩位是壯族的廣西大學學者覃鳳余、林亦《壯語地名的語言與文化》一書提及「排」字的壯語之意義，便知道珠三角、廣西沿海地名上的「排」字是指水中的礁石（水中的山體、水中壩石），廣東和廣西魟民所稱的「排」與廣西壯南區壯語有密切關係。現在筆者認為珠三角的古嶺南蜑（魟）族群族屬宜從其獨特的海洋地名命名來觀察，因為地名一經約定，就具有公認性，使用的廣泛性、持久性和穩定性，這是最佳考察的方法。因此筆者現在認為珠三角魟民是古越族的一支族群，不是漢族。[36]

---

33 從事醫學科學和人體解剖學研究。

34 黃新美（1935-）：《珠江口水上居民（疍家）的研究》（廣州：中山大學出版社，1990年）頁18-19。

35 張壽祺（1919-2003）《蛋家人》（香港：〔香港〕中華書局公司，1991年11月）頁43-45。

36 李輝（1968-）：〈百越遺傳結構的一元二分跡象〉，收入連曉鳴、李永鑫編：《2002年紹興越文化國際學術研討會論文》（杭州：浙江古籍出版社，2006年）頁398-406。

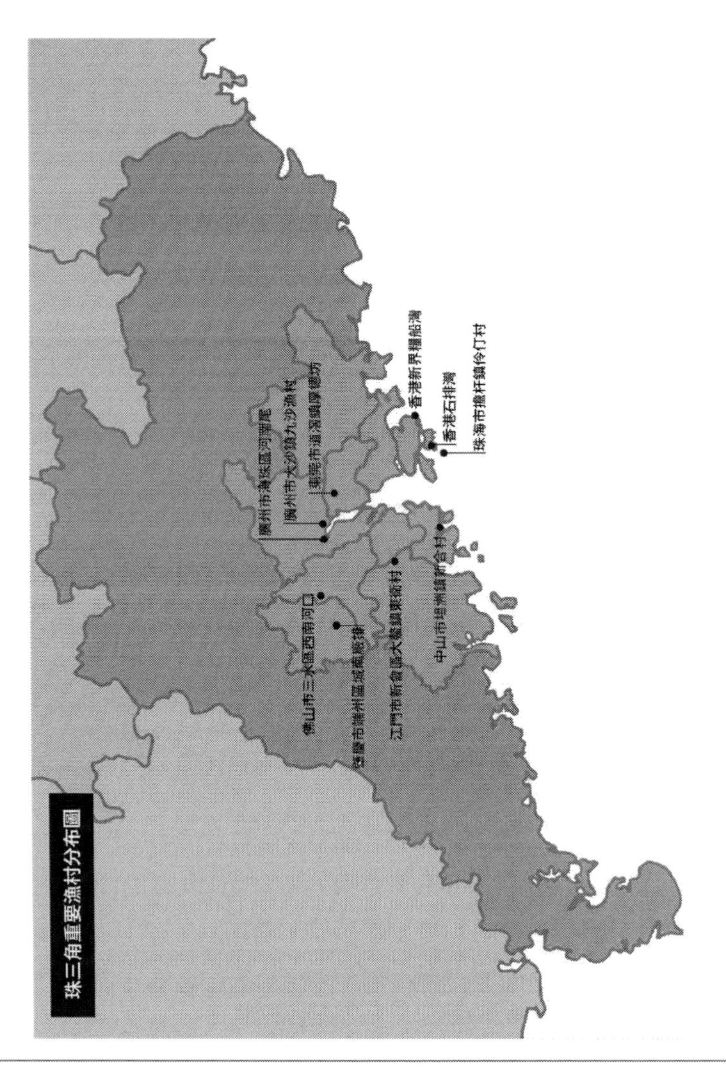

李輝：〈東亞人的遺傳系統初識〉，《國立國父紀念館館刊》（第十期）（臺北：國立國父紀念館，2002年），頁123-136。筆者認為李輝這裡所言與我所言「排」字的分布相同，都是集中在廣東珠江口，真的不謀而合，看來「原始越」有可能真的發源於廣州附近一帶。曾昭璇：〈從人類地理學看海南島歷史上的幾個問題〉，收入廣東省民族研究學會等編：《廣東民族研究論叢　第4輯》（廣州：廣東人民出版社，1988年12月）之（六）〈蜑民的獨特地理分布與珠三角洲起源說〉，頁125：「這片肥沃而廣大的三角洲正是百越人中的一個重要中心。這裡『陸事寡而水事多』，古越人在這種地理環境中，分化出一支疍人是很有條件的。」

第二章
珠三角漁村音系特點

第一節　廣州市海珠區河南尾水上話音系特點

本文合作人是陳亞根（1930年），居於河南尾[1]已數代，陳帶佛（1929年）是陳亞根堂兄，口音已廣州化，陳亞根口音最具河南尾特點。本文調查以陳亞根為主，陳帶佛只作參考。

「河南」的範圍在不同時期也有廣義和狹義之別。從東漢至明代以前，河南泛指整個河南地區，即今海珠地區。明清至民國時期，由於河南地區西北部的開發，城區逐漸發展，人們習慣將當時廣州珠江江南西起白鵝潭，專指河南尾（今草芳圍），面積約三公里的城區部分稱「河南」。這是狹義上的河南。一九四九年後，「河南」的範圍習慣上是指整個海珠地區。當年水上人聚居於此。

1　廣州市海珠區地方志編纂委員會編：《廣州市海珠區志》（廣州：廣東人民出版社，2000年8月），頁53-54：「河南」的範圍在不同時期也有廣義和狹義之別。從東漢至明代以前，河南泛指整個河南地區，即今海珠地區。明清至民國時期，由於河南地區西北部的開發，城區逐漸發展，人們習慣將當時廣州珠江江南西起白鵝潭，專指河南尾（今草芳圍），面積約三公里的城區部分稱「河南」。這是狹義上的河南。一九四九年後，「河南」的範圍習慣上是指整個海珠地區。一九八二年廣州統戰部安排我調查的地方就是草芳圍那邊的河南尾。那邊的水上人也只稱他們是河南尾人，不稱海珠人。所以在調查時，陳亞根強調他是河南尾水上人，不叫海珠水上人。

一　聲韻調系統

（一）聲母十九個，零聲母包括在內

p	波部胖步	p^h	頗爬排劈	m	毛夢米貌						
								f	夫科婦符		
t	多滴杜定	t^h	他挑肚艇			l	羅力歷你				
tʃ	祭租注戰	$tʃ^h$	拆創廁持					ʃ	修所身上		
										j	人央羊魚
k	歌急技更	k^h	驅拘琴企	ŋ	鵝牙牛昂						
kw	瓜均軍跪	kw^h	誇虧葵規							w	和橫汪永
								h	海下獻行		
ø	阿屋亞握										

（二）韻母

韻母表（韻母三十二個，包括一個鼻韻韻母）

單元音	複元音		鼻尾韻		塞尾韻	
a　巴沙牙蛙	ai　階牌太快	au　胞爪搞效		aŋ　盲棚減間		ak　伯客雜發
(ɐ)	ɐi　幣低危輝	ɐu　頭購留幽	ɐn　昏心燈鄰		ɐt　罰濕得出	
ɛ　借者射靴				ɛŋ　病頸井鄭		ɛk　屐赤笛劈
(e)	ei　皮四機尾			eŋ　承鳴挺泳		e　媳碧惜績
i　支師思樹		iu　飄少耀釣	in　面扇卷嚴		it　別切缺接	
ɔ　多科窩助			ɔn　漢旱汗寒	ɔŋ　崗方蚌香	ɔt　渴喝葛割	ɔk　作確撲腳
(o)		ou　部無毛好		oŋ　東宗風容		ok　獨谷燭浴
u　姑虎付富	ui　妹背才趣		un　搬管碗安		ut　潑末活割	
鼻韻 m̩ 唔五午蜈						

(三) 聲調九個

<table>
<tr><th colspan="2">調類</th><th>調值</th><th>例字</th></tr>
<tr><td colspan="2">陰平</td><td>55</td><td>剛專邊超</td></tr>
<tr><td colspan="2">陰上</td><td>35</td><td>古走口手</td></tr>
<tr><td colspan="2">陰去</td><td>33</td><td>蓋醉愛怕</td></tr>
<tr><td colspan="2">陽平</td><td>21</td><td>鵝文窮寒</td></tr>
<tr><td colspan="2">陽上</td><td>13</td><td>五武蟹厚</td></tr>
<tr><td colspan="2">陽去</td><td>22</td><td>岸望陣弟</td></tr>
<tr><td>上</td><td rowspan="2">陰入</td><td>5</td><td>急一惜福</td></tr>
<tr><td>下</td><td>3</td><td>甲桌各刷</td></tr>
<tr><td colspan="2">陽入</td><td>2</td><td>六落白俗</td></tr>
</table>

二　語音特點

(一) 聲母方面

古泥母、來母字n、l相混，南藍不分，諾落不分。

	囊（泥）		郎（來）		諾（泥）		落（來）
廣　州	nɔŋ^{21}	≠	lɔŋ^{21}	廣　州	nɔk^{2}	≠	lɔk^{2}
河南尾	lɔŋ^{21}	=	lɔŋ^{21}	河南尾	lɔk^{2}	=	lɔk^{2}

(二) 韻母方面

1　沒有舌面前圓唇閉元音y系韻母

廣州話是有舌面前圓唇閉元音y系韻母字，河南尾䑺語一律讀作i。

	朱遇合三	選山合三	孫臻合一	穴山合四
廣　州	tʃy^{55}	ʃyn^{35}	ʃyn^{55}	jyt^{2}
河南尾	tʃi^{55}	ʃin^{35}	ʃin^{55}	jit^{2}

2　古咸攝開口一、二等，深攝開口三等字尾韻的變異

河南尾蜑語在古咸攝開口一、二等，深攝開口三等字的am、ap韻尾，讀成舌根鼻音韻尾aŋ和舌根塞音韻尾ak。

	藍咸開一	耽咸開一	衫咸開二	簪深開三
廣　州	lam^{21}	tam^{55}	ʃam^{55}	tʃam^{55}
河南尾	laŋ^{21}	taŋ^{55}	ʃaŋ^{55}	tʃaŋ^{55}

	答咸開一	夾咸開二	甲咸開二	集深開三
廣　州	tap^{3}	kap^{3}	kap^{3}	tʃap^{2}
河南尾	tak^{3}	kak^{3}	kak^{3}	tʃak^{2}

3　古咸攝開口一、二等，深攝開口三等字的尾韻的變異

古咸攝開口一、二等，深攝開口三等字的尾韻ɐm、ɐp，讀成舌尖鼻音尾韻ɐn和舌尖塞音尾韻ɐt。

	感咸開一	甘咸開一	嵌咸開二	心深開三
廣　州	kɐm^{35}	kɐm^{55}	hɐm^{33}	ʃɐm^{55}
河南尾	kɐn^{35}	kɐn^{55}	hɐn^{33}	ʃɐn^{55}

	合咸開一	鴿咸開一	恰咸開二	入深開三
廣　州	hɐp^{2}	kɐp^{3}	hɐp^{5}	jɐp^{2}
河南尾	hɐt^{2}	kɐt^{3}	hɐt^{5}	jɐt^{2}

4　古山攝開口一、二等，合口一、二、三等字尾韻的變異

古山攝開口一、二等，合口一、二、三等字的an、at韻尾，讀成舌根鼻音韻尾aŋ和舌根塞音韻尾ak。

	旦山開一	山山開二	饅山合一	彎山合二
廣　州	tan^{33}	$ʃan^{55}$	man^{22}	wan^{55}
河南尾	$taŋ^{33}$	$ʃaŋ^{55}$	$maŋ^{22}$	$waŋ^{55}$

	達山開一	八山開二	刷山合二	發山合三
廣　州	tat^{2}	pat^{3}	$tʃ^{h}at^{3}$	fat^{3}
河南尾	tak^{2}	pak^{3}	$tʃ^{h}ak^{3}$	fak^{3}

5　古曾攝開口一三等，合口一等，梗攝開口二三等、梗攝合二等的舌根鼻

音尾韻ŋ和舌根塞尾韻k，讀成舌尖鼻音尾韻ɐn和舌尖塞音尾韻ɐt。

	登曾開一	行梗開二	盟梗開三	轟梗合二
廣　州	$tɐŋ^{55}$	$hɐŋ^{21}$	$mɐŋ^{21}$	$kwɐŋ^{55}$
河南尾	$tɐn^{55}$	$hɐn^{21}$	$mɐn^{21}$	$kwɐn^{55}$

	北曾開一	塞曾開一	陌梗開二	扼梗開二
廣　州	$pɐk^{5}$	$ʃɐk^{5}$	$mɐk^{2}$	$ɐk^{5}$
河南尾	$pɐt^{5}$	$ʃɐt^{5}$	$mɐt^{2}$	$ɐt^{5}$

6 古咸攝開口三、四等im、ip，讀成舌尖鼻音尾韻in和舌尖塞音尾韻it

	閃咸開三	欠咸開三	兼咸開四	嫌咸開四
廣 州	ʃim^{35}	him^{33}	kim^{55}	jim^{21}
河南尾	ʃin^{35}	hin^{33}	kin^{55}	jin^{21}

	獵咸開三	業咸開三	協咸開四	蝶咸開四
廣 州	lip^{2}	jip^{2}	hip^{3}	tip^{2}
河南尾	lit^{2}	jit^{2}	hit^{3}	tit^{2}

7 沒有舌面前圓唇半開元音œ（ɵ）為主要元音一系列韻母

廣州話的œ系韻母œ、œŋ、œk、ɵn、ɵt、ɵy在河南尾舸語中分別歸入ɛ、ɔŋ、ɔk、ɐn、ɐt、ui。

沒有圓唇韻母œ和œŋ、œk，歸入ɛ、ɔŋ、ɔk。

	靴果合三	涼宕開三	香宕開三	著宕開三	腳宕開三
廣 州	hœ^{55}	lœŋ^{21}	hœŋ^{55}	tʃœk^{3}	kœk^{3}
河南尾	hɛ^{55}	lɔŋ^{21}	hɔŋ^{55}	tʃɔk^{3}	kɔk^{3}

沒有ɵn、ɵt，分別讀成ɐn、ɐt。

	鄰臻開三	論臻合一	順臻合三	閏臻合三
廣 州	lɵn^{21}	lɵn^{22}	ʃɵn^{22}	jɵn^{22}
河南尾	lɐn^{21}	lɐn^{22}	ʃɐn^{22}	jɐn^{22}

	栗臻開三	率臻合三	蟀臻合三	秫臻合三
廣　州	lɵt^{2}	ʃɵt^{5}	ʃɵt^{5}	ʃɵt^{2}
河南尾	lɐt^{2}	ʃɐt^{5}	ʃɐt^{5}	ʃɐt^{2}

沒有ɵy，一律讀成ui。

	序遇合三	具遇合三	需遇合三	淚止合三
廣　州	tʃɵy^{22}	kɵy^{22}	ʃɵy^{55}	lɵy^{22}
河南尾	tʃui^{22}	kui^{22}	ʃui^{55}	lui^{22}

8　廣州話蟹開一、蟹合一的ɔi，一律讀成ui

	抬蟹開一	宰蟹開一	改蟹開一	外蟹合一
廣　州	t^{h}ɔi^{21}	tʃɔi^{35}	kɔi^{35}	ŋɔi^{22}
河南尾	t^{h}ui^{21}	tʃui^{35}	kui^{35}	ŋui^{22}

9　廣州話山開一的ɔn、ɔt，一律讀成un、ut

	竿山開一	罕山開一	安山開一	看山開一
廣　州	kɔn^{55}	hɔn^{35}	ɔn^{55}	hɔn^{33}
河南尾	kun^{55}	hun^{35}	un^{55}	hun^{33}

	割山開一	喝山開一	葛山開一	渴山開一
廣　州	kɔt^{3}	hɔt^{3}	kɔt^{3}	hɔt^{3}
河南尾	kut^{3}	hut^{3}	kut^{3}	hut^{3}

10　聲化韻ŋ̍歸併入m̩

「吳、蜈、吾、梧、五、伍、午、誤、悟」九個字，廣州話為[ŋ̍]，河。南尾艄語把這類聲化韻[ŋ̍]歸入[m̩]。

	吳遇合一	五遇合一	午遇合一	誤遇合一
廣　州	$ŋ̍^{21}$	$ŋ̍^{13}$	$ŋ̍^{13}$	$ŋ̍^{22}$
河南尾	$m̩^{21}$	$m̩^{13}$	$m̩^{13}$	$m̩^{22}$

（三）聲調方面

河南尾艄語聲調共九個，入聲有三個，分別是上陰入、下陰入、陽入。陰入按元音長短分成兩個，下陰入字的主要元音是長元音。

第二節　廣州市大沙鎮九沙漁村水上話音系特點[2]

九沙村位於大沙鎮九沙圍上，九沙村解放初期叫「九沙圍」，所以九沙村又常稱九沙圍，面積為〇點六平方公里。西南面臨珠江，東北面緊貼魚珠。解放前，這裡已有少數漁民在此落戶。解放後，陸續有漁民在這裡搭建棚屋而居。二〇〇八年統計，有一二六戶，五七三人。

九沙村是一條自然村，與茅崗村、新村、橫沙村、江貝村相鄰。圍上漁民從事近岸捕撈為主，部分則以下釣、撈蜆、撒網、浸蝦、圍罟等作業為生，由大沙鎮漁業大隊管理委員會管理。於一九八四年，經黃埔區批准，撤銷漁業大隊管理委員會，建立九沙鄉政府，一九八

2　廣州的調查，筆者已於一九八二年在廣州進行過艄語調查，打下幾節描述的資料，部分是早年調查，已無法找到合作人再核對一次。在廣州調查，多年來，前後主要調查過大沙鎮、河南尾、二沙頭、獵德、滘洲、瀝滘、江瀝海、安萊，也曾到番禺的化龍、大石。有些漁村漁民口音已廣州化，所以部分不加以收錄於此。

七年改為九沙村民委員會，村民來自漁業大隊的漁民。二〇〇二年八月起更名為九沙社區居民委員會，隸屬魚珠街道辦事處管轄。

九沙疍語已出現瀕危階段，疍語基本只有老人固守著，中青兩代基本已出外打工，甚至當上專業人士，他們已習慣了說廣州話、普通話。

本文所描寫的語音系統以陳金成先生的語音為準，他曾當九沙村村長，另一合作人是黃細佬。

一　聲韻調系統

（一）聲母十九個，零聲母包括在內

p 包必步白	p^h 批匹朋抱	m 媽莫文吻			
				f 法翻苦火	
t 刀答道敵	t^h 梯湯亭弟		l 來列李年		
tʃ 展站租就	$tʃ^h$ 拆雌初車			ʃ 小緒水舌	
					j 人妖又羊
k 高官舊局	k^h 抗曲窮琴	ŋ 牙牛銀餓			
kw 瓜國郡跪	kw^h 困虧葵群				w 和橫汪永
				h 海血河空	
ø 二圍現吳					

（二）韻母

韻母表（韻母四十二個，包括兩個鼻韻韻母）

單元音	複元音			鼻尾韻		塞尾韻	
a　把知亞花	ai　排佳太敗	au　包抄交孝		am 貪擔杉站	aŋ　盲棚橫晚	ap　答塔插甲	ak　百格摘八
(ɐ)	ɐi　例西吠揮	ɐu　某浮九幽		ɐm 林任暗柑	ɐŋ　朋杏宏文	ɐp　粒十急及	ɐk　北得刻失
ɛ　些爹車野					ɛŋ　鏡餅頸腥		ɛk　劇隻笛吃
(e)	ei　皮悲己尾				eŋ　兵令兄應		ek　碧的役式
i　知私子衣		iu　苗少挑曉		im　尖檢劍店	iŋ　篇然天見	ip　接涉業協	ik　滅傑揭節
ɔ　多波科所	ɔi　代猜開害				ɔŋ　忙蚌漢傷		ɔk　莫縛葛腳
(o)		ou　部無毛好			oŋ　公統終容		ok　木篤菊局
u　姑虎符附	ui　妹回灰會				uŋ　般官本春		uk　潑括沒律
(ɵ)			ɵy　吹退徐取				
y　儲余住雨					yŋ　端船玄村		yk　脫說缺血
鼻韻 m̩ 唔 ŋ̍ 五午吳悟							

(三) 聲調九個

<table>
<tr><th colspan="2">調類</th><th>調值</th><th>例字</th></tr>
<tr><td colspan="2">陰平</td><td>55</td><td>知商超專</td></tr>
<tr><td colspan="2">陰上</td><td>35</td><td>古走口比</td></tr>
<tr><td colspan="2">陰去</td><td>33</td><td>變醉蓋唱</td></tr>
<tr><td colspan="2">陽平</td><td>21</td><td>文雲陳床</td></tr>
<tr><td colspan="2">陽上</td><td>13</td><td>女努距婢</td></tr>
<tr><td colspan="2">陽去</td><td>22</td><td>漏爛備代</td></tr>
<tr><td>上</td><td rowspan="2">陰入</td><td>5</td><td>一筆曲竹</td></tr>
<tr><td>下</td><td>3</td><td>答說鐵刷</td></tr>
<tr><td colspan="2">陽入</td><td>2</td><td>局集合讀</td></tr>
</table>

二　語音特點

(一) 聲母方面

古泥母、來母字n、l相混，南藍不分，諾落不分。

	南（泥）		藍（來）		諾（泥）		落（來）
廣　州	nam^{21}	≠	lam^{21}	廣　州	nɔk^{2}	≠	lɔk^{2}
九　沙	lam^{21}	=	lam^{21}	九　沙	lɔk^{2}	=	lɔk^{2}

(二) 韻母方面

1　無 n、t 韻尾

廣州老市區有一套舌尖鼻音尾韻 n 和舌尖塞音尾韻 t（an、ɐn、

in、ɔn、un、ɵn、yn、at、ɐt、it、ɔt、ut、ɵt、yt)，九沙話全套 n、t 韻尾念作舌根鼻音韻尾ŋ和舌根塞音韻尾k，這是一個特色。

	旦山開一	晚山合三	達山開一	髮山合三
廣　州	tan^{22}	man^{13}	tat^{2}	fat^{3}
九　沙	taŋ^{22}	maŋ^{13}	tak^{2}	fak^{3}

	神臻開三	吻臻合三	失臻開三	佛臻合三
廣　州	ʃɐn^{21}	mɐn^{35}	ʃɐt^{5}	fɐt^{2}
九　沙	ʃɐŋ^{21}	mɐŋ^{35}	ʃɐk^{5}	fɐk^{2}

	綿山開三	田山開四	熱山開三	屑山開四
廣　州	min^{21}	t^{h}in^{21}	jit^{2}	ʃit^{3}
九　沙	miŋ^{22}	t^{h}iŋ^{21}	jik^{3}	ʃik^{3}

	岸山開一	汗山開一	喝山開一	割山開一
廣　州	ŋɔn^{22}	hɔn^{22}	hɔt^{3}	kɔt^{3}
九　沙	ŋuŋ^{22}	huŋ^{22}	huk^{3}	kuk^{3}

	盤山合一	門臻合一	末山合一	沒臻合一
廣　州	pun^{21}	mun^{21}	mut^{2}	mut^{2}
九　沙	puŋ^{21}	muŋ^{21}	muk^{2}	muk^{2}

	秦臻開三	輪臻合三	律臻合三	術臻合三
廣　州	tʃɵn^{21}	lɵn^{21}	lɵt^{2}	ʃɵt^{2}
九　沙	tʃuŋ^{21}	luŋ^{21}	luk^{2}	ʃuk^{2}

	短山合一	船山合三	奪山合一	決山合四
廣　州	tyn^{35}	ʃyn^{21}	tyt^{3}	k^{h}yt^{3}
九　沙	tyŋ^{35}	ʃyŋ^{21}	tyk^{3}	k^{h}yk^{3}

2　廣州話有豐富的舌面前圓唇半開元音œ（ɵ）為主要元音一系列韻母

這類韻母多屬中古音裡的三等韻。廣州話的œ系韻母œ、œŋ、œk、ɵn、ɵt在九沙舡語分別歸入ɔ、ɔŋ、ɔk、uŋ、uk。沒有圓唇韻母œŋ、œk韻母，歸入ɔŋ、ɔk。

	娘宕開三	香宕開三	雀宕開三	桌江開二
廣　州	nœŋ^{21}	hœŋ^{55}	tʃœk^{3}	tʃ^{h}œk^{3}
九　沙	lɔŋ^{21}	hɔŋ^{55}	tʃɔk^{3}	tʃ^{h}ɔk^{3}

沒有ɵn、ɵt韻母，分別讀成uŋ、uk。

	秦臻開三	輪臻合三	律臻合三	術臻合三
廣　州	tʃɵn^{21}	lɵn^{21}	lɵt^{2}	ʃɵt^{2}
九　沙	tʃuŋ^{21}	luŋ^{21}	luk^{2}	ʃuk^{2}

只保留ɵy韻母。

	序遇合三	對蟹合一	醉止合三	水止合三
廣　州	tʃɵy^{22}	tɵy^{33}	tʃɵy^{33}	ʃɵy^{35}
九　沙	tʃɵy^{22}	tɵy^{33}	tʃɵy^{33}	ʃɵy^{35}

(三) 聲調方面

聲調方面，九沙蜑語與老廣州白話沒有差異，聲調共九個，入聲有三個，分別是上陰入、下陰入、陽入。陰入按元音長短分成兩個，下陰入字的主要元音是長元音。

第三節　香港石排灣水上話音系特點

珠三角䑧語音系最有特色是香港石排灣，本文調查合作人分別來自石排灣的黎金喜（1925年-？）[3]、黎炳剛（1955年-）、盧健業（1990年-），本文反映的石排灣䑧語音系，是以黎金喜作代表。稱其祖輩自東莞太平鎮遷來香港仔，到他最少已六代。[4]是金喜叔長期在石排灣附近一帶打魚，也在香港仔漁民互助社當理事。筆者在香港仔石排灣漁村進行調查，只有黎金喜先祖是遷港最早的漁民，再者，其音系完整，極少受到粵語的粵化影響。

---

3 賀喜、科大衛編：《浮生：水上人的歷史人類學研究》（上海：中西書局公司，2021年6月），頁284：第二節〈「游動的漁民」和「固定的漁民」〉。黎金喜是石排灣固定居住的漁民，不是水上人自稱的水流柴那類游動漁民，所以筆者便以他為石排灣漁民話的合作人。

4 筆者曾前往東莞太平進行調查，發現當地已沒有數代居於太平的水上人，筆者接觸的全是一九四九年從別處漁村遷調到虎門。那次調查，鎮政府安排了四個人，一個是後從太平威遠島九門寨遷來；一個是在沙葛村遷來（非數代於太平沙葛漁村，父輩也是從別處遷到沙葛漁村）；一個是從廣州南沙黃閣鎮小虎村遷來；一個是廣州市南沙區南沙街鹿頸村遷來。由於不是來自東莞太平，筆者二話不說，不調查便離開了，跟著便跑到番禺去調查。

一　聲韻調系統

1　聲母十六個，零聲母包括在內

p	包必步白	p^h	批匹朋抱	m	嫣莫文吻						
								f	法翻苦火		
t	刀答道敵	t^h	梯湯亭弟			l	來列李年				
tʃ	展站租就	tʃ^h	拆雌初車					ʃ	小緒水舌		
										j	人妖又羊
k	高官舊瓜	k^h	抗曲窮群								
										w	和橫汪永
								h	海血河空		
ø	壓哀丫牛										

（二）韻母

韻母表（韻母三十六個，包括一個鼻韻韻母）

單元音	複元音			鼻尾韻		塞尾韻	
a 把知亞花	ai 排佳太敗	au 包抄交孝		an 炭山奸三	aŋ 坑橙橫省	at 辣八刷答	ak 拆或擲責
(ɐ)	ɐi 例西吠揮	ɐu 某浮九幽		ɐn 吞燈信林		ɐt 筆濕出得	
ɛ 些爹車野					ɛŋ 餅鏡鄭頸		ɛk 劇隻笛吃
e	ei 皮悲已女				eŋ 升亭兄聲		ek 碧的役式
i 知私子豬		iu 苗少挑曉		in 篇天卷尖		it 熱別帖缺	
ɔ 多波科靴	ɔi 代胎開害			ɔn 竿看寒安	ɔŋ 旁床王香	ɔt 葛割渴喝	ɔk 莫縛確腳
o		ou 部無毛好			oŋ 東公捧種		ok 木篤菊局
u 姑虎符附	ui 妹回會灰			un 般官碗本		ut 潑末活沒	
ɵ			ɵy 吹退徐取				
鼻韻 m̩ 唔五午吳							

說明：

an、at很不穩定，黎金喜常讀成aŋ、ak，但不構成意義上對立。

（三）聲調九個

<table>
<tr><th colspan="2">調類</th><th>調值</th><th>例字</th></tr>
<tr><td colspan="2">陰平</td><td>55</td><td>知商超專</td></tr>
<tr><td colspan="2">陰上</td><td>35</td><td>古走口比</td></tr>
<tr><td colspan="2">陰去</td><td>33</td><td>變醉蓋唱</td></tr>
<tr><td colspan="2">陽平</td><td>21</td><td>文雲陳床</td></tr>
<tr><td colspan="2">陽上</td><td>13</td><td>女努距婢</td></tr>
<tr><td colspan="2">陽去</td><td>22</td><td>字爛備代</td></tr>
<tr><td>上</td><td rowspan="2">陰入</td><td>5</td><td>一筆曲竹</td></tr>
<tr><td>下</td><td>3</td><td>答說鐵刷</td></tr>
<tr><td colspan="2">陽入</td><td>2</td><td>局集合讀</td></tr>
</table>

二　語音特點

（一）聲母方面

1　無舌尖鼻音n，古泥母、來母字今音聲母均讀作l

古泥（娘）母字廣州話基本n、l不混，古泥母字，一概讀n；古來母字，一概讀l。石排灣舡語，老中青把n、l相混，結果南藍不分，諾落不分。

	南（泥）		藍（來）		諾（泥）		落（來）
廣　州	nam^{21}	≠	lam^{21}	廣　州	nɔk^{2}	≠	lɔk^{2}
石排灣	lan^{21}	=	lan^{21}	石排灣	lɔk^{2}	=	lɔk^{2}

2　中古疑母洪音ŋ- 聲母合併到中古影母ø- 裡去

古疑母字遇上洪音韻母時，廣州話一律讀成ŋ-，石排灣疍民把ŋ聲母的字讀作ø聲母。

	眼	危	硬	偶
廣　州	ŋan^{13}	ŋɐi^{21}	ŋaŋ^{22}	ŋɐu^{13}
石排灣	an^{13}	ɐi^{21}	aŋ^{22}	ɐu^{13}

3　沒有兩個舌根唇音聲母kw、kw^h，出現kw、kw^h與k、k^h不分

	過果合一		個果開一		瓜假合二		加假開二
廣　州	kwɔ^{33}	≠	kɔ^{33}	廣　州	kwa^{55}	≠	ka^{55}
石排灣	kɔ^{33}	=	kɔ^{33}	石排灣	ka^{55}	=	ka^{55}

	乖蟹合二		佳蟹開二		規止合三		溪蟹開四
廣　州	kwai^{55}	≠	kai^{55}	廣　州	$\text{kw}^{h}\text{ɐi}^{55}$	≠	$\text{k}^{h}\text{ɐi}^{55}$
石排灣	kai^{55}	=	kai^{55}	石排灣	$\text{k}^{h}\text{ɐi}^{55}$	=	$\text{k}^{h}\text{ɐi}^{55}$

（二）韻母方面

1　沒有舌面前圓唇閉元音y系韻母

廣州話有舌面前圓唇閉元音y系韻母字，石排灣白話疍語一律讀作i。

	豬遇合三	緣山合三	臀臻合一	血山合四
廣　州	tʃy^{55}	jyn^{21}	$\text{t}^{h}\text{yn}^{21}$	hyt^{3}
石排灣	tʃi^{55}	jin^{21}	$\text{t}^{h}\text{in}^{21}$	hit^{3}

2 古咸攝開口各等，深攝三等尾韻的變異

石排灣舯語在古咸攝各等、深攝三等尾韻m、p，讀成舌尖鼻音尾韻n和舌尖塞音尾韻t。

	潭咸開一	減咸開二	尖咸開三	點咸開四	心深開三
廣　州	t^ham^{21}	kam^{35}	$tʃim^{55}$	tim^{35}	$ʃɐm^{55}$
石排灣	t^han^{21}	kan^{35}	$tʃin^{55}$	tin^{35}	$ʃɐn^{55}$

	答咸開一	甲咸開二	葉咸開三	帖咸開四	立深開三
廣　州	tap^3	kap^3	jip^2	t^hip^3	$lɐp^2$
石排灣	tat^3	kat^{35}	jit^2	t^hit^3	$lɐt^2$

3 古曾攝開口一三等，合口一等，梗攝開口二三等、梗攝合二等的舌根鼻

音尾韻ŋ和舌根塞尾韻k，讀成舌尖鼻音尾韻ɐn和舌尖塞音尾韻ɐt。

	燈曾開一	行梗開二	牲梗開二	轟梗合二
廣　州	$tɐŋ^{55}$	$hɐŋ^{21}$	$ʃɐŋ^{55}$	$kwɐŋ^{55}$
石排灣	$tɐn^{55}$	$hɐn^{21}$	$ʃɐn^{55}$	$kɐn^{55}$

	北曾開一	黑曾開一	陌梗開二	扼梗開二
廣　州	$pɐk^5$	$hɐk^5$	$mɐk^2$	$ɐk^5$
石排灣	$pɐt^5$	$hɐt^5$	$mɐt^2$	$ɐt^5$

4　差不多沒有舌面前圓唇半開元音œ（ɵ）為主要元音一系列韻母

這類韻母多屬中古音裡的三等韻。廣州話的œ系韻母œ、œŋ、œk、ɵn、ɵt、ɵy在石排灣疍語中分別歸入ɔ、ɔŋ、ɔk、ɐn、ɐt、ei。沒有圓唇韻母œ，œŋ、œk，歸入ɔ、ɔŋ、ɔk。

	靴果合三	娘宕開三	香宕開三	雀宕開三	腳宕開三
廣　州	hœ^{55}	nœŋ^{21}	hœŋ^{55}	tʃœk^{3}	kœk^{3}
石排灣	hɔ^{55}	lɔŋ^{21}	hɔŋ^{55}	tʃɔk^{3}	kɔk^{3}

沒有ɵn、ɵt韻母，分別讀成ɐn、ɐt。

	鱗臻開三	准臻合三	栗臻開三	蟀臻合三
廣　州	lɵn^{21}	tʃɵn^{35}	lɵt^{2}	ʃɵt^{5}
石排灣	lɐn^{21}	tʃɐn^{35}	lɐt^{2}	ʃɐt^{5}

只保留ɵy韻母。石排灣疍語ɵy韻母與k、k^{h}、h、l聲母搭配，則讀成ei。「女」字，合作人一時讀lɵy^{13}，一時讀lei^{13}很不穩定，但不構成意義上的對立。其餘讀音與廣州話相同。

	序遇合三	對蟹合一	醉止合三	水止合三
廣　州	tʃɵy^{22}	tɵy^{33}	tʃɵy^{33}	ʃɵy^{35}
石排灣	tʃɵy^{22}	tɵy^{33}	tʃɵy^{33}	ʃɵy^{35}

當遇上古遇合三時，與見系、泥、來母搭配時，便讀成ei。

	舉遇合三見	佢遇合三群	墟遇合三溪	女遇合三泥	呂遇合三來
廣　州	$kɵy^{35}$	$k^hɵy^{35}$	$hɵy^{55}$	$nɵy^{13}$	$lɵy^{13}$
石排灣	kei^{35}	k^hei^{35}	hei^{55}	lei^{13}	lei^{13}

5　聲化韻ŋ̍多歸併入m̩

「吳、蜈、吾、梧、五、伍、午、誤、悟」九個字，廣州話為[ŋ̍]，石排灣艇語把這類聲化韻[ŋ̍]字已歸併入[m̩]。

	吳遇合一	五遇合一	午遇合一	誤遇合一
廣　州	$ŋ̍^{21}$	$ŋ̍^{13}$	$ŋ̍^{13}$	$ŋ̍^{22}$
石排灣	$m̩^{21}$	$m̩^{13}$	$m̩^{13}$	$m̩^{22}$

（三）聲調方面

香港石排灣艇語聲調共九個，入聲有三個，分別是上陰入、下陰入、陽入。陰入按元音長短分成兩個，下陰入字的主要元音是長元音。

第四節　香港新界糧船灣水上話音系特點

合作人為鄭帶有（1933年），生於糧船灣，到他時已是最少三代人於糧船灣生活，[5]祖先從深圳南頭遷來。其女兒鄭美娟（1969年），高中畢業，長大於糧船灣，也曾跟父母打魚，於一九九六年結婚方居於沙田。她能說滿口糧船灣洲艇語，如此年齡能說一口好艇語，跟這

5　賀喜、科大衛編：《浮生：水上人的歷史人類學研究》（上海：中西書局公司，2021年6月）頁284：第二節〈「游動的漁民」和「固定的漁民」〉。鄭帶有是糧船灣的固定居住的漁民，不是水上人自稱的水流柴那類游動漁民，所以筆者便以鄭帶有為糧船灣漁民話的合作人。

裡是一個島嶼有關。糧船灣洲為香港第四大島嶼，行政上屬西貢區，位於萬宜水庫西南面，糧船灣海以東，滘西洲以西。

一　聲韻調系統

（一）聲母十六個，零聲母包括在內

p 波薄玻閉	p^h 鋪琵編批	m 摩無未慢		
			f 火苦飛煩	
t 多低誕弟	t^h 拖體逃挺	l 羅例靈泥		
tʃ 借閘支張	tʃ^h 且楚昌陳		ʃ 修所水市	
				j 由醫入月
k 歌幾極貴	k^h 驅襟拒跪			
				w 和話蛙韻
ø 哀愛握牛			h 可腔戲下	

（二）韻母

韻母表（韻母三十四個，包括一個鼻韻韻母）

單元音	複元音			鼻尾韻		塞尾韻	
a 巴查蝦蛙	ai 態介牌快	au 拋爪搞孝			aŋ 坑含蘭三		ak 伯合八納
(ɐ)	ɐi 例米肺危	ɐu 頭購留幼		ɐn 新鄰燈		ɐt 筆七出得	
ɛ 姐者射靴					ɛŋ 病頸鄭鏡		ɛk 劇赤踢吃
e	ei 碑四幾肥				eŋ 乘平亭永		ek 力跡敵役
i 是次寺注		iu 表韶搖跳		in 面扇染卷		it 別熱接缺	
ɔ 拖果蝸助	ɔi 招彩哀外			ɔn 刊罕看安	ɔŋ 旁荒王傷	ɔt 喝割葛渴	ɔk 作角確桌
o		ou 布土抱告			oŋ 宗冬同容		ok 木督六浴
u 古夫付富	ui 陪梅回灰			un 般官玩半		ut 末括活潑	
ɵ			ɵy 舉聚推水				
鼻韻 m̩ 唔伍午吳							

（三）聲調八個

<table>
<tr><th colspan="2">調類</th><th>調值</th><th>例字</th></tr>
<tr><td colspan="2">陰平</td><td>55</td><td>知丁超三</td></tr>
<tr><td colspan="2">陰上</td><td>35</td><td>古紙比楚</td></tr>
<tr><td colspan="2">陰去</td><td>33</td><td>蓋醉抗老</td></tr>
<tr><td colspan="2">陽平</td><td>21</td><td>鵝難床時</td></tr>
<tr><td colspan="2">陽去</td><td>22</td><td>漏浪助弟</td></tr>
<tr><td>上</td><td rowspan="2">陰入</td><td>5</td><td>急出惜筆</td></tr>
<tr><td>下</td><td>3</td><td>答接鐵割</td></tr>
<tr><td colspan="2">陽入</td><td>2</td><td>入物食舌</td></tr>
</table>

二　語音特點

（一）聲母方面

1　無舌尖鼻音n，古泥母、來母字今音聲母均讀作l

古泥（娘）母字廣州話基本n、l不混，凡古泥母字，一概讀n；凡古來母字，一概讀l。糧船灣洲（以下簡稱糧船灣，香港人一般也稱糧船灣）舡語，父女二人也把n、l相混，結果南藍不分，諾落不分。

	南（泥）		藍（來）		諾（泥）		落（來）
廣　州	nam^{21}	≠	lam^{21}	廣　州	$nɔk^{2}$	≠	$lɔk^{2}$
糧船灣	$laŋ^{21}$	=	$laŋ^{21}$	糧船灣	$lɔk^{2}$	=	$lɔk^{2}$

2 中古疑母洪音ŋ- 聲母合併到中古影母ø- 裡去

古疑母字遇上洪音韻母時，廣州話一律讀成ŋ-，事實上，珠三角舸語古疑母字的讀法已不太一致。糧船灣舸語這個ŋ聲母早已消失而合併到零聲母ø當中。

	眼	艾	硬	牛
廣　州	ŋan^{13}	ŋai^{22}	ŋaŋ^{22}	ŋɐu^{21}
糧船灣	an^{13}	ai^{22}	aŋ^{22}	ɐu^{21}

3 沒有兩個舌根唇音聲母kw、kw^h，出現kw、kw^h與k、k^h不分

	過果合一		個果開一		瓜假合二		加假開二
廣　州	kwɔ^{33}	≠	kɔ^{33}	廣　州	kwa^{55}	≠	ka^{55}
糧船灣	kɔ^{33}	=	kɔ^{33}	糧船灣	ka^{55}	=	ka^{55}

	乖蟹合二		佳蟹開二		規止合三		溪蟹開四
廣　州	kwai^{55}	≠	kai^{55}	廣　州	$\text{kw}^{h}\text{ɐi}^{55}$	≠	$\text{k}^{h}\text{ɐi}^{55}$
糧船灣	kai^{55}	=	kai^{55}	糧船灣	$\text{k}^{h}\text{ɐi}^{55}$	=	$\text{k}^{h}\text{ɐi}^{55}$

（二）韻母方面

1 沒有舌面前圓唇閉元音y系韻母

廣州話有舌面前圓唇閉元音y系韻母字，糧船灣舸語一律讀作i。

	注遇合三	員山合三	團山合一	月山合三
廣　州	tʃy^{33}	jyn^{21}	$\text{t}^{h}\text{yn}^{21}$	jyt^{2}
糧船灣	tʃi^{33}	jin^{21}	$\text{t}^{h}\text{in}^{21}$	jit^{2}

2　古咸攝開口一、二等，深攝開口三等字尾韻的變異

糧船灣䗋語在古咸攝開口一、二等，深攝開口三等字的am、ap韻尾，讀成舌根鼻音韻尾aŋ和舌根塞音韻尾ak。

	南咸開一	膽咸開一	鑑咸開二	簪深開三
廣　州	nam^{21}	tam^{35}	kam^{33}	tʃam^{55}
糧船灣	laŋ^{21}	taŋ^{35}	kaŋ^{33}	tʃaŋ^{55}

	搭咸開一	夾咸開二	鴨咸開二	襲深開三
廣　州	tap^{3}	tʃap^{2}	ap^{3}	tʃap^{2}
糧船灣	tak^{3}	tʃak^{2}	ak^{3}	tʃak^{2}

3　古咸攝開口一、二等，深攝開口三等字的尾韻的變異

古咸攝開口一、二等，深攝開口三等字的尾韻ɐm、ɐp，讀成舌根鼻音韻尾aŋ和舌根塞音韻尾ak。

	含咸開一	柑咸開一	嵌咸開二	心深開三
廣　州	hɐm^{21}	kɐm^{55}	hɐm^{33}	ʃɐm^{55}
糧船灣	haŋ^{21}	kaŋ^{55}	haŋ^{33}	ʃaŋ^{55}

	合咸開一	蛤咸開一	恰咸開二	吸深開三
廣　州	hɐp^{2}	kɐp^{3}	hɐp^{5}	k^{h}ɐp^{5}
糧船灣	hak^{2}	kak^{3}	hak^{5}	k^{h}ak^{5}

4　古曾攝開口一三等，合口一等，梗攝開口二三等、梗攝合二等的舌根鼻

音尾韻ŋ和舌根塞尾韻k，讀成舌尖鼻音尾韻ɐn和舌尖塞音尾ɐt。

	登曾開一	更梗開二	盟梗開三	轟梗合二
廣　州	$tɐŋ^{55}$	$kɐŋ^{33}$	$mɐŋ^{21}$	$kɐŋ^{21}$
糧船灣	$tɐn^{55}$	$kɐn^{33}$	$mɐn^{21}$	$kɐn^{21}$

	北曾開一	塞曾開一	陌梗開二	扼梗開二
廣　州	$pɐk^{5}$	$ʃɐk^{5}$	$mɐk^{2}$	$ɐk^{5}$
糧船灣	$pɐt^{5}$	$ʃɐt^{5}$	$mɐt^{2}$	$ɐt^{5}$

5　古山攝開合口各等字尾韻的變異

古山攝開口一、二等，合口一、二、三等字的尾韻an、at，讀成舌根鼻音韻尾aŋ和舌根塞音韻尾ak。

	丹山開一	盼山開二	饅山合一	頑山合二	飯山合三
廣　州	tan^{55}	$p^{h}an^{33}$	man^{22}	wan^{21}	fan^{22}
糧船灣	$taŋ^{55}$	$p^{h}aŋ^{33}$	$maŋ^{22}$	$waŋ^{21}$	$faŋ^{22}$

	達山開一	察山開二	滑山合二	刷山合二	髮山合三
廣　州	tat^{2}	$tʃ^{h}at^{3}$	wat^{2}	$tʃ^{h}at^{3}$	fat^{3}
糧船灣	tak^{2}	$tʃ^{h}ak^{3}$	wak^{2}	$tʃ^{h}ak^{3}$	fak^{3}

6　古咸攝開口三、四等im、ip，讀成舌尖鼻音尾韻in和舌尖塞音尾韻it

	閃咸開三	掩咸開三	謙咸開四	念咸開四
廣　州	$ʃim^{35}$	jim^{35}	him^{55}	nim^{22}
糧船灣	$ʃin^{35}$	jin^{35}	hin^{55}	lin^{22}

	妾咸開三	業咸開三	疊咸開四	協咸開四
廣　州	tʃ^{h}ip^{3}	jip^{2}	tip^{2}	hip^{2}
糧船灣	tʃ^{h}it^{3}	jit^{2}	tit^{2}	hit^{2}

7　沒有舌面前圓唇半開元音œ（ɵ）為主要元音一系列韻母

廣州話的œ系韻母œ、œŋ、œk、ɵn、ɵt、ɵy在糧船灣舺語中分別歸入ɛ、ɔŋ、ɔk、ɐn、ɐt、ui。沒有圓唇韻母œ，沒有œŋ、œk，分別讀成ɔŋ、ɔk。

	靴果合三	釀宕開三	香宕開三	弱宕開三	腳宕開三
廣　州	hœ^{55}	jœŋ^{22}	hœŋ^{55}	jœk^{2}	kœk^{3}
糧船灣	hɛ^{55}	jɔŋ^{22}	hɔŋ^{55}	jɔk^{2}	kɔk^{3}

沒有ɵn、ɵt，分別讀成ɐn、ɐt。

	鱗臻開三	崙臻合一	俊臻合三	準臻合三
廣　州	lɵn^{21}	lɵn^{22}	tʃɵn^{33}	tʃɵn^{35}
糧船灣	lɐn^{21}	lɐn^{22}	tʃɐn^{33}	tʃɐn^{35}

	栗臻開三	率臻合三	朮臻合三	出臻合三
廣　州	lɵt^{2}	ʃɵt^{5}	ʃɵt^{2}	tʃ^{h}ɵt^{5}
糧船灣	lɐt^{2}	ʃɐt^{5}	ʃɐt^{2}	tʃ^{h}ɐt^{5}

有ɵy，一律讀成ui。

	徐遇合三	拒遇合三	需遇合三	醉止合三
廣　州	$tʃ^{h}øy^{21}$	$k^{h}øy^{35}$	$ʃøy^{55}$	$tʃøy^{35}$
糧船灣	$tʃ^{h}ui^{21}$	$k^{h}ui^{35}$	$ʃui^{55}$	$tʃui^{35}$

8　聲化韻ŋ̍歸併入m̩

「吳、蜈、吾、梧、五、伍、午、誤、悟」九個字，廣州話為[ŋ̍]，糧船灣舸語把這類聲化韻[ŋ̍]字歸併入[m̩]。

	吳遇合一	五遇合一	午遇合一	誤遇合一
廣　州	$ŋ̍^{21}$	$ŋ̍^{13}$	$ŋ̍^{13}$	$ŋ̍^{22}$
糧船灣	$m̩^{21}$	$m̩^{33}$	$m̩^{33}$	$m̩^{22}$

（三）聲調方面

聲調絕大部分跟廣州話一樣，變調也一致的。差異之處是廣州話陽上13，糧船灣則讀作33，與陰去相合。

	馬	語	每	允
廣　州	ma^{13}	jy^{13}	mui^{13}	$wɐn^{13}$
糧船灣	ma^{33}	ji^{33}	mui^{33}	$wɐn^{33}$

第五節　中山市坦洲鎮新合村水上話音系特點

本文調查合作人是郭容帶（1960年），大涌口漁村水上人，今此村已歸入新合村。吳金彩（1950年），十四村人，從坦洲鎮裕洲村遷來此村到她已四代；黎玉芳（1961年），七村人；容展好（1945年），坦洲村人。以上三人極強調自己是沙田人，說的是沙田話，不是水上話。本文以郭容帶為主，其餘各人只作參考。郭容帶強調自己是水上人，也叫做蜑家佬，不是沙田人，卻稱自己的口音與沙田話沒有區別。

新合村位於坦洲鎮最南端，與珠海市接壤，東至裕州村，西北至群聯村，東北至聯一村，離鎮區較遠，是一條偏遠村，沒有工業，商業也不發達，主要以農為主。下轄三十個村民小組，人口約五七八〇人，一二六六戶，其中一百六十戶八百人為漁民。它於二〇〇一年十一月由原建新村、永合村、大涌口漁村三村合併組建而成。

坦洲鎮的粵語（廣州話）為全鎮的通用語言。其中又以疍家話（水上話）為主，主要分布在鎮中、低圍片[6]，二〇〇〇年統計，有五〇三五二人使用。坦洲鎮百分之八十以上講疍家話（圍口話、沙田話）。餘下百分之二十是說其他方言。在鎮北部山區片，有七千多人講客家話。此外部分講閩南話的以及新會荷塘方言、禮樂方言的散居於合勝、七村、永二及墟鎮上。[7]

6　名詞，負海拔的意思。

7　以上資料由坦洲鎮方志辦提供。

一 聲韻調系統

(一) 聲母十六個，零聲母包括在內

p 補步品邊	p^h 普排鄙拼	m 模無味媽			
				f 貨苦富互	
t 大低豆敵	t^h 拖天逃填		l 羅利另泥		
tʃ 井捉支逐	$tʃ^h$ 且楚尺陳			ʃ 修師試臣	
					j 已於仁月
k 古幾共瓜	k^h 卻級求規				
					w 禾宏蛙位
				h 考坑香咸	
ø 奧安握晏					

（二）韻母

韻母表（韻母四十六個，包括一個鼻韻韻母）

單元音	複元音		鼻尾韻			塞尾韻		
a 馬加下話	ai 帶戒街拉	au 跑炒較孝	am 參談杉讒	an 坦產慢彎	aŋ 盲坑橙橫	ap 答蠟閘鴨	at 辣八刮髮	ak 惑白客革
(ɐ)	ɐi 祭低偽揮	ɐu 投口流游	ɐm 甘針今音	ɐn 根真婚訓	ɐŋ 燈幸笙宏	ɐp 合執入吸	ɐt 疾室核勿	ɐk 默得則克
ɛ 姐車社耶					ɛŋ 頸鏡病餅			ɛk 隻石踢吃
(e)	ei 碑四非舉				eŋ 冰明另傾			ek 力亦的激
i 是次子愚		iu 表韶要了	im 沾劍尖念	in 面件年聯		ip 接頁貼協	it 列折歇脫	
ɔ 多果禾楚	ɔi 代改愛內			ɔn 趕罕汗案	ɔŋ 忙皇匡良		ɔt 割葛喝渴	ɔk 作角國略
(o)		ou 布圖抱號			oŋ 通公中恐			ok 族哭竹局
u 姑互赴附	ui 背媒灰女			un 半貫腕門			ut 潑括闊沒	
œ 蓑鋤螺								
(ɵ)				ɵn 津論春順			ɵt 律恤出述	
鼻韻 m̩ 唔吾五梧								

（三）聲調九個

<table>
<tr><th colspan="2">調類</th><th>調值</th><th>例字</th></tr>
<tr><td colspan="2">陰平</td><td>55</td><td>開商專知</td></tr>
<tr><td colspan="2">陰上</td><td>35</td><td>口手走紙</td></tr>
<tr><td colspan="2">陰去</td><td>33</td><td>對怕正帳[8]</td></tr>
<tr><td colspan="2">陽平</td><td>42</td><td>人如平扶</td></tr>
<tr><td colspan="2">陽上</td><td>13</td><td>五有距舅</td></tr>
<tr><td colspan="2">陽去</td><td>22</td><td>弟杜用害</td></tr>
<tr><td>上</td><td rowspan="2">陰入</td><td>5</td><td>急惜福曲</td></tr>
<tr><td>下</td><td>3</td><td>答百刷割</td></tr>
<tr><td colspan="2">陽入</td><td>2</td><td>六藥食服</td></tr>
</table>

二　語音特點

（一）聲母方面

1　古泥母、來母字n、l相混，南藍不分，諾落不分

例如：

	囊（泥）		郎（來）		諾（泥）		落（來）
廣　州	nɔŋ^{21}	≠	lɔŋ^{21}	廣　州	nɔk^{2}	≠	lɔk^{2}
新　合	lɔŋ^{42}	=	lɔŋ^{42}	新　合	lɔk^{2}	=	lɔk^{2}

8　郭容帶強調「意」與「異」是不同的音，「意」不能讀成「移」，「異」也不能讀成「移」。這是表示了其調值與《中山市坦洲鎮志》（頁920）之水上話調值不同。鎮志的水上話只有去聲，不分陰陽，調值是21。

2　新合村舺語部分匣母、影母、云母在遇攝合口一三等字讀作齒唇擦音f-。這一點有點像中山農舺沙田話

	湖遇合一匣	戶遇合一匣	污遇合一影	芋遇合三云
廣　州	wu^{21}	wu^{22}	wu^{55}	wu^{22}
新　合	fu^{42}	fu^{22}	fu^{55}	fu^{22}

3　沒有兩個舌根唇音聲母kw、kw^{h}，出現kw、kw^{h}與k、k^{h}不分

	過果合一		個果開一		瓜假合二		加假開二
廣　州	kwɔ^{33}	≠	kɔ^{33}	廣　州	kwa^{55}	≠	ka^{55}
新　合	kɔ^{33}	=	kɔ^{33}	新　合	ka^{55}	=	ka^{55}

	乖蟹合二		佳蟹開二		規止合三		溪蟹開四
廣　州	kwai^{55}	≠	kai^{55}	廣　州	kw^{h}ɐi^{55}	≠	k^{h}ɐi^{55}
新　合	kai^{55}	=	kai^{55}	新　合	k^{h}ɐi^{55}	=	k^{h}ɐi^{55}

4　中古疑母洪音ŋ- 聲母合併到中古影母ø- 裡去

古疑母字遇上洪音韻母時，廣州話一律讀成ŋ-，新合舺語這個ŋ聲母早已消失而合併到零聲母ø當中。

	眼	艾	硬	牛
廣　州	ŋan^{13}	ŋai^{22}	ŋaŋ^{22}	ŋɐu^{21}
新　合	an^{13}	ai^{22}	aŋ^{22}	ɐu^{42}

（二）韻母方面

1 沒有舌面前圓唇閉元音y系韻母

廣州話是有舌面前圓唇閉元音y系韻母字，新合舢語一律讀作i。

	雨遇合三	原山合三	悅山合三	乙臻開三
廣　州	jy^{13}	jyn^{21}	jyt^{2}	jyt^{2}
新　合	ji^{13}	jin^{42}	jit^{2}	jit^{2}

2 新合舢語舌面前圓唇半開元音œ為主要元音一系列韻母中的œŋ、œk讀作ɔŋ、ɔk

	娘宕開三	將宕開三	若宕開三	卻宕開三
廣　州	nœŋ[21]	tʃœŋ[55]	jœk[2]	kʰœk[3]
新　合	lɔŋ[42]	tʃɔŋ[55]	jɔk[2]	kʰɔk[3]

3 古遇攝合口三等與見組、曉組系相拼時，廣州話韻母唸ɵy，新合舢語則唸ei

古遇攝合口三等、蟹攝合口一等、蟹攝合口二、三等與非見系字相拼時，廣州話唸ɵy，新合舢語則讀ui。

	居遇合三見	駒遇合三見	許遇合三曉	巨遇合三群
廣　州	kɵy[55]	kʰɵy[55]	hɵy[35]	kɵy[22]
新　合	kei^{55}	$k^{h}ei^{55}$	hei^{35}	kei^{22}

	女遇合三泥	徐遇合三邪	腿蟹合一透	銳蟹合三以
廣　州	$nɵy^{13}$	$tʃ^{h}ɵy^{21}$	$t^{h}ɵy^{35}$	$jɵy^{22}$
新　合	lui^{13}	$tʃ^{h}ui^{42}$	$t^{h}ui^{35}$	jui^{22}

4　新合舺語舌面前圓唇半開元音œ比廣州話略多一點[9]

	蓑果合一	螺果合一	鋤遇合三
廣　州	$ʃɔ^{55}$	$lɔ^{21}$	$tʃ^{h}ɔ^{21}$
新　合	$ʃœ^{55}$	$lœ^{42}$	$tʃ^{h}œ^{42}$

5　聲化韻ŋ̍多歸併入m̩

「吳、蜈、吾、梧、五、伍、午、誤、悟」九個字，廣州話為[ŋ̍]，新合舺語把這類聲化韻[ŋ̍]字已歸併入[m̩]。

	吳遇合一	五遇合一	午遇合一	誤遇合一
廣　州	$ŋ̍^{21}$	$ŋ̍^{13}$	$ŋ̍^{13}$	$ŋ̍^{22}$
新　合	$m̩^{42}$	$m̩^{13}$	$m̩^{13}$	$m̩^{22}$

（三）聲調方面

聲調絕大部分跟廣州話一樣，變調也一致的。差異之處是廣州話陽平21，新合話則讀作42。

	雲	人	時	寒
廣　州	$wɐn^{21}$	$jɐn^{21}$	$ʃi^{21}$	$hɔn^{21}$
新　合	$wɐn^{42}$	$jɐn^{42}$	$ʃi^{42}$	$hɔn^{42}$

9　建新漁民是不說靴的，只稱水鞋。

第六節　佛山市三水區西南河口水上話音系特點

本文調查合作人，本音系主要合作人是譚榮遠（1953），河口社區居委會書記。祖輩是從南海官窯遷來，到他時已數代以上。譚麗娥（1960），大專文化，曾當西南副鎮長，現在西南當幹部。譚麗娥稱祖先是來自西南，拜祖也在西南，遷到河口到她時最少三代。這兩位合作人，很清楚過去河口船語是如何說的，能一一道來。其餘協助人有梁永昌（1947），從三水蘆苞遷來到他時已五代了。郭文（1946），從南海九江遷來到他時已四代。

西南街道河口漁業村概況，三水區西南街道河口水上漁業村於一九六四年從河口船民協會解體成為漁業大隊（即現時漁業村），成立時戶數六十二戶，人口三二六人，無可耕作的土地，均以捕魚為生，居住在水上的捕魚艇上，從一九六七年起分批上岸定居，到一九七五年全部上岸定居。由於環境問題，魚類越來越少，大部分勞動力都轉行其他工作，實際從事捕魚工作三十四戶，人數六十八人，現漁業村戶口數一二六戶，人數為六五八人。

一　聲韻調系統

（一）聲母十九個，零聲母包括在內

p 貝步胖閉	p^h 頗蚌鄙批	m 暮無未嫣			
				f 謊苦非芋	
t 大頂代定	t^h 他踢談挺		l 來鄰禮泥		
tʃ 積捉證張	$tʃ^h$ 侵瘡綽程			ʃ 修師試臣	
					j 由因仍逆
k 個幾共甲	k^h 傾級期劇	ŋ 我捱偽偶			
kw 怪均鬼郡	kw^h 誇困菌愧				w 活獲蛙韻
				h 可坑香野	
ø 阿安握晏					

（二）韻母

韻母表（韻母五十八個，包括兩個鼻韻韻母）

單元音	複元音			鼻尾韻			塞尾韻		
a 把加啞掛	ai 懶戒佳筷	au 抓吵搞孝		am 男慚監蘸	an 丹山慢彎	aŋ 彭撐橙橫	ap 納臘狹匣	at 達軋刷髮	ak 或帛客革
(ɐ)	ɐi 世批軌威	ɐu 某偶劉游		ɐm 堪針甚音	ɐn 吞真婚訓	ɐŋ 能耿粳宏	ɐp 合緝急吸	ɐt 密失突屈	ɐk 墨得則克
ɛ 借爹扯野		ɛu 苗教交抄		ɛm 斬鹹減餡	ɛn 邊間閑關	ɛŋ 頸病餅鏡	ɛp 夾	ɛt 拔揑刮八	ɛk 隻尺笛吃
(e)	ei 碑離眉尾					eŋ 乘京另泳			ek 力惜嫡析
i 知池紙旗		iu 表韶僑條		im 漸劍簽念	in 面然田現		ip 接怯貼協	it 別蜇歇截	
ɔ 多果禍梳	ɔi 再載哀內				ɔn 乾罕韓安	ɔŋ 忙黃望香		ɔt 割葛渴喝	ɔk 作樂國腳
(o)		ou 部圖到好		om 柑甘庵敢		oŋ 通洞終用	op 盒鴿合		ok 族哭竹逐
u 股虎府附	ui 配梅灰會				un 半貫碗悶			ut 撥抹豁沒	
œ 靴螺糯朵									
(ɵ)			ɵy 女序淚水		ɵn 信囤準順			ɵt 率朮出述	
y 恕與虛司					yn 短專縣存			yt 奪說越訣	
鼻韻 m̩ 唔 ŋ̍ 吾五梧午									

（三）聲調九個

<table>
<tr><th colspan="2">調類</th><th>調值</th><th>例字</th></tr>
<tr><td colspan="2">陰平</td><td>55</td><td>邊商剛知</td></tr>
<tr><td colspan="2">陰上</td><td>35</td><td>楚走比古</td></tr>
<tr><td colspan="2">陰去</td><td>33</td><td>變唱帳醉</td></tr>
<tr><td colspan="2">陽平</td><td>21</td><td>麻如唐時</td></tr>
<tr><td colspan="2">陽上</td><td>13</td><td>老有倍厚</td></tr>
<tr><td colspan="2">陽去</td><td>22</td><td>怒弄助代</td></tr>
<tr><td>上</td><td rowspan="2">陰入</td><td>5</td><td>即曲出竹</td></tr>
<tr><td>下</td><td>3</td><td>答說刷割</td></tr>
<tr><td colspan="2">陽入</td><td>2</td><td>納落食服</td></tr>
</table>

二　語音特點

（一）聲母方面

1　古泥（娘）母字廣州話基本n、l不混，河口艇語把n、l相混，結果南藍不分，諾落不分

	南（泥）		藍（來）		諾（泥）		落（來）
廣　州	nam^{21}	≠	lam^{21}	廣　州	$nɔk^{2}$	≠	$lɔk^{2}$
河　口	lam^{21}	=	lam^{21}	河　口	$lɔk^{2}$	=	$lɔk^{2}$

2　河口艇語匣母、云母在遇攝合口一三等字時讀作齒唇擦音f-

	互遇合一匣	狐遇合一匣	湖遇合一匣	芋遇合三云
廣　州	wu^{22}	wu^{21}	wu^{21}	wu^{22}
河　口	fu^{22}	fu^{21}	fu^{21}	fu^{22}

3　古喻母在廣州話裡讀半元音濁擦音j

河口艇語裡，古喻母字聲母有唸為h的現象。[10]這種現象也見於中山沙朗廣豐圍沙田話。

	野（以）	雨（云）	圓（云）	遠（云）
廣　州	$j\varepsilon^{13}$	jy^{13}	jyn^{21}	jyn^{13}
河　口	$h\varepsilon^{13}$	hy^{13}	hyn^{21}	hyn^{13}

（二）韻母方面

1　古止攝開口三等韻與精、莊兩組聲母相拼時，這些字在廣州話韻母是讀i，河口大部分韻母讀作y

	次（精組）	自（精組）	史（莊組）	士（莊組）
廣州話	$t\int^{h}i^{33}$	$t\int i^{22}$	$\int i^{35}$	$\int i^{22}$
河　口	$t\int^{h}y^{33}$	$t\int y^{22}$	$\int y^{35}$	$\int y^{22}$

2　舌面前圓唇半開元音œ比廣州話多一點點

廣州話的œ系韻母œŋ、œk歸入ɔŋ、ɔk，部分字受了廣州話影響讀成œŋ、œk。

10　彭小川：〈廣東南海（沙頭）方言音系〉，頁22。沙頭話也有這種現象。參看《廣東方言概要》，頁126。

河口舌面前圓唇半開元音œ比廣州話稍多少許。

	朵果合一	糯果合一	螺果合一
廣州話	tɔ^{35}	nɔ^{22}	lɔ^{21}
河　口	tœ^{35}	lœ^{22}	lœ^{55}/jœ^{55}

œŋ、œk歸入ɔŋ、ɔk。

	倡宕開三	香宕開三	約宕開三	腳宕開三
廣　州	tʃ^{h}œŋ^{33}	hœŋ^{55}	jœk^{2}	kœk^{3}
河　口	tʃ^{h}ɔŋ^{33}	hɔŋ^{55}	jɔk^{3}	kɔk^{3}

3　古止攝開口三等字在廣州話韻母讀ei，河口話與見組、曉母相拼成則讀作i，與其他聲母相拼時，依舊讀ei

	紀止開三見	旗止開三群	氣止開三溪	希止開三曉
廣　州	kei^{35}	k^{h}ei^{21}	hei^{33}	hei^{55}
河　口	ki^{35}	k^{h}i^{33}	hi^{33}	hi^{55}

4　古遇攝三等見系，廣州話讀ɵy，河口則讀y

	舉遇合三見	句遇合三見	駒遇合三見	懼遇合三群
廣　州	kɵy^{35}	kɵy^{33}	k^{h}ɵy^{55}	kɵy^{22}
河　口	ky^{35}	ky^{33}	k^{h}y^{53}	ky^{22}

5　古咸攝開口一等影母、匣母、見母的字，廣州話陽聲韻讀ɐm，入聲韻讀ɐp，河口前者讀om，後者讀op，這一類字並不多。這一點特點與順德、南海沙頭話相近

	庵咸開一影	暗咸開一影	甘咸開一見	敢咸開一見
廣　州	ɐm^{55}	ɐm^{33}	kɐm^{55}	kɐm^{35}
河　口	om^{53}	om^{33}	kom^{53}	kom^{35}

	盒咸開一匣	合咸開一匣	鴿咸開一見
廣　州	hɐp^{2}	hɐp^{2}	kɐp^{3}
河　口	hop^{2}	hop^{2}	kop^{3}

6　古效攝開口二等字，口語部分字讀音為ɛu

	苗效開三	抄效開二	交效開二	貓效開二
廣　州	miu^{21}	tʃʰau^{55}	kau^{55}	mau^{55}
河　口	mɛu^{21}	tʃʰɛu^{53}	kɛu^{53}	mɛu^{55}

7　古山攝開口二、四等，合口二、四等為主的白讀字讀作ɛn、ɛt

	閑山開二	間山開二	邊山開四	關山合二
廣　州	han^{21}	kan^{55}	pin^{55}	kwan^{55}
河　口	hɛn^{21}	kɛn^{55}	pɛn^{55}	kwɛn^{55}

	八山開二	拔山開二	捏山開四	挖山合二
廣　州	pat^{3}	pɐt^{2}	nip^{2}	kwat^{3}
河　口	pɛt^{3}	pɛt^{2}	lɛt^{2}	kwɛt^{3}

8　古咸攝開口一、二等讀作εm、εp

	斬咸開二	餡咸開二	鹹咸開二	減咸開二
廣　州	tʃam^{35}	ham^{35}	ham^{21}	kam^{35}
河　口	tʃεm^{35}	hεm^{35}	hεm^{33}	kεm^{35}

	夾咸開二	合咸開一	盒咸開一	鴿咸開一
廣　州	kap^{3}	hɐp^{2}	hap^{2}	kɐp^{3}
河　口	kεp^{3}	hεp^{2}	hεp^{2}	kεp^{3}

（三）聲調方面

聲調方面，河口䑺語與老廣州白話沒有差異，聲調共九個，入聲有三個，分別是上陰入、下陰入、陽入。陰入按元音長短分成兩個，下陰入字的主要元音是長元音。

第七節　珠海市擔杆鎮伶仃村水上話音系特點

本文調查合作人陳慧娟（1951）、鄭少華（1966），兩人都是三代以上居於伶仃，打魚為生。鄭少華則開茶樓於伶仃，其䑺語已稍廣州話化。本文調查以陳慧娟為主，鄭少華只作輔助參考。

擔杆鎮政府是設於外伶仃島上，下轄擔杆頭村、廟灣村、外伶仃村。陳慧娟表示島上居民本以捕魚為生，到了九〇年代因海洋污染，島上漁民子弟便前往香洲市區就業，現在島上的漁民都是上了年紀的。

一　聲韻調系統

（一）聲母十八個，零聲母包括在內

p	菠薄玻閉	p^h	浦排鄙撇	m	模務尾麥						
								f	貨褲飛俸		
t	都釘豆弟	t^h	他挑投亭			l	郎呂禮泥				
tʃ	寺責證逐	$tʃ^h$	侵初串陳					ʃ	些色世市		
										j	耶影仁玉
k	歌己局甲	k^h	曲級期強								
kw	瓜貴季櫃	kw^h	誇困葵愧							w	狐環蛙永
								h	可坑許效		
ø	哀屋握矮										

（二）韻母

韻母表（韻母四十七個，包括一個鼻韻韻母）

單元音	複元音		鼻尾韻			塞尾韻		
a　把家蝦灑	ai　乃諧債快	au　拋炒搞校	am 譚慚陷鑑	an　旦產慢彎	aŋ　膨冷棚横	ap　雜鑞夾甲	at　捺軋刷發	ak　惑白額革
(ɐ)	ɐi　世迷軌費	ɐu　某叩劉游	ɐm 甘針金音	ɐn　吞民婚訓	ɐŋ　等箏埂轟	ɐp　合執拾及	ɐt　匹失忽屈	ɐk　北特則黑
ɛ　且車射耶					ɛŋ　餅鄭病鏡			ɛk　屐尺笛糴
(e)	ei　彼理希未				eŋ　乘命定營			ek　力亦剔擊
i　是自字以		iu　苗紹僑聊		in　綿件年尖			it　列折傑妾	
ɔ　個科窩梳	ɔi　代該海外			ɔn　肝岸汗案	ɔŋ　忙汪望娘		ɔt　喝葛渴割	ɔk　博角撲弱
(o)		ou　菩肚到好			oŋ　車公豐共			ok　獨屋目束
u　顧戶赴附	ui　背媒灰吹			un　盤貫碗門			ut　潑抹活勃	
œ　靴								
(ɵ)				ɵn　津論春順			ɵt　率朮蟀秫	
y　書余住雨				yn　短船玄存			yt　奪悅越決	
鼻韻 m̩ 唔吾五梧								

（三）聲調八個

<table>
<tr><th colspan="2">調類</th><th>調值</th><th>例字</th></tr>
<tr><td colspan="2">陰平</td><td>55</td><td>開三專知</td></tr>
<tr><td colspan="2">陰上</td><td>35</td><td>丑楚走古</td></tr>
<tr><td colspan="2">陰去</td><td>33</td><td>唱愛醉蓋</td></tr>
<tr><td colspan="2">陽平</td><td>21</td><td>鵝人寒樹</td></tr>
<tr><td colspan="2">陽上</td><td>13</td><td>女野距婢</td></tr>
<tr><td>上</td><td rowspan="2">陰入</td><td>5</td><td>出竹福筆</td></tr>
<tr><td>下</td><td>3</td><td>接鐵刷割</td></tr>
<tr><td colspan="2">陽入</td><td>2</td><td>入律食服</td></tr>
</table>

二　語音特點

（一）聲母方面

1　古泥母、來母字n、l相混，南藍不分，諾落不分

	濃（泥）		龍（來）		諾（泥）		落（來）
廣　州	$noŋ^{21}$	≠	$loŋ^{21}$	廣　州	$nɔk^{2}$	≠	$lɔk^{2}$
伶　仃	$loŋ^{21}$	=	$loŋ^{21}$	伶　仃	$lɔk^{2}$	=	$lɔk^{2}$

2　中古疑母洪音ŋ- 聲母合併到中古影母ø- 裡去

古疑母字遇上洪音韻母時，廣州話一律讀成ŋ-，伶仃舸語這個ŋ聲母早已消失而合併到零聲母ø當中。

	眼	艾	硬	牛
廣　州	ŋan^{13}	ŋai^{22}	ŋaŋ^{22}	ŋɐu^{21}
伶　仃	an^{13}	ai^{21}	aŋ^{21}	ɐu^{21}

（二）韻母方面

1　伶仃𦨴語舌面前圓唇半開元音œ為主要元音一系列韻母中的œŋ、œk

少部分聲母的見系、泥母、來母、日母會讀作ɔŋ、ɔk，但大部分依舊是讀作œŋ、œk，可能是伶仃村太接近香港，受了廣州話的影響。

	娘宕開三泥	兩宕開三來	弱宕開三日	略宕開三來
廣　州	nœŋ^{21}	lœŋ^{13}	jœk^{2}	lœk^{2}
伶　仃	lɔŋ^{21}	lɔŋ^{13}	jɔk^{2}	lɔk^{2}

2　古遇攝三等泥母、來母、精系、見系、曉母字，廣州話讀ɵy，伶仃水上白話則讀ui

	女遇合三泥	呂遇合三來	舉遇合三見	許遇合三曉
廣　州	nɵy^{13}	lɵy^{13}	kɵy^{35}	hɵy^{35}
伶　仃	lui^{13}	lui^{13}	kui^{35}	hui^{35}

3　古咸開口三、咸開四等尾韻的變異

伶仃𦨴語只有古咸開口三、咸開四等尾韻出現變異，讀成舌尖鼻音尾韻n和舌尖塞音尾韻t。

	廉咸開三	儉咸開三	點咸開四	謙咸開四
廣　州	lim^{21}	kim^{22}	tim^{35}	him^{55}
伶　仃	lin^{21}	kin^{22}	tin^{35}	hin^{55}

	獵咸開三	劫咸開三	碟咸開四	協咸開四
廣　州	lip^{2}	kip^{3}	tip^{2}	hip^{3}
伶　仃	lit^{2}	kit^{3}	tit^{2}	hit^{3}

4　聲化韻ŋ̍多歸併入m̩

「吳、蜈、吾、梧、五、伍、午、誤、悟」九個字，廣州話為[ŋ̍]，伶仃䑺語把這類聲化韻[ŋ̍]字已歸併入[m̩]。

	吳遇合一	五遇合一	午遇合一	誤遇合一
廣　州	ŋ̍^{21}	ŋ̍^{13}	ŋ̍^{13}	ŋ̍^{22}
伶　仃	m̩^{21}	m̩^{13}	m̩^{13}	m̩^{21}

（三）聲調方面

聲調絕大部分跟廣州話一樣，變調也一致的。差異之處是廣州話陽去22，伶仃話則讀作21，與陽平相合。

	漸	樹	亂	累
廣　州	tʃim^{22}	ʃy^{22}	lyn^{22}	lɵy^{22}
伶　仃	tʃin^{21}	ʃy^{21}	lyn^{21}	lui^{21}

第八節　東莞市道滘鎮厚德坊水上話音系特點

何仔（1940）稱聽長輩說，知道其曾祖父時已在道滘打魚為生，到他已是第四代於道滘。小一文化程度，認字率卻很高。

一　聲韻調系統

（一）聲母二十個，零聲母包括在內

p 具部品閉	p^h 普排編片	m 磨無味麥			
				f 火科非胡	
t 多典杜定	t^h 拖天肚填	n 糯那內你	l 羅拉良另		
tʃ 姐爪支竹	$tʃ^h$ 此初尺柱			ʃ 修梳水臣	
					j 由因仁玉
k 歌幾局江	k^h 企拘拒劇	ŋ 我顏牛岸			
kw 瓜貴鬼跪	kw^h 誇困裙規				w 和話汪韻
				h 可恰兄下	
ø 哀安鴨坳					

（二）韻母

韻母表（韻母三十三個，包括二個鼻韻韻母）

單元音	複元音		鼻尾韻		塞尾韻	
a 馬加下話	ai 拜屆街快	au 包找教矛	an 丹山班三	aŋ 盲冷棚橫	at 達八發搭	ak 或白客策
(ɐ)	ɐi 幣低軌威	ɐu 某叩流幼	ɐn 吞燈礴鄰		ɐt 漆北粒出	
ɛ 姐車社靴				ɛŋ 病餅鄭鏡		ɛk 隻尺踢吃
(e)	ei 皮基希尾			eŋ 冰明定永		ek 力昔敵析
i 移資絲遇		iu 標韶橋了	in 連尖全半		it 列接脫抹	
ɔ 朵過和靴				ɔŋ 忙皇港娘		ɔk 博岳撲雀
(o)		ou 布土到好		oŋ 東送中恭		ok 僕哭六束
u 古戶扶附	ui 杯輩代女		un 觀寬腕肝		ut 括闊活割	
鼻韻 m̩ 唔 ŋ̍ 吾五吳梧						

(三) 聲調九個

調類	調值	例字
陰平	55	知開三商
陰上	35	口手走古
陰去	33	正控唱帳
陽平	21	娘如床扶
陽上	13	老有瓦怠
陽去	22	用弄共在
上陰入	5	出惜筆竹
下陰入	3	說各割答
陽入	2	六律宅服

二　語音特點

(一) 聲母方面

道滘艇語在匣母、云母於遇攝合口一三等字時讀作齒唇擦音f-。這個特點也見於中山橫欄沙田話、順德陳村話和陳村艇語。

	芋遇合三云	互遇合一匣	壺遇合一匣	狐遇合一匣
廣　州	wu^{22}	wu^{22}	wu^{21}	wu^{21}
道　滘	fu^{22}	fu^{22}	fu^{21}	fu^{21}

（二）韻母方面

1 沒有舌面前圓唇閉元音y系韻母

廣州話舌面前圓唇閉元音y系韻母字，道滘舡語一律讀作i。

	遇遇合三	全山合三	脫山合一	臀臻合一
廣州	jy^{22}	$tʃyn^{21}$	$tʃyt^{3}$	tyn^{21}
道滘	ji^{22}	$tʃin^{21}$	$tʃit^{3}$	tin^{21}

2 古咸攝開口各等，深攝三等尾韻的變異

道滘舡語在古咸攝各等、深攝開口三等尾韻，讀成舌尖鼻音尾韻n和舌尖塞音尾韻t。

	耽咸開一	減咸開二	佔咸開三	點咸開四	森深開三
廣州	tam^{55}	kam^{35}	$tʃim^{33}$	tim^{21}	$ʃɐm^{55}$
道滘	tan^{55}	kan^{35}	$tʃin^{33}$	tin^{21}	$ʃɐn^{55}$

	搭咸開一	胛咸開二	頁咸開三	貼咸開四	笠深開三
廣州	tap^{3}	kap^{3}	jip^{2}	tip^{3}	$lɐp^{5}$
道滘	tat^{3}	kat^{3}	jit^{2}	tit^{3}	$lɐt^{5}$

3 古曾攝開口一三等，合口一等，梗攝開口二三等、梗攝合二等的舌根鼻音尾韻ŋ和舌根塞尾韻k，讀成舌尖鼻音尾韻ɐn和舌尖塞音尾韻ɐt

	等曾開一	更梗開二	耿梗開二	宏梗合二
廣　州	tɐŋ^{35}	kɐŋ^{33}	ʃɐŋ^{35}	wɐŋ^{21}
道　滘	tɐn^{35}	kɐn^{33}	ʃɐn^{35}	wɐn^{21}

	墨曾開一	特曾開一	麥梗開二	扼梗開二
廣　州	mɐk^{2}	tɐk^{2}	mɐk^{2}	ɐk^{5}
道　滘	mɐt^{2}	tɐt^{2}	mɐt^{2}	ɐt^{5}

4　沒有舌面前圓唇半開元音œ（ɵ）為主要元音一系列韻母

這類韻母多屬中古音裡三等韻。廣州話的œ系韻母œ、œŋ、œk、ɵn、ɵt、ɵy在道滘舺語中分別歸入ɛ、ɔŋ、ɔk、ɐn、ɐt、ui。沒有圓唇韻母œ，沒有œŋ、œk韻母，一律讀成ɔŋ、ɔk。

	靴果合三	良宕開三	香宕開三	藥宕開三	腳宕開三
廣　州	hœ^{55}	lœŋ^{21}	hœŋ^{55}	jœk^{2}	kœk^{3}
道　滘	hɛ^{55}	lɔŋ^{21}	hɔŋ^{55}	jɔk^{2}	kɔk^{3}

沒有ɵn、ɵt韻母，一律讀成ɐn、ɐt。

	鄰臻開三	筍臻合三	栗臻開三	出臻合三
廣　州	lɵn^{21}	ʃɵn^{35}	lɵt^{2}	tʃ^{h}ɵt^{5}
道　滘	lɐn^{21}	ʃɐn^{35}	lɐt^{2}	tʃ^{h}ɐt^{5}

沒有ɵy，一律讀成ui。

	敘遇合三	懼遇合三	需遇合三	誰止合三
廣　州	tʃɵy^{22}	kɵy^{22}	ʃɵy^{55}	ʃɵy^{21}
道　滘	tʃui^{22}	kui^{22}	ʃui^{55}	ʃui^{21}

5　廣州話蟹開一、蟹合一的ɔi，一律讀成ui

	台蟹開一	栽蟹開一	採蟹開一	外蟹合一
廣　州	tʰɔi^{21}	tʃɔi^{35}	tʃʰɔi^{35}	ŋɔi^{22}
道　滘	tʰui^{21}	tʃui^{35}	tʃʰui^{35}	ŋui^{22}

6　廣州話山開一的ɔn、ɔt，一律讀成un、ut

	肝山開一	看山開一	安山開一	安山開一
廣　州	kɔn^{55}	hɔn^{33}	ɔn^{55}	ɔn^{33}
道　滘	kun^{55}	hun^{33}	un^{55}	un^{33}

	割山開一	喝山開一	葛山開一	渴山開一
廣　州	kɔt^{3}	hɔt^{3}	kɔt^{3}	hɔt^{3}
道　滘	kut^{3}	hut^{3}	kut^{3}	hut^{3}

（三）聲調方面

道滘艇語聲調共九個，入聲有三個，分別是上陰入、下陰入、陽入。陰入按元音長短分成兩個，下陰入字的主要元音是長元音。

第九節　江門市新會區大鰲鎮東衛村水上話音系特點

李鳳年（1964），東衛村人，是本文主要合作人。輔助者有梁帶照（1949），大鰲鎮南沙村人；黃潤文（1960），大鰲鎮新聯村人。大鰲鎮是一個島，全島各村都是水上人。他們都稱其方音為水鄉話。

東衛村委會位於大鼇鎮中部，鄰近鎮中心位置，交通方便。全村有六個村民小組，有常住人口一七六一人，農戶四九五戶，文明戶四四五戶，全村有耕地面積二三三二畝，其中水稻面積三五二畝，魚塘面積一九三七畝，其他農作物面積四十三畝。

南沙村下設七個村民小組，共五八〇戶。全村共有耕地面積二五六九畝，其中水稻種植面積四四五畝，魚塘面積一七二五畝，工業區用地三九九畝。

新聯村位於大鼇鎮南部，下設四個村民小組，常住戶口有一一一二人，戶籍戶數二八五戶。全村共有耕地面積一八八八點九畝，其中水稻種植面積有二三三點六畝，魚塘面積有一六〇二畝，其他耕地面積有五十三點三畝。[11]

11 資料由大鰲鎮宣傳辦提供。

一　聲韻調系統

（一）聲母十九個，零聲母包括在內

p 波薄怖邊	p^h 頗排編片	m 模務文麥			
				f 火褲富戶	
t 多丁代定	t^h 拖天談挺		l 羅利另尼		
tʃ 祭責種逐	tʃ^h 此廁尺陳			ʃ 修色失甚	
					j 由益仍玉
k 歌己共江	k^h 驅級及劇	ŋ 蛾顏牛礙			
kw 瓜貴鬼倔	kw^h 誇困菌規				w 和宏蛙旺
				h 可恰香項	
ø 阿安丫握					

(二) 韻母

韻母表（韻母五十三個，包括兩個鼻韻韻母）

單元音	複元音			鼻尾韻			塞尾韻		
a　巴加也打	ai　大諧街拉	au　胞爪郊效		am 探三衫讒	an　丹柬慢患	aŋ　彭坑棚橙	ap　答塌夾鴨	at　達殺刷髮	ak　或百客革
(ɐ)	ɐi　世米軌輝	ɐu　剖口流幼		ɐm 感林今音	ɐn　吞彬棍訓	ɐŋ　朋杏亨宏	ɐp　恰輯十吸	ɐt　筆室忽掘	ɐk　北得則克
ɛ　姐車社靴		ɛu　飽爆刨貓		ɛm 減橄餡喊	ɛn　邊繭眼還	ɛŋ　病鏡餅頸	ɛp　鴿夾盒蛤	ɛt　八刮挖滑	ɛk　隻尺笛吃
(e)	ei　碑李氣尾					eŋ　冰明另頃			ek　逼夕剔析
i　是恥墟豬		iu　標紹僑了		im 漸掩尖念	in　便件盆卷		ip　業怯碟協	it　別舌末缺	
ɔ　多果禾草	ɔi　台該愛內				ɔn　肝漢汗案	ɔŋ　忙王框香		ɔt　喝割渴葛	ɔk　鑿角國腳
(o)		ou　保早布杜				oŋ　通公中用			ok　僕毒竹局
u　姑護赴附	ui　陪枚灰繪				un　叛滿緩罐			ut　括活闊豁	
œ　蕾									
(ɵ)			ɵy　女須隊追		ɵn　津頓準順			ɵt　律朮出述	
鼻韻 m̩ 唔 ŋ̍ 梧五蜈午									

（三）聲調九個

<table>
<tr><th colspan="2">調類</th><th>調值</th><th>例字</th></tr>
<tr><td colspan="2">陰平</td><td>55</td><td>剛邊初三</td></tr>
<tr><td colspan="2">陰上</td><td>35</td><td>古展楚手</td></tr>
<tr><td colspan="2">陰去</td><td>33</td><td>帳正對怕</td></tr>
<tr><td colspan="2">陽平</td><td>42</td><td>人文平寒</td></tr>
<tr><td colspan="2">陽上</td><td>13</td><td>五有倍舅</td></tr>
<tr><td colspan="2">陽去</td><td>22</td><td>望巨大自</td></tr>
<tr><td>上</td><td rowspan="2">陰入</td><td>5</td><td>竹一出七</td></tr>
<tr><td>下</td><td>3</td><td>甲桌各割</td></tr>
<tr><td colspan="2">陽入</td><td>2</td><td>六落宅服</td></tr>
</table>

二　語音特點

（一）聲母方面

1　無舌尖鼻音n，古泥母、來母字今音聲母均讀作l

古泥（娘）母字廣州話基本n、l不混，鎮區部分人卻是n、l相混，結果南藍不分，諾落不分。

	南（泥）		藍（來）		娘（泥）		良（來）
廣　州	nam^{21}	≠	lam^{21}	廣　州	nœŋ^{21}	≠	lœŋ^{21}
東衛村	lam^{42}	=	lam^{42}	東衛村	lœŋ^{42}	=	lœŋ^{42}

2　古遇攝合口一等字，在廣州話聲母一般讀作雙唇舌根半元音 w-

但東衛村部分匣母、云母與遇攝合口一三等字相拼，讀作齒唇擦音f-。大鰲鎮在一九四九年前是屬於中山橫欄鎮一部分，所以有中山沙田話這個特點。

	湖遇合一匣	護遇合一匣	戶遇合一匣	芋遇合三云
廣　州	wu^{21}	wu^{22}	wu^{22}	wu^{22}
東衛村	fu^{42}	fu^{21}	fu^{21}	fu^{21}

3　kw、k不分和kw‘、k‘不分

唇化音聲母kw、kw‘ 與ɔ系韻母相拼，消失圓唇w，讀成k、k‘。

戈 ＝ 哥$kɔ^{53}$　　國 ＝ 角$kœk^{3}$

礦 ＝ 抗$k‘ɔŋ^{33}$　　廓 ＝ 確$k‘ɔk^{3}$

（二）韻母方面

1　古效攝開口一等字的韻母在廣州話是讀作ou，東衛村部分讀作ɔ，這是南海、順德的特點[12]

	刀效開一	帽效開一	老效開一	桃效開一
廣　州	tou^{55}	mou^{35}	lou^{13}	$t^{h}ou^{21}$
東衛村	$tɔ^{55}$	$mɔ^{35}$	$lɔ^{13}$	$t^{h}ɔ^{42}$

12 參看詹伯慧主編：《廣東粵方言概要》（廣州：暨南大學出版社，2002年），頁129。

2 un、ut與幫組相拼，便唸成in、it

	搬	門	末	沒
廣　州	pun^{55}	mun^{21}	mut^{2}	mut^{2}
東衛村	pin^{55}	min^{42}	mit^{2}	mit^{2}

這個特點只見於中山市沙朗廣豐圍漁村。

3 沒有舌面前圓唇閉元音y系韻母

廣州話是有舌面前圓唇閉元音y系韻母字，東衛村一律讀作i。

	語遇合三	源山合三	閱山合三	乙臻開三
廣　州	jy^{13}	jyn^{21}	jyt^{2}	jyt^{2}
東衛村	ji^{13}	jin^{42}	jit^{2}	jit^{2}

4 東衛村話的舌面前圓唇半開元音œ為主要元音一系列韻母中的œŋ、œk讀作ɔŋ、ɔk

	良宕開三	獎宕開三	約宕開三	腳宕開三
廣　州	$lœŋ^{21}$	$tʃœŋ^{55}$	$jœk^{2}$	$kœk^{3}$
東衛村	$lɔŋ^{42}$	$tʃɔŋ^{55}$	$jɔk^{2}$	$kɔk^{3}$

5 古遇攝三等見組、曉組，廣州話讀ɵy，東衛村話則讀i

	居遇合三見	拘遇合三見	具遇合三群	墟遇合三曉
廣　州	$kɵy^{55}$	$k^{h}ɵy^{55}$	$kɵy^{22}$	$hɵy^{55}$
東衛村	ki^{55}	$k^{h}i^{55}$	ki^{22}	hi^{55}

6　古效攝開口二等字，口語部分字讀音為ɛu[13]

	教效開二	飽效開二	咬效開二	抛效開二
廣　州	kau^{33}	pau^{35}	ŋau^{13}	p^{h}au^{55}
東衛村	kɛu^{33}	pɛu^{35}	ŋɛu^{13}	p^{h}ɛu^{55}

7　古山攝開口二、四等，合口二等為主的白讀字讀作ɛn、ɛt[14]

	邊山開四	閑山開二	還山合二	繭山開二
廣　州	pin^{55}	han^{21}	wan^{21}	kan^{35}
東衛村	pɛn^{55}	hɛn^{42}	wɛn^{42}	kɛn^{35}

	八山開二	滑山合二	刮山合二	挖山合二
廣　州	pat^{3}	wat^{2}	kwat^{3}	kwat^{3}
東衛村	pɛt^{3}	wɛt^{2}	kwɛt^{3}	kwɛt^{3}

8　古咸攝開口一、二等讀作ɛm、ɛp[15]

	減咸開二	蠶咸開一	咸（咸豐）咸開二	喊咸開一
廣　州	kam^{35}	tʃ^{h}am^{21}	ham^{21}	ham^{33}
東衛村	kɛm^{35}	tʃ^{h}ɛm^{42}	hɛm^{42}	hɛm^{33}

13 參看彭小川：〈廣東南海（沙頭）方言音系〉，頁23。參看甘于恩、吳芳：〈廣東順德（陳村）話調查紀略〉，《粵語研究》（澳門：粵語研究，2007年）第二期，頁43。參看甘于恩：〈三水西南方言音系概述〉，頁102。

14 參看彭小川：〈廣東南海（沙頭）方言音系〉，《方言》，頁23。參看甘于恩、吳芳：〈廣東順德（陳村）話調查紀略〉，《粵語研究》頁43。參看甘于恩：〈三水西南方言音系概述〉，《第二屆國際粵方言研討會論文集》，頁102。

15 參看彭小川：〈廣東南海（沙頭）方言音系〉，《方言》，頁23。參看甘于恩、吳芳：〈廣東順德（陳村）話調查紀略〉，《粵語研究》，頁43。參看甘于恩：〈三水西南方言音系概述〉，《第二屆國際粵方言研討會論文集》，頁102。

	夾咸開二	蛤咸開一	鴿咸開一	盒咸開一
廣　州	kap^{3}	kɐp^{3}	kɐp^{3}	hɐp^{2}
東衛村	kɛp^{3}	kɛp^{3}	kɛp^{3}	hɛp^{2}

（三）聲調方面

聲調部分跟廣州話一樣，變調也一致的。差異之處是陽平字唸作42。

	閑	含	還	咸
廣　州	han^{21}	hɐm^{21}	wan^{21}	ham^{21}
東衛村	hɛn^{42}	hɛm^{42}	wɛn^{42}	hɛm^{42}

第十節　肇慶市端州區城南廠排水上話音系特點

合作人是梁鑽（1955年）、彭慧卿（1976年）。梁鑽，從端州沙浦遷來，到她時已是第三代人；彭慧卿自幼跟外公生活和長大，外公是廠排水上人，約十代人居此西江邊打魚。本文所描寫的語音系統以彭慧卿的語音為準，梁鑽是彭慧卿的姨母，其水上話已出現許多變異，是她年輕時與廣府人交際多有關。因此，筆者便不選她作代表。彭慧卿熱愛魜民文化的鹹水歌和方言，說的廠排魜語十分標準，好像沒有受過廣州話洗禮一般。她還是鹹水歌承傳人代表。

筆者曾於二〇〇二年帶領學生到肇慶進行調查，先後到過江口、圍坦、二塔、小湘、德勝進行水上人風俗和方言調查。端州二塔合作人是梁樹林（1943年），高小，從高要沙步遷來四代；端州小湘彭銀（1922年）；德慶德勝鎮林港威（1933年）；江口、圍坦資料已失。以上數人魜語受了省城廣州話影響很大。

一　聲韻調系統

（一）聲母二十個，零聲母包括在內

p 補部品邊	p^h 普琵編拼	m 模巫尾嫣			
				f 火苦飛胡	
t 大店洞狄	t^h 拖替投亭	n 那你念糯	l 路利另了		
tʃ 祭責折逐	$tʃ^h$ 雌楚吊車			ʃ 修所水臣	
					j 由音仍玉
k 歌己共江	k^h 驅級求窮	ŋ 我顏牛外			
kw 刮均季郡	kw^h 垮困菌規				w 和話蛙威
				h 可腔香五	
ø 哀安握鴉					

（二）韻母

韻母表（韻母三十九個，包括一個鼻韻韻母）

單元音	複元音		鼻尾韻			塞尾韻		
a 把查架化	ai 大皆派槐	au 包爪交效	am 耽藍三站	an 丹山頒關	aŋ 烹坑橙横	ap 答塌插甲	at 押擦八滑	ak 伯格革或
(ɐ)	ɐi 矮米規貴	ɐu 偷夠琉誘	ɐm 岑林針金	ɐn 吞彬身春		ɐp 立粒拾及	ɐt 伐匹不律	
ɛ 姐謝捨耶					ɛŋ 病頸井鄭			ɛk 劇尺笛吃
(e)	ei 皮四喜既				eŋ 升平庭等			ek 力僻的得
i 是私司衣		iu 表少搖條	im 尖掩欠店	in 棉展天現		ip 接業碟協	it 別舌傑結	
ɔ 多果阻靴					ɔŋ 榜荒旺香			ɔk 岳撲學腳
(o)		ou 布徒報好			oŋ 東宗馮伍			ok 木屋足浴
u 姑烏付副	ui 輩媒海吹			un 肝看韓鞍			ut 渴割葛喝	
y 豬煮鼠蛛				yn 短捲犬本			yt 脫說越活	
鼻韻 m̩ 唔								

(三) 聲調九個

<table>
<tr><th colspan="2">調類</th><th>調值</th><th>例字</th></tr>
<tr><td colspan="2">陰平</td><td>55</td><td>知邊初三</td></tr>
<tr><td colspan="2">陰上</td><td>35</td><td>古短口楚</td></tr>
<tr><td colspan="2">陰去</td><td>33</td><td>蓋醉愛怕</td></tr>
<tr><td colspan="2">陽平</td><td>21</td><td>鵝如唐扶</td></tr>
<tr><td colspan="2">陽上</td><td>13</td><td>五武距厚</td></tr>
<tr><td colspan="2">陽去</td><td>22</td><td>岸大自在</td></tr>
<tr><td>上</td><td rowspan="2">陰入</td><td>5</td><td>一那福曲</td></tr>
<tr><td>下</td><td>3</td><td>答桌刷割</td></tr>
<tr><td colspan="2">陽入</td><td>2</td><td>入藥白服</td></tr>
</table>

二　語音特點

(一) 聲母方面

與廣州話一致。

(二) 韻母方面

1　廣州話蟹開一、蟹合一的ɔi，一律讀成ui

	抬蟹開一	宰蟹開一	菜蟹開一	外蟹合一
廣　州	$t^{h}ɔi^{21}$	$tʃɔi^{35}$	$tʃ^{h}ɔi^{33}$	$ŋɔi^{22}$
廠　排	$t^{h}ui^{21}$	$tʃui^{35}$	$tʃ^{h}ui^{33}$	$ŋui^{22}$

2 廣州話山開一的ɔn、ɔt，一律讀成un、ut

	乾山開一	看山開一	案山開一	汗山開一
廣 州	kɔn^{55}	hɔn^{33}	ɔn^{33}	ɔn^{22}
廠 排	kun^{55}	hun^{33}	un^{33}	un^{22}

	割山開一	喝山開一	葛山開一	渴山開一
廣 州	kɔt^{3}	hɔt^{3}	kɔt^{3}	hɔt^{3}
廠 排	kut^{3}	hut^{3}	kut^{3}	hut^{3}

3 沒有舌面前圓唇半開元音œ（ɵ）為主要元音一系列韻母，廣州話的œ韻母œ、œŋ、œk、ɵn、ɵt、ɵy在廠排舸語歸入ɔ、ɔŋ、ɔk、ɐn、ɐt、ui

沒有圓唇韻母œ，œŋ、œk，歸入ɔ、ɔŋ、ɔk。

	靴果合三	唱宕開三	香宕開三	弱宕開三	腳宕開三
廣 州	hœ^{55}	tʃ^{h}œŋ^{33}	hœŋ^{55}	jœk^{2}	kœk^{3}
廠 排	hɔ^{55}	tʃ^{h}ɔŋ^{33}	hɔŋ^{55}	jɔk^{2}	kɔk^{3}

沒有ɵn、ɵt，分別歸入ɐn、ɐt。

	進臻開三	崙臻合一	俊臻合三	閏臻合三
廣 州	tʃɵn^{33}	lɵn^{21}	tʃɵn^{33}	jɵn^{22}
廠 排	tʃɐn^{33}	lɐn^{21}	tʃɐn^{33}	jɐn^{22}

	律臻開三	朮臻合三	出臻合三	述臻合三
廣 州	lɵt^{2}	ʃɵt^{2}	tʃ^{h}ɵt^{5}	ʃɵt^{2}
廠 排	lɐt^{2}	ʃɐt^{2}	tʃ^{h}ɐt^{5}	ʃɐt^{2}

沒有ɵy，一律讀成ui。

	序遇合三	具遇合三	隧止合三	水止合三
廣　州	tʃɵy²²	kɵy²²	ʃɵy²²	ʃɵy³⁵
廠　排	tʃui²²	kui²²	ʃui²²	ʃui³⁵

4　古曾攝開口一、三等，合口一等，梗攝開口二、三等、梗攝合二等的舌根鼻音尾韻ŋ和舌根塞尾韻k，分別歸入eŋ、ek

	登曾開一	增曾開一	箏梗開二	宏梗合二
廣　州	tɐŋ⁵⁵	tʃɐŋ⁵⁵	tʃɐŋ⁵⁵	wɐŋ²¹
廠　排	teŋ⁵⁵	tʃeŋ⁵⁵	tʃeŋ⁵⁵	weŋ²¹

	德曾開一	黑曾開一	脈梗開二	扼梗開二
廣　州	tɐk⁵	ɐk⁵	mɐk²	ɐk⁵
廠　排	tek⁵	ek⁵	mek²	ek⁵

5　古山合一、臻合一的韻尾un、ut，分別歸入yn、yt

	搬山合一	罐山合一	本臻合一	門臻合一
廣　州	pun⁵⁵	kun³³	pun³⁵	mun²¹
廠　排	pyn⁵⁵	kyn³³	pyn³⁵	myn²¹

	活山合一	潑山合一	沒臻合一	勃臻合一
廣　州	wut²	pʰut³	mut²	put²
廠　排	wyt²	pʰyt³	myt²	pyt²

6 廣州話有一個聲化韻ŋ̍，廠排舸語歸入通合一、三等oŋ

這個特點與高要舸語、陸上白話一致。

	五遇合一	吳遇合一	午遇合一	蜈遇合一
廣州	$ŋ̍^{13}$	$ŋ̍^{21}$	$ŋ̍^{13}$	$ŋ̍^{21}$
廠排	$hoŋ^{13}$	$hoŋ^{21}$	$hoŋ^{13}$	$hoŋ^{21}$

7 聲化韻只有一個m̩

唔m̩

（三）聲調方面

聲調方面，廠排舸語與老廣州白話沒有差異，聲調共九個，入聲有三個，分別是上陰入、下陰入、陽入。陰入按元音長短分成兩個，下陰入字的主要元音是長元音。

第三章
珠三角漁村水上話語音的內部的一致性和差異性

第一節　珠三角漁村水上話語音的一致性

一　聲母方面

（一）粵海片粵語中古日母、影母、云母、以母字及疑母細音字的聲母，多讀成半元音性的濁擦音聲母j，珠三角𫖯語也是如此。

	擾（效開三日）	揖（深開三影）	炎（咸開三云）	容（通合三以）	逆（梗開三疑）
廣　州[1]	jiu13	jɐp5	jim21	joŋ21	jek2
廣州河南尾	jiu13	jɐt5	jin21	joŋ21	jek2
廣州九沙	jiu13	jɐt5	jin21	joŋ21	jek2
香港石排灣	jiu13	jɐt5	jin21	joŋ21	jek2
香港糧船灣	jiu13	jɐt5	jin21	joŋ21	jek2
中山坦洲	jiu13	jɐt5	jin21	joŋ21	jek2
佛山三水西南	jiu13	jɐt5	jin21	joŋ21	jek2
珠海伶仃漁村	jiu13	jɐt5	jin21	joŋ21	jek2
東莞厚德坊	jiu13	jɐt5	jin21	joŋ21	jek2

1　前者之音指廣州話，後者之音指水上話。廣州之音，根據自詹伯慧、張日昇主編：《珠江三角洲方言字音對照》（廣州：廣東人民出版社，1987年）。

江門東衛村	jiu^{13}	jɐt^{5}	jin^{21}	joŋ^{21}	jek^{2}
肇慶南廠排	jiu^{13}	jɐt^{5}	jin^{21}	joŋ^{21}	jek^{2}

（二）粵海片粵語中古次濁微、明母字的聲母讀m，珠三角舸語也是如此。

	萬（山合三微）	霧（遇合三微）	悶（臻合一明）	馬（假開二明）
廣　州	man^{22}	mou^{22}	mun^{22}	ma^{13}
廣州河南尾	man^{22}	mou^{22}	mun^{22}	ma^{13}
廣州九沙	man^{22}	mou^{22}	mun^{22}	ma^{13}
香港石排灣	man^{22}	mou^{22}	mun^{22}	ma^{13}
香港糧船灣	man^{22}	mou^{22}	mun^{22}	ma^{13}
中山坦洲	man^{22}	mou^{22}	mun^{22}	ma^{13}
佛山三水西南	man^{22}	mou^{22}	mun^{22}	ma^{13}
珠海伶仃漁村	man^{22}	mou^{22}	mun^{22}	ma^{13}
東莞厚德坊	man^{22}	mou^{22}	mun^{22}	ma^{13}
江門東衛村	man^{22}	mou^{22}	mun^{22}	ma^{13}
肇慶南廠排	man^{22}	mou^{22}	mun^{22}	ma^{13}

（三）粵海片粵語古精、莊、知、章四組聲母合流，都讀舌葉音tʃ、tʃʰ、ʃ，珠三角舸語也是如此。

	左（精母）	猜（清母）	寫（心母）
廣　州	tʃɔ^{35}	tʃʰai^{55}	ʃɛ^{35}
廣州河南尾	tʃɔ^{35}	tʃʰai^{55}	ʃɛ^{35}
廣州九沙	tʃɔ^{35}	tʃʰai^{55}	ʃɛ^{35}
香港石排灣	tʃɔ^{35}	tʃʰai^{55}	ʃɛ^{35}

香港糧船灣	tʃɔ^{35}	tʃ^{h}ai^{55}	ʃɛ^{35}
中山坦洲	tʃɔ^{35}	tʃ^{h}ai^{55}	ʃɛ^{35}
佛山三水西南	tʃɔ^{35}	tʃ^{h}ai^{55}	ʃɛ^{35}
珠海伶仃漁村	tʃɔ^{35}	tʃ^{h}ai^{55}	ʃɛ^{35}
東莞厚德坊	tʃɔ^{35}	tʃ^{h}ai^{55}	ʃɛ^{35}
江門東衛村	tʃɔ^{35}	tʃ^{h}ai^{55}	ʃɛ^{35}
肇慶南廠排	tʃɔ^{35}	tʃ^{h}ai^{55}	ʃɛ^{35}

	冢（知母）	偵（徹母）	重（澄母）
廣　州	tʃ^{h}oŋ^{35}	tʃeŋ^{55}	tʃ^{h}oŋ^{21}
廣州河南尾	tʃ^{h}oŋ^{35}	tʃeŋ^{55}	tʃ^{h}oŋ^{21}
廣州九沙	tʃ^{h}oŋ^{35}	tʃeŋ^{55}	tʃ^{h}oŋ^{21}
香港石排灣	tʃ^{h}oŋ^{35}	tʃeŋ^{55}	tʃ^{h}oŋ^{21}
香港糧船灣	tʃ^{h}oŋ^{35}	tʃeŋ^{55}	tʃ^{h}oŋ^{21}
中山坦洲	tʃ^{h}oŋ^{35}	tʃeŋ^{55}	tʃ^{h}oŋ^{21}
佛山三水西南	tʃ^{h}oŋ^{35}	tʃeŋ^{55}	tʃ^{h}oŋ^{21}
珠海伶仃漁村	tʃ^{h}oŋ^{35}	tʃeŋ^{55}	tʃ^{h}oŋ^{21}
東莞厚德坊	tʃ^{h}oŋ^{35}	tʃeŋ^{55}	tʃ^{h}oŋ^{21}
江門東衛村	tʃ^{h}oŋ^{35}	tʃeŋ^{55}	tʃ^{h}oŋ^{21}
肇慶南廠排	tʃ^{h}oŋ^{35}	tʃeŋ^{55}	tʃ^{h}oŋ^{21}

	齋（莊母）	巢（崇母）	紗（生母）
廣　州	tʃai^{55}	tʃ^{h}au^{21}	ʃa^{55}
廣州河南尾	tʃai^{55}	tʃ^{h}au^{21}	ʃa^{55}
廣州九沙	tʃai^{55}	tʃ^{h}au^{21}	ʃa^{55}
香港石排灣	tʃai^{55}	tʃ^{h}au^{21}	ʃa^{55}

香港糧船灣	tʃai^{55}	tʃ^{h}au^{21}	ʃa^{55}
中山坦洲	tʃai^{55}	tʃ^{h}au^{21}	ʃa^{55}
佛山三水西南	tʃai^{55}	tʃ^{h}au^{21}	ʃa^{55}
珠海伶仃漁村	tʃai^{55}	tʃ^{h}au^{21}	ʃa^{55}
東莞厚德坊	tʃai^{55}	tʃ^{h}au^{21}	ʃa^{55}
江門東衛村	tʃai^{55}	tʃ^{h}au^{21}	ʃa^{55}
肇慶南廠排	tʃai^{55}	tʃ^{h}au^{21}	ʃa^{55}

	正（章母）	扯（昌母）	身（書母）
廣　州	tʃeŋ^{33}	tʃ^{h}ɛ^{35}	ʃɐn^{55}
廣州河南尾	tʃeŋ^{33}	tʃ^{h}ɛ^{35}	ʃɐn^{55}
廣州九沙	tʃeŋ^{33}	tʃ^{h}ɛ^{35}	ʃɐn^{55}
香港石排灣	tʃeŋ^{33}	tʃ^{h}ɛ^{35}	ʃɐn^{55}
香港糧船灣	tʃeŋ^{33}	tʃ^{h}ɛ^{35}	ʃɐn^{55}
中山坦洲	tʃeŋ^{33}	tʃ^{h}ɛ^{35}	ʃɐn^{55}
佛山三水西南	tʃeŋ^{33}	tʃ^{h}ɛ^{35}	ʃɐn^{55}
珠海伶仃漁村	tʃeŋ^{33}	tʃ^{h}ɛ^{35}	ʃɐn^{55}
東莞厚德坊	tʃeŋ^{33}	tʃ^{h}ɛ^{35}	ʃɐn^{55}
江門東衛村	tʃeŋ^{33}	tʃ^{h}ɛ^{35}	ʃɐn^{55}
肇慶南廠排	tʃeŋ^{33}	tʃ^{h}ɛ^{35}	ʃɐn^{55}

（四）粵海片粵語無濁塞音聲母、濁塞擦音聲母，塞音聲母和塞擦音聲母只有清音不送氣和清音不送氣之分而無清音和濁音之分。

如有p、p^{h}而無b，有t、t^{h}而無d，有k、k^{h}而無g，有tʃ、tʃ^{h}而無dʒ。粵海片粵語裡的古濁聲母大部分轉成相應的清聲母字，於是平聲送氣，仄聲不送氣，珠三角艇語也是如此。

	婆（並母）	部（並母）	途（定母）	代（定母）
廣　州	p^{h}ɔ^{21}	pou^{22}	t^{h}ou^{21}	tɔi^{22}
廣州河南尾	p^{h}ɔ^{21}	pou^{22}	t^{h}ou^{21}	tɔi^{22}
廣州九沙	p^{h}ɔ^{21}	pou^{22}	t^{h}ou^{21}	tɔi^{22}
香港石排灣	p^{h}ɔ^{21}	pou^{22}	t^{h}ou^{21}	tɔi^{22}
香港糧船灣	p^{h}ɔ^{21}	pou^{22}	t^{h}ou^{21}	tɔi^{22}
中山坦洲	p^{h}ɔ^{21}	pou^{22}	t^{h}ou^{21}	tɔi^{22}
佛山三水西南	p^{h}ɔ^{21}	pou^{22}	t^{h}ou^{21}	tɔi^{22}
珠海伶仃漁村	p^{h}ɔ^{21}	pou^{22}	t^{h}ou^{21}	tɔi^{22}
東莞厚德坊	p^{h}ɔ^{21}	pou^{22}	t^{h}ou^{21}	tɔi^{22}
江門東衛村	p^{h}ɔ^{21}	pou^{22}	t^{h}ou^{21}	tɔi^{22}
肇慶南廠排	p^{h}ɔ^{21}	pou^{22}	t^{h}ou^{21}	tɔi^{22}

	虔（群母）	共（群母）	財（從母）	靜（從母上聲）
廣　州	k^{h}in^{21}	koŋ^{22}	tʃ^{h}ɔi^{21}	tʃeŋ^{22}
廣州河南尾	k^{h}in^{21}	koŋ^{22}	tʃ^{h}ɔi^{21}	tʃeŋ^{22}
廣州九沙	k^{h}in^{21}	koŋ^{22}	tʃ^{h}ɔi^{21}	tʃeŋ^{22}
香港石排灣	k^{h}in^{21}	koŋ^{22}	tʃ^{h}ɔi^{21}	tʃeŋ^{22}
香港糧船灣	k^{h}in^{21}	koŋ^{22}	tʃ^{h}ɔi^{21}	tʃeŋ^{22}
中山坦洲	k^{h}in^{21}	koŋ^{22}	tʃ^{h}ɔi^{21}	tʃeŋ^{22}
佛山三水西南	k^{h}in^{21}	koŋ^{22}	tʃ^{h}ɔi^{21}	tʃeŋ^{22}
珠海伶仃漁村	k^{h}in^{21}	koŋ^{22}	tʃ^{h}ɔi^{21}	tʃeŋ^{22}
東莞厚德坊	k^{h}in^{21}	koŋ^{22}	tʃ^{h}ɔi^{21}	tʃeŋ^{22}
江門東衛村	k^{h}in^{21}	koŋ^{22}	tʃ^{h}ɔi^{21}	tʃeŋ^{22}
肇慶南廠排	k^{h}in^{21}	koŋ^{22}	tʃ^{h}ɔi^{21}	tʃeŋ^{22}

	鋤（崇母）	助（崇母）	茶（澄母）	紂（澄母上聲）
廣　州	$tʃ^hɔi^{21}$	$tʃɔ^{22}$	$tʃ^ha^{21}$	$tʃɐu^{22}$
廣州河南尾	$tʃ^hɔi^{21}$	$tʃɔ^{22}$	$tʃ^ha^{21}$	$tʃɐu^{22}$
廣州九沙	$tʃ^hɔi^{21}$	$tʃɔ^{22}$	$tʃ^ha^{21}$	$tʃɐu^{22}$
香港石排灣	$tʃ^hɔi^{21}$	$tʃɔ^{22}$	$tʃ^ha^{21}$	$tʃɐu^{22}$
香港糧船灣	$tʃ^hɔi^{21}$	$tʃɔ^{22}$	$tʃ^ha^{21}$	$tʃɐu^{22}$
中山坦洲	$tʃ^hɔi^{21}$	$tʃɔ^{22}$	$tʃ^ha^{21}$	$tʃɐu^{22}$
佛山三水西南	$tʃ^hɔi^{21}$	$tʃɔ^{22}$	$tʃ^ha^{21}$	$tʃɐu^{22}$
珠海伶仃漁村	$tʃ^hɔi^{21}$	$tʃɔ^{22}$	$tʃ^ha^{21}$	$tʃɐu^{22}$
東莞厚德坊	$tʃ^hɔi^{21}$	$tʃɔ^{22}$	$tʃ^ha^{21}$	$tʃɐu^{22}$
江門東衛村	$tʃ^hɔi^{21}$	$tʃɔ^{22}$	$tʃ^ha^{21}$	$tʃɐu^{22}$
肇慶南廠排	$tʃ^hɔi^{21}$	$tʃɔ^{22}$	$tʃ^ha^{21}$	$tʃɐu^{22}$

（五）粵海片粵語一部分古溪母開口字讀作清喉擦音h聲母，古溪母合口字一部分讀作f聲母。珠三角蜑語也體現了這個特點。

	可（溪開）	器（溪開）	慶（溪開）
廣　州	$hɔ^{35}$	hei^{33}	$heŋ^{33}$
廣州河南尾	$hɔ^{35}$	hei^{33}	$heŋ^{33}$
廣州九沙	$hɔ^{35}$	hei^{33}	$heŋ^{33}$
香港石排灣	$hɔ^{35}$	hei^{33}	$heŋ^{33}$
香港糧船灣	$hɔ^{35}$	hei^{33}	$heŋ^{33}$
中山坦洲	$hɔ^{35}$	hei^{33}	$heŋ^{33}$
佛山三水西南	$hɔ^{35}$	hei^{33}	$heŋ^{33}$
珠海伶仃漁村	$hɔ^{35}$	hei^{33}	$heŋ^{33}$
東莞厚德坊	$hɔ^{35}$	hei^{33}	$heŋ^{33}$

江門東衛村	$hɔ^{35}$	hei^{33}	$heŋ^{33}$
肇慶南廠排	$hɔ^{35}$	hei^{33}	$heŋ^{33}$

	科（溪合）	褲（溪合）	快（溪合）
廣　州	$fɔ^{55}$	fu^{33}	fai^{33}
廣州河南尾	$fɔ^{55}$	fu^{33}	fai^{33}
廣州九沙	$fɔ^{55}$	fu^{33}	fai^{33}
香港石排灣	$fɔ^{55}$	fu^{33}	fai^{33}
香港糧船灣	$fɔ^{55}$	fu^{33}	fai^{33}
中山坦洲	$fɔ^{55}$	fu^{33}	fai^{33}
佛山三水西南	$fɔ^{55}$	fu^{33}	fai^{33}
珠海伶仃漁村	$fɔ^{55}$	fu^{33}	fai^{33}
東莞厚德坊	$fɔ^{55}$	fu^{33}	fai^{33}
江門東衛村	$fɔ^{55}$	fu^{33}	fai^{33}
肇慶南廠排	$fɔ^{55}$	fu^{33}	fai^{33}

（六）粵海片粵語的古敷、奉母字讀作f，珠三角艇語也體現了這個特點。

	翻（山合三敷）	覆（通合三敷）	父（遇合三奉）	罰（山合三奉）
廣　州	fan^{55}	fok^{5}	fu^{22}	$fɐt^{5}$
廣州河南尾	fan^{55}	fok^{5}	fu^{22}	$fɐt^{5}$
廣州九沙	fan^{55}	fok^{5}	fu^{22}	$fɐt^{5}$
香港石排灣	fan^{55}	fok^{5}	fu^{22}	$fɐt^{5}$
香港糧船灣	fan^{55}	fok^{5}	fu^{22}	$fɐt^{5}$
中山坦洲	fan^{55}	fok^{5}	fu^{22}	$fɐt^{5}$

佛山三水西南	fan^{55}	fok^{5}	fu^{22}	fɐt^{5}
珠海伶仃漁村	fan^{55}	fok^{5}	fu^{22}	fɐt^{5}
東莞厚德坊	fan^{55}	fok^{5}	fu^{22}	fɐt^{5}
江門東衛村	fan^{55}	fok^{5}	fu^{22}	fɐt^{5}
肇慶南廠排	fan^{55}	fok^{5}	fu^{22}	fɐt^{5}

（七）粵海片粵語有圓唇化的聲母kw、kw^{h}，珠三角舡語也基本體現了這個特點，只有數個漁村出現個人特點而已。

	怪（見母）	坤（溪母）	裙（群母）
廣　州	kwa^{33}	kw^{h}ɐn^{55}	kw^{h}ɐn^{21}
廣州河南尾	kwa^{33}	kw^{h}ɐn^{55}	kw^{h}ɐn^{21}
廣州九沙	kwa^{33}	kw^{h}ɐn^{55}	kw^{h}ɐn^{21}
佛山三水西南	kwa^{33}	kw^{h}ɐn^{55}	kw^{h}ɐn^{21}
珠海伶仃漁村	kwa^{33}	kw^{h}ɐn^{55}	kw^{h}ɐn^{21}
東莞厚德坊	kwa^{33}	kw^{h}ɐn^{55}	kw^{h}ɐn^{21}
江門東衛村	kwa^{33}	kw^{h}ɐn^{55}	kw^{h}ɐn^{21}
肇慶南廠排	kwa^{33}	kw^{h}ɐn^{55}	kw^{h}ɐn^{21}

二　韻母方面

（一）粵海片粵語在複合元音韻母、陽聲韻尾、入聲韻尾裡，有長元音a跟短元音ɐ對立，這是粵海片最大特點。

珠三角舡語也體現了這個特點，因舡族族群本是古越人之後。

	街 —	雞	三 —	心
廣　州	kai^{55}	kɐi^{55}	ʃam^{55}	ʃɐm^{55}
廣州河南尾	kai^{55}	kɐi^{55}	ʃam^{55}	ʃɐm^{55}
廣州九沙	kai^{55}	kɐi^{55}	ʃam^{55}	ʃɐm^{55}
香港石排灣	kai^{55}	kɐi^{55}	ʃam^{55}	ʃɐm^{55}
香港糧船灣	kai^{55}	kɐi^{55}	ʃam^{55}	ʃɐm^{55}
中山坦洲	kai^{55}	kɐi^{55}	ʃam^{55}	ʃɐm^{55}
佛山三水西南	kai^{55}	kɐi^{55}	ʃam^{55}	ʃɐm^{55}
珠海伶仃漁村	kai^{55}	kɐi^{55}	ʃam^{55}	ʃɐm^{55}
東莞厚德坊	kai^{55}	kɐi^{55}	ʃam^{55}	ʃɐm^{55}
江門東衛村	kai^{55}	kɐi^{55}	ʃam^{55}	ʃɐm^{55}
肇慶南廠排	kai^{55}	kɐi^{55}	ʃam^{55}	ʃɐm^{55}

	蠻 —	民	彭 —	朋
廣　州	man^{21}	mɐn^{21}	p^{h}aŋ^{21}	p^{h}ɐŋ^{21}
廣州河南尾	man^{21}	mɐn^{21}	p^{h}aŋ^{21}	p^{h}ɐŋ^{21}
廣州九沙	man^{21}	mɐn^{21}	p^{h}aŋ^{21}	p^{h}ɐŋ^{21}
香港石排灣	man^{21}	mɐn^{21}	p^{h}aŋ^{21}	p^{h}ɐŋ^{21}
香港糧船灣	man^{21}	mɐn^{21}	p^{h}aŋ^{21}	p^{h}ɐŋ^{21}
中山坦洲	man^{21}	mɐn^{21}	p^{h}aŋ^{21}	p^{h}ɐŋ^{21}
佛山三水西南	man^{21}	mɐn^{21}	p^{h}aŋ^{21}	p^{h}ɐŋ^{21}
珠海伶仃漁村	man^{21}	mɐn^{21}	p^{h}aŋ^{21}	p^{h}ɐŋ^{21}
東莞厚德坊	man^{21}	mɐn^{21}	p^{h}aŋ^{21}	p^{h}ɐŋ^{21}
江門東衛村	man^{21}	mɐn^{21}	p^{h}aŋ^{21}	p^{h}ɐŋ^{21}
肇慶南廠排	man^{21}	mɐn^{21}	p^{h}aŋ^{21}	p^{h}ɐŋ^{21}

	納	—立	甲	—蛤
廣　州	nap^2	$lɐp^2$	kap^3	$kɐp^3$
廣州河南尾	lap^2	$lɐp^2$	kap^3	$kɐp^3$
廣州九沙	lap^2	$lɐp^2$	kap^3	$kɐp^3$
香港石排灣	lap^2	$lɐp^2$	kap^3	$kɐp^3$
香港糧船灣	lap^2	$lɐp^2$	kap^3	$kɐp^3$
中山坦洲	lap^2	$lɐp^2$	kap^3	$kɐp^3$
佛山三水西南	lap^2	$lɐp^2$	kap^3	$kɐp^3$
珠海伶仃漁村	lap^2	$lɐp^2$	kap^3	$kɐp^3$
東莞厚德坊	nap^2	$lɐp^2$	kap^3	$kɐp^3$
江門東衛村	lap^2	$lɐp^2$	kap^3	$kɐp^3$
肇慶南廠排	nap^2	$lɐp^2$	kap^3	$kɐp^3$

（二）粵海片粵語古蟹攝開口三四等、止攝合口三等字多讀作ɐi。珠三角舸語也體現了這個特點。

	例（蟹開三來）	洗（蟹開四心）	揮（止合三曉）
廣　州	$lɐi^{22}$	$ʃɐi^{35}$	$fɐi^{55}$
廣州河南尾	$lɐi^{22}$	$ʃɐi^{35}$	$fɐi^{55}$
廣州九沙	$lɐi^{22}$	$ʃɐi^{35}$	$fɐi^{55}$
香港石排灣	$lɐi^{22}$	$ʃɐi^{35}$	$fɐi^{55}$
香港糧船灣	$lɐi^{22}$	$ʃɐi^{35}$	$fɐi^{55}$
中山坦洲	$lɐi^{22}$	$ʃɐi^{35}$	$fɐi^{55}$
佛山三水西南	$lɐi^{22}$	$ʃɐi^{35}$	$fɐi^{55}$
珠海伶仃漁村	$lɐi^{22}$	$ʃɐi^{35}$	$fɐi^{55}$
東莞厚德坊	$lɐi^{22}$	$ʃɐi^{35}$	$fɐi^{55}$

江門東衛村	lɐi²²	ʃɐi³⁵	fɐi⁵⁵
肇慶南廠排	lɐi²²	ʃɐi³⁵	fɐi⁵⁵

（三）粵海片粵語古流攝韻母多讀成ɐu，珠三角舸語也體現了這個特點。

	某（流開一明）	藕（流開一疑）	留（流開三來）	籌（流開三澄）
廣　州	mɐu¹³	ŋɐu¹³	lɐu²¹	tʃʰɐu²¹
廣州河南尾	mɐu¹³	ŋɐu¹³	lɐu²¹	tʃʰɐu²¹
廣州九沙	mɐu¹³	ŋɐu¹³	lɐu²¹	tʃʰɐu²¹
香港石排灣	mɐu¹³	ɐu¹³	lɐu²¹	tʃʰɐu²¹
香港糧船灣	mɐu¹³	ɐu¹³	lɐu²¹	tʃʰɐu²¹
中山坦洲	mɐu¹³	ɐu¹³	lɐu²¹	tʃʰɐu²¹
佛山三水西南	mɐu¹³	ŋɐu¹³	lɐu²¹	tʃʰɐu²¹
珠海伶仃漁村	mɐu¹³	ɐu¹³	lɐu²¹	tʃʰɐu²¹
東莞厚德坊	mɐu¹³	ŋɐu¹³	lɐu²¹	tʃʰɐu²¹
江門東衛村	mɐu¹³	ŋɐu¹³	lɐu²¹	tʃʰɐu²¹
肇慶南廠排	mɐu¹³	ŋɐu¹³	lɐu²¹	tʃʰɐu²¹

（四）粵海片粵語有兩個自成音節的鼻化韻m̩和ŋ

珠三角舸語部分體現了這個特點，但有些個別者把ŋ讀成m̩，這種情況，不是水上人特點，珠江各地的老中青也會如此。

	唔	五	午	吳	誤
廣　州	m̩	ŋ	ŋ	ŋ	ŋ
廣州河南尾	m̩	m̩	m̩	m̩	m̩
廣州九沙	m̩	ŋ	ŋ	ŋ	ŋ

香港石排灣	m̩	m̩	m̩	m̩	m̩
香港糧船灣	m̩	m̩	m̩	m̩	m̩
中山坦洲	m̩	m̩	m̩	m̩	m̩
佛山三水西南	m̩	ŋ	ŋ	ŋ	ŋ
珠海伶仃漁村	m̩	m̩	m̩	m̩	m̩
東莞厚德坊	m̩	ŋ	ŋ	ŋ	ŋ
江門東衛村	m̩	ŋ	ŋ	ŋ	ŋ
肇慶南廠排	m̩	m̩	m̩	m̩	m̩

三　聲調方面

粵海片粵語的聲調特點，第一點是聲調數目最多有九個，珠三角䑋語大部分如此，只有少數地方是八個調類；第二點是保留了古四聲的調類系統，四聲分成了陰陽，珠三角䑋語也有這種體現；第三點是入聲有上陰入、下陰入和陽入，這些特點，珠三角䑋語也是與之基本一致，糧船灣則是八個調類，陽上歸入陰去；珠海市擔桿鎮伶仃漁村也是八個調，陽去22歸入陽平，與陽平相合。

第二節　珠三角漁村水上話語音的差異性

一　韻母方面

（一）粵海片粵語中有以圓唇y為主要元音韻母，如y、yn、yt，這是粵海片特點。

在珠三角大部分䑋語部分漁村是沒有y系的韻母，這y系的韻母已演化讀作i系韻母。

	豬（遇合三知）	煮（遇合三章）	磚（山合三章）	月（山合三疑）
廣　州	$tʃy^{55}$	$tʃy^{35}$	$tʃyn^{55}$	jyt^{2}
廣州河南尾	$tʃi^{55}$	$tʃi^{35}$	$tʃin^{55}$	jit^{2}
廣州九沙	$tʃy^{55}$	$tʃy^{35}$	$tʃyŋ^{55}$	jyk^{2}
香港石排灣	$tʃi^{55}$	$tʃi^{35}$	$tʃin^{55}$	jit^{2}
香港糧船灣	$tʃi^{55}$	$tʃi^{35}$	$tʃin^{55}$	jit^{2}
中山坦洲	$tʃi^{55}$	$tʃi^{35}$	$tʃin^{55}$	jit^{2}
佛山三水西南	$tʃy^{55}$	$tʃy^{35}$	$tʃyn^{55}$	jyt^{2}
珠海伶仃漁村	$tʃy^{55}$	$tʃy^{35}$	$tʃyn^{55}$	jyt^{2}
東莞厚德坊	$tʃi^{55}$	$tʃi^{35}$	$tʃin^{55}$	jit^{2}
江門東衛村	$tʃi^{55}$	$tʃi^{35}$	$tʃin^{55}$	jit^{2}
肇慶南廠排	$tʃy^{55}$	$tʃy^{35}$	$tʃyn^{55}$	jyt^{2}

（二）粵海片粵語裡有œŋ、œk，珠三角舡語大部分唸作ɔŋ、ɔk，這個特點與粵海片不同。

	娘宕開三	香宕開三	雀宕開三	腳宕開三
廣　州	$nœŋ^{21}$	$hœŋ^{55}$	$tʃœk^{3}$	$kœk^{3}$
廣州河南尾	$lɔŋ^{21}$	$hɔŋ^{55}$	$tʃɔk^{3}$	$kɔk^{3}$
廣州九沙	$lɔŋ^{21}$	$hɔŋ^{55}$	$tʃɔk^{3}$	$kɔk^{3}$
香港石排灣	$lɔŋ^{21}$	$hɔŋ^{55}$	$tʃɔk^{3}$	$kɔk^{3}$
香港糧船灣	$lɔŋ^{21}$	$hɔŋ^{55}$	$tʃɔk^{3}$	$kɔk^{3}$
中山坦洲	$lɔŋ^{21}$	$hɔŋ^{55}$	$tʃɔk^{3}$	$kɔk^{3}$
佛山三水西南	$lɔŋ^{21}$	$hɔŋ^{55}$	$tʃɔk^{3}$	$kɔk^{3}$
珠海伶仃漁村	$lɔŋ^{21}$	$hɔŋ^{55}$	$tʃɔk^{3}$	$kɔk^{3}$
東莞厚德坊	$nɔŋ^{21}$	$hɔŋ^{55}$	$tʃɔk^{3}$	$kɔk^{3}$

江門東衛村	$lɔŋ^{21}$	$hɔŋ^{55}$	$tʃɔk^{3}$	$kɔk^{3}$
肇慶南廠排	$nɔŋ^{21}$	$hɔŋ^{55}$	$tʃɔk^{3}$	$kɔk^{3}$

（三）粵海片粵語完整保留了鼻音韻尾 -m、-n、-ŋ和塞音韻尾 -p、-t、-k。

在珠三角疍語裡，出現了合併的趨勢，但部分地方還保留著 -m -n、-ŋ和 -p、-t、-k。例如：

	-m	-n	-ŋ	-p	-t	-k
廣　州	+	+	+	+	+	+
廣州河南尾			+			+
廣州九沙	+		+	+		+
香港石排灣		+	+		+	+
香港糧船灣			+			+
中山坦洲	+	+	+	+	+	+
佛山三水西南	+	+	+	+	+	+
珠海伶仃漁村	+	+	+	+	+	+
東莞厚德坊		+	+		+	+
江門東衛村	+	+	+	+	+	+
肇慶南廠排	+	+	+	+	+	+

第三節　小結

綜合以上的分析，我們可以看見珠三角疍語在語言特徵上明顯地帶有粵海片粵語的色彩。這種特徵不僅體現在詞彙的使用上，也呈現在語音、語調以及語法結構等多個方面。

從共時的角度來看，珠三角䑸語在各個方言元素的使用上呈現出一致性，即使存在一些差異，整體上仍然保持著高度的一致性。這種一致性有助於內部交流時的理解和溝通，使得䑸群體內部並沒有明顯的語言隔閡。

由於共時上的一致性，珠三角䑸語在內部交流方面並沒有遭遇太大的問題。群體成員間能夠有效地理解和使用共同的語言工具，這進一步促進了群體內部的合作和互動。

儘管在粵海片粵語的基礎上存在一些區域性的差異，但整體上這些差異相對較小。這可能是由於長期的文化交流和經濟互動，使得珠三角地區的䑸群體在語言上保持了較高的一致性。

總的來說，珠三角䑸語在語言特徵上展現了粵海片粵語的獨有風格，而在內部交流方面，由於一致性的存在，群體成員之間能夠順暢地進行交流。這種情況反映了語言的獨特性與一致性並存，為我們提供了更深入的了解䑸語的視角。

第四章
同音字彙

本字彙按韻母、聲母、聲調的順序排列，主要收錄單字音，寫不出本字的音節用「□」代替，並加注釋。有文白異讀的，字下帶「__」為白讀音：字下帶「 」文讀音。有新老異讀的，在該字右下角標明（新）、（老）。異讀，以（異）來處理；異體字，以（□之異體字）來處理；至於方言字，以（方）來處理。

第一節　廣州市海珠區河南尾水上話同音字彙

a

p	[55]巴芭疤爸 [35]把 [33]霸壩（水壩）垻（堤塘） [21]爸$^{55-21}$ [22]罷
p^h	[55]趴 [33]怕 [21]爬琶耙杷鈀
m	[55]媽 [21]媽$^{53-21}$麻痳 [13]馬碼 [22]罵
f	[55]花 [33]化
t	[55]打$^{21-35}$（一打。來自譯音） [35]打
t^h	[55]他她它祂牠佗怹
l	[55]啦 [35]乸 [21]拿 [13]哪那
tʃ	[55]查（山查）碴渣髽（髽髻：抓髻）吒（哪吒：神話人物） [33]詐榨炸乍炸
tʃ^h	[55]叉杈差（差別） [33]岔奼（奼紫嫣紅）衩（衩衣，開衩） [21]茶搽茬（麥茬，麥收割後留在地的根）查（調查）
ʃ	[55]沙紗砂莎卅鯊痧（刮痧） [35]灑耍灑嗄（聲音嘶啞） [21]卅（異）
j	[13]也 [22]廿廿

k	[55]家加痂嘉傢枷迦嘎伽袈鎵葭泇珈笳跏茄 [35]假（真假）賈（姓）斝（玉製的盛酒器具） [33]假（放假）架駕嫁稼價
ŋ	[21]牙芽衙伢（小孩子） [13]雅
kw	[55]瓜 [35]寡剮 [33]掛卦（新）
kw^h	[55]誇垮（搞垮）跨夸（奢侈） [35]侉（誇大不實際） [33]卦（老）
w	[55]劃（劃船）蛙窪 [35]畫（名） [21]華（中華）華（華夏）鏵（犁鏵）樺（又） [22]華（華山、姓氏）樺話（說話）
h	[55]蝦（魚蝦）蝦（蝦蟆）哈 [21]霞瑕遐（名聞遐邇） [22]廈（大廈）廈（廈門）下（底下、下降）夏（春夏）夏（姓氏）暇（分身不暇）
ø	[55]鴉丫椏 [35]啞 [33]亞 [22]砑（砑平：碾壓成偏平）

ai

p	[55]掰（掰開）拜$^{33\text{-}55}$擘 [35]擺 [33]拜湃 [22]敗
p^h	[55]派（派頭） [35]牌$^{21\text{-}35}$（打牌） [33]派湃（又） [21]排牌簰（竹筏）霾（陰霾）
m	[21]埋 [13]買 [22]賣邁
f	[33]傀塊快筷
t	[55]呆（異）獃（書獃子） [35]歹傣$^{33\text{-}35}$ [33]戴帶傣（傣族） [22]大（大量）大（大夫）
t^h	[55]呔（方：車呔） [33]太態泰貸汰（汰弱留強）鈦（鈦合金）舦（舦盤）舵（異）
l	[55]拉䃺（方：䃺仔） [35]瀨$^{21\text{-}35}$（瀨粉） [33]癩（癩瘡） [21]奶$^{13\text{-}21}$ [13]乃奶 [22]賴籟（萬籟無聲）瀨（方：瀨尿）酹（酹酒）癩（異）
tʃ	[55]齋 [33]債 [22]寨
$tʃ^h$	[55]猜釵差（出差） [35]踩（踩高蹺）踹（踹踏） [21]豺柴
ʃ	[35]璽徙舐（舐犢情深） [33]晒曬（晒之異體字）
j	[35]踹
k	[55]皆階稭佳街 [35]解（解開）解（曉） [33]介階偕界芥尬疥屆戒
k^h	[35]楷
ŋ	[21]涯崖捱睚
kw	[55]乖 [35]蒯（姓）拐（拐杖）

w	[55]歪 [33]餧（同「餵」字） [21]懷槐淮 [22]壞
h	[55]揩（揩油） [21]孩諧鞋骸 [13]蟹懈駭 [22]邂械懈解（姓氏）
ø	[55]挨哎唉埃 [33]隘（氣量狹隘） [22]艾刈（鐮刀）

au

p	[55]包胞鮑（姓）鮑$^{22-55}$（鮑魚）孢（孢子） [35]飽 [33]爆5
p^h	[55]泡（一泡尿）拋 [35]跑 [33]豹炮（槍炮）泡（泡茶）砲豹爆 [21]刨鉋（木鉋）
m	[55]貓 [21]茅錨矛 [13]卯牡鉚（鉚釘） [22]貌
l	[55]撈（異） [21]撈鐃撓（百折不撓） [22]鬧
tʃ	[55]嘲啁 [35]抓爪找肘帚 [33]罩笊（笊籬） [22]櫂（櫂槳湖上）驟棹
$tʃ^h$	[55]抄鈔 [35]炒吵 [21]巢
ʃ	[55]梢（樹梢）捎（捎帶）筲鞘艄 [35]稍 [33]哨潲（豬潲，豬食物）
k	[55]交郊膠蛟（蛟龍）鮫 [35]絞狡攪（攪勻）搞（搞清楚）餃（餃子） [33]教覺（睡覺）較校（校對）校（上校）窖滘斠
k^h	[33]靠
ŋ	[21]熬肴淆 [13]咬
h	[55]酵（酵母）敲吼烤拷酵 [35]考烤巧 [33]孝酵 [21]姣（方：發姣） [22]效校（學校）傚
ø	[35]拗（拗斷） [33]坳（山坳）拗（拗口）

aŋ

p	[55]班斑頒扳 [35]板版闆阪（日本地名）扳（異） [22]扮辦
p^h	[55]烹扳（扳回一局棋）攀頒（異） [33]盼襻（紐襻） [21]彭膨棚鵬 [13]棒
m	[21]蠻 [13]猛蜢錳晚 [22]孟慢饅漫幔萬蔓
f	[55]翻番（番幾番）幡（幢幡）反（反切） [35]返 [33]販泛（廣泛，泛泛之交）氾反（平反）[21]凡帆藩（藩鎮之亂）煩礬繁芃氾（姓） [22]范範犯瓣飯礬（異）
t	[55]丹單（單獨）耽擔（擔任）鄲（邯鄲） [35]旦（花旦）彈（子彈）蛋（蛋花湯）膽 [33]旦（元旦）誕擔（挑擔） [22]但淡（冷淡）（地名：淡水）

t^h	[55]坍灘攤貪 [35]坦毯 [33]碳炭嘆歎探 [21]檀壇彈（彈琴）潭譚談痰 [13]淡（鹹淡）
l	[35]欖 [21]難（難易）蘭攔欄南男藍籃 [13]冷覽攬懶 [22]濫（泛濫）纜艦難（患難）爛
tʃ	[55]爭掙睜猙簪 [35]斬盞 [33]蘸贊 [22]掙賺綻（破綻）棧撰暫鏨站
$tʃ^h$	[55]撐餐參攙（攙扶）[35]橙鏟產慘 [33]撐燦杉 [21]瞪倀殘蠶慚讒饞
ʃ	[55]生牲甥珊山刪閂拴三衫 [35]省散（鞋帶散了）[33]傘散（分散）疝（疝氣）篡涮 [21]潺
k	[55]更耕粳艱間（中間）尷監（監獄）[35]梗鹼簡襇柬繭趼（手過度磨擦生厚皮）減 [33]間（間斷）諫澗鐧（車鐧）慣鑑監（太監）
k^h	[55]框筐眶
ŋ	[21]巖岩癌顏 [13]眼 [22]雁硬
kw	[55]鰥（鰥寡）關
kw^h	[55]框筐眶 [33]逛
w	[55]彎灣 [21]橫頑還環灣（銅鑼灣、長沙灣、土瓜灣）[13]挽 [22]幻患宦（宦官）
h	[55]夯坑 [35]餡 [33]喊 [21]行桁閒函咸鹹銜 [22]限陷（陷阱）
ø	[55]罌甖晏 [21]顏巖岩 [13]眼 [22]硬雁

ak

p	[3]泊百柏伯舶佰八捌 [2]白帛
p^h	[3]帕拍魄檗
m	[3]擘抹
f	[3]法髮發砝琺
t	[3]答搭 [2]達踏沓
t^h	[3]韃撻躂遢獺搨塔榻塌
l	[3]瘌
tʃ	[3]窄責札紮扎軋砸劄眨 [2]澤擇宅摘擲雜閘集習襲鍘柵
$tʃ^h$	[3]拆策冊柵插獺擦察刷 [2]賊

ʃ	[3]索殺撒薩煞
j	[3]喫
k	[3]胳格革隔骼鬲夾裌甲胛
ŋ	[2]額逆
kw	[3]刮
kw^h	[3]摑
w	[3]挖斡 [2]惑劃滑猾或
h	[3]嚇(恐嚇)客嚇(嚇一跳)赫掐 [2]狹峽匣
ø	[3]鴨押壓

ɐi

p	[55]跛 [33]蔽閉箅(蒸食物的竹箅子) [22]稗敝弊幣斃陛
p^h	[55]批 [13]睥
m	[55]咪 [21]迷謎霾糜眯 [13]米眯弭
f	[55]麾揮輝徽麾暉 [35]疿痱 [33]廢肺費沸芾疿狒 [22]吠痱蜚
t	[55]低 [35]底抵邸砥 [33]帝蒂締諦疐 [22]第弟遞隸逮棣悌娣埭締
t^h	[55]梯銻 [35]體睇梯 [33]替涕剃屜 [21]堤題提蹄啼 [22]弟悌娣
l	[21]犁黎泥尼<u>來</u>犂藜 [13]禮醴蠡 [22]例厲勵麗荔
tʃ	[55]擠劑 [35]濟仔囝 [33]祭際制製濟掣 [21]齊薺 [22]滯
$tʃ^h$	[55]妻棲淒悽 [33]砌切
ʃ	[55]篩西犀 [35]洗駛<u>使</u> [33]世勢細婿 [22]誓逝噬
j	[13]曳 [22]拽
k	[55]雞 [35]偈 [33]計繼髻
k^h	[55]稽谿蹊 [35]啟 [33]契
ŋ	[21]倪危 [13]蟻 [22]藝毅偽魏
kw	[55]閨圭龜歸鮭 [35]詭軌鬼簋 [33]鱖桂癸季貴瑰劌悸蹶饋 [22]跪櫃饋匱餽悸柜

kw^h	[55]盔規虧窺奎睽 [33]愧 [21]攜畦逵葵畦揆夔馗 [13]揆
w	[55]威 [35]毀萎委 [33]穢畏慰 [21]為維惟遺唯違圍 [13]諱偉葦緯 [22]衛惠慧為位胃謂蝟
h	[55]屄 [21]奚兮蹊嵇 [22]繫系（中文系）係
ø	[35]矮 [33]縊翳哎隘

ɐu

m	[55]痞 [33]卯 [21]謀牟眸蝥蟊 [13]某畝牡 [22]茂貿謬謬繆袤
f	[35]剖否 [21]浮 [22]埠阜復
t	[55]兜 [35]斗（一斗米）抖陡糾蚪 [33]鬥（鬥爭） [22]豆逗讀（句讀）竇痘荳
t^h	[55]偷 [35]敨（展開） [33]透 [21]頭投
l	[55]褸騮 [35]紐扭朽 [21]樓耬流留榴硫琉劉餾榴嘍摟琉瘤瀏婁耬蹓鎏 [13]摟簍摟柳 [22]漏陋溜餾鏤遛蹓
tʃ	[55]揫鄒掫（巡夜打更）周舟州洲 [35]走酒肘帚 [33]奏晝皺縐咒 [22]就袖紂宙驟
tʃ^h	[55]秋鞦抽 [35]丑（小丑）醜（醜陋） [33]湊臭糗嗅 [21]囚泅綢稠籌酬
ʃ	[55]修羞颼蒐收 [35]臾搜手首守 [33]嗽秀宿鏽瘦漱獸 [21]愁仇 [22]受壽授售
j	[55]丘休憂優幽 [33]幼 [21]柔揉尤郵由油游猶悠 [13]有友酉莠誘 [22]又右祐柚鼬釉
k	[55]鳩鬮 [35]狗苟九久韭 [33]夠灸救究咎 [22]舊柩
k^h	[55]溝摳瞘（眼瞘） [33]構購叩扣寇 [21]求球 [13]臼舅
ŋ	[21]牛 [13]藕偶耦
h	[55]吼 [35]口 [21]侯喉猴瘊（皮膚所生的小贅肉） [13]厚 [22]後后（皇后）候
ø	[55]勾鉤歐甌 [35]嘔毆 [33]漚慪

ɐn

p	[55]杉賓檳奔崩 [35]稟品 [33]殯鬢 [22]笨
p^h	[33]噴 [21]貧頻朋憑

m	[55]蚊 [21]民文紋聞萌盟 [13]澠閩憫敏抿吻刎 [22]問璺
f	[55]昏婚分芬紛熏勳薰葷 [35]粉 [33]糞訓 [21]墳焚 [13]奮憤忿 [22]份
t	[55]敦墩蹲登燈瞪 [35]等 [33]凳 [22]頓囤沌鈍遁鄧澄
t^h	[55]吞飩 [33]褪 [21]騰謄藤疼 [13]盾
l	[35]卵 [21]林淋臨鄰鱗燐崙倫淪輪能 [13]檁（正檁） [22]吝論
tʃ	[55]斟津珍榛臻真肫曾增憎僧爭箏睜 [35]枕準准 [33]浸枕進晉鎮振震俊濬 [22]盡陣
tʃ^h	[55]侵參（參差）親（親人）椿春 [35]寢診疹蠢 [33]親（親家）趁櫬 [21]尋沉秦陳塵旬循巡曾（曾經）
ʃ	[55]心森參（人參）深辛新薪身申伸娠荀殉生（出生） [35]沈審嬸筍榫（榫頭） [33]滲信訊遜迅 [21]岑神辰晨臣純醇 [22]葚甚腎慎順舜
j	[55]欽音陰恩姻欣殷 [35]飲隱 [33]蔭飲（飲馬）印 [21]壬吟淫人仁寅 [13]忍引 [22]賃任紝刃韌潤閏孕
k	[55]甘柑泔今跟根巾筋更（更換）庚粳羹耕 [35]棍 [22]撳近（接近）
k^h	[55]襟昆崑坤 [35]綑菌 [33]困窘 [21]琴禽擒勤芹 [13]妗
ŋ	[21]銀民齦
kw	[55]均鈞君轟搗 [33]棍 [22]郡
kw^h	[55]襟昆崑坤 [35]綑菌 [33]困窘 [21]群裙
w	[55]溫瘟 [35]穩 [33]熨 [21]魂餛勻云（子云）雲暈宏 [13]允尹 [22]渾混運
h	[55]堪龕蚶憨亨 [35]坎砍懇墾齦很 [33]勘 [21]含酣痕恆行（行為）衡 [22]撼憾嵌恨杏行（品行）幸
ø	[55]庵 [35]揞（揞住）埯 [33]暗

ɐt

p	[2]拔鈸弼
m	[2]襪密蜜物勿墨默陌麥脈
f	[2]乏伐筏罰佛
t	[2]突特
l	[2]立律率肋勒

tʃ	[2]疾姪
ʃ	[2]十什拾朮術述秫
j	[2]入日逸
k	[3]合（十合一升）蛤鴿
k^{h}	[2]及
ŋ	[2]訖
kw	[2]掘倔
w	[2]核（核桃）
h	[2]合（合作）盒磕洽瞎轄核（審核）

ɛ

t	[55]爹
tʃ	[55]遮 [35]姐者 [33]借藉蔗 [22]謝
tʃ^{h}	[55]車奢 [35]且扯 [21]邪斜
ʃ	[55]些賒 [35]寫捨 [33]瀉卸赦舍 [21]蛇佘 [13]社 [22]射麝
j	[21]耶爺 [13]惹野 [22]夜
k^{h}	[21]茄瘸

ɛŋ

p	[35]餅 [33]柄 [22]病
t	[55]釘 [35]頂 [33]掟 [22]訂
t^{h}	[55]聽廳 [13]艇
l	[33]靚 [21]靈綾 [13]領嶺
tʃ	[55]精 [35]井阱 [33]正 [22]淨鄭阱
tʃ^{h}	[55]青 [35]請
ʃ	[55]聲星腥 [35]醒 [21]成城
k	[55]驚 [35]頸 [33]鏡
h	[55]輕

ɛk

p	[3]壁
p^h	[3]劈
t	[2]笛糴（糴米）
t^h	[3]踢
tʃ	[3]隻炙脊
$tʃ^h$	[3]赤尺呎
ʃ	[3]錫 [2]石
k^h	[2]劇屐
h	[3]吃喫

ei

p	[55]篦碑卑悲 [35]彼俾比秕 [33]臂祕泌轡庇痺 [22]被避備鼻
p^h	[55]披丕 [35]鄙 [33]譬屁 [21]皮疲脾琶枇 [13]被婢
m	[21]糜眉楣微 [13]靡美尾 [22]媚寐未味
f	[55]非飛妃 [35]匪榧翡 [21]肥
t	[22]地
l	[55]璃 [21]彌離梨釐狸 [13]你李里裡理鯉 [22]膩利吏餌
k	[55]飢几（茶几）基幾（幾乎）機饑 [35]己紀杞幾（幾個） [33]記既 [22]技妓忌
k^h	[33]冀 [21]騎（輕騎）祁鰭其棋期旗祈 [13]企徛（站立）
h	[55]犧欺嬉熙希稀 [35]起喜蟢豈 [33]戲器棄氣汽

eŋ

p	[55]冰兵 [35]丙秉 [33]迸柄併 [22]並
p^h	[55]姘拼 [33]聘 [21]平坪評瓶屏萍
m	[21]鳴明名銘 [13]皿 [22]命
t	[55]丁釘靪疔 [35]頂鼎 [33]釘 [22]訂錠定
t^h	[55]聽廳汀（水泥） [33]聽（聽其自然） [21]亭停廷蜓 [13]艇挺

l	[55]拎 [21]楞陵凌菱寧靈零鈴伶翎 [13]領嶺 [22]令佞另
tʃ	[55]徵蒸精晶睛貞偵正（正月）征 [35]拯井整 [33]證症正（正常）政 [22]靜靖淨
tʃʰ	[55]稱（稱呼）清蟶青蜻 [35]請逞 [33]稱（相稱）秤 [21]澄懲澄（水清）晴呈程
ʃ	[55]升勝聲星（星空）腥 [35]省醒（醒目） [33]勝性姓聖 [21]乘繩塍承丞成（成事）城（城市）誠 [22]剩盛
j	[55]應鷹鶯鸚櫻英嬰纓 [35]影映 [33]應（應對） [21]仍凝蠅迎盈贏形型刑 [22]認
k	[55]京荊驚經 [35]境景警竟 [33]莖敬勁徑 [22]勁競
kʰ	[55]傾 [35]頃 [21]擎鯨瓊
w	[55]扔 [21]榮 [13]永 [22]泳詠潁
h	[55]興（興旺）卿輕（輕重）馨兄 [33]興（高興）慶磬

ek

p	[5]逼迫碧壁璧
pʰ	[5]僻闢劈
m	[2]覓
t	[5]的嫡 [2]滴廸
tʰ	[5]剔
l	[5]匿 [2]力溺歷曆
tʃ	[5]即鯽織職積跡績斥
tʃʰ	[5]斥戚
ʃ	[5]悉息熄媳嗇識式飾惜昔適釋析 [3]錫（用於人名） [2]食蝕
j	[5]憶億抑益 [2]翼逆亦譯易（交易）液腋疫役
k	[5]戟擊激虢 [2]極
w	[2]域

i

tʃ	[55]豬諸誅蛛株朱硃珠知蜘支枝肢梔資咨姿脂茲滋輜之芝 [35]煮拄主紫紙只（只有）姊旨指子梓滓止趾址 [33]著駐註注鑄智致至置志（志氣）誌（雜誌）痣 [22]箸住自雉稚字伺祀巳寺嗣飼痔治
tʃ^{h}	[55]雌疵差（參差不齊）眵癡嗤 [35]處杵此侈豕恥柿齒始 [33]處（處所）刺賜翅次廁 [21]廚臍池馳匙瓷餈遲慈磁辭詞祠持 [13]褚（姓）儲苧署柱似恃
ʃ	[55]書舒樞輸斯廝施私師獅尸（尸位素餐）屍司絲思詩 [35]暑鼠黍屎使（使用）史 [33]庶恕戍肆思（意思）試 [21]薯殊時鰣 [13]市 [22]豎樹是氏豉示視士（士兵）仕（仕途）事侍
j	[55]於淤迂于伊醫衣依 [35]倚椅 [33]意 [21]如魚漁余餘儒愚虞娛盂榆愉兒宜儀移夷姨而疑飴沂 [13]汝語與乳雨宇禹羽爾議耳擬矣已以 [22]御禦譽預遇愈喻裕誼義（義務）易（難易）二肄異

iu

p	[55]臕標錶彪 [35]表
p^{h}	[55]飄漂（漂浮） [33]票漂（漂亮） [21]瓢嫖 [13]鰾
m	[21]苗描 [13]藐渺秒杳 [22]廟妙
t	[55]刁貂雕丟 [33]釣弔吊 [22]掉調（調查）
t^{h}	[55]挑 [33]跳糶跳 [21]條調（調和）
l	[21]燎療聊遼撩寥瞭 [13]鳥了 [22]尿料（預料）廖
tʃ	[55]焦蕉椒朝（今朝）昭（昭雪）招 [35]剿沼（沼氣） [33]醮照詔（詔書） [22]噍趙召
tʃ^{h}	[55]超 [35]悄 [33]俏鞘 [21]樵瞧朝（朝代）潮
ʃ	[55]消宵霄硝銷燒蕭簫 [35]小少（多少） [33]笑少（少年） [21]韶 [22]兆紹邵
j	[55]妖邀腰要（要求）么吆（大聲吆喝） [33]要 [21]饒橈搖瑤謠姚堯 [13]擾繞舀 [22]耀鷂
k	[55]驕嬌 [35]矯轎繳 [33]叫
k^{h}	[33]竅 [21]喬僑橋蕎
h	[55]囂僥 [35]曉

in

p	[55]鞭邊蝙辮 [35]貶扁匾 [33]變遍 [22]辨辯汴便（方便）
p^h	[55]編篇偏 [33]騙片 [21]便（便宜）
m	[21]綿棉眠 [13]免勉娩緬 [22]面（面子）麵（粉麵）
t	[55]掂顛端 [35]點典短 [33]店墊斷（決斷）鍛 [13]簟 [22]電殿奠佃斷（斷絕）段緞椴
t^h	[55]添天 [35]舔腆 [21]甜田填團屯豚臀
l	[55]拈 [35]捻戀 [21]黏廉鐮鲇連聯年憐蓮鸞 [13]斂殮臉碾輦攆暖 [22]念練鍊楝亂嫩
tʃ	[55]尖沾粘瞻占（占卜）煎氈羶箋鑽（動詞）專尊遵 [35]剪展纂轉 [33]佔（侵佔）箭濺餞顫薦鑽（鑽子）轉（轉螺絲） [22]漸賤傳（傳記）
tʃ^h	[55]殲籤遷千川穿村 [35]揣淺喘忖 [33]竄串寸吋 [21]潛錢纏前全泉傳（傳達）椽存 [13]踐
ʃ	[55]仙鮮（新鮮）先酸宣孫 [35]陝閃鮮（鮮少）癬選損 [33]線搧扇算蒜 [21]蟾簷蟬禪旋鏇船 [22]羨善膳單（姓）禪篆
j	[55]淹閹醃腌煙燕（燕京）冤淵 [35]掩演堰丸阮宛 [33]厭燕（燕子）嚥宴怨 [21]炎鹽閻嚴嫌涎然燃焉延筵言研賢完圓員緣沿鉛元原源袁轅援玄懸 [13]染冉儼軟遠 [22]驗豔焰莧諺硯現院願縣眩
k	[55]兼肩堅捐 [35]檢捲卷 [33]劍建見眷絹 [22]儉件鍵健圈倦
k^h	[21]鉗乾虔拳權顴
h	[55]謙軒掀牽圈喧 [35]險遣顯犬 [33]欠憲獻勸券 [21]弦

it

p	[5]必 [3]鱉憋 [2]別
p^h	[3]撇
m	[2]滅篾
t	[3]跌 [2]疊碟牒蝶諜奪
t^h	[3]帖貼鐵脫
l	[3]捋劣 [2]聶鑷躡獵列烈裂捏

tʃ	[2]接摺褶哲蜇折節拙
$tʃ^h$	[3]妾徹撤轍設切（切開）撮猝
ʃ	[3]攝涉薛泄屑楔雪說 [2]舌
j	[3]乙 [2]葉頁業熱薛悅月閱越曰粵穴
k	[3]劫澀結潔 [2]傑
k^h	[3]揭厥決訣缺
h	[3]怯脅歉協歇蠍血

ɔ

p	[55]波菠玻 [33]簸播
p^h	[55]坡 [35]頗 [33]破 [21]婆
m	[55]魔摩 [35]摸 [21]磨（動詞）饃 [22]磨（石磨）
f	[55]科 [35]棵火夥 [33]課貨
t	[55]多 [35]朵躲剁 [22]惰
t^h	[55]拖 [33]唾 [21]駝馱（馱起來）舵 [13]妥橢 [22]馱（牲畜背上所背的貨物）
l	[55]囉 [35]裸 [21]挪羅鑼籮騾腡 [22]糯
tʃ	[35]左阻 [33]佐 [22]佐坐（坐立不安）座助
$tʃ^h$	[55]搓初雛 [35]楚礎 [33]銼錯 [21]鋤
ʃ	[55]蓑梭唆莎梳疏蔬 [35]鎖瑣所 [21]傻
k	[55]歌哥戈 [35]果裹餜 [33]個過
k^h	[35]顆
k	[55]歌哥 [33]個
kw	[55]戈 [35]果裹餜 [33]過
kw^h	[35]顆
ŋ	[21]訛蛾俄鵝蛾 [13]我 [22]臥
w	[55]鍋倭窩蝸 [21]和禾 [22]禍
h	[35]可 [21]荷河何 [22]賀
ø	[55]阿（阿膠）

ɔn

k	[55]干（干戈）肝竿乾（乾濕）桿韁 [35]稈趕 [33]幹（幹部）
h	[55]看（看守）刊 [35]罕 [33]看（看見）漢 [21]鼾寒韓 [13]旱 [22]汗銲翰
ø	[55]安鞍 [33]按案 [22]岸

ɔŋ

p	[55]幫邦 [35]榜綁 [22]傍（傍晚）
p^h	[33]謗 [21]滂旁螃龐 [13]蚌
m	[55]虻 [21]忙茫芒亡 [13]莽蟒網輞妄 [22]忘望
f	[55]荒慌方肪芳 [35]謊晃倣紡仿彷訪 [33]放況 [21]妨房防
t	[55]當（當時） [35]黨擋 [33]當（典當） [22]宕蕩
t^h	[55]湯 [35]倘躺 [33]燙趟 [21]堂棠螳唐糖塘
l	[35]兩（幾兩幾錢） [21]囊瓤 [13]朗兩（兩個） [22]浪亮諒輛量
tʃ	[55]贓髒將漿張莊裝章樟樁（打樁） [35]蔣獎槳長（生長）掌 [33]莽醬將漲帳賬脹壯障瘴 [22]藏（西藏）臟匠象像橡丈仗杖狀撞
$tʃ^h$	[55]倉蒼槍瘡昌菖窗 [35]搶闖廠 [33]暢唱倡（提倡） [21]藏（隱藏）牆詳祥長（長短）腸場床
ʃ	[55]桑喪相（互相）箱廂湘襄鑲霜孀商傷雙 [35]嗓想爽賞鯗（鯗魚：曬乾和醃過的魚） [33]喪相（相貌） [21]常嘗裳償 [13]上（上山） [22]尚（和尚）上（上面）
j	[55]央秧殃 [21]羊洋烊楊（姓）陽揚瘍 [13]攘嚷仰養癢 [22]釀壤讓樣
k	[55]岡崗剛綱缸疆僵薑礓（礓石）韁姜羌江扛豇（豇豆） [35]講港 [33]鋼杠降
k^h	[33]抗炕 [21]強 [13]強（勉強）
kw	[55]光 [35]廣
kw^h	[33]曠擴礦 [21]狂
w	[55]汪 [35]枉 [21]黃簧皇蝗王 [13]往 [22]旺
ŋ	[21]昂
h	[55]康糠香鄉匡筐眶腔 [35]慷晌餉享響 [33]向 [21]行（行列）航杭降（投降）

	[22]項巷
ø	[55]骯

ɔt

k	[3]割葛
h	[3]喝渴

ɔk

p	[3]博縛駁 [2]薄泊（澹泊名利）
p^h	[3]樸朴撲
m	[5]剝 [2]莫膜幕寞
f	[3]霍藿（藿香）
t	[3]琢啄涿（涿鹿） [2]鐸踱
t^h	[3]託托
l	[2]諾落烙駱酪洛絡樂（快樂）略掠
tʃ	[3]作爵雀鵲嚼著（著衣）酌勺 [2]鑿昨著（附著）
$tʃ^h$	[3]錯綽焯芍卓桌戮
ʃ	[3]索朔
j	[3]約（公約） [2]若弱虐瘧鑰躍
k	[3]各閣擱腳覺（知覺）角
k^h	[3]郝卻確推（推蒜）
kw	[3]郭國
kw^h	[3]廓
ŋ	[2]鄂嶽岳樂（音樂）愕鱷顎萼鶚
w	[2]鑊獲
h	[3]殼 [2]鶴學
ø	[3]惡（善惡）

ou

p	[55]褒 [35]補保堡寶 [33]布佈報 [22]怖部簿（簿記）步捕暴菢（菢雞仔）
p^h	[55]鋪（鋪設） [35]譜普浦脯甫（幾甫路）脯（杏脯） [33]鋪（店鋪） [21]蒲菩袍 [13]抱
m	[55]蟆（蝦蟆） [21]模摹無巫誣毛 [13]武舞侮鵡母拇 [22]暮慕墓募務霧冒帽戊
t	[55]都刀叨 [35]堵賭島倒 [33]妒到 [22]杜度渡鍍道稻盜導
t^h	[55]滔 [35]土禱討 [33]吐兔套 [21]徒屠途塗圖掏桃逃淘陶萄濤 [13]肚
l	[21]奴盧爐蘆廬勞牢嘮 [13]努魯櫓虜滷腦惱老 [22]怒路賂露鷺澇
tʃ	[55]租糟遭 [35]祖組早棗蚤澡 [33]灶 [22]做皂造
tʃ^h	[55]粗操（操作） [35]草 [33]醋措躁糙 [21]曹槽
ʃ	[55]蘇酥鬚騷 [35]數（動詞）嫂 [33]素訴塑數（數目）掃
k	[55]高膏（膏腴）篙羔糕 [35]稿 [33]告膏（動詞，把毛筆蘸上墨，再在硯臺邊上掭：膏筆）
h	[55]蒿薅（薅鋤） [35]好（好壞） [33]犒好（喜好）耗 [21]豪壕毫號（呼號） [22]浩號（號數）
ø	[35]襖 [33]懊奧 [22]傲

oŋ

p^h	[35]捧 [21]篷蓬
m	[21]蒙 [13]懵蠓 [22]夢
f	[55]風楓瘋豐封峰蜂鋒 [35]俸 [33]諷 [21]馮逢縫（縫衣） [22]鳳奉縫（一條縫）
t	[55]東冬 [35]董懂 [33]凍 [22]棟動洞
t^h	[55]通熥（以火暖物） [35]桶捅統 [33]痛 [21]同銅桐筒童瞳
l	[21]籠聾農膿儂隆濃龍 [13]攏隴壟 [22]弄
tʃ	[55]棕鬃宗中（當中）忠終蹤縱鐘鍾盅舂 [35]總粽種（種類）腫 [33]綜中（射中）眾縱種（種樹） [22]仲誦頌訟
tʃ^h	[55]聰匆葱（洋葱）囪（煙囪）充衝 [35]冢寵 [21]叢蟲從松重（重複） [13]重（輕重）

ʃ	[55]鬆嵩從（從容不迫） [35]慫 [33]送宋 [21]崇
j	[55]翁雍癰（生背癰） [35]擁壅甬湧 [21]戎絨融茸容蓉鎔庸 [13]冗（冗員）勇 [22]用
k	[55]公蚣工功攻弓躬宮恭供（供給） [35]拱鞏 [33]貢供（供養） [22]共
k^h	[21]窮
h	[55]空胸凶（吉凶）兇（兇惡） [35]孔恐 [33]控烘哄汞鬨嗅 [21]虹紅洪鴻熊雄
ø	[33]甕

ok

p	[5]卜（占卜） [2]僕曝瀑
p^h	[5]仆（前仆後繼）
m	[2]木目穆牧
f	[5]福幅蝠複腹覆（反覆） [2]復（復興）服伏
t	[5]篤督 [2]獨讀牘犢毒
t^h	[5]禿
l	[2]鹿祿六陸綠錄
tʃ	[5]浞竹築祝粥足燭矚觸捉 [2]續濁鐲族逐軸俗
$tʃ^h$	[5]速畜蓄促束
ʃ	[5]肅宿縮叔粟 [2]熟淑贖蜀屬
j	[5]沃郁 [2]肉育辱褥玉獄欲（搖搖欲墜）慾（意慾）浴
k	[5]穀谷（山谷）菊掬（笑容可掬）麴（酒麴） [2]局
k^h	[5]曲（曲折）
h	[5]哭 [2]斛酷
ø	[5]屋

u

f	[55]枯呼夫膚敷俘孵麩 [35]苦卡府腑斧撫釜 [33]庫褲戽賦富副 [21]乎符扶芙 [13]婦 [22]付傳赴訃父腐輔附負

k	[55]姑孤 [35]古估牯股鼓 [33]故固錮雇顧
k^h	[55]箍
w	[55]烏污塢 [35]滸 [33]惡（可惡） [21]胡湖狐壺瓠鬍 [22]戶滬互護芋

ui

p	[55]杯 [33]貝輩背 [22]背（背誦）焙（焙乾）
p^h	[55]胚坯 [33]沛配佩 [21]培陪賠裴 [13]倍
m	[21]梅枚媒煤 [13]每 [22]妹昧
f	[55]魁恢灰奎 [33]悔晦
t	[55]堆 [33]對碓兌 [22]待殆代袋隊
t^h	[55]胎推 [35]腿 [33]退蛻 [21]台臺抬 [13]怠
l	[21]來雷 [13]呂旅縷屢傴累壘女 [22]耐奈內濾累（連累）類淚慮
tʃ	[55]災栽追錐蛆 [35]宰載嘴 [33]再載最醉 [22]在聚罪贅墜序聚
$tʃ^h$	[55]趨催崔吹炊 [35]彩採睬取娶 [33]菜賽蔡趣脆翠 [21]才材財裁纔（方纔）除隨槌錘徐
ʃ	[55]腮鰓須需雖綏衰 [35]水 [33]碎歲稅帥 [21]垂誰 [13]髓絮緒 [22]睡瑞粹遂隧穗
j	[13]蕊 [22]芮銳
k	[55]該 [35]改 [33]蓋
k^h	[35]賄潰劊檜繪 [33]概溉慨丐
w	[55]煨 [21]回茴 [13]會（懂得） [22]匯會（會計）彙滙
h	[55]開 [35]凱海 [22]亥害駭
ø	[55]哀埃 [35]藹 [33]愛 [21]呆 [22]礙外

un

p	[55]般搬 [35]本 [33]半 [22]絆伴拌叛胖
p^h	[55]潘 [33]拚判 [21]盤盆
m	[21]瞞門 [13]滿 [22]悶

f	[55]寬歡 [35]款
k	[55]官棺觀（參觀）冠（衣冠）干（干戈）肝竿乾（乾濕）桿 [35]管館稈趕 [33]貫灌罐觀（寺觀）冠（冠軍）幹
w	[35]玩（玩味）豌剜碗腕 [21]桓（春秋時代齊桓公） [13]皖 [22]喚煥緩換玩（玩味）
h	[55]看（看守）刊 [35]罕 [33]看（看見）漢 [21]鼾寒韓 [13]旱 [22]汗銲翰
ø	[55]安鞍 [33]按案 [22]岸

ut

p	[2]撥勃
p^h	[3]潑
m	[3]抹 [2]末沫沒
f	[3]闊
k	[3]割葛
kw^h	[3]括豁
w	[2]活
h	[3]喝渴

m̩

	[13]午伍五 [21]唔吳蜈吾梧 [22]誤悟

第二節　廣州市大沙鎮九沙漁村水上話同音字彙

a

p	[55]巴芭疤爸 [35]把 [33]霸壩（水壩）垻（堤塘） [21]爸$^{55\text{-}21}$ [22]罷
p^h	[55]趴 [33]怕 [21]爬琶耙杷鈀
m	[55]媽 [21]媽$^{53\text{-}21}$痲痳 [13]馬碼 [22]罵
f	[55]花 [33]化

t	[55]打$^{21-35}$（一打。來自譯音） [35]打
t^h	[55]他她它祂牠佗媣
l	[55]啦 [35]𡃓 [21]拿 [13]哪那
tʃ	[55]查（山查）碴渣髽（髽髻：抓髻）吒（哪吒：神話人物） [33]詐榨炸乍炸
$tʃ^h$	[55]叉杈差（差別） [33]岔奼（奼紫嫣紅）衩（衩衣，開衩） [21]茶搽茬（麥茬，麥收割後留在地的根）查（調查）
ʃ	[55]沙紗砂莎卅鯊痧（刮痧） [35]灑耍灑嗄（聲音嘶啞） [21]卅（異）
j	[13]也 [22]廿廿
k	[55]家加痂嘉傢枷迦嘎伽袈鎵葭泇珈笳跏茄 [35]假（真假）賈（姓）斝（玉製的盛酒器具） [33]假（放假）架駕嫁稼價
ŋ	[21]牙芽衙蚜伢（小孩子） [13]雅瓦（瓦片） [22]砑（砑平：碾壓成偏平）
kw	[55]瓜 [35]寡剮 [33]掛卦（新）
kw^h	[55]誇垮（搞垮）跨夸（奢侈） [35]侉（誇大不實際） [33]卦（老）
w	[55]劃（劃船）蛙窪 [35]畫（名） [21]華（中華）華（華夏）鏵（犁鏵）樺（又） [22]華（華山、姓氏）樺話（說話）
h	[55]蝦（魚蝦）蝦（蝦蟆）哈 [21]霞瑕遐（名聞遐邇） [22]廈（大廈）廈（廈門）下（底下、下降）夏（春夏）夏（姓氏）暇（分身不暇）
ø	[55]鴉丫椏 [35]啞 [33]亞

ai

p	[55]掰（掰開）拜$^{33-55}$擘 [35]擺 [33]拜湃 [22]敗
p^h	[55]派（派頭） [35]牌$^{21-35}$（打牌） [33]派湃（又） [21]排牌簰（竹筏）霾（陰霾）
m	[21]埋 [13]買 [22]賣邁
f	[33]傀塊快筷
t	[55]呆（異）獃（書獃子） [35]歹傣$^{33-35}$ [33]戴帶傣（傣族） [22]大（大量）大（大夫）
t^h	[55]呔（方：車呔） [33]太態泰貸汰（汰弱留強）鈦（鈦合金）舦（舦盤）舵（異）
l	[55]拉𦄏（方：𦄏仔） [35]瀨$^{21-35}$（瀨粉） [33]癩（癩瘡） [21]奶$^{13-21}$ [13]乃奶 [22]賴籟（萬籟無聲）瀨（方：瀨尿）酹（酹酒）癩（異）

tʃ	[55]齋 [33]債 [22]寨
$tʃ^h$	[55]猜釵差（出差） [35]踩（踩高蹺）踹（踹踏） [21]豺柴
ʃ	[35]璽徙舐（舐犢情深） [33]晒曬（晒之異體字）
j	[35]踹
k	[55]皆階稭佳街乖 [35]解（解開）解（曉）蒯（姓）拐（拐杖） [33]介階偕界芥尬疥屆戒
k^h	[35]楷
ŋ	[21]涯崖捱睚
kw	[55]乖 [35]蒯（姓）拐（拐杖）
w	[55]歪 [33]餧（同「餵」字） [21]懷槐淮 [22]壞
h	[55]揩（揩油） [21]孩諧鞋骸 [13]蟹懈駭 [22]邂械懈解（姓氏）
ø	[55]挨哎唉埃 [33]隘（氣量狹隘） [22]艾刈（鐮刀）

au

p	[55]包胞鮑（姓）鮑$^{22-55}$（鮑魚）孢（孢子） [35]飽 [33]爆5
p^h	[55]泡（一泡尿）拋 [35]跑 [33]豹炮（槍炮）泡（泡茶）砲豹爆 [21]刨鉋（木鉋）
m	[55]貓 [21]茅錨矛 [13]卯牡鉚（鉚釘） [22]貌
l	[55]撈（異） [21]撈鐃撓（百折不撓） [22]鬧
tʃ	[55]嘲啁 [35]抓爪找肘帚 [33]罩笊（笊籬） [22]櫂（櫂槳湖上）驟棹
$tʃ^h$	[55]抄鈔 [35]炒吵 [21]巢
ʃ	[55]梢（樹梢）捎（捎帶）筲鞘艄 [35]稍 [33]哨潲（豬潲，豬食物）
k	[55]交郊膠蛟（蛟龍）鮫 [35]絞狡攪（攪勻）搞（搞清楚）餃（餃子） [33]教覺（睡覺）較校（校對）校（上校）窖滘斠
k^h	[33]靠
ŋ	[21]熬肴淆 [13]咬
h	[55]酵（酵母）敲吼烤拷酵 [35]考烤巧 [33]孝酵 [21]姣（方：發姣） [22]效校（學校）傚
ø	[35]拗（拗斷） [33]坳（山坳）拗（拗口）

am

t	[55]耽擔（擔任） [35]膽 [33]擔（挑擔） [22]淡（冷淡）（地名：淡水）
t^h	[55]貪 [33]探 [21]潭譚談痰 [13]淡（鹹淡）
l	[35]欖 [21]南男藍籃 [13]覽攬 [22]濫（泛濫）纜艦
tʃ	[55]簪 [35]斬 [33]蘸 [22]暫鏨站
tʃ^h	[55]參攙（攙扶） [35]慘 [33]杉 [21]蠶慚讒饞
ʃ	[55]三衫
k	[55]尷監（監獄） [35]減 [33]鑑監（太監）
ŋ	[21]巖岩癌
h	[35]餡 [33]喊 [21]函咸鹹銜 [22]陷（陷阱）

aŋ

p^h	[55]烹扳（扳回一局棋）攀頒（異） [33]盼襻（紐襻） [21]彭膨棚鵬 [13]棒
m	[13]猛蜢錳 [21]蠻 [13]晚 [22]孟慢饅漫幔萬蔓
l	[35]欖 [21]難（難易）蘭攔欄南男藍籃 [13]冷覽攬懶 [22]難（患難）爛
tʃ	[55]爭掙睜猙 [35]盞 [33]贊 [22]掙賺綻（破綻）棧撰
tʃ^h	[55]撐餐 [35]橙鏟產 [33]牚燦 [21]瞪倀殘
ʃ	[55]生牲甥珊山刪閂拴 [35]省散（鞋帶散了） [33]傘散（分散）疝（疝氣）篡涮 [21]潺
k	[55]更耕粳艱間（中間） [33]慣
ŋ	[21]顏顏 [13]眼 [22]硬雁
kw	[55]鰥（鰥寡）關 [33]慣
kw^h	[55]框筐眶 [33]逛
w	[55]彎灣 [21]橫頑還環灣（銅鑼灣、長沙灣、土瓜灣） [13]挽 [22]幻患宦（宦官）
h	[55]夯坑 [21]行桁閒 [22]限
ø	[55]罌甖 [33]晏

ap

t	[3]答搭 [2]踏沓
t^h	[3]遢搨塔榻塌
tʃ	[3]砸劄眨 [2]雜閘集習襲
$tʃ^h$	[3]插
k	[3]夾袷甲胛
h	[3]掐 [2]狹峽匣
ø	[3]鴨

ak

p	[3]泊百柏伯舶佰八捌 [2]白帛
p^h	[3]帕拍魄檗
m	[3]擘抹
tʃ	[3]窄責札紮扎軋 [2]澤擇宅摘擲
$tʃ^h$	[3]拆策冊柵 [2]賊獺擦察刷
ʃ	[3]索殺撒薩煞
j	[3]喫
k	[3]胳格革隔骼鬲
ŋ	[2]額逆
kw	[3]刮
kw^h	[3]聒（聒耳）摑
ŋ	[2]額逆
w	[3]挖斡 [2]惑劃滑猾
h	[3]嚇（恐嚇）客嚇（嚇一跳）赫

ɐi

p	[55]跛 [33]蔽閉箅（蒸食物的竹箅子） [22]稗敝弊幣斃陛

p^h	[55]批 [13]睥
m	[55]咪 [21]迷謎霾糜眯 [13]米眯弭
f	[55]麾揮輝徽麾暉 [35]疿痱 [33]廢肺費沸芾疿狒 [22]吠痱蜚
t	[55]低 [35]底抵邸砥 [33]帝蒂締諦疐 [22]第弟遞隸逮棣悌娣埭締
t^h	[55]梯銻 [35]體睇梯 [33]替涕剃屜 [21]堤題提蹄啼 [22]弟悌娣
l	[21]犁黎泥尼來犂藜 [13]禮醴蠡 [22]例厲勵麗荔
tʃ	[55]擠劑 [35]濟仔囝 [33]祭際制製濟掣 [21]齊薺 [22]滯
$tʃ^h$	[55]妻棲淒悽 [33]砌切
ʃ	[55]篩西犀 [35]洗駛使 [33]世勢細婿 [22]誓逝噬
j	[13]曳 [22]拽
k	[55]雞 [35]偈 [33]計繼髻 [22]跪櫃饋匱餽悸柜
k^h	[55]稽溪 [35]啟 [33]契
ŋ	[33]縊翳哎隘 [21]倪危 [13]蟻 [22]藝毅偽魏
kw	[55]圭閨龜歸鮭 [35]詭軌鬼簋 [33]鱖桂癸季貴瑰劌悸蹶饋 [22]跪櫃饋匱餽悸柜
kw^h	[55]盔規虧窺谿蹊奎睽 [33]愧 [21]攜畦逵葵畦揆夔馗 [13]揆
w	[55]威 [35]毀萎委 [33]穢畏慰 [21]桅為維惟遺唯違闈 [13]諱偉葦緯 [22]衛惠慧為位胃謂蝟
h	[55]屄 [21]奚兮蹊嵇 [22]繫系（中文系）係
ø	[35]矮

ɐu

m	[55]痞 [33]卯 [21]謀牟眸蝥蟊 [13]某畝牡 [22]茂貿謬謬繆袤
f	[35]剖否 [21]浮 [22]埠阜復
t	[55]兜 [35]斗（一斗米）抖陡糾蚪 [33]鬥（鬥爭） [22]豆逗讀（句讀）竇痘荳
t^h	[55]偷 [35]敨（展開） [33]透 [21]頭投
l	[55]褸騮 [35]紐扭朽 [21]樓耬流留榴硫琉劉餾榴嘍摟琉瘤瀏婁耬蹓鎏 [13]摟簍摟柳 [22]漏陋溜餾鏤遛蹓

tʃ	[55]揫鄒揫（巡夜打更）周舟州洲 [35]走酒肘帚 [33]奏晝皺縐咒 [22]就袖紂宙驟
tʃ^{h}	[55]秋鞦抽 [35]丑（小丑）醜（醜陋） [33]湊臭糗嗅 [21]囚泅綢稠籌酬
ʃ	[55]修羞颼蒐收 [35]臾搜手首守 [33]嗽秀宿鏽瘦漱獸 [21]愁仇 [22]受壽授售
j	[55]丘休憂優幽 [33]幼 [21]柔揉尤郵由油游猶悠 [13]有友酉莠誘 [22]又右祐柚鼬釉
k	[55]鳩鬮 [35]狗苟九久韭 [33]夠灸救究咎 [22]舊柩
k^{h}	[55]溝摳瞘（眼瞘） [33]構購叩扣寇 [21]求球 [13]臼舅
ŋ	[21]牛 [13]藕偶耦耦
h	[55]吼 [35]口 [21]侯喉猴瘊（皮膚所生的小贅肉） [13]厚 [22]後后（皇后）候
ø	[55]勾鉤歐甌 [35]嘔毆 [33]漚慪

ɐm

l	[21]林淋臨
tʃ	[55]斟 [35]枕 [33]浸枕
tʃ^{h}	[55]侵 [35]寢 [21]尋沉
ʃ	[55]心森參（人參）深 [35]沈審嬸 [33]滲 [21]岑 [22]葚甚
j	[55]欽音 [35]飲 [33]蔭 [21]壬吟淫 [22]賃任紝
k	[55]甘柑泔今 [35]感敢橄錦 [33]禁 [22]撳
k^{h}	[55]襟 [21]琴禽擒 [13]妗
h	[55]堪龕蚶憨 [35]坎砍 [33]勘 [21]含酣 [22]撼憾嵌
ø	[55]庵 [35]揞（揞住）埯 [33]暗

ɐŋ

p	[55]杉賓檳奔崩 [35]稟品 [33]殯鬢 [22]笨
p^{h}	[33]噴 [21]貧頻朋憑
m	[55]蚊 [21]民文紋聞萌盟 [13]澠閩憫敏抿吻刎 [22]問璺
f	[55]昏婚分芬紛熏勳薰葷 [35]粉 [33]糞訓 [21]墳焚 [13]奮憤忿 [22]份

t	[55]登燈瞪 [35]等 [33]凳 [22]鄧澄
t^h	[55]吞飩 [33]褪 [21]騰謄藤疼
l	[21]林淋臨能 [13]檁（正樑）
tʃ	[55]珍真曾增憎僧爭箏睜 [33]鎮振震 [22]陣
tʃ^h	[55]親（親人） [35]診疹 [33]親（親家）趁櫬 [21]陳塵曾（曾經）
ʃ	[55]辛新薪身申伸娠生（出生） [21]神辰晨臣 [22]腎慎
j	[55]恩姻欣殷 [35]飲隱 [33]蔭飲（飲馬）印 [21]人仁寅 [13]忍引 [22]刃韌孕
k	[55]跟根巾筋更（更換）庚粳羹耕 [35]滾 [33]棍 [22]近（接近）
k^h	[55]昆崑坤 [35]綑菌 [33]困窘 [21]勤芹 [13]妗
ŋ	[21]銀艮齦
kw	[55]均鈞君轟揈 [35]滾 [33]棍 [22]郡
kw^h	[55]昆崑坤 [35]綑菌 [33]困窘 [21]群裙
w	[55]溫瘟 [35]穩 [33]熨 [21]魂餛匀云（子云）雲暈宏 [13]允尹 [22]渾混運
h	[55]亨 [35]懇墾齦很 [21]痕恆行（行為）衡 [22]恨杏行（品行）幸

ɐp

l	[2]立
ʃ	[2]十什拾
j	[2]入
k	[3]合（十合一升）蛤鴿
k^h	[2]及
h	[2]合（合作）盒磕洽

ɐk

m	[2]襪密蜜物勿墨默陌麥脈
f	[2]乏伐筏罰佛
t	[2]突特

l	[2]肋勒
tʃ	[2]疾姪
j	[2]日逸
ŋ	[2]訖
kw	[2]倔
w	[2]核（核桃）
h	[2]洽瞎轄核（審核）

ɛ

t	[55]爹
tʃ	[55]遮 [35]姐者 [33]借藉蔗 [22]謝
tʃ^h	[55]車奢 [35]且扯 [21]邪斜
ʃ	[55]些賒 [35]寫捨 [33]瀉卸赦舍 [21]蛇佘 [13]社 [22]射麝
j	[21]耶爺 [13]惹野 [22]夜
k^h	[21]茄瘸

ɛŋ

p	[35]餅 [33]柄 [22]病
t	[55]釘 [35]頂 [33]掟 [22]訂
t^h	[55]聽廳 [13]艇
l	[33]靚 [21]靈鯪 [13]領嶺
tʃ	[55]精 [35]井阱 [33]正 [22]淨鄭阱
tʃ^h	[55]青 [35]請
ʃ	[55]聲星腥 [35]醒 [21]成城
k	[55]驚 [35]頸 [33]鏡
h	[55]輕

ɛk

p	[3]壁
p^h	[3]劈
t	[2]笛糴（糴米）
t^h	[3]踢
tʃ	[3]隻炙脊
$tʃ^h$	[3]赤尺呎
ʃ	[3]錫 [2]石
k^h	[2]劇屐
h	[3]吃喫

ei

p	[55]篦碑卑悲 [35]彼俾比秕 [33]臂祕泌轡庇痺 [22]被避備鼻
p^h	[55]披丕 [35]鄙 [33]譬屁 [21]皮疲脾琶枇 [13]被婢
m	[21]糜眉楣微 [13]靡美尾 [22]媚寐未味
f	[55]非飛妃 [35]匪榧翡 [21]肥
t	[22]地
l	[55]璃 [21]彌離梨釐狸 [13]履你李里理鯉 [22]膩利吏餌
k	[55]飢几（茶几）基幾（幾乎）機饑 [35]己紀杞幾（幾個） [33]寄記既 [22]技妓忌
k^h	[33]冀 [21]奇（奇怪）騎（輕騎）祁鰭其棋期旗祈 [13]企徛（站立）
h	[55]欺嬉熙希稀 [35]起喜蟢豈 [33]戲器棄氣汽

eŋ

p	[55]冰兵 [35]丙秉 [33]迸柄併 [22]並
p^h	[55]姘拼 [33]聘 [21]平坪評瓶屏萍
m	[21]鳴明名銘 [13]皿 [22]命
t	[55]丁釘靪疔 [35]頂鼎 [33]釘 [22]訂錠定
t^h	[55]聽廳汀（水泥） [33]聽（聽其自然） [21]亭停廷蜓 [13]艇挺

l	[55]拎 [21]楞陵凌菱寧靈零鈴伶翎 [13]領嶺 [22]令佞另
tʃ	[55]徵蒸精晶睛貞偵正（正月）征 [35]拯井整 [33]證症正（正常）政 [22]靜靖淨
tʃ^h	[55]稱（稱呼）清蟶青蜻 [35]請逞 [33]稱（相稱）秤 [21]澄懲澄（水清）晴呈程
ʃ	[55]升勝聲星（星空）腥 [35]省醒（醒目） [33]勝性姓聖 [21]乘繩塍承丞成（成事）城（城市）誠 [22]剩盛
j	[55]應鷹鶯鸚櫻英嬰纓 [35]影映 [33]應（應對） [21]仍凝蠅迎盈贏形型刑 [22]認
k	[55]京荊驚經 [35]境景警竟 [33]莖敬勁徑 [22]勁競
k^h	[55]傾 [35]頃 [21]擎鯨瓊
w	[55]扔 [21]榮 [13]永 [22]泳詠潁
h	[55]興（興旺）卿輕（輕重）馨兄 [33]興（高興）慶罄

ek

p	[5]逼迫碧壁璧
p^h	[5]僻闢劈
m	[2]覓
t	[5]的嫡 [2]滴廸
t^h	[5]剔
l	[5]匿 [2]力溺歷曆
tʃ	[5]即鯽織職積跡績斥
tʃ^h	[5]斥戚
ʃ	[5]悉息熄媳嗇識式飾惜昔適釋析 [3]錫（用於人名） [2]食蝕
j	[5]憶億抑益 [2]翼逆亦譯易（交易）液腋疫役
k	[5]戟擊激虢 [2]極
w	[2]域

i

tʃ	[55]豬諸誅蛛株朱硃珠知蜘支枝肢梔資咨姿脂茲滋輜之芝 [35]煮拄主紫紙只（只有）姊旨指子梓滓止趾址 [33]著駐註注鑄智致至置志（志氣）誌（雜誌）痣 [22]箸住自雉稚字伺祀巳寺嗣飼痔治
$tʃ^h$	[55]雌疵差（參差不齊）眵癡嗤 [35]處杵此侈豕恥柿齒始 [33]處（處所）刺賜翅次廁 [21]廚臍池馳匙瓷餈遲慈磁辭詞祠持 [13]褚（姓）儲苧署柱似恃
ʃ	[55]書舒樞輸斯廝施私師獅尸（尸位素餐）屍司絲思詩 [35]暑鼠黍屎使（使用）史 [33]庶恕戍肆思（意思）試 [21]薯殊時鰣 [13]市 [22]豎樹是氏豉示視士（士兵）仕（仕途）事侍
j	[55]於淤迂于伊醫衣依 [35]倚椅 [33]意 [21]如魚漁余餘儒愚虞娛盂榆愉兒宜儀移夷姨而疑飴沂 [13]汝語與乳雨宇禹羽爾議耳擬矣已以 [22]御禦譽預遇愈喻裕誼義（義務）易（難易）二肄異

iu

p	[55]臕標錶彪 [35]表
p^h	[55]飄漂（漂浮） [33]票漂（漂亮） [21]瓢嫖 [13]鰾
m	[21]苗描 [13]藐渺秒杳 [22]廟妙
t	[55]刁貂雕丟 [33]釣弔吊 [22]掉調（調查）
t^h	[55]挑 [33]跳糶跳 [21]條調（調和）
l	[21]燎療聊遼撩寥瞭 [13]鳥了 [22]尿料（預料）廖
tʃ	[55]焦蕉椒朝（今朝）昭（昭雪）招 [35]剿沼（沼氣） [33]醮照詔（詔書） [22]噍趙召
$tʃ^h$	[55]超 [35]悄 [33]俏鞘 [21]樵瞧朝（朝代）潮
ʃ	[55]消宵霄硝銷燒蕭簫 [35]小少（多少） [33]笑少（少年） [21]韶 [22]兆紹邵
j	[55]妖邀腰要（要求）幺吆（大聲吆喝） [33]要 [21]饒橈搖瑤謠姚堯 [13]擾繞舀 [22]耀鷂
k	[55]驕嬌 [35]矯轎繳 [33]叫
k^h	[33]竅 [21]喬僑橋蕎
h	[55]囂僥 [35]曉

im

t	[35]點 [33]店 [13]簟
t^h	[55]添 [21]甜
l	[55]拈 [21]黏 [13]斂殮臉 [22]念
tʃ	[55]尖沾粘瞻占（占卜） [33]佔（侵佔） [22]漸
tʃ^h	[55]殲籤 [21]潛
ʃ	[35]陝閃 [21]蟾簷蟬禪
j	[55]淹閹醃腌 [35]掩 [33]厭 [21]炎鹽閻嚴嫌 [13]染冉儼 [22]驗豔焰
k	[55]兼 [35]檢 [33]劍 [22]儉
k^h	[21]鉗
h	[55]謙 [35]險 [33]欠

iŋ

p	[55]鞭邊蝙辮 [35]貶扁匾 [33]變遍 [22]辨辯汴便（方便）
p^h	[55]編篇偏 [33]騙片 [21]便（便宜）
m	[21]綿棉眠 [13]免勉娩緬 [22]面（面子）麵（粉麵）
t	[55]顛 [35]典 [33]墊 [22]電殿奠佃
t^h	[55]天 [35]腆 [21]田填
l	[35]捻 [21]連年憐蓮 [13]臉碾輦攆 [22]練鍊楝
tʃ	[55]煎氈羶箋 [35]剪展 [33]箭濺餞顫薦 [22]漸賤
tʃ^h	[55]遷千 [35]淺 [21]錢纏前 [13]踐
ʃ	[55]仙鮮（新鮮）先 [35]鮮（鮮少）癬 [33]線搧扇 [22]羨善膳單（姓）
j	[55]煙燕（燕京） [35]演堰 [33]燕（燕子）嚥宴 [21]涎然燃焉延筵言研賢 [22]莧諺硯現
k	[55]肩堅 [33]建見 [22]件鍵健
h	[55]掀牽 [35]遣顯 [33]憲獻

ip

t	[2]疊碟牒蝶諜
t^h	[3]帖貼
l	[2]聶鑷躡獵
tʃ	[2]接摺褶
$tʃ^h$	[3]妾
ʃ	[3]攝涉
j	[2]葉頁業
k	[3]劫澀
h	[3]怯脅歉協

ik

p	[5]必 [3]鱉憋 [2]別
p^h	[3]撇
m	[2]滅篾
t	[3]跌
t^h	[3]鐵
l	[2]列烈裂捏
tʃ	[2]哲蜇折節
$tʃ^h$	[3]徹撤轍設切（切開）
ʃ	[3]涉薛泄屑楔 [2]舌
j	[2]熱
k	[3]結潔 [2]傑
k^h	[3]揭
h	[3]歇蠍

ɔ

p	[55]波菠玻 [33]簸播
p^h	[55]坡 [35]頗 [33]破 [21]婆
m	[55]魔摩 [35]摸 [21]磨（動詞）饃 [22]磨（石磨）
f	[55]科 [35]棵火夥 [33]課貨
t	[55]多 [35]朵躲剁 [22]惰
t^h	[55]拖 [33]唾 [21]駝馱（馱起來）舵 [13]妥橢 [22]馱（牲畜背上所背的貨物）
l	[55]囉 [35]裸 [21]挪羅鑼籮騾腡 [22]糯
tʃ	[35]左阻 [33]佐 [22]佐坐（坐立不安）座助
$tʃ^h$	[55]搓初雛 [35]楚礎 [33]銼錯 [21]鋤
ʃ	[55]蓑梭唆莎梳疏蔬 [35]鎖瑣所 [21]傻
k	[55]歌哥 [33]個
ŋ	[21]訛蛾俄鵝蛾 [13]我 [22]臥餓
kw	[55]戈 [35]果裹餜 [33]過
kw^h	[35]顆
w	[55]鍋倭窩蝸 [21]和禾 [22]禍
h	[55]靴 [35]可 [21]荷河何 [22]賀
ø	[55]阿（阿膠）

ɔi

t	[22]待殆代袋
t^h	[55]胎 [21]台臺抬 [13]怠
l	[21]來 [22]耐奈內
tʃ	[55]災栽 [35]宰載 [33]再載 [22]在
$tʃ^h$	[35]彩採睬 [33]菜賽蔡 [21]才材財裁纔（方纔）
ʃ	[55]腮鰓
k	[55]該 [35]改 [33]蓋

k^h	[33]概溉慨丐
ŋ	[21]呆 [22]礙外
h	[55]開 [35]凱海 [22]亥害駭
ø	[55]哀埃 [35]藹 [33]愛

ɔŋ

p	[55]幫邦 [35]榜綁 [22]傍（傍晚）
p^h	[33]謗 [21]滂旁螃龐 [13]蚌
m	[55]虻 [21]忙茫芒亡 [13]莽蟒網輞妄 [22]忘望
f	[55]荒慌方肪芳 [35]謊晃倣紡仿彷訪 [33]放況 [21]妨房防
t	[55]當（當時） [35]黨擋 [33]當（典當） [22]宕蕩
t^h	[55]湯 [35]倘躺 [33]燙趟 [21]堂棠螳唐糖塘
l	[35]兩（幾兩幾錢） [21]囊瓤 [13]朗兩（兩個） [22]浪亮諒輛量
tʃ	[55]贓髒將漿張莊裝章樟樁（打樁） [35]蔣獎槳長（生長）掌 [33]莽醬將漲帳賬脹壯障瘴 [22]藏（西藏）臟匠象像橡丈仗杖狀撞
$tʃ^h$	[55]倉蒼槍瘡昌菖窗 [35]搶闖廠 [33]暢唱倡（提倡） [21]藏（隱藏）牆詳祥長（長短）腸場床
ʃ	[55]桑喪相（互相）箱廂湘襄鑲霜孀商傷雙 [35]嗓想爽賞鯗（鯗魚：曬乾和醃過的魚） [33]喪相（相貌） [21]常嘗裳償 [13]上（上山） [22]尚（和尚）上（上面）
j	[55]央秧殃 [21]羊洋烊楊（姓）陽揚瘍 [13]攘嚷仰養癢 [22]釀壤讓樣
k	[55]岡崗剛綱缸疆僵薑礓（礓石）姜羌江扛豇（豇豆）干（干戈）肝竿乾（乾濕）桿 [35]講港稈趕 [33]鋼杠降幹（幹部）
k^h	[33]抗炕 [21]強
kw	[55]光 [35]廣
kw^h	[33]曠擴礦 [21]狂
w	[55]汪 [35]枉 [21]黃簧皇蝗王 [13]往 [22]旺
	[21]昂 [22]岸
h	[55]康糠香鄉匡筐眶腔看（看守）刊 [35]慷晌餉享響罕 [33]向 [21]行

	（行列）航杭降（投降）鼾寒韓 [22]項巷汗銲翰
ø	[55]骯安鞍 [33]按案

ɔk

p	[3]博縛駁 [2]薄泊（澹泊名利）
p^h	[3]樸朴撲
m	[5]剝 [2]莫膜幕寞
f	[3]霍藿（藿香）
t	[3]琢啄涿（涿鹿） [2]鐸踱
t^h	[3]託托
l	[2]諾落烙駱酪洛絡樂（快樂）略掠
tʃ	[3]作爵雀鵲嚼著（著衣）酌勺 [2]鑿昨著（附著）
$tʃ^h$	[3]錯綽焯芍卓桌戮
ʃ	[3]索朔
j	[3]約（公約） [2]若弱虐瘧鑰躍
k	[3]各閣擱腳覺（知覺）角割葛
k^h	[3]郤廓確搉（搉蒜）
kw	[3]郭國
kw^h	[3]廓
ŋ	[2]鄂嶽岳樂（音樂）愕鱷顎萼鶚
w	[2]鑊獲
h	[3]殼喝渴 [2]鶴學
ø	[3]惡（善惡）

ou

p	[55]褒 [35]補保堡寶 [33]布佈報 [22]怖部簿（簿記）步捕暴菢（菢雞仔）
p^h	[55]鋪（鋪設） [35]譜普浦脯甫（幾甫路）脯（杏脯） [33]鋪（店鋪） [21]蒲菩袍 [13]抱

m	[55]蟆（蝦蟆） [21]模摹無巫誣毛 [13]武舞侮鵡母拇 [22]暮慕墓募務霧冒帽戊
t	[55]都刀叨 [35]堵賭島倒 [33]妒到 [22]杜度渡鍍道稻盜導
t^h	[55]滔 [35]土禱討 [33]吐兔套 [21]徒屠途塗圖掏桃逃淘陶萄濤 [13]肚
l	[21]奴盧爐蘆廬勞牢嘮 [13]努魯櫓虜滷腦惱老 [22]怒路賂露鷺澇
tʃ	[55]租糟遭 [35]祖組早棗蚤澡 [33]灶 [22]做皂造
$tʃ^h$	[55]粗操（操作） [35]草 [33]醋措躁糙 [21]曹槽
ʃ	[55]蘇酥鬚騷 [35]數（動詞）嫂 [33]素訴塑數（數目）掃
k	[55]高膏（膏腴）篙羔糕 [35]稿 [33]告膏（動詞，把毛筆蘸上墨，再在硯臺邊上掭：膏筆）
ŋ	[22]傲
h	[55]蒿薅（薅鋤） [35]好（好壞） [33]犒好（喜好）耗 [21]豪壕毫號（呼號） [22]浩號（號數）
ø	[35]襖 [33]懊奧

oŋ

p^h	[35]捧 [21]篷蓬
m	[21]蒙 [13]懵蠓 [22]夢
f	[55]風楓瘋豐封峰蜂鋒 [35]俸 [33]諷 [21]馮逢縫（縫衣） [22]鳳奉縫（一條縫）
t	[55]東冬 [35]董懂 [33]凍 [22]棟動洞
t^h	[55]通燶（以火暖物） [35]桶捅統 [33]痛 [21]同銅桐筒童瞳
l	[21]籠聾農膿儂隆濃龍 [13]攏隴壟 [22]弄
tʃ	[55]棕鬃宗中（當中）忠終蹤縱鐘鍾盅舂 [35]總粽種（種類）腫 [33]綜中（射中）眾縱種（種樹） [22]仲誦頌訟
$tʃ^h$	[55]聰匆葱（洋葱）囪（煙囪）充衝 [35]冢寵 [21]叢蟲從松重（重複） [13]重（輕重）
ʃ	[55]鬆嵩從（從容不迫） [35]慫 [33]送宋 [21]崇
j	[55]翁雍癰（生背癰） [35]擁壅甬湧 [21]戎絨融茸容蓉鎔庸 [13]冗（冗員）勇 [22]用

k	[55]公蚣工功攻弓躬宮恭供（供給） [35]拱鞏 [33]貢供（供養） [22]共
k^h	[21]窮
h	[55]空胸凶（吉凶）兇（兇惡） [35]孔恐 [33]控烘哄汞鬨嗅 [21]虹紅洪鴻熊雄
ø	[33]甕

ok

p	[5]卜（占卜） [2]僕曝瀑
p^h	[5]仆（前仆後繼）
m	[2]木目穆牧
f	[5]福幅蝠複腹覆（反覆） [2]復（復興）服伏
t	[5]篤督 [2]獨讀牘犢毒
t^h	[5]禿
l	[2]鹿祿六陸綠錄
tʃ	[5]浞竹築祝粥足燭囑觸捉 [2]續濁鐲族逐軸俗
$tʃ^h$	[5]速畜蓄促束
ʃ	[5]肅宿縮叔粟 [2]熟淑贖蜀屬
j	[5]沃郁 [2]肉育辱褥玉獄欲（搖搖欲墜）慾（意慾）浴
k	[5]穀谷（山谷）菊掬（笑容可掬）麴（酒麴） [2]局
k^h	[5]曲（曲折）
h	[5]哭 [2]斛酷
ø	[5]屋

u

f	[55]枯呼夫膚敷俘孵麩 [35]苦卡府腑斧撫釜 [33]庫褲戽賦富副 [21]乎符扶芙 [13]婦 [22]付傅赴訃父腐輔附負
k	[55]姑孤 [35]古估牯股鼓 [33]故固錮雇顧
k^h	[55]箍
w	[55]烏污塢 [35]滸 [33]惡（可惡） [21]胡湖狐壺瓠鬍 [22]戶滬互護芋

ui

p	[55]杯 [33]貝輩背 [22]背（背誦）焙（焙乾）
p^h	[55]胚坯 [33]沛配佩 [21]培陪賠裴 [13]倍
m	[21]梅枚媒煤 [13]每 [22]妹昧
f	[55]魁恢灰奎 [33]悔晦
k^h	[35]賄潰劊檜繪
w	[55]煨 [21]回茴 [13]會（懂得） [22]匯會（會計）彙滙

uŋ

p	[55]般搬 [35]本 [33]半 [22]絆伴拌叛胖
p^h	[55]潘 [33]拚判 [21]盤盆
m	[21]瞞門 [13]滿 [22]悶
f	[55]寬歡 [35]款
t	[55]敦墩蹲 [22]頓囤沌鈍遁
t^h	[13]盾
l	[35]卵 [21]鄰鱗燐崙倫淪輪 [22]吝論
tʃ	[55]榛臻 [35]準准 [33]進晉俊濬 [22]盡
$tʃ^h$	[55]椿春 [35]蠢 [21]秦旬循巡
ʃ	[55]荀殉 [35]筍榫（榫頭） [33]信訊遜迅 [21]純醇 [22]順舜
j	[22]潤閏
k	[55]官棺觀（參觀）冠（衣冠） [35]管館 [33]貫灌罐觀（寺觀）冠（冠軍）
ŋ	[22]岸
w	[35]玩（玩味）豌剜碗腕 [21]桓（春秋時代齊桓公） [13]皖 [22]喚煥緩換玩（玩味）

uk

p	[2]撥勃
p^h	[3]潑
m	[3]抹 [2]末沫沒

f	[3]闊
l	[2]律率
ʃ	[2]朮術述秫
k^h	[3]括豁
w	[2]活

ɵy

t	[55]堆 [33]對碓兌 [22]隊
t^h	[55]推 [35]腿 [33]退蛻
l	[13]呂旅縷屢儡累壘女 [21]雷 [22]濾累（連累）類淚慮
tʃ	[55]追錐蛆 [35]嘴 [33]最醉 [22]聚罪贅墜序聚
tʃ^h	[55]趨催崔吹炊 [35]取娶 [33]趣脆翠 [21]除隨槌錘徐
ʃ	[55]須需雖綏衰 [35]水 [33]碎歲稅帥 [21]垂誰 [13]髓絮緒 [22]睡瑞粹遂隧穗
j	[13]蕊 [22]芮銳

y

tʃ	[55]豬諸誅蛛株朱硃珠 [35]煮拄主 [33]著駐註注鑄 [22]箸住
tʃ^h	[35]處杵 [33]處（處所） [21]廚 [13]褚（姓）儲苧署柱
ʃ	[55]書舒樞輸 [35]暑鼠黍 [33]庶恕戍 [21]薯殊 [22]豎樹
j	[55]於淤迂于 [21]如魚漁余餘儒愚虞娛盂榆愉 [13]汝語與乳雨宇禹羽 [22]御禦譽預遇愈喻裕

yŋ

t	[55]端 [35]短 [33]斷（決斷）鍛 [22]斷（斷絕）段緞椴
t^h	[21]團屯豚臀
l	[35]戀 [21]鸞 [13]暖 [22]亂嫩
tʃ	[55]專尊 [35]纂轉 [33]鑽（鑽子）轉（轉螺絲） [22]傳（傳記）
tʃ^h	[55]川穿村 [35]揣喘忖 [33]竄串寸吋 [21]全泉傳（傳達）椽存

ʃ	[55]酸宣孫 [35]選損 [33]算蒜 [21]旋鏇船 [22]篆
j	[55]冤淵 [35]丸阮宛 [33]怨 [21]完圓員緣沿鉛元原源袁轅援玄懸 [13]軟遠 [22]院願縣眩
k	[55]捐 [35]捲卷 [33]眷絹 [22]圈倦
k^h	[21]拳權顴
h	[55]圈喧 [35]犬 [33]勸券 [21]弦

yk

t	[2]奪
t^h	[3]脫
l	[3]捋劣 [2]捏
tʃ	[2]拙
$tʃ^h$	[3]撮猝
ʃ	[3]雪說
j	[3]乙 [2]悅月閱越曰粵穴
k^h	[3]決訣缺
h	[3]血

m̩

	[21]唔

ŋ̍

	[13]午伍五 [21]吳蜈吾梧 [22]誤悟

第三節　香港石排灣水上話同音字彙

a

p	[55]巴芭疤爸 [35]把 [33]霸壩（水壩）垻（堤塘） [21]爸$^{55-21}$ [22]罷

p^h	[55]趴 [33]怕 [21]爬琶耙杷鈀
m	[55]媽 [21]媽$^{53-21}$麻痳 [13]馬碼 [22]罵
f	[55]花 [33]化
t	[55]打$^{21-35}$（一打。來自譯音） [35]打
t^h	[55]他她它祂牠佗怹
l	[55]啦 [35]乸 [21]拿 [13]哪那
tʃ	[55]查（山查）碴渣髽（髽髻：抓髻）吒（哪吒：神話人物） [33]詐榨炸乍炸
tʃ^h	[55]叉杈差（差別） [33]岔奼（奼紫嫣紅）衩（衩衣，開衩） [21]茶搽茬（麥茬，麥收割後留在地的根）査（調查）
ʃ	[55]沙紗砂莎卅鯊痧（刮痧） [35]灑耍灑嗄（聲音嘶啞） [21]卅（異）
j	[13]也 [22]廾廿
k	[55]家加痂嘉傢瓜枷迦嘎伽袈鎵葭泇珈笳跏茄 [35]假（真假）賈（姓）寡剮斝（玉製的盛酒器具） [33]假（放假）架駕嫁稼價掛卦（新）
k^h	[55]誇垮（搞垮）跨夸（奢侈） [35]侉（誇大不實際） [33]卦（老）
w	[55]劃（劃船）蛙窪 [35]畫（名） [21]華（中華）華（華夏）鏵（犁鏵）樺（又） [22]華（華山、姓氏）樺話（說話）
h	[55]蝦（魚蝦）蝦（蝦蟆）哈 [21]霞瑕遐（名聞遐邇） [22]廈（大廈）廈（廈門）下（底下、下降）夏（春夏）夏（姓氏）暇（分身不暇）
ø	[55]鴉丫椏 [35]啞 [33]亞 [21]牙芽衙伢（小孩子） [13]雅瓦（瓦片） [22]砑（砑平：碾壓成偏平）

ai

p	[55]掰（掰開）拜$^{33-55}$擘 [35]擺 [33]拜湃 [22]敗
p^h	[55]派（派頭） [35]牌$^{21-35}$（打牌） [33]派湃（又） [21]排牌簰（竹筏）霾（陰霾）
m	[21]埋 [13]買 [22]賣邁
f	[33]傀塊快筷
t	[55]呆（異）獃（書獃子） [35]歹傣$^{33-35}$ [33]戴帶傣（傣族） [22]大（大量）大（大夫）
t^h	[55]呔（方：車呔） [33]太態泰貸汰（汰弱留強）鈦（鈦合金）舦（舦盤）舵（異）

l	[55]拉䆌（方：䆌仔） [35]瀨$^{21-35}$（瀨粉） [33]癩（癩瘡） [21]奶$^{13-21}$ [13]乃奶 [22]賴籟（萬籟無聲）瀨（方：瀨尿）酹（酹酒）癩（異）
tʃ	[55]齋 [33]債 [22]寨
tʃʰ	[55]猜釵差（出差） [35]踩（踩高蹺）踹（踹踏） [21]豺柴
ʃ	[35]璽徙舐（舐犢情深） [33]晒曬（晒之異體字）
j	[35]踹
k	[55]皆階稭佳街乖 [35]解（解開）解（曉）蒯（姓）拐（拐杖） [33]介階偕界芥尬疥屆戒
kʰ	[35]楷
w	[55]歪 [33]餧（同「餵」字） [21]懷槐淮 [22]壞
h	[55]揩（揩油） [21]孩諧鞋骸 [13]蟹懈駭 [22]邂械懈解（姓氏）
ø	[55]挨哎唉埃 [33]隘（氣量狹隘） [21]涯崖捱睚 [22]艾刈（鐮刀）

au

p	[55]包胞鮑（姓）鮑$^{22-55}$（鮑魚）孢（孢子） [35]飽 [33]爆5
pʰ	[55]泡（一泡尿）拋 [35]跑 [33]豹炮（槍炮）泡（泡茶）砲趵爆 [21]刨鉋（木鉋）
m	[55]貓 [21]茅錨矛 [13]卯牡鉚（鉚釘） [22]貌
l	[55]撈（異） [21]撈鐃撓（百折不撓） [22]鬧
tʃ	[55]嘲啁 [35]抓爪找肘帚 [33]罩笊（笊籬） [22]櫂（櫂槳湖上）驟棹
tʃʰ	[55]抄鈔 [35]炒吵 [21]巢
ʃ	[55]梢（樹梢）捎（捎帶）筲鞘艄 [35]稍 [33]哨潲（豬潲，豬食物）
k	[55]交郊膠蛟（蛟龍）鮫 [35]絞狡攪（攪勻）搞（搞清楚）餃（餃子） [33]教覺（睡覺）較校（校對）校（上校）窖滘斠
kʰ	[33]靠
h	[55]酵（酵母）敲吼烤拷酵 [35]考烤巧 [33]孝酵 [21]姣（方：發姣） [22]效校（學校）傚
ø	[35]拗（拗斷） [33]坳（山坳）拗（拗口） [21]熬肴淆 [13]咬

an

p	[55]班斑頒扳 [35]板版闆阪（日本地名）扳（異） [22]扮辦
p^h	[55]扳（扳回一局棋）攀頒（異） [33]盼襻（紐襻）
m	[21]蠻 [13]晚 [22]慢饅漫幔萬蔓
f	[55]翻番（番幾番）幡（幢幡）反（反切） [35]返 [33]販泛（廣泛，泛泛之交）氾反（平反） [21]凡帆藩（藩鎮之亂）煩礬繁芃氾（姓） [22]范範犯瓣飯礬（異）
t	[55]丹單（單獨）耽擔（擔任）鄲（邯鄲） [35]旦（花旦）彈（子彈）蛋（蛋花湯）膽 [33]旦（元旦）誕擔（挑擔） [22]但淡（冷淡）（地名：淡水）
t^h	[55]坍灘攤貪 [35]坦毯 [33]碳炭嘆歎探 [21]檀壇彈（彈琴）潭譚談痰 [13]淡（鹹淡）
l	[35]欖 [21]難（難易）蘭攔欄南男藍籃 [13]覽攬懶 [22]濫（泛濫）纜艦難（患難）爛
tʃ	[55]簪 [35]斬盞 [33]蘸贊 [22]賺綻（破綻）棧撰暫鏨站
tʃ^h	[55]餐參攙（攙扶） [35]鏟產慘 [33]燦杉 [21]殘蠶慚讒饞
ʃ	[55]珊山刪閂拴三衫 [35]散（鞋帶散了） [33]傘散（分散）疝（疝氣）篡涮 [21]潺
k	[55]艱間（中間）鰥（鰥寡）關尷監（監獄） [35]鹻簡裥柬繭趼（手過度磨擦生厚皮）減 [33]間（間斷）諫澗鐧（車鐧）慣鑑監（太監）
w	[55]彎灣 [21]頑還環灣（銅鑼灣、長沙灣、土瓜灣） [13]挽 [22]幻患宦（宦官）
h	[35]餡 [33]喊 [21]閒函咸鹹銜 [22]限陷（陷阱）
ø	[33]晏 [21]顏巖岩 [13]眼 [22]雁

aŋ

p^h	[55]烹 [21]彭膨棚鵬 [13]棒
m	[13]猛蜢錳 [22]孟
l	[13]冷
tʃ	[55]爭掙睜猙 [22]掙
tʃ^h	[55]撐 [35]橙 [33]牚 [21]瞪倀

ʃ	[55]生牲甥 [35]省
k	[55]更耕粳 [35]梗 [33] [22]逛
k^h	[55]框筐眶 [33]逛
w	[21]橫
h	[55]夯坑 [21]行桁
ø	[55]罌罂 [22]硬

at

p	[3]八捌
m	[3]抹
f	[3]法髮發砝珐
t	[3]答搭 [2]達踏沓
t^h	[3]韃撻躂遢獺搨塔榻塌
l	[3]瘌
tʃ	[3]札紮扎軋砸劄眨 [2]雜閘集習襲鍘柵
$tʃ^h$	[3]插獺擦察刷
ʃ	[3]殺撒薩煞
k	[3]刮夾裌甲胛
w	[3]挖斡 [2]滑猾或
h	[3]掐 [2]狹峽匣
ø	[3]鴨押壓

ak

p	[3]泊百柏伯舶佰 [2]白帛
p^h	[3]帕拍魄檗
m	[3]擘
tʃ	[3]窄責 [2]澤擇宅摘擲
$tʃ^h$	[3]拆策冊柵 [2]賊

ʃ	[3]索
j	[3]喫
k	[3]胳格革隔骼鬲
k^h	[3]聒（聒耳）摑
w	[2]惑劃
h	[3]嚇（恐嚇）客嚇（嚇一跳）赫
ø	[2]額逆

ɐi

p	[55]跛 [33]蔽閉箅（蒸食物的竹箅子） [22]稗敝弊幣斃陛
p^h	[55]批 [13]睥
m	[55]咪 [21]迷謎霾糜眯 [13]米眯弭
f	[55]麾揮輝徽麾暉 [35]痱痱 [33]廢肺費沸芾痱狒 [22]吠痱蜚
t	[55]低 [35]底抵邸砥 [33]帝蒂締諦疐 [22]第弟遞隸逮棣悌娣埭締
t^h	[55]梯銻 [35]體睇梯 [33]替涕剃屜 [21]堤題提蹄啼 [22]弟悌娣
l	[21]犁黎泥尼來犁藜 [13]禮醴蠡 [22]例厲勵麗荔
tʃ	[55]擠劑 [35]濟仔囝 [33]祭際制製濟掣 [21]齊薺 [22]滯
$tʃ^h$	[55]妻棲淒悽 [33]砌切
ʃ	[55]篩西犀 [35]洗駛使 [33]世勢細婿 [22]誓逝噬
j	[13]曳 [22]拽
k	[55]雞圭閨龜歸笄鮭 [35]偈詭軌鬼簋 [33]計繼髻鱖桂癸季貴瑰劌悸蹶饋 [22]跪櫃饋匱餽悸柜
k^h	[55]稽溪盔規虧窺谿蹊奎睽 [35]啟 [33]契愧 [21]攜畦逵葵畦揆夔馗 [13]揆
w	[55]威 [35]毀萎委 [33]穢畏慰 [21]桅為維惟遺唯違圍 [13]諱偉葦緯 [22]衛惠慧為位胃謂蝟
h	[55]屄 [21]奚兮蹊嵇 [22]繫系（中文系）係
ø	[35]矮 [33]縊翳哎隘 [21]倪危 [13]蟻 [22]藝毅偽魏

ɐu

m	[55]痦 [33]卯 [21]謀牟眸蝥蟊 [13]某畝牡 [22]茂貿謬謬繆袤
f	[35]剖否 [21]浮 [22]埠阜復
t	[55]兜 [35]斗（一斗米）抖陡糾蚪 [33]鬥（鬥爭） [22]豆逗讀（句讀）竇痘荳
t^h	[55]偷 [35]敨（展開） [33]透 [21]頭投
l	[55]褸騮 [35]紐扭朽 [21]樓耬流留榴硫琉劉餾榴嘍摟琉瘤瀏婁耬蹓鎏 [13]摟簍摟柳 [22]漏陋溜餾鏤遛蹓
tʃ	[55]揫鄒揪（巡夜打更）周舟州洲 [35]走酒肘帚 [33]奏晝皺縐咒 [22]就袖紂宙驟
$tʃ^h$	[55]秋鞦抽 [35]丑（小丑）醜（醜陋） [33]湊臭糗嗅 [21]囚泅綢稠籌酬
ʃ	[55]修羞颼蒐收 [35]叟搜手首守 [33]嗽秀宿鏽瘦漱獸 [21]愁仇 [22]受壽授售
j	[55]丘休憂優幽 [33]幼 [21]柔揉尤郵由油游猶悠 [13]有友酉莠誘 [22]又右祐柚鼬釉
k	[55]鳩鬮 [35]狗苟九久韭 [33]夠灸救究咎 [22]舊柩
k^h	[55]溝摳瞘（眼瞘） [33]構購叩扣寇 [21]求球 [13]臼舅
h	[55]吼 [35]口 [21]侯喉猴瘊（皮膚所生的小贅肉） [13]厚 [22]後后（皇后）候
ø	[55]勾鉤歐甌 [35]嘔毆 [33]漚慪 [21]牛 [13]藕偶耦

ɐn

p	[55]杉賓檳奔崩 [35]稟品 [33]殯鬢 [22]笨
p^h	[33]噴 [21]貧頻朋憑
m	[55]蚊 [21]民文紋聞萌盟 [13]澠閩憫敏抿吻刎 [22]問璺
f	[55]昏婚分芬紛熏勳薰葷 [35]粉 [33]糞訓 [21]墳焚 [13]奮憤忿 [22]份
t	[55]敦墩蹲登燈瞪 [35]等 [33]凳 [22]頓囤沌鈍遁鄧澄
t^h	[55]吞飩 [33]褪 [21]騰謄藤疼 [13]盾
l	[35]卵 [21]林淋臨鄰鱗燐崙倫淪輪能 [13]檁（正檁） [22]吝論

tʃ	[55]斟津珍榛臻真肫曾增憎僧爭箏睜 [35]枕準准 [33]浸枕進晉鎮振震俊濬 [22]盡陣
tʃʰ	[55]侵參（參差）親（親人）椿春 [35]寢診疹蠢 [33]親（親家）趁襯 [21]尋沉秦陳塵旬循巡曾（曾經）
ʃ	[55]心森參（人參）深辛新薪身申伸娠荀殉生（出生） [35]沈審嬸筍榫（榫頭）[33]滲信訊遜迅 [21]岑神辰晨臣純醇 [22]葚甚腎慎順舜
j	[55]欽音陰恩姻欣殷 [35]飲隱 [33]蔭飲（飲馬）印 [21]壬吟淫人仁寅 [13]忍引 [22]賃任紝刃韌潤閏孕
k	[55]甘柑泔今跟根巾筋均鈞君更（更換）庚粳羹耕轟揈 [35]感敢橄錦僅緊謹滾哽埂梗耿 [33]禁棍更（更加） [22]撳近（接近）郡
kʰ	[55]襟昆崑坤 [35]綑菌 [33]困窘 [21]琴禽擒勤芹群裙 [13]妗
w	[55]溫瘟 [35]穩 [33]熨 [21]魂餛勻云（子云）雲暈宏 [13]允尹 [22]渾混運
h	[55]堪龕蚶憨亨 [35]坎砍懇墾齦很 [33]勘 [21]含酣痕恆行（行為）衡 [22]撼憾嵌恨杏行（品行）幸
ø	[55]庵 [35]揞（揞住）埯 [33]暗 [21]銀艮齦

ɐt

p	[2]拔鈸弼
m	[2]襪密蜜物勿墨默陌麥脈
f	[2]乏伐筏罰佛
t	[2]突特
l	[2]立律率肋勒
tʃ	[2]疾姪
ʃ	[2]十什拾朮術述秫
j	[2]入日逸
k	[3]合（十合一升）蛤鴿 [2]掘倔
kʰ	[2]及
w	[2]核（核桃）

h	[2]合（合作）盒磕洽瞌轄核（審核）
ø	[2]訖

ε

t	[55]爹
tʃ	[55]遮 [35]姐者 [33]借藉蔗 [22]謝
tʃ^{h}	[55]車奢 [35]且扯 [21]邪斜
ʃ	[55]些賒 [35]寫捨 [33]瀉卸赦舍 [21]蛇佘 [13]社 [22]射麝
j	[21]耶爺 [13]惹野 [22]夜
k^{h}	[21]茄瘸

εŋ

p	[35]餅 [33]柄 [22]病
t	[55]釘 [35]頂 [33]掟 [22]訂
t^{h}	[55]聽廳 [13]艇
l	[33]靚 [21]靈鯪 [13]領嶺
tʃ	[55]精 [35]井阱 [33]正 [22]淨鄭阱
tʃ^{h}	[55]青 [35]請
ʃ	[55]聲星腥 [35]醒 [21]成城
k	[55]驚 [35]頸 [33]鏡
h	[55]輕

εk

p	[3]壁
p^{h}	[3]劈
t	[2]笛糴（糴米）
t^{h}	[3]踢
tʃ	[3]隻炙脊

$t\int^h$	[3]赤尺呎
ʃ	[3]錫 [2]石
k^h	[2]劇屐
h	[3]吃喫

ei

p	[55]篦碑卑悲 [35]彼俾比秕 [33]臂祕泌轡庇痺 [22]被避備鼻
p^h	[55]披丕 [35]鄙 [33]譬屁 [21]皮疲脾琶枇 [13]被婢
m	[21]糜眉楣微 [13]靡美尾 [22]媚寐未味
f	[55]非飛妃 [35]匪榧翡 [21]肥
t	[22]地
l	[55]璃 [21]驢雷彌離梨釐狸 [13]女呂稆旅屢傴履你李里裡理鯉累壘 [22]慮濾累膩利吏餌類淚
k	[55]居車(車馬砲)駒飢几(茶几)基幾(幾乎)機饑 [35]舉矩己紀杞幾(幾個) [33]據鋸句寄記既 [22]巨具懼技妓忌
k^h	[55]拘俱區(區域)驅 [33]冀 [21]渠瞿奇(奇怪)騎(輕騎)祁鰭其棋期旗祈 [13]佢拒企徛(站立) [22]距
h	[55]墟虛噓吁犧欺嬉熙希稀 [35]許起喜蟢豈 [33]去戲器棄氣汽

eŋ

p	[55]冰兵 [35]丙秉 [33]迸柄併 [22]並
p^h	[55]姘拼 [33]聘 [21]平坪評瓶屏萍
m	[21]鳴明名銘 [13]皿 [22]命
t	[55]丁釘靪疔 [35]頂鼎 [33]釘 [22]訂錠定
t^h	[55]聽廳汀(水泥) [33]聽(聽其自然) [21]亭停廷蜓 [13]艇挺
l	[55]拎 [21]楞陵凌菱寧靈零鈴伶翎 [13]領嶺 [22]令佞另
tʃ	[55]徵蒸精晶睛貞偵正(正月)征 [35]拯井整 [33]證症正(正常)政 [22]靜靖淨
$t\int^h$	[55]稱(稱呼)清蟶青蜻 [35]請逞 [33]稱(相稱)秤 [21]澄懲澄(水清)晴呈程

ʃ	[55]升勝聲星（星空）腥 [35]省醒（醒目） [33]勝性姓聖 [21]乘繩塍承丞成（成事）城（城市）誠 [22]剩盛
j	[55]應鷹鶯鸚櫻英嬰纓 [35]影映 [33]應（應對） [21]仍凝蠅迎盈贏形型刑 [22]認
k	[55]京荊驚經 [35]境景警竟 [33]莖敬勁徑 [22]勁競
k^h	[55]傾 [35]頃 [21]擎鯨瓊
w	[55]扔 [21]榮 [13]永 [22]泳詠潁
h	[55]興（興旺）卿輕（輕重）馨兄 [33]興（高興）慶磬

ek

p	[5]逼迫碧壁璧
p^h	[5]僻闢劈
m	[2]覓
t	[5]的嫡 [2]滴廸
t^h	[5]剔
l	[5]匿 [2]力溺歷曆
tʃ	[5]即鯽織職積跡績斥
$tʃ^h$	[5]斥戚
ʃ	[5]悉息熄媳嗇識式飾惜昔適釋析 [3]錫（用於人名） [2]食蝕
j	[5]憶億抑益 [2]翼逆亦譯易（交易）液腋疫役
k	[5]戟擊激虢 [2]極
w	[2]域

i

tʃ	[55]豬諸誅蛛株朱硃珠知蜘支枝肢梔資咨姿脂茲滋輜之芝 [35]煮拄主紫紙只（只有）姊旨指子梓滓止趾址 [33]著駐註注鑄智致至置志（志氣）誌（雜誌）痣 [22]箸住自雉稚字伺祀巳寺嗣飼痔治
$tʃ^h$	[55]雌疵差（參差不齊）眵癡嗤 [35]處杵此侈豕恥柿齒始 [33]處（處所）刺賜翅次廁 [21]廚臍池馳匙瓷餈遲慈磁辭詞祠持 [13]褚（姓）儲苧署柱似恃

ʃ	[55]書舒樞輸斯廝施私師獅尸（尸位素餐）屍司絲思詩 [35]暑鼠黍屎使（使用）史 [33]庶恕戍肆思（意思）試 [21]薯殊時鰣 [13]市 [22]豎樹是氏豉示視士（士兵）仕（仕途）事侍
j	[55]於淤迂于伊醫衣依 [35]倚椅 [33]意 [21]如魚漁余餘儒愚虞娛盂榆愉兒宜儀移夷姨而疑飴沂 [13]汝語與乳雨宇禹羽爾議耳擬矣已以 [22]御禦譽預遇愈喻裕誼義（義務）易（難易）二肄異

iu

p	[55]臕標錶彪 [35]表
p^h	[55]飄漂（漂浮） [33]票漂（漂亮） [21]瓢嫖 [13]鰾
m	[21]苗描 [13]藐渺秒杳 [22]廟妙
t	[55]刁貂雕丟 [33]釣弔吊 [22]掉調（調查）
t^h	[55]挑 [33]跳糶跳 [21]條調（調和）
l	[21]燎療聊遼撩寥瞭 [13]鳥了 [22]尿料（預料）廖
tʃ	[55]焦蕉椒朝（今朝）昭（昭雪）招 [35]剿沼（沼氣） [33]醮照詔（詔書） [22]噍趙召
$tʃ^h$	[55]超 [35]悄 [33]俏鞘 [21]樵瞧朝（朝代）潮
ʃ	[55]消宵霄硝銷燒蕭簫 [35]小少（多少） [33]笑少（少年） [21]韶 [22]兆紹邵
j	[55]妖邀腰要（要求）么吆（大聲吆喝） [33]要 [21]饒橈搖瑤謠姚堯 [13]擾繞舀 [22]耀鷂
k	[55]驕嬌 [35]矯轎繳 [33]叫
k^h	[33]竅 [21]喬僑橋蕎
h	[55]囂僥 [35]曉

in

p	[55]鞭邊蝙辮 [35]貶扁匾 [33]變遍 [22]辨辯汴便（方便）
p^h	[55]編篇偏 [33]騙片 [21]便（便宜）
m	[21]綿棉眠 [13]免勉娩緬 [22]面（面子）麵（粉麵）
t	[55]掂顛端 [35]點典短 [33]店墊斷（決斷）鍛 [13]簞 [22]電殿奠佃斷（斷絕）段緞椴

t^h	[55]添天 [35]舔腆 [21]甜田填團屯豚臀
l	[55]拈 [35]捻戀 [21]黏廉鐮鮎連聯年憐蓮鸞 [13]斂殮臉碾輦攆暖 [22]念練鍊楝亂嫩
tʃ	[55]尖沾粘瞻占（占卜）煎氈氊箋鑽（動詞）專尊遵 [35]剪展纂轉 [33]佔（侵佔）箭濺餞顫薦鑽（鑽子）轉（轉螺絲） [22]漸賤傳（傳記）
$tʃ^h$	[55]殲籤遷千川穿村 [35]揣淺喘忖 [33]竄串寸吋 [21]潛錢纏前全泉傳（傳達）椽存 [13]踐
ʃ	[55]仙鮮（新鮮）先酸宣孫 [35]陝閃鮮（鮮少）癬選損 [33]線搧扇算蒜 [21]蟾簷蟬禪旋鏇船 [22]羨善膳單（姓）禪篆
j	[55]淹閹醃腌煙燕（燕京）冤淵 [35]掩演堰丸阮宛 [33]厭燕（燕子）嚥宴怨 [21]炎鹽閻嚴嫌涎然燃焉延筵言研賢完圓員緣沿鉛元原源袁轅援玄懸 [13]染冉儼軟遠 [22]驗豔焰莧諺硯現院願縣眩
k	[55]兼肩堅捐 [35]檢捲卷 [33]劍建見眷絹 [22]儉件鍵健圈倦
k^h	[21]鉗乾虔拳權顴
h	[55]謙軒掀牽圈喧 [35]險遣顯犬 [33]欠憲獻勸券 [21]弦

it

p	[5]必 [3]鱉憋 [2]別
p^h	[3]撇
m	[2]滅篾
t	[3]跌 [2]疊碟牒蝶諜奪
t^h	[3]帖貼鐵脫
l	[3]捋劣 [2]聶鑷躡獵列烈裂捏
tʃ	[2]接摺褶哲蜇折節拙
$tʃ^h$	[3]妾徹撤轍設切（切開）撮猝
ʃ	[3]攝涉薛泄屑楔雪說 [2]舌
j	[3]乙 [2]葉頁業熱薛悅月閱越曰粵穴
k	[3]劫澀結潔 [2]傑

k^h	[3]揭厥決訣缺
h	[3]怯脅歉協歇蠍血

ɔ

p	[55]波菠玻 [33]簸播
p^h	[55]坡 [35]頗 [33]破 [21]婆
m	[55]魔摩 [35]摸 [21]磨（動詞）饃 [22]磨（石磨）
f	[55]科 [35]棵火夥 [33]課貨
t	[55]多 [35]朵躲剁 [22]惰
t^h	[55]拖 [33]唾 [21]駝馱（馱起來）舵 [13]妥橢 [22]馱（牲畜背上所背的貨物）
l	[55]囉 [35]裸 [21]挪羅鑼籮騾腡 [22]糯
tʃ	[35]左阻 [33]佐 [22]佐坐（坐立不安）座助
$tʃ^h$	[55]搓初雛 [35]楚礎 [33]銼錯 [21]鋤
ʃ	[55]蓑梭唆莎梳疏蔬 [35]鎖瑣所 [21]傻
k	[55]歌哥戈 [35]果裹餜 [33]個過
k^h	[35]顆
w	[55]鍋倭窩蝸 [21]和禾 [22]禍
h	[55]靴 [35]可 [21]荷河何 [22]賀
ø	[55]阿（阿膠） [21]訛蛾俄鵝蛾 [13]我 [22]臥

ɔi

t	[22]待殆代袋
t^h	[55]胎 [21]台臺抬 [13]怠
l	[21]來 [22]耐奈內
tʃ	[55]災栽 [35]宰載 [33]再載 [22]在
$tʃ^h$	[35]彩採睬 [33]菜賽蔡 [21]才材財裁纔（方纔）
ʃ	[55]腮鰓
k	[55]該 [35]改 [33]蓋

k^h	[33]概漑慨丐
h	[55]開 [35]凱海 [22]亥害駭
ø	[55]哀埃 [35]藹 [33]愛 [21]呆 [22]礙外

ɔn

k	[55]干（干戈）肝竿乾（乾濕）桿疆 [35]稈趕 [33]幹（幹部）
h	[55]看（看守）刊 [35]罕 [33]看（看見）漢 [21]鼾寒韓 [13]旱 [22]汗銲翰
ø	[55]安鞍 [33]按案 [22]岸

ɔŋ

p	[55]幫邦 [35]榜綁 [22]傍（傍晚）
p^h	[33]謗 [21]滂旁螃龐 [13]蚌
m	[55]虻 [21]忙茫芒亡 [13]莽蟒網輞妄 [22]忘望
f	[55]荒慌方肪芳 [35]謊晃倣紡仿彷訪 [33]放況 [21]妨房防
t	[55]當（當時） [35]黨擋 [33]當（典當） [22]宕蕩
t^h	[55]湯 [35]倘躺 [33]燙趟 [21]堂棠螳唐糖塘
l	[35]兩（幾兩幾錢） [21]囊瓤 [13]朗兩（兩個） [22]浪亮諒輛量
tʃ	[55]贓髒將漿張莊裝章樟樁（打樁） [35]蔣獎槳長（生長）掌 [33]莽醬將漲帳賬脹壯障瘴 [22]藏（西藏）臟匠象像橡丈仗杖狀撞
$tʃ^h$	[55]倉蒼槍瘡昌菖窗 [35]搶闖廠 [33]暢唱倡（提倡） [21]藏（隱藏）牆詳祥長（長短）腸場床
ʃ	[55]桑喪相（互相）箱廂湘襄鑲霜孀商傷雙 [35]嗓想爽賞鮝（鮝魚：曬乾和醃過的魚） [33]喪相（相貌） [21]常嘗裳償 [13]上（上山） [22]尚（和尚）上（上面）
j	[55]央秧殃 [21]羊洋烊楊（姓）陽揚瘍 [13]攘嚷仰養癢 [22]釀壤讓樣
k	[55]岡崗剛綱缸疆僵薑礓（礓石）韁姜羌光江扛豇（豇豆） [35]廣講港 [33]鋼杠降
k^h	[33]抗炕曠擴礦 [21]強狂 [13]強（勉強）
w	[55]汪 [35]枉 [21]黃簧皇蝗王 [13]往 [22]旺

h	[55]康糠香鄉匡筐眶腔 [35]慷晌餉享響 [33]向 [21]行（行列）航杭降（投降） [22]項巷
ø	[55]骯 [21]昂

ɔt

k	[3]割葛
h	[3]喝渴

ɔk

p	[3]博縛駁 [2]薄泊（澹泊名利）
pʰ	[3]樸朴撲
m	[5]剝 [2]莫膜幕寞
f	[3]霍藿（藿香）
t	[3]琢啄涿（涿鹿） [2]鐸踱
tʰ	[3]託托
l	[2]諾落烙駱酪洛絡樂（快樂）略掠
tʃ	[3]作爵雀鵲嚼著（著衣）酌勺 [2]鑿昨著（附著）
tʃʰ	[3]錯綽焯芍卓桌戳
ʃ	[3]索朔
j	[3]約（公約） [2]若弱虐瘧鑰躍
k	[3]各閣擱腳郭覺（知覺）角國
kʰ	[3]郝卻廓確推（推蒜）
w	[2]鑊獲
h	[3]殼 [2]鶴學
ø	[3]惡（善惡） [2]鄂嶽岳樂（音樂）愕鱷顎萼鶚

ou

p	[55]褒 [35]補保堡寶 [33]布佈報 [22]怖部簿（簿記）步捕暴菢（菢雞仔）

p^h	[55]鋪（鋪設） [35]譜普浦脯甫（幾甫路）脯（杏脯） [33]鋪（店鋪） [21]蒲菩袍 [13]抱
m	[55]蟆（蝦蟆） [21]模摹無巫誣毛 [13]武舞侮鵡母拇 [22]暮慕墓募務霧冒帽戊
t	[55]都刀叨 [35]堵賭島倒 [33]妒到 [22]杜度渡鍍道稻盜導
t^h	[55]滔 [35]土禱討 [33]吐兔套 [21]徒屠途塗圖掏桃逃淘陶萄濤 [13]肚
l	[21]奴盧爐蘆廬勞牢嘮 [13]努魯櫓虜滷腦惱老 [22]怒路賂露鷺澇
tʃ	[55]租糟遭 [35]祖組早棗蚤澡 [33]灶 [22]做皂造
$tʃ^h$	[55]粗操（操作） [35]草 [33]醋措躁糙 [21]曹槽
ʃ	[55]蘇酥鬚騷 [35]數（動詞）嫂 [33]素訴塑數（數目）掃
k	[55]高膏（膏腴）篙羔糕 [35]稿 [33]告膏（動詞，把毛筆蘸上墨，再在硯臺邊上掭：膏筆）
h	[55]蒿薅（薅鋤） [35]好（好壞） [33]犒好（喜好）耗 [21]豪壕毫號（呼號） [22]浩號（號數）
ø	[35]襖 [33]懊奧 [22]傲

oŋ

p^h	[35]捧 [21]篷蓬
m	[21]蒙 [13]懵蠓 [22]夢
f	[55]風楓瘋豐封峰蜂鋒 [35]俸 [33]諷 [21]馮逢縫（縫衣） [22]鳳奉縫（一條縫）
t	[55]東冬 [35]董懂 [33]凍 [22]棟動洞
t^h	[55]通燶（以火暖物） [35]桶捅統 [33]痛 [21]同銅桐筒童瞳
l	[21]籠聾農膿儂隆濃龍 [13]攏隴壟 [22]弄
tʃ	[55]棕鬃宗中（當中）忠終蹤縱鐘鍾盅舂 [35]總粽種（種類）腫 [33]綜中（射中）眾縱種（種樹） [22]仲誦頌訟
$tʃ^h$	[55]聰匆葱（洋葱）囪（煙囪）充衝 [35]冢寵 [21]叢蟲從松重（重複） [13]重（輕重）
ʃ	[55]鬆嵩從（從容不迫） [35]慫 [33]送宋 [21]崇

j	[55]翁雍饔（生背饔）[35]擁壅甬湧 [21]戎絨融茸容蓉鎔庸 [13]冗（冗員）勇 [22]用
k	[55]公蚣工功攻弓躬宮恭供（供給）[35]拱鞏 [33]貢供（供養）[22]共
k^h	[21]窮
h	[55]空胸凶（吉凶）兇（兇惡）[35]孔恐 [33]控烘哄汞鬨嗅 [21]虹紅洪鴻熊雄
ø	[33]甕

ok

p	[5]卜（占卜）[2]僕曝瀑
p^h	[5]仆（前仆後繼）
m	[2]木目穆牧
f	[5]福幅蝠複腹覆（反覆）[2]復（復興）服伏
t	[5]篤督 [2]獨讀牘犢毒
t^h	[5]禿
l	[2]鹿祿六陸綠錄
tʃ	[5]涿竹築祝粥足燭囑觸捉 [2]續濁鐲族逐軸俗
$tʃ^h$	[5]速畜蓄促束
ʃ	[5]肅宿縮叔粟 [2]熟淑贖蜀屬
j	[5]沃郁 [2]肉育辱褥玉獄欲（搖搖欲墜）慾（意慾）浴
k	[5]穀谷（山谷）菊掬（笑容可掬）麴（酒麴）[2]局
k^h	[5]曲（曲折）
h	[5]哭 [2]斛酷
ø	[5]屋

u

f	[55]枯呼夫膚敷俘孵麩 [35]苦卡府腑斧撫釜 [33]庫褲戽賦富副 [21]乎符扶芙 [13]婦 [22]付傅赴訃父腐輔附負
k	[55]姑孤 [35]古估牯股鼓 [33]故固錮雇顧

k^h	[55]箍
w	[55]烏污塢 [35]滸 [33]惡（可惡） [21]胡湖狐壺瓠鬍 [22]戶滬互護芋

ui

p	[55]杯 [33]貝輩背 [22]背（背誦）焙（焙乾）
p^h	[55]胚坯 [33]沛配佩 [21]培陪賠裴 [13]倍
m	[21]梅枚媒煤 [13]每 [22]妹昧
f	[55]魁恢灰奎 [33]悔晦
k^h	[35]賄潰劊檜繪
w	[55]煨 [21]回茴 [13]會（懂得） [22]匯會（會計）彙滙

un

p	[55]般搬 [35]本 [33]半 [22]絆伴拌叛胖
p^h	[55]潘 [33]拚判 [21]盤盆
m	[21]瞞門 [13]滿 [22]悶
f	[55]寬歡 [35]款
k	[55]官棺觀（參觀）冠（衣冠） [35]管館 [33]貫灌罐觀（寺觀）冠（冠軍）
w	[35]玩（玩味）豌剜碗腕 [21]桓（春秋時代齊桓公） [13]皖 [22]喚煥緩換玩（玩味）

ut

p	[2]撥勃
p^h	[3]潑
m	[3]抹 [2]末沫沒
f	[3]闊
k^h	[3]括豁
w	[2]活

ɵy

t	[55]堆 [33]對碓兌 [22]隊
t^h	[55]推 [35]腿 [33]退蛻
l	[13]呂旅縷屢傴累壘女 [21]雷 [22]濾累（連累）類淚慮
tʃ	[55]追錐蛆 [35]嘴 [33]最醉 [22]聚罪贅墜序聚
$tʃ^h$	[55]趨催崔吹炊 [35]取娶 [33]趣脆翠 [21]除隨槌錘徐
ʃ	[55]須需雖綏衰 [35]水 [33]碎歲稅帥 [21]垂誰 [13]髓絮緒 [22]睡瑞粹遂隧穗
j	[13]蕊 [22]芮銳

m̩

	m̩^{13}午伍五　m̩^{21}唔吳蜈吾梧　m̩^{22}誤悟

第四節　香港新界糧船灣水上話同音字彙

a

p	[55]巴芭疤爸 [35]把 [33]霸壩（水壩）垻（堤塘） [21]爸$^{55-21}$ [22]罷
p^h	[55]趴 [33]怕 [21]爬琶耙杷鈀
m	[55]媽 [21]媽$^{53-21}$麻痳 [13]馬碼 [22]罵
f	[55]花 [33]化
t	[55]打$^{21-35}$（一打。來自譯音） [35]打
t^h	[55]他她它祂牠佗怹
l	[55]啦 [35]乸 [21]拿 [13]哪那
tʃ	[55]查（山查）碴渣髽（髽髻：抓髻）吒（哪吒：神話人物） [33]詐榨炸乍炸
$tʃ^h$	[55]叉杈差（差別） [33]岔奼（奼紫嫣紅）衩（衩衣，開衩） [21]茶搽茬（麥茬，麥收割後留在地的根）查（調查）
ʃ	[55]沙紗砂莎卅鯊痧（刮痧） [35]灑耍灑嗄（聲音嘶啞） [21]卅（異）

j	[13]也 [22]廾廿
k	[55]家加痂嘉傢瓜枷迦嘎伽袈鎵葭泇珈笳跏茄 [35]假（真假）賈（姓）寡剮斝（玉製的盛酒器具） [33]假（放假）架駕嫁稼價掛卦（新）
k^h	[55]誇垮（搞垮）跨夸（奢侈） [35]侉（誇大不實際） [33]卦（老）
w	[55]劃（劃船）蛙窪 [35]畫（名） [21]華（中華）華（華夏）鏵（犁鏵）樺（又） [22]華（華山、姓氏）樺話（說話）
h	[55]蝦（魚蝦）蝦（蝦蟆）哈 [21]霞瑕遐（名聞遐邇） [22]廈（大廈）廈（廈門）下（底下、下降）夏（春夏）夏（姓氏）暇（分身不暇）
ø	[55]鴉丫椏 [35]啞 [33]亞 [21]牙芽衙伢（小孩子） [13]雅瓦（瓦片） [22]砑（砑平：碾壓成偏平）

ai

p	[55]掰（掰開）拜$^{33-55}$擘 [35]擺 [33]拜湃 [22]敗
p^h	[55]派（派頭） [35]牌$^{21-35}$（打牌） [33]派湃（又） [21]排牌簰（竹筏）霾（陰霾）
m	[21]埋 [13]買 [22]賣邁
f	[33]傀塊快筷
t	[55]呆（異）獃（書獃子） [35]歹傣$^{33-35}$ [33]戴帶傣（傣族） [22]大（大量）大（大夫）
t^h	[55]呔（方：車呔） [33]太態泰貸汰（汰弱留強）鈦（鈦合金）舦（舦盤）軚（異）
l	[55]拉𦅜（方：𦅜仔） [35]瀨$^{21-35}$（瀨粉） [33]癩（癩瘡） [21]奶$^{13-21}$ [13]乃奶 [22]賴籟（萬籟無聲）瀨（方：瀨尿）酹（酹酒）癩（異）
tʃ	[55]齋 [33]債 [22]寨
$tʃ^h$	[55]猜釵差（出差） [35]踩（踩高蹺）跴（跴踏） [21]豺柴
ʃ	[35]璽徙舐（舐犢情深） [33]晒曬（晒之異體字）
j	[35]跴
k	[55]皆階稭佳街乖 [35]解（解開）解（曉）蒯（姓）拐（拐杖） [33]介階偕界芥尬疥屆戒
k^h	[35]楷
w	[55]歪 [33]餧（同「餵」字） [21]懷槐淮 [22]壞

h	[55]揩（揩油） [21]孩諧鞋骸 [13]蟹懈駭 [22]邂械懈解（姓氏）
ø	[55]挨哎唉埃 [33]隘（氣量狹隘） [21]涯崖捱睚 [22]艾刈（鐮刀）

au

p	[55]包胞鮑（姓）鮑$^{22-55}$（鮑魚）孢（孢子） [35]飽 [33]爆5
p^h	[55]泡（一泡尿）拋 [35]跑 [33]豹炮（槍炮）泡（泡茶）砲趵爆 [21]刨鉋（木鉋）
m	[55]貓 [21]茅錨矛 [13]卯牡鉚（鉚釘） [22]貌
l	[55]撈（異） [21]撈鐃撓（百折不撓） [22]鬧
tʃ	[55]嘲啁 [35]抓爪找肘帚 [33]罩笊（笊籬） [22]櫂（櫂槳湖上）驟棹
tʃ^h	[55]抄鈔 [35]炒吵 [21]巢
ʃ	[55]梢（樹梢）捎（捎帶）筲鞘艄 [35]稍 [33]哨潲（豬潲，豬食物）
k	[55]交郊膠蛟（蛟龍）鮫 [35]絞狡攪（攪勻）搞（搞清楚）餃（餃子） [33]教覺（睡覺）較校（校對）校（上校）窖滘斠
k^h	[33]靠
h	[55]酵（酵母）敲吼烤拷酵 [35]考烤巧 [33]孝酵 [21]姣（方：發姣） [22]效校（學校）傚
ø	[35]拗（拗斷） [33]坳（山坳）拗（拗口） [21]熬肴淆 [13]咬

aŋ

p	[55]班斑頒扳 [35]板版闆阪（日本地名）扳（異） [22]扮辦
p^h	[55]扳（扳回一局棋）攀頒（異）烹 [33]盼襻（紐襻） [21]彭膨棚鵬 [13]棒
m	[21]蠻 [13]晚猛蜢錳 [22]慢饅漫幔萬蔓孟
f	[55]翻番（番幾番）幡（幢幡）反（反切） [35]返 [33]販泛（廣泛，泛泛之交）氾反（平反） [21]凡帆藩（藩鎮之亂）煩礬繁芃氾（姓） [22]范範犯瓣飯礬（異）
t	[55]丹單（單獨）耽擔（擔任）鄲（邯鄲） [35]旦（花旦）彈（子彈）蛋（蛋花湯）膽 [33]旦（元旦）誕擔（挑擔） [22]但淡（冷淡）（地名：淡水）
t^h	[55]坍灘攤貪 [35]坦毯 [33]碳炭嘆歎探 [21]檀壇彈（彈琴）潭譚談痰 [13]淡（鹹淡）

l	[35]欖 [21]難（難易）蘭攔欄南男藍籃 [13]覽攬懶冷檩 [22]濫（泛濫）纜艦難（患難）爛林淋臨
tʃ	[55]簪爭掙睜猙 [35]斬盞 [33]蘸贊 [22]賺綻（破綻）棧撰暫鏨站掙
$tʃ^h$	[55]餐參攙（攙扶）撐侵 [35]鏟產慘橙 [33]燦杉掌寢 [21]殘蠶慚讒饞瞪倀尋沉
ʃ	[55]珊山刪閂拴三衫生牲甥心森參（人參） [35]散（鞋帶散了）省 [33]傘散（分散）疝（疝氣）篡涮滲 [21]潺岑 [22]甚
j	[55]欽音陰 [35]飲 [33]蔭飲（飲馬） [21]壬吟淫 [22]賃任紝
k	[55]艱間（中間）鰥（鰥寡）關尷監（監獄）更耕粳甘柑泔今 [35]鹻簡襇柬繭趼（手過度磨擦生厚皮）減梗感敢橄錦 [33]間（間斷）諫澗鐧（車鐧）慣鑑監（太監） [22]逛
k^h	[55]框筐眶襟 [33]逛 [13]妗
w	[55]彎灣 [21]頑還環灣（銅鑼灣、長沙灣、土瓜灣）横 [13]挽 [22]幻患宦（宦官）
h	[55]夯坑 [35]餡坎砍 [33]喊勘 [21]閒函咸鹹銜行桁含酣 [22]限陷（陷阱）撼憾嵌
ø	[55]罌甖庵 [35]揞（揞住）埯 [33]晏暗 [21]顏巖岩癌 [13]眼 [22]雁梗

ak

p	[3]泊百柏伯舶佰八捌 [2]白帛
p^h	[3]帕拍魄檗
m	[3]擘抹
f	[3]法髮發砝琺
t	[3]答搭 [2]達踏沓
t^h	[3]韃撻躂遢獺搨塔榻塌
l	[3]瘌辣 [2]捺
tʃ	[3]窄責札紮扎軋砸劄眨 [2]澤擇宅摘擲雜閘集習襲鍘柵
$tʃ^h$	[3]拆策冊柵插獺擦察刷 [2]賊
ʃ	[3]索殺撒薩煞十什捨
j	[3]喫

k	[3]胳格革隔骼鬲刮夾裌甲胛合（十合一升）蛤鴿
k^h	[3]聒（聒耳）摑 [2]及
w	[3]挖斡 [2]惑劃滑猾或
h	[3]嚇（恐嚇）客嚇（嚇一跳）赫掐 [2]狹峽匣合（合作）盒磕
ø	[3]鴨押壓 [2]額逆

ɐi

p	[55]跛 [33]蔽閉箅（蒸食物的竹箅子） [22]稗敝弊幣斃陛
p^h	[55]批 [13]睥
m	[55]咪 [21]迷謎霾糜眯 [13]米眯弭
f	[55]麾揮輝徽麾暉 [35]痱痱 [33]廢肺費沸芾痱狒 [22]吠痱蜚
t	[55]低 [35]底抵邸砥 [33]帝蒂締諦疐 [22]第弟遞隸逮棣悌娣埭締
t^h	[55]梯銻 [35]體睇梯 [33]替涕剃屜 [21]堤題提蹄啼 [22]弟悌娣
l	[21]犁黎泥尼來犂藜 [13]禮醴蠡 [22]例厲勵麗荔
tʃ	[55]擠劑 [35]濟仔囝 [33]祭際制製濟掣 [21]齊薺 [22]滯
$tʃ^h$	[55]妻棲淒悽 [33]砌切
ʃ	[55]篩西犀 [35]洗駛使 [33]世勢細婿 [22]誓逝噬
j	[13]曳 [22]拽
k	[55]雞圭閨龜歸笄鮭 [35]偈詭軌鬼簋 [33]計繼髻鱖桂癸季貴瑰劌悸蹶饋 [22]跪櫃饋匱餽悸柜
k^h	[55]稽溪盔規虧窺谿蹊奎睽 [35]啟 [33]契愧 [21]攜畦逵葵畦揆夔馗 [13]揆
w	[55]威 [35]毀萎委 [33]穢畏慰 [21]桅為維惟遺唯違圍 [13]諱偉葦緯 [22]衛惠慧為位胃謂蝟
h	[55]屄 [21]奚兮蹊嵇 [22]繫系（中文系）係
ø	[55] [35]矮 [33]縊翳吱隘 [21]倪危 [13]蟻 [22]藝毅偽魏

ɐu

m	[55]痞 [33]卯 [21]謀牟眸蝥蝨 [13]某畝牡 [22]茂貿謬謬繆袤
f	[35]剖否 [21]浮 [22]埠阜復
t	[55]兜 [35]斗（一斗米）抖陡糾蚪 [33]鬥（鬥爭） [22]豆逗讀（句讀）竇痘荳
t^h	[55]偷 [35]敨（展開） [33]透 [21]頭投
l	[55]褸騮 [35]紐扭朽 [21]樓耬流留榴硫琉劉餾榴嘍摟琉瘤瀏婁耬蹓鎏 [13]摟簍摟柳 [22]漏陋溜餾鏤遛蹓
tʃ	[55]揫鄒揪（巡夜打更）周舟州洲 [35]走酒肘帚 [33]奏晝皺縐咒 [22]就袖紂宙驟
$tʃ^h$	[55]秋鞦抽 [35]丑（小丑）醜（醜陋） [33]湊臭糗嗅 [21]囚泅綢稠籌酬
ʃ	[55]修羞颼蒐收 [35]叟搜手首守 [33]嗽秀宿鏽瘦漱獸 [21]愁仇 [22]受壽授售
j	[55]丘休憂優幽 [33]幼 [21]柔揉尤郵由油游猶悠 [13]有友酉莠誘 [22]又右祐柚鼬釉
k	[55]鳩鬮 [35]狗苟九久韭 [33]夠灸救究咎 [22]舊柩
k^h	[55]溝摳瞘（眼瞘） [33]構購叩扣寇 [21]求球 [13]臼舅
h	[55]吼 [35]口 [21]侯喉猴瘊（皮膚所生的小贅肉） [13]厚 [22]後后（皇后）候
ø	[55]勾鉤歐甌 [35]嘔毆 [33]漚慪 [21]牛 [13]藕偶耦

ɐn

p	[55]杉賓檳奔崩 [35]稟品 [33]殯鬢 [22]笨
p^h	[33]噴 [21]貧頻朋憑
m	[55]蚊 [21]民文紋聞萌盟 [13]澠閩憫敏抿吻刎 [22]問璺
f	[55]昏婚分芬紛熏勳薰葷 [35]粉 [33]糞訓 [21]墳焚 [13]奮憤忿 [22]份
t	[55]敦墩蹲登燈瞪 [35]等 [33]凳 [22]頓囤沌鈍遁鄧澄
t^h	[55]吞飩 [33]褪 [21]騰謄藤疼 [13]盾
l	[35]卵 [21]鄰鱗燐崙倫淪輪能 [22]吝論

tʃ	[55]斟津珍榛臻真肫曾增憎僧爭箏睜 [35]準准 [33]進晉鎮振震俊濬 [22]盡陣
tʃʰ	[55]侵親（親人） [35]診疹蠢 [33]親（親家）趁襯 [21]秦陳塵旬循巡曾（曾經）
ʃ	[55]深辛新薪身申伸娠荀殉生（出生） [35]筍榫（榫頭） [33]信訊遜迅 [21]神辰晨臣純醇 [22]腎慎順舜
j	[55]恩姻欣殷 [35]隱 [33]印 [21]人仁寅 [13]忍引 [22]刃韌潤閏孕
k	[55]跟根巾筋均鈞君更（更換）庚粳羹耕轟揈 [35]僅緊謹滾哽埂梗耿 [33]禁棍更（更加） [22]撳近（接近）郡
kʰ	[55]昆崑坤 [35]綑菌 [33]困窘 [21]琴禽擒勤芹群裙
w	[55]溫瘟 [35]穩 [33]熨 [21]魂餛勻云（子云）雲暈宏 [13]允尹 [22]渾混運
h	[55]堪龕蚶憨亨 [35]懇墾齦很 [21]痕恆行（行為）衡 [22]恨杏行（品行）幸
ø	[21]銀艮齦

ɐt

p	[2]拔鈸弼
m	[2]襪密蜜物勿墨默陌麥脈
f	[2]乏伐筏罰佛
t	[2]突特
l	[2]立律率肋勒
tʃ	[2]疾姪
ʃ	[2]十什拾朮術述秫
j	[2]入日逸
k	[3]合（十合一升）蛤鴿 [2]掘倔
kʰ	[2]及
w	[2]核（核桃）
h	[2]合（合作）盒磕洽瞎轄核（審核）
ø	[2]訖

ɛ

t	[55]爹
tʃ	[55]遮 [35]姐者 [33]借藉蔗 [22]謝
tʃʰ	[55]車奢 [35]且扯 [21]邪斜
ʃ	[55]些賒 [35]寫捨 [33]瀉卸赦舍 [21]蛇佘 [13]社 [22]射麝
j	[21]耶爺 [13]惹野 [22]夜
kʰ	[21]茄瘸
h	[55]靴

ɛŋ

p	[35]餅 [33]柄 [22]病
t	[55]釘 [35]頂 [33]掟 [22]訂
tʰ	[55]聽廳 [13]艇
l	[33]靚 [21]靈鯪 [13]領嶺
tʃ	[55]精 [35]井阱 [33]正 [21]淨鄭阱
tʃʰ	[55]青 [35]請
ʃ	[55]聲星腥 [35]醒 [21]成城
k	[55]驚 [35]頸 [33]鏡
h	[55]輕

ɛk

p	[3]壁
pʰ	[3]劈
t	[2]笛糴（糴米）
tʰ	[3]踢
tʃ	[3]隻炙脊
tʃʰ	[3]赤尺呎
ʃ	[3]錫 [2]石

k^h	[2]劇屐
h	[3]吃喫

ei

p	[55]篦碑卑悲 [35]彼俾比秕 [33]臂祕泌轡庇痺 [22]被避備鼻
p^h	[55]披丕 [35]鄙 [33]譬屁 [21]皮疲脾琶枇 [13]被婢
m	[21]糜眉楣微 [13]靡美尾 [22]媚寐未味
f	[55]非飛妃 [35]匪榧翡 [21]肥
t	[22]地
l	[55]璃 [21]彌離梨釐狸 [13]履你李里裡理鯉 [22]膩利吏餌
ʃ	[35]死 [33]四
k	[55]飢几（茶几）基幾（幾乎）機饑 [35]己紀杞幾（幾個） [33]寄記既 [22]技妓忌
k^h	[33]冀 [21]奇（奇怪）騎（輕騎）祁鰭其棋期旗祈 [13]企徛（站立）
h	[55]犧欺嬉熙希稀 [35]起喜蟢豈 [33]戲器棄氣汽

eŋ

p	[55]冰兵 [35]丙秉 [33]迸柄併 [22]並
p^h	[55]姘拼 [33]聘 [21]平坪評瓶屏萍
m	[21]鳴明名銘 [13]皿 [22]命
t	[55]丁釘靪疔 [35]頂鼎 [33]釘 [22]訂錠定
t^h	[55]聽廳汀（水泥） [33]聽（聽其自然） [21]亭停廷廳蜓 [13]艇挺
l	[55]拎 [21]楞陵凌菱寧靈零鈴伶翎 [13]領嶺 [22]令佞另
tʃ	[55]徵蒸精晶晴貞偵正（正月）征 [35]拯井整 [33]證症正（正常）政 [22]靜靖淨
$tʃ^h$	[55]稱（稱呼）清蟶青蜻 [35]請逞 [33]稱（相稱）秤 [21]澄懲澄（水清）晴呈程
ʃ	[55]升勝聲星（星空）腥 [35]省醒（醒目） [33]勝性姓聖 [21]乘繩塍承丞成（成事）城（城市）誠 [22]剩盛（盛世）
j	[55]應鷹鶯鸚櫻英嬰纓 [35]影映 [33]應（應對） [21]仍凝蠅迎盈贏形型刑 [22]認

k	[55]京荊驚經 [35]境景警竟 [33]莖敬勁徑 [22]勁競
k^h	[55]傾 [35]頃 [21]擎鯨瓊
w	[55]扔 [21]榮 [13]永 [22]泳詠潁
h	[55]興（興旺）卿輕（輕重）馨兄 [33]興（高興）慶罄

ek

p	[5]逼迫碧壁璧
p^h	[5]僻闢劈
m	[2]覓
t	[5]的嫡 [2]滴廸
t^h	[5]剔
l	[5]匿 [2]力溺曆歷
tʃ	[5]即鯽織職積跡績斥
tʃ^h	[5]斥戚
ʃ	[5]悉息熄媳嗇識式飾惜昔適釋析 [3]錫（用於人名） [2]食蝕
j	[5]憶億抑益 [2]翼逆亦譯易（交易）液腋疫役
k	[5]戟擊激虢 [2]極
w	[2]域

i

tʃ	[55]豬諸誅蛛株朱硃珠知蜘支枝肢梔資咨姿脂茲滋輜之芝 [35]煮拄主紫紙只（只有）姊旨指子梓滓止趾址 [33]著駐註注鑄智致至置志（志氣）誌（雜誌）痣 [22]箸住自雉稚字伺祀巳寺嗣飼痔治
tʃ^h	[55]雌疵差（參差不齊）眵癡嗤 [35]處杵此侈豕恥柿齒始 [33]處（處所）刺賜翅次廁 [21]廚臍池馳匙瓷餈遲慈磁辭詞祠持 [13]褚（姓）儲苧署柱似恃
ʃ	[55]書舒樞輸斯廝施私師獅尸（尸位素餐）屍司絲思詩 [35]暑鼠黍屎使（使用）史 [33]庶恕戍肆思（意思）試 [21]薯殊時鰣 [13]市 [22]豎樹是氏豉示視士（士兵）仕（仕途）事侍

j	[55]於淤迂于伊醫衣依 [35]倚椅 [33]意 [21]如魚漁余餘儒愚虞娛盂榆愉兒宜儀移夷姨而疑飴沂 [13]汝語與乳雨宇禹羽爾議耳擬矣已以 [22]御禦譽預遇愈喻裕誼義（義務）易（難易）二肆異

iu

p	[55]臕標錶彪 [35]表
p^h	[55]飄漂（漂浮） [33]票漂（漂亮） [21]瓢嫖 [13]鰾
m	[21]苗描 [13]藐渺秒杳 [22]廟妙
t	[55]刁貂雕丟 [33]釣弔吊 [22]掉調（調查）
t^h	[55]挑 [33]跳糶跳 [21]條調（調和）
l	[21]燎療聊遼撩寥瞭 [13]鳥了 [22]尿料（預料）廖
tʃ	[55]焦蕉椒朝（今朝）昭（昭雪）招 [35]剿沼（沼氣） [33]醮照詔（詔書） [22]噍趙召
$tʃ^h$	[55]超 [35]悄 [33]俏鞘 [21]樵瞧朝（朝代）潮
ʃ	[55]消宵霄硝銷燒蕭簫 [35]小少（多少） [33]笑少（少年） [21]韶 [22]兆紹邵
j	[55]妖邀腰要（要求）么吆（大聲吆喝） [33]要 [21]饒橈搖瑤謠姚堯 [13]擾繞舀 [22]耀鷂
k	[55]驕嬌 [35]矯轎繳 [33]叫
k^h	[33]竅 [21]喬僑橋蕎
h	[55]囂僥 [35]曉

in

p	[55]鞭邊蝙辮 [35]貶扁匾 [33]變遍 [22]辨辯汴便（方便）
p^h	[55]編篇偏 [33]騙片 [21]便（便宜）
m	[21]綿棉眠 [13]免勉娩緬 [22]面（面子）麵（粉麵）
t	[55]掂顛端 [35]點典短 [33]店墊斷（決斷）鍛 [13]簟 [22]電殿奠佃斷（斷絕）段緞椴
t^h	[55]添天 [35]舔腆 [21]甜田填團屯豚臀
l	[55]拈 [35]捻戀 [21]黏廉鐮鮎連聯年憐蓮鸞 [13]斂殮臉碾輦攆暖 [22]念練鍊楝亂嫩

tʃ	[55]尖沾粘瞻占（占卜）煎氈羶箋鑽（動詞）專尊遵 [35]剪展纂轉 [33]佔（侵佔）箭濺餞顫薦鑽（鑽子）轉（轉螺絲） [22]漸賤傳（傳記）
$tʃ^h$	[55]殲籤遷千川穿村 [35]揣淺喘忖 [33]竄串寸吋 [21]潛錢纏前全泉傳（傳達）椽存 [13]踐
ʃ	[55]仙鮮（新鮮）先酸宣孫 [35]陝閃鮮（鮮少）癬選損 [33]線搧扇算蒜 [21]蟾簷蟬禪旋鏇船 [22]羨善膳單（姓）禪篆
j	[55]淹閹醃腌煙燕（燕京）冤淵 [35]掩演堰丸阮宛 [33]厭燕（燕子）嚥宴怨 [21]炎鹽閻嚴嫌涎然燃焉延筵言研賢完圓員緣沿鉛元原源袁轅援玄懸 [13]染冉儼軟遠 [22]驗豔焰莧諺硯現院願縣眩
k	[55]兼肩堅捐 [35]檢捲卷 [33]劍建見眷絹 [22]儉件鍵健圈倦
k^h	[21]鉗乾虔拳權顴
h	[55]謙軒掀牽圈喧 [35]險遣顯犬 [33]欠憲獻勸券 [21]弦

it

p	[5]必 [3]鱉憋 [2]別
p^h	[3]撇
m	[2]滅篾
t	[3]跌 [2]疊碟牒蝶諜奪
t^h	[3]帖貼鐵脫
l	[3]捋劣 [2]聶鑷躡獵列烈裂捏
tʃ	[2]接摺褶哲蜇折節拙
$tʃ^h$	[3]妾徹撤轍設切（切開）撮猝
ʃ	[3]攝涉薛泄屑楔雪說 [2]舌
j	[3]乙 [2]葉頁業熱薛悅月閱越曰粵穴
k	[3]劫澀結潔 [2]傑
k^h	[3]揭厥決訣缺
h	[3]怯脅歉協歇蠍血

ɔ

p	[55]波菠玻 [33]簸播
p^h	[55]坡 [35]頗 [33]破 [21]婆
m	[55]魔摩 [35]摸 [21]磨（動詞）饃 [22]磨（石磨）
f	[55]科 [35]棵火夥 [33]課貨
t	[55]多 [35]朵躲剁 [22]惰
t^h	[55]拖 [33]唾 [21]駝馱（馱起來）舵 [13]妥橢 [22]馱（牲畜背上所背的貨物）
l	[55]囉 [35]裸 [21]挪羅鑼籮騾腡 [22]糯
tʃ	[35]左阻 [33]佐 [22]佐坐（坐立不安）座助
$tʃ^h$	[55]搓初雛 [35]楚礎 [33]銼錯 [21]鋤
ʃ	[55]蓑梭唆莎梳疏蔬 [35]鎖瑣所 [21]傻
k	[55]歌哥戈 [35]果裹餜 [33]個過
k^h	[35]顆
w	[55]鍋倭窩蝸 [21]和禾 [22]禍
h	[55]靴 [35]可 [21]荷河何 [22]賀
ø	[55]阿（阿膠） [21]訛 [13]我 [22]臥餓

ɔi

t	[22]待殆代袋
t^h	[55]胎 [21]台臺抬 [13]怠
l	[21]來 [22]耐奈內
tʃ	[55]災栽 [35]宰載 [33]再載 [22]在
$tʃ^h$	[35]彩採睬 [33]菜賽蔡 [21]才材財裁纔（方纔）
ʃ	[55]腮鰓
k	[55]該 [35]改 [33]蓋
k^h	[33]概溉慨丐
h	[55]開 [35]凱海 [22]亥害駭

ø	[55]哀埃 [35]藹 [33]愛 [21]呆 [22]礙外

ɔn

k	[55]干（干戈）肝竿乾（乾濕）桿疆 [35]稈趕 [33]幹（幹部）
h	[55]看（看守）刊 [35]罕 [33]看（看見）漢 [21]鼾寒韓 [13]旱 [22]汗銲翰
ø	[55]安鞍 [33]按案 [22]岸

ɔŋ

p	[55]幫邦 [35]榜綁 [22]傍（傍晚）
p^h	[33]謗 [21]滂旁螃龐 [13]蚌
m	[55]虻 [21]忙茫芒亡 [13]莽蟒網輞妄 [22]忘望
f	[55]荒慌方肪芳 [35]謊晃倣紡仿彷訪 [33]放況 [21]妨房防
t	[55]當（當時） [35]黨擋 [33]當（典當） [22]宕蕩
t^h	[55]湯 [35]倘躺 [33]燙趟 [21]堂棠螳唐糖塘
l	[35]兩（幾兩幾錢） [21]囊瓤 [13]朗兩（兩個） [22]浪亮諒輛量
tʃ	[55]贓髒將漿張莊裝章樟樁（打樁） [35]蔣獎槳長（生長）掌 [33]莽醬將漲帳賬脹壯障瘴 [22]藏（西藏）臟匠象像橡丈仗杖狀撞
$tʃ^h$	[55]倉蒼槍瘡昌菖窗 [35]搶闖廠 [33]暢唱倡（提倡） [21]藏（隱藏）牆詳祥長（長短）腸場床
ʃ	[55]桑喪相（互相）箱廂湘襄鑲霜孀商傷雙 [35]嗓想爽賞鯗（鯗魚：曬乾和醃過的魚） [33]喪相（相貌） [21]常嘗裳償 [13]上（上山） [22]尚（和尚）上（上面）
j	[55]央秧殃 [21]羊洋烊楊（姓）陽揚瘍 [13]攘嚷仰養癢 [22]釀壤讓樣
k	[55]岡崗剛綱缸疆僵薑礓（礓石）韁姜羌光江扛豇（豇豆） [35]廣講港 [33]鋼杠降
k^h	[33]抗炕曠擴礦 [21]強狂 [13]強（勉強）
w	[55]汪 [35]枉 [21]黃簧皇蝗王 [13]往 [22]旺
h	[55]康糠香鄉匡筐眶腔 [35]慷晌餉享響 [33]向 [21]行（行列）航杭降（投降） [22]項巷
ø	[55]骯 [21]昂

ɔt

k	[3]割葛
h	[3]喝渴

ɔk

p	[3]博縛駁 [2]薄泊（澹泊名利）
p^h	[3]樸朴撲
m	[5]剝 [2]莫膜幕寞
f	[3]霍藿（藿香）
t	[3]琢啄涿（涿鹿） [2]鐸踱
t^h	[3]託托
l	[2]諾落烙駱酪洛絡樂（快樂）略掠
tʃ	[3]作爵雀鵲嚼著（著衣）酌勺 [2]鑿昨著（附著）
$tʃ^h$	[3]錯綽焯芍卓桌戳
ʃ	[3]索朔
j	[3]約（公約） [2]若弱虐瘧鑰躍
k	[3]各閣擱腳郭覺（知覺）角國
k^h	[3]郝卻廓確搉（搉蒜）
w	[2]鑊獲
h	[3]殼 [2]鶴學
ø	[3]惡（善惡） [2]鄂獄岳樂（音樂）噩鱷嶽鶚愕萼顎

ou

p	[55]褒 [35]補保堡寶 [33]布佈報 [22]怖部簿（簿記）步捕暴菢（菢雞仔）
p^h	[55]鋪（鋪設） [35]譜普浦脯甫（幾甫路）脯（杏脯） [33]鋪（店鋪） [21]蒲菩袍 [13]抱
m	[55]蟆（蝦蟆） [21]模摹無巫誣毛 [13]武舞侮鵡母拇 [22]暮慕墓募務霧冒帽戊

t	[55]都刀叨 [35]堵賭島倒 [33]妒到 [22]杜度渡鍍道稻盜導
t^h	[55]滔 [35]土禱討 [33]吐兔套 [21]徒屠途塗圖掏桃逃淘陶萄濤 [13]肚
l	[21]奴盧爐蘆廬勞牢嘮 [13]努魯櫓虜滷腦惱老 [22]怒路賂露鷺澇
tʃ	[55]租糟遭 [35]祖組早棗蚤澡 [33]灶 [22]做皂造
$tʃ^h$	[55]粗操（操作） [35]草 [33]醋措躁糙 [21]曹槽
ʃ	[55]蘇酥鬚騷 [35]數（動詞）嫂 [33]素訴塑數（數目）掃
k	[55]高膏（膏腴）篙羔糕 [35]稿 [33]告膏（動詞，把毛筆蘸上墨，再在硯臺邊上掭：膏筆）
h	[55]蒿薅（薅鋤） [35]好（好壞） [33]犒好（喜好）耗 [21]豪壕毫號（呼號） [22]浩號（號數）
ø	[35]襖 [33]懊奧 [22]傲

oŋ

p^h	[35]捧 [21]篷蓬
m	[21]蒙 [13]懵蠓 [22]夢
f	[55]風楓瘋豐封峰蜂鋒 [35]俸 [33]諷 [21]馮逢縫（縫衣） [22]鳳奉縫（一條縫）
t	[55]東冬 [35]董懂 [33]凍 [22]棟動洞
t^h	[55]通熥（以火暖物） [35]桶捅統 [33]痛 [21]同銅桐筒童瞳
l	[21]籠聾農膿儂隆濃龍 [13]攏隴壟 [22]弄
tʃ	[55]棕鬃宗中（當中）忠終蹤縱鐘鍾盅舂 [35]總粽種（種類）腫 [33]綜中（射中）眾縱種（種樹） [22]仲誦頌訟
$tʃ^h$	[55]聰匆蔥（洋蔥）囪（煙囪）充衝 [35]冢寵 [21]叢蟲從松重（重複） [13]重（輕重）
ʃ	[55]鬆嵩從（從容不迫） [35]慫 [33]送宋 [21]崇
j	[55]翁雍癰（生背癰） [35]擁壅甬湧 [21]戎絨融茸容蓉鎔庸 [13]冗（冗員）勇 [22]用
k	[55]公蚣工功攻弓躬宮恭供（供給） [35]拱鞏 [33]貢供（供養） [22]共
k^h	[21]窮

h	[55]空胸凶（吉凶）兇（兇惡） [35]孔恐 [33]控烘哄汞鬨嗅 [21]虹紅洪鴻熊雄
ø	[33]甕

ok

p	[5]卜（占卜） [2]僕曝瀑
p^h	[5]仆（前仆後繼）
m	[2]木目穆牧
f	[5]福幅蝠複腹覆（反覆） [2]復（復興）服伏
t	[5]篤督 [2]獨讀牘犢毒
t^h	[5]禿
l	[2]鹿祿六陸綠錄
tʃ	[5]浞竹築祝粥足燭矚觸捉 [2]續濁鐲族逐軸俗
$tʃ^h$	[5]速畜蓄促束
ʃ	[5]肅宿縮叔粟 [2]熟淑贖蜀屬
j	[5]沃郁 [2]肉育辱褥玉獄欲（搖搖欲墜）慾（意慾）浴
k	[5]穀谷（山谷）菊掬（笑容可掬）麴（酒麴） [2]局
k^h	[5]曲（曲折）
h	[5]哭 [2]斛酷
ø	[5]屋

u

f	[55]枯呼夫膚敷俘孵麩 [35]苦卡府腑斧撫釜 [33]庫褲戽賦富副 [21]乎符扶芙 [13]婦 [22]付傅赴訃父腐輔附負
k	[55]姑孤 [35]古估牯股鼓 [33]故固錮雇顧
k^h	[55]箍
w	[55]烏污塢 [35]滸 [33]惡（可惡） [21]胡湖狐壺瓠鬍 [22]戶滬互護芋

ui

p	[55]杯 [33]貝輩背 [22]背（背誦）焙（焙乾）
p^h	[55]胚坯 [33]沛配佩 [21]培陪賠裴 [13]倍
m	[21]梅枚媒煤 [13]每 [22]妹昧
f	[55]魁恢灰奎 [33]悔晦
w	[55]煨 [21]回茴 [13]會（懂得） [22]滙會（會計）彙匯

un

p	[55]般搬 [35]本 [33]半 [22]絆伴拌叛胖
p^h	[55]潘 [33]拚判 [21]盤盆
m	[21]瞞門 [13]滿 [22]悶
f	[55]寬歡 [35]款
k	[55]官棺觀（參觀）冠（衣冠） [35]管館 [33]貫灌罐觀（寺觀）冠（冠軍）
w	[35]玩（玩味）豌剜碗腕 [21]桓（春秋時代齊桓公） [13]皖 [22]喚煥緩換玩（玩味）

ut

p	[2]撥勃
p^h	[3]潑
m	[3]抹 [2]末沫沒
f	[3]闊
k^h	[3]括豁
w	[2]活

ɵy

t	[55]堆 [33]對碓兌 [22]隊
t^h	[55]推 [35]腿 [33]退蛻
l	[13]呂旅縷屢儡累壘女 [21]雷 [22]濾累（連累）類淚慮
tʃ	[55]追錐 [35]嘴 [33]最醉 [22]聚罪贅墜

$tʃ^h$	[55]趨催崔吹炊 [35]取娶 [33]趣脆翠 [21]除隨槌錘徐
ʃ	[55]須需雖綏衰 [35]水 [33]碎歲稅帥 [21]垂誰 [13]髓 [22]睡瑞粹遂隧穗
j	[13]蕊 [22]芮銳
k^h	[35]賄潰劊檜繪

m̩

	m̩[13]午伍五　m̩[21]唔吳蜈吾梧　m̩[22]誤悟

第五節　中山市坦洲鎮新合村水上話同音字彙

a

p	[55]巴芭疤爸 [35]把 [33]霸壩（水壩）垻（堤塘） [42]爸[55-42] [22]罷
p^h	[55]趴 [33]怕 [42]爬琶耙杷鈀
m	[55]媽 [42]媽[53-42]痲痳 [13]馬碼 [22]罵
f	[55]花 [33]化
t	[55]打[42-35]（一打。來自譯音） [35]打
t^h	[55]他她它祂牠佗怹
l	[55]啦 [35]嚤 [42]拿 [13]哪那
tʃ	[55]查（山查）碴渣髽（髽髻：抓髻）吒（哪吒：神話人物） [33]詐榨炸乍炸
$tʃ^h$	[55]叉杈差（差別） [33]岔奼（奼紫嫣紅）衩（衩衣，開衩） [42]茶搽茬（麥茬，麥收割後留在地的根）查（調查）
ʃ	[55]沙紗砂莎卅鯊痧（刮痧） [35]灑耍灑嗄（聲音嘶啞） [42]卅（異）
j	[13]也 [22]廾廿
k	[55]家加痂嘉傢瓜枷迦嘎伽袈鎵葭泇珈笳跏茄 [35]假（真假）賈（姓）寡剮斝（玉製的盛酒器具） [33]假（放假）架駕嫁稼價掛卦（新）
k^h	[55]誇垮（搞垮）跨夸（奢侈） [35]侉（誇大不實際） [33]卦（老）

w	[55]劃（劃船）蛙窪 [35]畫（名） [42]華（中華）華（華夏）鏵（犁鏵）樺（又） [22]華（華山、姓氏）樺話（說話）
h	[55]蝦（魚蝦）蝦（蝦蟆）哈 [42]霞瑕遐（名聞遐邇） [22]廈（大廈）廈（廈門）下（底下、下降）夏（春夏）夏（姓氏）暇（分身不暇）
ø	[55]鴉丫椏 [35]啞 [33]亞 [42]牙芽衙伢（小孩子） [13]雅瓦（瓦片） [22]砑（砑平：碾壓成偏平）

ai

p	[55]掰（掰開）拜$^{33\text{-}55}$擘 [35]擺 [33]拜湃 [22]敗
p^h	[55]派（派頭） [35]牌$^{42\text{-}35}$（打牌） [33]派湃（又） [42]排牌簰（竹筏）霾（陰霾）
m	[42]埋 [13]買 [22]賣邁
f	[33]傀塊快筷
t	[55]呆（異）獃（書獃子） [35]歹傣$^{33\text{-}35}$ [33]戴帶傣（傣族） [22]大（大量）大（大夫）
t^h	[55]呔（方：車呔） [33]太態泰貸汰（汰弱留強）鈦（鈦合金）舦（舦盤）舵（異）
l	[55]拉舝（方：舝仔） [35]瀨$^{42\text{-}35}$（瀨粉） [33]癩（癩瘡） [42]奶$^{13\text{-}42}$ [13]乃奶 [22]賴籟（萬籟無聲）瀨（方：瀨尿）酹（酹酒）癩（異）
tʃ	[55]齋 [33]債 [22]寨
tʃ^h	[55]猜釵差（出差） [35]踩（踩高蹺）踹（踹踏） [42]豺柴
ʃ	[35]璽徙舐（舐犢情深） [33]晒曬（晒之異體字）
j	[35]踹
k	[55]皆階稭佳街乖 [35]解（解開）解（曉）蒯（姓）拐（拐杖） [33]介階偕界芥尬疥届戒
k^h	[35]楷
w	[55]歪 [33]餧（同「餵」字） [42]懷槐淮 [22]壞
h	[55]揩（揩油） [42]孩諧鞋骸 [13]蟹懈駭 [22]邂械懈解（姓氏）
ø	[55]挨哎唉埃 [33]隘（氣量狹隘） [42]涯崖捱睚 [22]艾刈（鐮刀）

au

p	[55]包胞鮑（姓）鮑$^{22\text{-}55}$（鮑魚）孢（孢子） [35]飽 [33]爆5

p^h	[55]泡（一泡尿）拋 [35]跑 [33]豹炮（槍炮）泡（泡茶）（砲趵）爆 [42]刨鉋（木鉋）
m	[55]貓 [42]茅錨矛 [13]卯牡鉚（鉚釘） [22]貌
l	[55]撈（異） [42]撈鐃撓（百折不撓） [22]鬧
tʃ	[55]嘲啁 [35]抓爪找肘帚 [33]罩笊（笊籬） [22]櫂（櫂槳湖上）驟棹
tʃ^h	[55]抄鈔 [35]炒吵 [42]巢
ʃ	[55]梢（樹梢）捎（捎帶）筲鞘艄 [35]稍 [33]哨潲（豬潲，豬食物）
k	[55]交郊膠蛟（蛟龍）鮫 [35]絞狡攪（攪勻）搞（搞清楚）餃（餃子） [33]教覺（睡覺）較校（校對）校（上校）窖滘斠
k^h	[33]靠
h	[55]酵（酵母）敲吼烤拷酵 [35]考烤巧 [33]孝酵 [42]姣（方：發姣） [22]效校（學校）傚
ø	[35]拗（拗斷） [33]坳（山坳）拗（拗口） [42]熬肴淆 [13]咬

am

t	[55]耽擔（擔任） [35]膽 [33]擔（挑擔） [22]淡（冷淡）（地名：淡水）
t^h	[55]貪 [33]探 [42]潭譚談痰 [13]淡（鹹淡）
l	[35]欖 [42]南男藍籃 [13]覽攬 [22]濫（泛濫）纜艦
tʃ	[55]簪 [35]斬 [33]蘸 [22]暫鏨站
tʃ^h	[55]參攙（攙扶） [35]慘 [33]杉 [42]蠶慚讒饞
ʃ	[55]三衫
k	[55]尷 [35]減 [33]鑑監（太監）
h	[35]餡 [33]喊 [42]函咸鹹銜 [22]陷（陷阱）
ø	[42]巖岩

an

p	[55]班斑頒扳 [35]板版闆阪（日本地名）扳（異） [22]扮辦
p^h	[55]扳（扳回一局棋）攀頒（異） [33]盼襻（紐襻）
m	[42]蠻 [13]晚 [22]慢饅漫幔萬蔓

f	[55]翻番（番幾番）幡（幢幡）反（反切） [35]返 [33]販泛（廣泛，泛泛之交）氾反（平反） [42]凡帆藩（藩鎮之亂）煩礬繁芃氾（姓） [22]范範犯瓣飯礬（異）
t	[55]丹單（單獨）鄲（邯鄲） [35]旦（花旦）彈（子彈）蛋（蛋花湯） [33]旦（元旦）誕 [22]但
t^h	[55]坍灘攤 [35]坦毯 [33]碳炭嘆歎 [42]檀壇彈（彈琴）
l	[42]難（難易）蘭攔欄 [13]懶 [22]難（患難）爛
tʃ	[35]斬盞 [33]贊 [22]賺綻（破綻）棧撰
$tʃ^h$	[55]餐 [35]鏟產 [33]燦 [42]殘
ʃ	[55]珊山刪閂拴 [35]散（鞋帶散了） [33]傘散（分散）疝（疝氣）篡涮 [42]潺
k	[55]艱間（中間）鰥（鰥寡）闗 [35]鹻簡襉柬繭趼（手過度磨擦生厚皮） [33]間（間斷）諫澗鐧（車鐧）慣
w	[55]彎灣 [42]頑還環灣（銅鑼灣、長沙灣、土瓜灣） [13]挽 [22]幻患宦（宦官）
h	[42]閒 [22]限
ø	[33]晏 [42]顏 [13]眼 [22]雁

aŋ

p^h	[55]烹 [42]彭膨棚鵬 [13]棒
m	[13]猛蜢錳 [22]孟
l	[13]冷
tʃ	[55]爭掙睜猙 [22]掙
$tʃ^h$	[55]撐 [35]橙 [33]牚 [42]瞪倀
ʃ	[55]生牲甥 [35]省
k	[55]更耕粳 [35]梗 [22]逛
k^h	[55]框筐眶 [33]逛
w	[42]橫
h	[55]夯坑 [42]行桁
ø	[55]罌甖 [22]硬

ap

t	[3]答搭 [2]踏沓
t^h	[3]搨塔榻塌
tʃ	[3]砸劄眨 [2]雜閘集習襲鍘
$tʃ^h$	[3]插
k	[3]甲胛挾
h	[3]掐 [2]狹峽匣
ø	[3]鴨

at

p	[3]八捌
m	[3]抹
f	[3]法髮發砝琺
t	[2]達
t^h	[3]韃撻躂獺
l	[3]瘌
tʃ	[3]札紮扎軋 [2]鍘
$tʃ^h$	[3]獺擦察刷
ʃ	[3]殺撒薩煞
k	[3]刮
w	[3]挖斡 [2]滑猾或
ø	[3]押壓

ak

p	[3]泊百柏伯舶佰 [2]白帛
p^h	[3]帕拍魄檗
m	[3]擘
tʃ	[3]窄責 [2]澤擇宅摘擲

tʃ^{h}	[3]拆策冊柵 [2]賊
ʃ	[3]索
j	[3]喫
k	[3]胳格革隔骼鬲
k^{h}	[3]聒（聒耳）摑
w	[2]惑劃
h	[3]嚇（恐嚇）客嚇（嚇一跳）赫
ø	[2]額逆

ɐi

p	[55]跛 [33]蔽閉箅（蒸食物的竹箅子） [22]稗敝弊幣斃陛
p^{h}	[55]批 [13]睥
m	[55]咪 [42]迷謎霾糜眯 [13]米眯弭
f	[55]麾揮輝徽麾暉 [35]痱痱 [33]廢肺費沸芾痱狒 [22]吠痱蜚
t	[55]低 [35]底抵邸砥 [33]帝蒂締諦疐 [22]第弟遞隸逮棣悌娣埭締
t^{h}	[55]梯銻 [35]體睇梯 [33]替涕剃屜 [42]堤題提蹄啼 [22]弟悌娣
l	[42]犁黎泥尼來犂藜 [13]禮醴蠡 [22]例厲勵麗荔
tʃ	[55]擠劑 [35]濟仔囝 [33]祭際制製濟掣 [42]齊薺 [22]滯
tʃ^{h}	[55]妻棲淒悽 [33]砌切
ʃ	[55]篩西犀 [35]洗駛使 [33]世勢細婿 [22]誓逝噬
j	[13]曳 [22]拽
k	[55]雞圭閨龜歸笄鮭 [35]偈詭軌鬼簋 [33]計繼髻鱖桂癸季貴瑰劌悸蹶饋 [22]跪櫃饋匱餽悸柜
k^{h}	[55]稽溪盔規虧窺谿蹊奎睽 [35]啟 [33]契愧 [42]攜畦逵葵畦揆夔馗 [13]揆
w	[55]威 [35]毀萎委 [33]穢畏慰 [42]桅為維惟遺唯違圍 [13]諱偉葦緯 [22]衛惠慧為位胃謂蝟
h	[55]屄 [42]奚兮蹊嵇 [22]繫系（中文系）係

ø	[35]矮 [33]縊翳哎隘 [42]倪危 [13]蟻 [22]藝毅偽魏

ɐu

m	[55]痞 [33]卯 [42]謀牟眸蝥蟊 [13]某畝牡 [22]茂貿謬謬繆袤
f	[35]剖否 [42]浮 [22]埠阜復
t	[55]兜 [35]斗（一斗米）抖陡糾蚪 [33]鬥（鬥爭） [22]豆逗讀（句讀）竇痘荳
t^h	[55]偷 [35]敨（展開） [33]透 [42]頭投
l	[55]褸騮 [35]紐扭朽 [42]樓耬流留榴硫琉劉餾榴嘍摟琉瘤瀏婁耬蹓鎏 [13]摟簍摟柳 [22]漏陋溜餾鏤遛蹓
tʃ	[55]掔鄒掫（巡夜打更）周舟州洲 [35]走酒肘帚 [33]奏晝皺縐咒 [22]就袖紂宙驟
$tʃ^h$	[55]秋鞦抽 [35]丑（小丑）醜（醜陋） [33]湊臭糗嗅 [42]囚泅綢稠籌酬
ʃ	[55]修羞颼蒐收 [35]臾搜手首守 [33]嗽秀宿鏽瘦漱獸 [42]愁仇 [22]受壽授售
j	[55]丘休憂優幽 [33]幼 [42]柔揉尤郵由油游猶悠 [13]有友酉莠誘 [22]又右祐柚鼬釉
k	[55]鳩鬮 [35]狗苟九久韭 [33]夠灸救究咎 [22]舊柩
k^h	[55]溝摳瞘（眼瞘） [33]構購叩扣寇 [42]求球 [13]臼舅
h	[55]吼 [35]口 [42]侯喉猴瘊（皮膚所生的小贅肉） [13]厚 [22]後后（皇后）候
ø	[55]勾鉤歐甌 [35]嘔毆 [33]漚慪 [42]牛 [13]藕偶耦

ɐm

l	[42]林淋臨 [13]檁（正檁）
tʃ	[55]斟 [35]枕 [33]浸枕
$tʃ^h$	[55]侵參（參差） [35]寢 [42]尋沉
ʃ	[55]心森參（人參）深 [35]沈審嬸 [33]滲 [42]岑 [22]葚甚
j	[55]欽音 [33]蔭 [42]壬吟淫 [22]賃任紝
k	[55]甘柑泔今 [35]感敢橄錦 [33]禁 [22]撳
k^h	[55]襟 [42]琴禽擒 [13]妗

h	[55]堪龕蚶 [35]坎砍 [33]勘 [42]含酣 [22]撼憾嵌
ø	[55]庵 [35]揞（揞住）埯 [33]暗

ɐn

p	[55]杉賓檳奔 [35]稟品 [33]殯鬢 [22]笨
p^h	[33]噴 [42]貧頻
m	[55]蚊 [42]民文紋聞 [13]澠閩憫敏抿吻刎 [22]問璺
f	[55]昏婚分芬紛熏勳薰葷 [35]粉 [33]糞訓 [42]墳焚 [13]奮憤忿 [22]份
t^h	[55]吞飩 [33]褪
tʃ	[55]珍真 [33]鎮振震
tʃ^h	[55]親（親人） [35]診疹 [33]親（親家）趁櫬 [42]陳塵
ʃ	[55]辛新薪身申伸娠 [42]神辰晨臣 [22]腎慎
j	[55]陰恩姻欣殷 [35]隱 [33]印 [42]人仁寅 [13]忍引 [22]刃韌
k	[55]跟根巾筋 [35]僅緊謹 [33]棍 [22]近（接近）郡
k^h	[55]昆崑坤 [35]綑菌 [33]困窘 [42]芹群裙
w	[55]溫瘟 [35]穩 [33]熨 [42]魂餛勻云（子云）雲暈 [13]允尹 [22]渾混運
h	[35]懇墾齦很 [42]痕 [22]恨
ø	[42]銀艮齦

ɐŋ

p	[55]奔崩
p^h	[42]頻朋憑
m	[42]萌盟
t	[55]登燈瞪 [35]等 [33]凳 [22]鄧澄（澄粉、澄麵）
t^h	[42]騰謄藤疼
l	[42]能
tʃ	[55]曾（姓）增憎僧爭箏睜
tʃ^h	[42]曾（曾經）

ʃ	[55]生（出生）
k	[55]更（更換）庚粳羹耕轟揈 [35]哽埂梗耿 [33]更（更加）
h	[55]亨 [42]恆行（行為）衡 [22]行（品行）幸

ɐp

l	[2]立
ʃ	[2]十什拾
j	[2]入
k	[3]合（十合一升）蛤鴿
k^h	[2]及
h	[2]合（合作）盒磕洽

ɐt

p	[2]拔鈸弼
m	[2]襪密蜜物勿
f	[2]乏伐筏罰佛
tʃ	[2]疾姪
j	[2]日逸
k	[2]掘倔
w	[2]核（核桃）
h	[2]瞎轄核（審核）
ø	[2]訖

ɐk

p	[2]拔鈸弼
m	[2]襪密蜜物勿墨默陌麥脈
t	[2]特
l	[2]肋勒

ɛ

t	[55]爹
tʃ	[55]遮 [35]姐者 [33]借藉蔗 [22]謝
tʃ^h	[55]車奢 [35]且扯 [42]邪斜
ʃ	[55]些賒 [35]寫捨 [33]瀉卸赦舍 [42]蛇佘 [13]社 [22]射麝
j	[42]耶爺 [13]惹野 [22]夜
k^h	[42]茄瘸

ɛŋ

p	[35]餅 [33]柄 [22]病
t	[55]釘 [35]頂 [33]掟 [22]訂
t^h	[55]聽廳 [13]艇
l	[33]靚 [42]靈鯪 [13]領嶺
tʃ	[55]精 [35]井阱 [33]正 [22]淨鄭阱
tʃ^h	[55]青 [35]請
ʃ	[55]聲星腥 [35]醒 [42]成城
k	[55]驚 [35]頸 [33]鏡
h	[55]輕

ɛk

p	[3]壁
p^h	[3]劈
t	[2]笛糴（糴米）
t^h	[3]踢
tʃ	[3]隻炙脊
tʃ^h	[3]赤尺呎
ʃ	[3]錫 [2]石
k^h	[2]劇屐

h	[3]吃喫

ei

p	[55]篦碑卑悲 [35]彼俾比秕 [33]臂祕泌轡庇痺 [22]被避備鼻
p^h	[55]披丕 [35]鄙 [33]譬屁 [42]皮疲脾琶枇 [13]被婢
m	[42]糜眉楣微 [13]靡美尾 [22]媚寐未味
f	[55]非飛妃 [35]匪榧翡 [42]肥
t	[22]地
l	[55]璃 [42]驢雷彌離梨釐狸 [13]女呂稆旅屢傴履你李里裡理鯉累壘 [22]慮濾累膩利吏餌類淚
k	[55]居車（車馬砲）駒飢几（茶几）基幾（幾乎）機饑驅 [35]舉矩己紀杞幾（幾個） [42]渠瞿 [13]佢拒距 [33]據鋸句寄記既 [22]巨具懼技妓忌
k^h	[55]拘俱區（區域）驅 [33]冀 [42]渠瞿奇（奇怪）騎（輕騎）祁鰭其棋期旗祈 [35]賄潰劊檜繪 [13]佢拒企徛（站立） [22]距
h	[55]墟虛噓吁犧欺嬉熙希稀 [35]許起喜蟢豈 [33]去戲器棄氣汽

eŋ

p	[55]冰兵 [35]丙秉 [33]迸柄併 [22]並
p^h	[55]姘拼 [33]聘 [42]平坪評瓶屏萍
m	[42]鳴明名銘 [13]皿 [22]命
t	[55]丁釘靪疔 [35]頂鼎 [33]釘 [22]訂錠定
t^h	[55]聽廳汀（水泥） [33]聽（聽其自然） [42]亭停廷蜓 [13]艇挺
l	[55]拎 [42]楞陵凌菱寧靈零鈴伶翎 [13]領嶺 [22]令佞另
tʃ	[55]徵蒸精晶睛貞偵正（正月）征 [35]拯井整 [33]證症正（正常）政 [22]靜靖淨
$tʃ^h$	[55]稱（稱呼）清蟶青蜻 [35]請逞 [33]稱（相稱）秤 [42]澄懲澄（水清）晴呈程
ʃ	[55]升勝聲星（星空）腥 [35]省醒（醒目） [33]勝性姓聖 [42]乘繩塍承丞成（成事）城（城市）誠 [22]剩盛
j	[55]應鷹鶯鸚櫻英嬰纓 [35]影映 [33]應（應對） [42]仍凝蠅迎盈贏形型刑 [22]認

k	[55]京荊驚經 [35]境景警竟 [33]莖敬勁徑 [22]勁競
k^h	[55]傾 [35]頃 [42]擎鯨瓊
w	[55]扔 [42]榮 [13]永 [22]泳詠潁
h	[55]興（興旺）卿輕（輕重）馨兄 [33]興（高興）慶磬

ek

p	[5]逼迫碧壁璧
p^h	[5]僻闢劈
m	[2]覓
t	[5]的嫡 [2]滴廸
t^h	[5]剔
l	[5]匿 [2]力溺歷曆
tʃ	[5]即鯽織職積跡績斥
$tʃ^h$	[5]斥戚
ʃ	[5]悉息熄媳嗇識式飾惜昔適釋析 [3]錫（用於人名） [2]食蝕
j	[5]憶億抑益 [2]翼逆亦譯易（交易）液腋疫役
k	[5]戟擊激虢 [2]極
w	[2]域

i

tʃ	[55]豬諸誅蛛株朱硃珠知蜘支枝肢梔資咨姿脂茲滋輜之芝 [35]煮拄主紫紙只（只有）姊旨指子梓滓止趾址 [33]著駐註注鑄智致至置志（志氣）誌（雜誌）痣 [22]箸住自雉稚字伺祀巳寺嗣飼痔治
$tʃ^h$	[55]雌疵差（參差不齊）眵癡嗤 [35]處杵此侈豕恥柿齒始 [33]處（處所）刺賜翅次廁 [42]廚臍池馳匙瓷餈遲慈磁辭詞祠持 [13]褚（姓）儲苧署柱似恃
ʃ	[55]書舒樞輸斯廝施私師獅尸（尸位素餐）屍司絲思詩 [35]暑鼠黍屎使（使用）史 [33]庶恕戍肆思（意思）試 [42]薯殊時鰣 [13]市 [22]豎樹是氏豉示視士（士兵）仕（仕途）事侍
j	[55]於淤迂于伊醫衣依 [35]倚椅 [33]意 [42]如魚漁余餘儒愚虞娛盂榆

	愉兒宜儀移夷姨而疑飴沂 [13]汝語與乳雨宇禹羽爾議耳擬矣已以 [22]御禦譽預遇愈喻裕誼義（義務）易（難易）二肄異

iu

p	[55]臕標錶彪 [35]表
p^h	[55]飄漂（漂浮） [33]票漂（漂亮） [42]瓢嫖 [13]鰾
m	[42]苗描 [13]藐渺秒杳 [22]廟妙
t	[55]刁貂雕丟 [33]釣弔吊 [22]掉調（調查）
t^h	[55]挑 [33]跳糶跳 [42]條調（調和）
l	[42]燎療聊遼撩寥瞭 [13]鳥了 [22]尿料（預料）廖
tʃ	[55]焦蕉椒朝（今朝）昭（昭雪）招 [35]勦沼（沼氣） [33]醮照詔（詔書） [22]噍趙召
$tʃ^h$	[55]超 [35]悄 [33]俏鞘 [42]樵瞧朝（朝代）潮
ʃ	[55]消宵霄硝銷燒蕭簫 [35]小少（多少） [33]笑少（少年） [42]韶 [22]兆紹邵
j	[55]妖邀腰要（要求）么吆（大聲吆喝） [33]要 [42]饒橈搖瑤謠姚堯 [13]擾繞舀 [22]耀鷂
k	[55]驕嬌 [35]矯轎繳 [33]叫
k^h	[33]竅 [42]喬僑橋蕎
h	[55]囂僥 [35]曉

im

t	[55]掂 [35]點 [33]店 [13]簟
t^h	[55]添天 [35]舔 [42]甜
l	[55]拈 [42]黏廉鐮鮎 [13]斂殮臉 [22]念
tʃ	[55]尖沾粘瞻占（占卜） [33]佔（侵佔） [22]漸
$tʃ^h$	[55]殲 [42]潛
ʃ	[35]陝閃 [42]蟾簷蟬禪
j	[55]淹閹醃腌 [35]掩 [33]厭 [42]炎鹽閻嚴嫌 [13]染冉儼 [22]驗豔焰

k	[35]檢 [33]劍 [22]儉
kʰ	[42]鉗
h	[55]謙 [35]險 [33]欠

in

p	[55]鞭邊蝙辮 [35]貶扁匾 [33]變遍 [22]辨辯汴便（方便）
pʰ	[55]編篇偏 [33]騙片 [42]便（便宜）
m	[42]綿棉眠 [13]免勉娩緬 [22]面（面子）麵（粉麵）
t	[55]顛端 [35]典短 [33]墊斷（決斷）鍛 [22]電殿奠佃斷（斷絕）段緞椴
tʰ	[55]天 [35]腆 [42]田填團屯豚臀
l	[35]捻戀 [42]連聯年憐蓮鸞 [13]碾輦攆暖 [22]練鍊楝亂嫩
tʃ	[55]煎氈羶箋鑽（動詞）專尊遵 [35]剪展纂轉 [33]箭濺餞顫薦鑽（鑽子）轉（轉螺絲） [22]賤傳（傳記）
tʃʰ	[55]遷千川穿村 [35]揣淺喘忖 [33]竄串寸吋 [42]錢纏前全泉傳（傳達）椽存 [13]踐
ʃ	[55]仙鮮（新鮮）先酸宣孫 [35]鮮（鮮少）癬選損 [33]線搧扇算蒜 [42]旋鏇船 [22]羨善膳單（姓）篆
j	[55]煙燕（燕京）冤淵 [35]演堰丸阮宛 [33]厭燕（燕子）嚥宴怨 [42]涎然燃焉延筵言研賢完圓員緣沿鉛元原源袁轅援玄懸 [13]軟遠 [22]莧諺硯現院願縣眩
k	[55]肩堅捐 [35]捲卷 [33]建見眷絹 [22]件鍵健圈倦
kʰ	[42]乾虔拳權顴
h	[55]軒掀牽圈喧 [35]遣顯犬 [33]憲獻勸券 [42]弦

ip

t	[3]跌 [2]疊碟牒蝶諜
tʰ	[3]帖貼
l	[2]聶鑷躡獵捏
tʃ	[2]接摺褶

$t\int^h$	[3]妾
ʃ	[3]攝
j	[2]葉頁業
k	[3]劫澀
h	[3]怯脅歉協

it

p	[5]必 [3]鱉憋 [2]別
p^h	[3]撇
m	[2]滅篾
t	[3]跌 [2]奪
t^h	[3]鐵脫
l	[3]捋劣 [2]列烈裂
tʃ	[2]哲蜇折節拙
$t\int^h$	[3]徹撤轍設切（切開）撮猝
ʃ	[3]涉薛泄屑楔雪說 [2]舌
j	[3]乙 [2]熱薛悅月閱越曰粵穴
k	[3]結潔 [2]傑
k^h	[3]揭厥決訣缺
h	[3]歇蠍血

ɔ

p	[55]波菠玻 [33]簸播
p^h	[55]坡 [35]頗 [33]破 [42]婆
m	[55]魔摩 [35]摸 [42]磨（動詞）饃 [22]磨（石磨）
f	[55]科 [35]棵火夥 [33]課貨
t	[55]多 [35]朵躲剁 [22]惰
t^h	[55]拖 [33]唾 [42]駝馱（馱起來）舵 [13]妥橢 [22]馱（牲畜背上所背的貨物）

l	[55]囉 [35]裸 [42]挪羅鑼籮騾腡 [22]糯
tʃ	[35]左阻 [33]佐 [22]佐坐（坐立不安）座助
tʃ^h	[55]搓初雛 [35]楚礎 [33]銼錯 [42]鋤
ʃ	[55]蓑梭唆莎梳疏蔬 [35]鎖瑣所 [42]傻
k	[55]歌哥戈 [35]果裹餜 [33]個過
k^h	[35]顆
w	[55]鍋倭窩蝸 [42]和禾 [22]禍
h	[35]可 [42]荷河何 [22]賀
ø	[55]阿（阿膠） [42]訛蛾俄鵝娥 [13]我 [22]臥

ɔi

t	[22]待殆代袋
t^h	[55]胎 [42]台臺抬 [13]怠
l	[42]來 [22]耐奈內
tʃ	[55]災栽 [35]宰載 [33]再載 [22]在
tʃ^h	[35]彩採睬 [33]菜賽蔡 [42]才材財裁纔（方纔）
ʃ	[55]腮鰓
k	[55]該 [35]改 [33]蓋
k^h	[33]概溉慨丐
h	[55]開 [35]凱海 [22]亥害駭
ø	[55]哀埃 [35]藹 [33]愛 [42]呆 [22]礙外

ɔn

k	[55]干（干戈）肝竿乾（乾濕）桿疆 [35]稈趕 [33]幹（幹部）
h	[55]看（看守）刊 [35]罕 [33]看（看見）漢 [42]鼾寒韓 [13]旱 [22]汗銲翰
ø	[55]安鞍 [33]按案 [22]岸

ɔŋ

p	[55]幫邦 [35]榜綁 [22]傍（傍晚）
p^h	[33]謗 [42]滂旁螃龐 [13]蚌
m	[55]虻 [42]忙茫芒亡 [13]莽蟒網輞妄 [22]忘望
f	[55]荒慌方肪芳 [35]謊晃倣紡仿彷訪 [33]放況 [42]妨房防
t	[55]當（當時） [35]黨擋 [33]當（典當） [22]宕蕩
t^h	[55]湯 [35]倘躺 [33]燙趟 [42]堂棠螳唐糖塘
l	[35]兩（幾兩幾錢） [42]囊瓤 [13]朗兩（兩個） [22]浪亮諒輛量
tʃ	[55]贓髒將漿張莊裝章樟樁（打樁） [35]蔣獎槳長（生長）掌 [33]莽醬將漲帳賬脹壯障瘴 [22]藏（西藏）臟匠象像橡丈仗杖狀撞
tʃ^h	[55]倉蒼槍瘡昌菖窗 [35]搶闖廠 [33]暢唱倡（提倡） [42]藏（隱藏）牆詳祥長（長短）腸場床
ʃ	[55]桑喪相（互相）箱廂湘襄鑲霜孀商傷雙 [35]嗓想爽賞鯗（鯗魚：曬乾和醃過的魚） [33]喪相（相貌） [42]常嘗裳償 [13]上（上山） [22]尚（和尚）上（上面）
j	[55]央秧殃 [42]羊洋烊楊（姓）陽揚瘍 [13]攘嚷仰養癢 [22]釀壤讓樣
k	[55]岡崗剛綱缸疆僵薑礓（礓石）韁姜羌光江扛豇（豇豆） [35]廣講港 [33]鋼杠降
k^h	[33]抗炕曠擴礦 [42]強狂 [13]強（勉強）
w	[55]汪 [35]枉 [42]黃簧皇蝗王 [13]往 [22]旺
h	[55]康糠香鄉匡筐眶腔 [35]慷晌餉享響 [33]向 [42]行（行列）航杭降（投降） [22]項巷
ø	[55]骯 [42]昂

ɔt

k	[3]割葛
h	[3]喝渴

ɔk

p	[3]博縛駁 [2]薄泊（澹泊名利）
p^{h}	[3]樸朴撲
m	[5]剝 [2]莫膜幕寞
f	[3]霍藿（藿香）
t	[3]琢啄涿（涿鹿） [2]鐸踱
t^{h}	[3]託托
l	[2]諾落烙駱酪洛絡樂（快樂）略掠
tʃ	[3]作爵雀鵲嚼著（著衣）酌勺 [2]鑿昨著（附著）
$tʃ^{h}$	[3]錯綽焯芍卓桌戮
ʃ	[3]索朔
j	[3]約（公約） [2]若弱虐瘧鑰躍
k	[3]各閣擱腳郭覺（知覺）角國
k^{h}	[3]郝卻廓確搉（搉蒜）
w	[2]鑊獲
h	[3]殼 [2]鶴學
ø	[3]惡（善惡） [2]鄂嶽岳樂（音樂）愕鱷顎萼鶚

ou

p	[55]褒 [35]補保堡寶 [33]布佈報 [22]怖部簿（簿記）步捕暴菢（菢雞仔）
p^{h}	[55]鋪（鋪設） [35]譜普浦脯甫（幾甫路）脯（杏脯） [33]鋪（店鋪） [42]蒲菩袍 [13]抱
m	[55]蟆（蝦蟆） [42]模摹無巫誣毛 [13]武舞侮鵡母拇 [22]暮慕墓募務霧冒帽戊
t	[55]都刀叨 [35]堵賭島倒 [33]妒到 [22]杜度渡鍍道稻盜導
t^{h}	[55]滔 [35]土禱討 [33]吐兔套 [42]徒屠途塗圖掏桃逃淘陶萄濤 [13]肚
l	[42]奴盧爐蘆廬勞牢嘮 [13]努魯櫓虜滷腦惱老 [22]怒路賂露鷺澇
tʃ	[55]租糟遭 [35]祖組早棗蚤澡 [33]灶 [22]做皂造

$tʃ^h$	[55]粗操（操作） [35]草 [33]醋措躁糙 [42]曹槽
ʃ	[55]蘇酥鬚騷 [35]數（動詞）嫂 [33]素訴塑數（數目）掃
k	[55]高膏（膏腴）篙羔糕 [35]稿 [33]告膏（動詞，把毛筆蘸上墨，再在硯臺邊上搽：膏筆）
h	[55]蒿薅（薅鋤） [35]好（好壞） [33]犒好（喜好）耗 [42]豪壕毫號（呼號） [22]浩號（號數）
ø	[35]襖 [33]懊奧 [22]傲

oŋ

p^h	[35]捧 [42]篷蓬
m	[42]蒙 [13]懵蠓 [22]夢
f	[55]風楓瘋豐封峰蜂鋒 [35]俸 [33]諷 [42]馮逢縫（縫衣） [22]鳳奉縫（一條縫）
t	[55]東冬 [35]董懂 [33]凍 [22]棟動洞
t^h	[55]通熥（以火暖物） [35]桶捅統 [33]痛 [42]同銅桐筒童瞳
l	[42]籠聾農膿儂隆濃龍 [13]攏隴壟 [22]弄
tʃ	[55]棕鬃宗中（當中）忠終蹤縱鐘鍾盅舂 [35]總粽種（種類）腫 [33]綜中（射中）眾縱種（種樹） [22]仲誦頌訟
$tʃ^h$	[55]聰匆葱（洋葱）囱（煙囱）充衝 [35]冢寵 [42]叢蟲從松重（重複） [13]重（輕重）
ʃ	[55]鬆嵩從（從容不迫） [35]慫 [33]送宋 [42]崇
j	[55]翁雍癰（生背癰） [35]擁壅甬湧 [42]戎絨融茸容蓉鎔庸 [13]冗（冗員）勇 [22]用
k	[55]公蚣工功攻弓躬宮恭供（供給） [35]拱鞏 [33]貢供（供養） [22]共
k^h	[42]窮
h	[55]空胸凶（吉凶）兇（兇惡） [35]孔恐 [33]控烘哄汞閧嗅 [42]虹紅洪鴻熊雄
ø	[33]甕

ok

p	[5]卜（占卜） [2]僕曝瀑

p^h	[5]仆（前仆後繼）
m	[2]木目穆牧
f	[5]福幅蝠複腹覆（反覆） [2]復（復興）服伏
t	[5]篤督 [2]獨讀牘犢毒
t^h	[5]禿
l	[2]鹿祿六陸綠錄
tʃ	[5]浞竹築祝粥足燭矚觸捉 [2]續濁鐲族逐軸俗
tʃ^h	[5]速畜蓄促束
ʃ	[5]肅宿縮叔粟 [2]熟淑贖蜀屬
j	[5]沃郁 [2]肉育辱褥玉獄欲（搖搖欲墜）慾（意慾）浴
k	[5]穀谷（山谷）菊掬（笑容可掬）麴（酒麴） [2]局
k^h	[5]曲（曲折）
h	[5]哭 [2]斛酷
ø	[5]屋

u

f	[55]枯呼夫膚敷俘孵麩 [35]苦卡府腑斧撫釜 [33]庫褲戽賦富副 [42]乎符扶芙 [13]婦 [22]付傅赴訃父腐輔附負
k	[55]姑孤 [35]古估牯股鼓 [33]故固錮雇顧
k^h	[55]箍
w	[55]烏污塢 [35]滸 [33]惡（可惡） [42]胡湖狐壺瓠鬍 [22]戶滬互護芋

ui

p	[55]杯 [33]貝輩背 [22]背（背誦）焙（焙乾）
p^h	[55]胚坯 [33]沛配佩 [42]培陪賠裴 [13]倍
m	[42]梅枚媒煤 [13]每 [22]妹昧
f	[55]魁恢灰奎 [33]悔晦
t	[55]堆 [33]對碓兌 [22]隊

t^h	[55]推 [35]腿 [33]退蛻
l	[13]呂旅縷屢傴累壘女 [42]雷 [22]濾累（連累）類淚慮
tʃ	[55]追錐 [35]嘴 [33]最醉 [22]聚罪贅墜
$tʃ^h$	[55]趨催崔吹炊 [35]取娶 [33]趣脆翠 [42]除隨槌錘徐
ʃ	[55]須需雖綏衰 [35]水 [33]碎歲稅帥 [42]垂誰 [13]髓 [22]睡瑞粹遂隧穗
j	[13]蕊 [22]芮銳
k^h	[35]賄潰劊檜繪
w	[55]煨 [42]回茴 [13]會（懂得） [22]匯會（會計）彙滙

un

p	[55]般搬 [35]本 [33]半 [22]絆伴拌叛胖
p^h	[55]潘 [33]拚判 [42]盤盆
m	[42]瞞門 [13]滿 [22]悶
f	[55]寬歡 [35]款
k	[55]官棺觀（參觀）冠（衣冠） [35]管館 [33]貫灌罐觀（寺觀）冠（冠軍）
w	[35]玩（玩味）豌剜碗腕 [42]桓（春秋時代齊桓公） [13]皖 [22]喚煥緩換玩（玩味）

ut

p	[2]撥勃
p^h	[3]潑
m	[3]抹 [2]末沫沒
f	[3]闊
k^h	[3]括豁
w	[2]活

œ

l	[42]螺

tʃ^{h}	[42]鋤
ʃ	[55]蓑

ɵn

t	[55]敦墩蹲 [22]頓遁
t^{h}	[13]盾
l	[35]卵 [42]鄰鱗燐崙倫淪 [22]吝論
tʃ	[55]津榛臻 [35]準准 [33]進晉俊濬 [22]盡
tʃ^{h}	[55]椿春 [35]蠢 [42]旬循巡
ʃ	[55]荀殉 [35]筍榫（榫頭） [33]信訊遜迅 [42]純醇 [22]順舜

ɵt

l	[2]律栗慄率（效率）
tʃ	[5]捽
tʃ^{h}	[5]出齣
ʃ	[5]蟀摔率（率領） [2]朮術述秫

m̩

	[42]唔吳蜈吾梧 [13]午伍五 [22]誤悟

第六節　佛山市三水區西南河口水上話同音字彙

a

p	[55]巴芭疤爸 [35]把 [33]霸壩（水壩） 埧（堤塘） [21]爸$^{55-21}$ [22]罷
p^{h}	[55]趴 [33]怕 [21]爬琶耙杷鈀
m	[55]媽 [21]媽$^{53-21}$麻痳 [13]馬碼 [22]罵
f	[55]花 [33]化
t	[55]打$^{21-35}$（一打，來自譯音） [35]打

t^h	[55]他她它祂牠佗怹
l	[55]啦 [35]㑩 [21]拿 [13]哪那
tʃ	[55]查（山查）碴渣髽（髽髻：抓髻）吒（哪吒：神話人物） [33]詐榨炸乍炸
$tʃ^h$	[55]叉杈差（差別） [33]岔奼（奼紫嫣紅）衩（衩衣，開衩） [21]茶搽茬（麥茬，麥收割後留在地的根）查（調查）
ʃ	[55]沙紗砂莎卅鯊痧（刮痧） [35]灑耍灑嗄（聲音嘶啞） [21]卅（異）
j	[13]也 [22]廾廿
k	[55]家加痂嘉傢瓜枷迦嘎伽袈鎵葭迦珈笳跏茄 [35]假（真假）賈（姓）寡剮斝（玉製的盛酒器具） [33]假（放假）架駕嫁稼價掛卦（新）
k^h	[55]誇垮（搞垮）跨夸（奢侈） [35]侉（誇大不實際） [33]卦（老）
ŋ	[21]牙芽衙伢（小孩子） [13]雅瓦（瓦片） [22]砑（砑平：碾壓成偏平）
kw	[55]瓜 [35]寡剮 [33]掛卦（新）
kw^h	[55]誇垮（搞垮）跨夸（奢侈） [35]侉（誇大不實際） [33]卦（老）
w	[55]劃（劃船）蛙窪 [35]畫（名） [21]華（中華）華（華夏）鏵（犁鏵）樺（又） [22]華（華山、姓氏）樺話（說話）
h	[55]蝦（魚蝦）蝦（蝦蟆）哈 [21]霞瑕遐（名聞遐邇） [22]廈（大廈）廈（廈門）下（底下、下降）夏（春夏）夏（姓氏）暇（分身不暇）
ø	[55]鴉丫椏 [35]啞 [33]亞

ai

p	[55]掰（掰開）拜$^{33-55}$擘 [35]擺 [33]拜湃 [22]敗
p^h	[55]派（派頭） [35]牌$^{21-35}$（打牌） [33]派湃（又） [21]排牌簰（竹筏）霾（陰霾）
m	[21]埋 [13]買 [22]賣邁
f	[33]傀塊快筷
t	[55]呆（異）獃（書獃子） [35]歹傣$^{33-35}$ [33]戴帶傣（傣族） [22]大（大量）大（大夫）
t^h	[55]呔（方：車呔） [33]太態泰貸汰（汰弱留強）鈦（鈦合金）舦（舦盤）舵（異）
l	[55]拉㩼（方：㩼仔） [35]瀨$^{21-35}$（瀨粉） [33]癩（癩瘡） [21]奶$^{13-21}$ [13]乃奶 [22]賴籟（萬籟無聲）瀨（方：瀨尿）酹（酹酒）癩（異）

tʃ	[55]齋 [33]債 [22]寨
tʃ^{h}	[55]猜釵差（出差）[35]踩（踩高蹺）踹（踹踏）[21]豺柴
ʃ	[35]璽徙舐（舐犢情深）[33]晒曬（晒之異體字）
j	[35]踹
k	[55]皆階稭佳街乖 [35]解（解開）解（曉）蒯（姓）拐（拐杖）[33]介階偕界芥尬疥届戒
k^{h}	[35]楷
ŋ	[21]涯崖捱睚
kw	[55]乖 [35]蒯（姓）拐（拐杖）
w	[55]歪 [33]餧（同「餵」字）[21]懷槐淮 [22]壞
h	[55]揩（揩油）[21]孩諧鞋骸 [13]蟹懈駭 [22]邂械懈解（姓氏）
ø	[55]挨哎唉埃 [33]隘（氣量狹隘）[22]艾刈（鐮刀）

au

p	[55]包胞鮑（姓）鮑$^{22-55}$（鮑魚）孢（孢子）
p^{h}	[55]泡（一泡尿）拋 [35]跑 [33]豹泡（泡茶）（砲趵）爆
m	[21]錨矛 [13]卯牡鉚（鉚釘）[22]貌
l	[55]撈（異）[21]撈鐃撓（百折不撓）[22]鬧
tʃ	[55]嘲啁 [35]抓爪找肘帚 [33]罩笊（笊籬）[22]櫂（櫂槳湖上）驟棹
tʃ^{h}	[35]吵 [21]巢
ʃ	[55]梢（樹梢）捎（捎帶）筲鞘艄 [35]稍 [33]哨潲（豬潲，豬食物）
k	[55]交郊膠蛟（蛟龍）鮫 [35]絞狡攪（攪勻）餃（餃子）[33]覺（睡覺）較校（校對）校（上校）窖滘斠
k^{h}	[33]靠
ŋ	[21]熬肴淆 [13]咬
h	[55]酵（酵母）敲吼烤拷酵 [35]考烤巧 [33]孝酵 [21]姣（方：發姣）[22]效校（學校）傚
ø	[35]拗（拗斷）[33]坳（山坳）拗（拗口）

am

t	[55]耽擔（擔任） [35]膽 [33]擔（挑擔） [22]淡（冷淡）（地名：淡水）
t^h	[55]貪 [33]探 [21]潭譚談痰 [13]淡（鹹淡）
l	[35]欖 [21]南男藍籃 [13]覽攬 [22]濫（泛濫）纜艦
tʃ	[55]簪 [35]斬 [33]蘸 [22]暫鏨站
tʃ^h	[55]參攙（攙扶） [35]慘 [33]杉 [21]蠶慚讒饞
ʃ	[55]三衫
k	[55]尷 [35]減 [33]鑑監太監）
ŋ	[21]巖岩癌
h	[35]餡 [33]喊 [21]函咸鹹銜 [22]陷（陷阱）

an

p	[55]班斑頒扳 [35]板版闆阪（日本地名）扳（異） [22]扮辦
p^h	[55]扳（扳回一局棋）攀頒（異） [33]盼襻（紐襻）
m	[21]蠻 [13]晚 [22]慢饅漫幔萬蔓
f	[55]翻番（番幾番）幡（幢幡）反（反切） [35]返 [33]販泛（廣泛，泛泛之交）氾反（平反） [21]凡帆藩（藩鎮之亂）煩礬繁芃氾（姓） [22]范範犯瓣飯礬（異）
t	[55]丹單（單獨）鄲（邯鄲） [35]旦（花旦）彈（子彈）蛋（蛋花湯） [33]旦（元旦）誕 [22]但
t^h	[55]坍灘攤 [35]坦毯 [33]碳炭嘆歎 [21]檀壇彈（彈琴）
l	[21]難（難易）蘭攔欄 [13]懶 [22]難（患難）爛
tʃ	[35]斬 [33]贊 [22]賺綻（破綻）棧撰
tʃ^h	[55]餐 [35]鏟產 [33]燦 [21]殘
ʃ	[55]珊山刪閂拴 [35]散（鞋帶散了） [33]傘散（分散）疝（疝氣）篡涮 [21]潺
k	[55]艱間（中間） [35]鹻簡襇柬繭趼（手過度磨擦生厚皮） [33]間（間斷）諫澗鐧（車鐧）慣
ŋ	[21]顏 [13]眼 [22]雁
kw	[55]鰥（鰥寡）關 [33]慣
w	[55]彎灣 [21]頑還環灣（銅鑼灣、長沙灣、土瓜灣） [13]挽 [22]幻患宦（宦官）

h	[21]閒 [22]限
ø	[33]晏

aŋ

p^h	[55]烹 [21]彭膨棚鵬 [13]棒
m	[13]猛蜢錳 [22]孟
l	[13]冷
tʃ	[55]争掙睜猙 [22]掙
tʃ^h	[55]撐 [35]橙 [33]牚 [21]瞪倀
ʃ	[55]生牲甥 [35]省
k	[55]更耕粳 [35]梗
ŋ	[22]硬
kw^h	[55]筐
kw^h	[55]框眶 [33]逛
w	[21]橫
h	[55]夯坑 [21]行桁
ø	[55]罌甖

ap

t	[3]答搭 [2]踏沓
t^h	[3]搨塔榻塌
tʃ	[3]砸劄眨 [2]雜閘集習襲鍘
tʃ^h	[3]插
k	[3]甲胛
h	[3]掐 [2]狹峽匣
ø	[3]鴨

at

p	[3]八捌
m	[3]抹
f	[3]法髮發砝琺
t	[2]達
t^h	[3]韃撻躂獺
l	[3]瘌
tʃ	[3]札紮扎軋 [2]鍘
$tʃ^h$	[3]獺擦察刷
ʃ	[3]殺撒薩煞
kw	[3]刮
w	[3]挖斡 [2]滑猾或
ø	[3]押壓

ak

p	[3]泊百柏伯舶佰 [2]白帛
p^h	[3]帕拍魄檗
m	[3]擘
tʃ	[3]窄責 [2]澤擇宅摘擲
$tʃ^h$	[3]拆策冊柵 [2]賊
ʃ	[3]索
j	[3]喫
k	[3]胳格革隔骼鬲
k^h	[3]聒（聒耳）
ŋ	[2]額逆
kw^h	[3]摑
w	[2]惑劃

h	[3]嚇（恐嚇）客嚇（嚇一跳）赫

ɐi

p	[55]跛 [33]蔽閉箅（蒸食物的竹箅子） [22]稗敝弊幣斃陛
p^h	[55]批 [13]睥
m	[55]咪 [21]迷謎霾麋眯 [13]米眯弭
f	[55]麾揮輝徽麾暉 [35]痱疿 [33]廢肺費沸芾痱狒 [22]吠疿蜚
t	[55]低 [35]底抵邸砥 [33]帝蒂締諦疐 [22]第弟遞隸逮棣悌娣埭締
t^h	[55]梯銻 [35]體睇梯 [33]替涕剃屜 [21]堤題提蹄啼 [22]弟悌娣
l	[21]犁黎泥尼來犂藜 [13]禮醴蠡 [22]例厲勵麗荔
tʃ	[55]擠劑 [35]濟仔囝 [33]祭際制製濟掣 [21]齊薺 [22]滯
tʃ^h	[55]妻棲淒悽 [33]砌切
ʃ	[55]篩西犀 [35]洗駛使 [33]世勢細婿 [22]誓逝噬
j	[13]曳 [22]拽
k	[55]雞圭 [35]偈 [33]計繼髻鱖
k^h	[55]溪蹊 [35]啟 [33]契
ŋ	[13]蟻 [21]倪危 [22]藝毅偽魏
kw	[55]閨龜歸鮭 [35]詭軌鬼簋 [33]鱖桂癸季貴瑰劌悸蹶饋 [22]跪櫃饋匱餽悸柜
kw^h	[55]盔規虧窺谿 [33]愧 [21]攜畦逵葵畦揆夔馗 [13]揆
w	[55]威 [35]毀萎委 [33]穢畏慰 [21]桅為維惟遺唯違闈 [13]諱偉葦緯 [22]衛惠慧為位胃謂蝟
h	[55]屄 [21]奚兮蹊嵇 [22]繫系（中文系）係
ø	[35]矮 [33]縊翳哎隘

ɐu

m	[55]痞 [33]卯 [21]謀牟眸蝥蝨 [13]某畝牡 [22]茂貿謬謬繆袤
f	[35]剖否 [21]浮 [22]埠阜復

t	[55]兜 [35]斗（一斗米）抖陡糾蚪 [33]鬥（鬥爭） [22]豆逗讀（句讀）竇痘荳
t^{h}	[55]偷 [35]敨（展開） [33]透 [21]頭投
l	[55]褸騮 [35]紐扭朽 [21]樓耬流留榴硫琉劉餾榴嘍摟琉瘤瀏婁耬蹓鎏 [13]摟簍摟柳 [22]漏陋溜餾鏤遛蹓
tʃ	[55]揫鄒掫（巡夜打更）周舟州洲 [35]走酒肘帚 [33]奏晝皺縐咒 [22]就袖紂宙驟
tʃ^{h}	[55]秋鞦抽 [35]丑（小丑）醜（醜陋） [33]湊臭糗嗅 [21]囚泅綢稠籌酬
ʃ	[55]修羞颼蒐收 [35]叟搜手首守 [33]嗽秀宿鏽瘦漱獸 [21]愁仇 [22]受壽授售
j	[55]丘休憂優幽 [33]幼 [21]柔揉尤郵由油游猶悠 [13]有友酉莠誘 [22]又右祐柚鼬釉
k	[55]鳩鬮 [35]狗苟九久韭 [33]夠灸救究咎 [22]舊柩
k^{h}	[55]溝摳瞘（眼瞘） [33]構購叩扣寇 [21]求球 [13]臼舅
ŋ	[21]牛 [13]藕偶耦耦
h	[55]吼 [35]口 [21]侯喉猴瘊（皮膚所生的小贅肉） [13]厚 [22]後后（皇后）候
ø	[55]勾鉤歐甌 [35]嘔毆 [33]漚慪

ɐm

l	[21]林淋臨 [13]檁（正檁）
tʃ	[55]斟 [35]枕 [33]浸枕
tʃ^{h}	[55]侵參（參差） [35]寢 [21]尋沉
ʃ	[55]心森參（人參）深 [35]沈審嬸 [33]滲 [21]岑 [22]葚甚
j	[55]欽音 [33]蔭 [21]壬吟淫 [22]賃任紝
k	[55]甘柑泔今 [35]感敢橄錦 [33]禁 [22]撳
k^{h}	[55]襟 [21]琴禽擒 [13]妗
h	[55]堪龕蚶 [35]坎砍 [33]勘 [21]含酣 [22]撼憾嵌
ø	[55]庵 [35]揞（揞住）埯 [33]暗

ɐn

p	[55]杉賓檳奔 [35]稟品 [33]殯鬢 [22]笨
p^h	[33]噴 [21]貧頻
m	[55]蚊 [21]民文紋聞 [13]澠閩憫敏抿吻刎 [22]問璺
f	[55]昏婚分芬紛熏勳薰葷 [35]粉 [33]糞訓 [21]墳焚 [13]奮憤忿 [22]份
t^h	[55]吞飩 [33]褪
tʃ	[55]珍真 [33]鎮振震
$tʃ^h$	[55]親（親人） [35]診疹 [33]親（親家）趁櫬 [21]陳塵
ʃ	[55]辛新薪身申伸娠 [21]神辰晨臣 [22]腎慎
j	[55]陰恩姻欣殷 [35]隱 [33]印 [21]人仁寅 [13]忍引 [22]刃韌
k	[55]跟根巾筋 [35]僅緊謹 [33]棍 [22]近（接近）
k^h	[21]芹
kw	[22]郡
kw^h	[55]昆崑坤 [35]綑菌 [33]困窘 [21]群裙
ŋ	[21]銀艮齦
w	[55]溫瘟 [35]穩 [33]熨 [21]魂餛勻云（子云）雲暈 [13]允尹 [22]渾混運
h	[35]懇墾齦很 [21]痕 [22]恨

ɐŋ

p	[55]崩
p^h	[21]朋憑
m	[21]萌盟
t	[55]登燈瞪 [35]等 [33]凳 [22]鄧澄（澄粉、澄麵）
t^h	[21]騰謄藤疼
l	[21]能
tʃ	[55]曾增憎僧爭箏睜
$tʃ^h$	[21]曾（曾經）

ʃ	[55]生（出生）
k	[55]更（更換）庚粳羹耕 [35]哽埂梗耿 [33]更（更加）
kw	[55]轟揈
h	[55]亨 [21]恆行（行為）衡 [22]行（品行）幸

ɐp

l	[2]立
ʃ	[2]十什拾
j	[2]入
k	[3]合（十合一升）蛤鴿
k^h	[2]及
h	[2]合（合作）盒磕洽

ɐt

p	[2]拔鈸弼
m	[2]襪密蜜物勿
f	[2]乏伐筏罰佛
tʃ	[2]疾姪
j	[2]日逸
kw	[2]掘倔
ŋ	[2]訖
w	[2]核（核桃）
h	[2]瞎轄核（審核）

ɐk

p	[2]拔鈸弼
m	[2]墨默陌麥脈
t	[2]特
l	[2]肋勒

ɛ

t	[55]爹
tʃ	[55]遮 [35]姐者 [33]借藉蔗 [22]謝
tʃ^h	[55]車奢 [35]且扯 [21]邪斜
ʃ	[55]些賒 [35]寫捨 [33]瀉卸赦舍 [21]蛇佘 [13]社 [22]射麝
k^h	[21]茄瘸
h	[21]耶爺 [13]惹野 [22]夜

ɛu

p	[35]飽（口語） [33]爆（口語）
p^h	[33]炮（口語） [21]刨（口語）鉋（口語）
m	[55]貓（口語） [21]茅（口語）
k	[35]搞（口語）餃（口語） [33]教（口語）
tʃ^h	[55]抄（口語）鈔（口語） [35]炒（口語）
ŋ	[13]咬（口語）

ɛm

tʃ	[55]簪（口語）
tʃ^h	[42]蠶（口語）
k	[35]減（口語） [33]橄（口語）
h	[35]餡（口語） [33]喊（口語） [21]鹹（口語） [22]莧（口語）

ɛn

p	[55]邊（口語）
k	[55]間（口語） [35]繭（口語）
ŋ	[13]眼（口語）
w	[42]還（口語）
h	[42]閒（口語） [22]限（口語）

ɛŋ

p	[35]餅 [33]柄 [22]病
t	[55]釘 [35]頂 [33]掟 [22]訂
t^h	[55]聽廳 [13]艇
l	[33]靚 [21]靈鯪 [13]領嶺
tʃ	[55]精 [35]井阱 [33]正 [22]淨鄭阱
$tʃ^h$	[55]青 [35]請
ʃ	[55]聲星腥 [35]醒 [21]成城
k	[55]驚 [35]頸 [33]鏡
h	[55]輕

ɛp

k	[3]鴿（口語） [2]夾（口語）
h	[2]盒（口語）合（口語）

ɛt

p	[3]八（老、口語）
m	[2]篾（口語）
ŋ	[3]噎（口語）
kw	[3]刮（口語）
w	[3]挖（口語） [2]猾（口語）滑（口語）

ɛk

p	[3]壁
p^h	[3]劈
t	[2]笛糴（糴米）
t^h	[3]踢
tʃ	[3]隻炙脊

tʃʰ	[3]赤尺呎
ʃ	[3]錫 [2]石
kʰ	[2]劇屐
h	[3]吃喫

ei

p	[55]篦碑卑悲 [35]彼俾比秕 [33]臂祕泌轡庇痺 [22]被避備鼻
pʰ	[55]披丕 [35]鄙 [33]譬屁 [21]皮疲脾琶枇 [13]被婢
m	[21]糜眉楣微 [13]靡美尾 [22]媚寐未味
f	[55]非飛妃 [35]匪榧翡 [21]肥
t	[22]地
l	[55]璃 [21]驢雷彌離梨釐狸 [13]履你李里裡理鯉累 [22]膩利吏餌
k	[55]飢几（茶几）基幾（幾乎）機饑 [35]己紀杞幾（幾個） [33]寄記既 [22]技妓忌
kʰ	[33]冀 [21]奇（奇怪）騎（輕騎）祁鰭其棋期旗祈 [13]企徛（站立）
h	[55]犧欺嬉熙希稀 [35]起喜蟢 [33]戲器棄氣汽

eŋ

p	[55]冰兵 [35]丙秉 [33]迸柄併 [22]並
pʰ	[55]姘拼 [33]聘 [21]平坪評瓶屏萍
m	[21]鳴明名銘 [13]皿 [22]命
t	[55]丁釘靪疔 [35]頂鼎 [33]釘 [22]訂錠定
tʰ	[55]聽廳汀（水泥） [33]聽（聽其自然） [21]亭停廷蜓 [13]艇挺
l	[55]拎 [21]楞陵凌菱寧靈零鈴伶翎 [13]領嶺 [22]令佞另
tʃ	[55]徵蒸精晶睛貞偵正（正月）征 [35]拯井整 [33]證症正（正常）政 [22]靜靖淨
tʃʰ	[55]稱（稱呼）清蟶青蜻 [35]請逞 [33]稱（相稱）秤 [21]澄懲澄（水清）晴呈程
ʃ	[55]升勝聲星（星空）腥 [35]省醒（醒目） [33]勝性姓聖 [21]乘繩塍承丞成（成事）城（城市）誠 [22]剩盛

j	[55]應鷹鶯鸚櫻英嬰纓 [35]影映 [33]應（應對） [21]仍凝蠅迎盈贏形型刑 [22]認
k	[55]京荊驚經 [35]境景警竟 [33]莖敬勁徑 [22]勁競
k^h	[55]傾 [35]頃 [21]擎鯨瓊
w	[55]扔 [21]榮 [13]永 [22]泳詠潁
h	[55]興（興旺）卿輕（輕重）馨兄 [33]興（高興）慶磬

ek

p	[5]逼迫碧壁璧
p^h	[5]僻闢劈
m	[2]覓
t	[5]的嫡 [2]滴廸
t^h	[5]剔
l	[5]匿 [2]力溺歷曆
tʃ	[5]即鯽織職積跡績斥
tʃ^h	[5]斥戚
ʃ	[5]悉息熄媳嗇識式飾惜昔適釋析 [3]錫（用於人名） [2]食蝕
j	[5]憶億抑益 [2]翼逆亦譯易（交易）液腋疫役
k	[5]戟擊激虢 [2]極
w	[2]域

i

tʃ	[55]知蜘支枝肢梔資咨姿脂茲滋輜之芝 [35]紫紙只（只有）姊旨指子梓滓止趾址 [33]智致至置志（志氣）誌（雜誌）痣 [22]自雉稚字伺祀巳寺嗣飼痔治
tʃ^h	[55]雌疵差（參差不齊）眵癡嗤 [35]此侈豕恥柿齒始 [33]刺賜翅次廁 [21]池馳匙瓷餈遲慈磁辭詞祠持 [13]似恃
ʃ	[55]斯廝施私師獅尸（尸位素餐）屍司絲思詩 [35]黍屎使（使用）史 [33]肆思（意思）試 [21]時鰣 [13]市 [22]是氏豉示視士（士兵）仕（仕途）事侍

j	[55]伊醫衣依 [35]倚椅 [33]意 [21]兒宜儀移夷姨而疑飴沂 [13]爾議耳擬矣已以 [22]義（義務）易（難易）二肄異
k	[55]居車（車馬砲）駒飢几（茶几）基幾（幾乎）機饑軀 [35]舉矩己紀杞幾（幾個）[21]渠瞿 [13]佢拒距 [33]據鋸句寄記既 [22]巨具懼技妓忌
k^h	[55]拘俱區（區域）驅 [33]冀 [21]渠瞿奇（奇怪）騎（輕騎）祁鰭其棋期旗祈 [35]賄潰劊檜繪 [13]佢拒企徛（站立） [22]距
h	[55]墟虛噓吁犧欺嬉熙希稀 [35]許起喜蟢豈 [33]去戲器棄氣汽

iu

p	[55]臕標錶彪 [35]表
p^h	[55]飄漂（漂浮） [33]票漂（漂亮） [21]瓢嫖 [13]鰾
m	[21]描 [13]藐渺秒杳 [22]廟妙
t	[55]刁貂雕丟 [33]釣弔吊 [22]掉調（調查）
t^h	[55]挑 [33]跳糶跳 [21]條調（調和）
l	[21]燎療聊遼撩寥瞭 [13]鳥了 [22]尿料（預料）廖
tʃ	[55]焦蕉椒朝（今朝）昭（昭雪）招 [35]剿沼（沼氣） [33]醮照詔（詔書） [22]噍趙召
$tʃ^h$	[55]超 [35]悄 [33]俏鞘 [21]樵瞧朝（朝代）潮
ʃ	[55]消宵霄硝銷燒蕭簫 [35]小少（多少） [33]笑少（少年） [21]韶 [22]兆紹邵
j	[55]妖邀腰要（要求）么吆（大聲吆喝） [33]要 [21]饒橈搖瑤謠姚堯 [13]擾繞舀 [22]耀鷂
k	[55]驕嬌 [35]矯轎繳 [33]叫
k^h	[33]竅 [21]喬僑橋蕎
h	[55]囂僥 [35]曉

im

t	[55]掂 [35]點 [33]店 [13]簟
t^h	[55]添 [35]舔 [21]甜
l	[55]拈 [21]黏廉鐮鲇 [13]斂殮臉 [22]念

tʃ	[55]尖沾粘瞻占（占卜） [33]佔（侵佔） [22]漸
tʃ^{h}	[55]殲 [21]潛
ʃ	[35]陝閃 [21]蟾簷蟬禪
j	[55]淹閹醃腌 [35]掩 [33]厭 [21]炎鹽閻嚴嫌 [13]染冉儼 [22]驗豔焰
k	[35]檢 [33]劍 [22]儉
k^{h}	[21]鉗
h	[55]謙 [35]險 [33]欠

in

p	[55]鞭邊蝙辮 [35]貶扁匾 [33]變遍 [22]辨辯汴便（方便）
p^{h}	[55]編篇偏 [33]騙片 [21]便（便宜）
m	[21]綿棉眠 [13]免勉娩緬 [22]面（面子）麵（粉麵）
t	[55]顛 [35]典 [33]墊 [22]電殿奠佃
t^{h}	[55]天 [35]腆 [21]田填
l	[35]捻戀 [21]連聯年憐蓮 [13]碾輦攆 [22]練鍊楝
tʃ	[55]煎氈羶箋 [35]剪展 [33]箭濺餞顫薦 [22]賤
tʃ^{h}	[55]遷千 [35]淺 [21]錢纏前 [13]踐
ʃ	[55]仙鮮（新鮮）先 [35]鮮（鮮少）癬 [33]線搧扇 [22]羨善膳單（姓）
j	[55]煙燕（燕京） [35]演堰 [33]燕（燕子）嚥宴 [21]涎然燃焉延筵言研賢 [22]莧諺硯現
k	[55]肩堅 [33]建見 [22]件鍵健
k^{h}	[21]乾虔
h	[55]軒掀牽 [35]遣顯 [33]憲獻 [21]弦

ip

t	[2]疊碟牒蝶諜
t^{h}	[3]帖貼
l	[2]聶鑷躡獵捏

tʃ	[2]接摺褶
tʃ^h	[3]妾
ʃ	[3]攝
j	[2]葉頁業
k	[3]劫澀
h	[3]怯脅歉協

it

p	[5]必 [3]鱉憋 [2]別
p^h	[3]撇
m	[2]滅篾
t	[3]跌
t^h	[3]鐵
l	[2]列烈裂
tʃ	[2]哲蜇折節
tʃ^h	[3]徹撤轍設切（切開）
ʃ	[3]涉薛泄屑楔 [2]舌
j	[2]熱薛
k	[3]結潔 [2]傑
k^h	[3]揭
h	[3]歇蠍

ɔ

p	[55]波菠玻 [33]簸播
p^h	[55]坡 [35]頗 [33]破 [21]婆
m	[55]魔摩 [35]摸 [21]磨（動詞）饃 [22]磨（石磨）
f	[55]科 [35]棵火夥 [33]課貨
t	[55]多 [35]朵躲剁 [22]惰

t^h	[55]拖 [33]唾 [21]駝馱（馱起來）舵 [13]妥橢 [22]馱（牲畜背上所背的貨物）
l	[55]囉 [35]裸 [21]挪羅鑼籮騾腡 [22]糯
tʃ	[35]左阻 [33]佐 [22]佐坐（坐立不安）座助
$tʃ^h$	[55]搓初雛 [35]楚礎 [33]銼錯 [21]鋤
ʃ	[55]蓑梭唆莎梳疏蔬 [35]鎖瑣所 [21]傻
k	[55]歌哥
ŋ	[21]蛾俄鵝蛾峨訛 [13]我 [22]臥餓
kw	[55]戈 [35]果裹餜 [33]個過
kw^h	[35]顆
w	[55]鍋倭窩蝸 [21]和禾 [22]禍
h	[35]可 [21]荷河何 [22]賀
ø	[55]阿（阿膠）

ɔi

t	[22]待殆代袋
t^h	[55]胎 [21]台臺抬 [13]怠
l	[21]來 [22]耐奈內
tʃ	[55]災栽 [35]宰載 [33]再載 [22]在
$tʃ^h$	[35]彩採睬 [33]菜賽蔡 [21]才材財裁纔（方纔）
ʃ	[55]腮鰓
k	[55]該 [35]改 [33]蓋
k^h	[33]概溉慨丐
ŋ	[22]礙外
h	[55]開 [35]凱海 [22]亥害駭
ø	[55]哀埃 [35]藹 [33]愛 [21]呆

ɔn

k	[55]干（干戈）肝竿乾（乾濕）桿疆 [35]稈趕 [33]幹（幹部）

ŋ	[22]岸
h	[55]看(看守)刊 [35]罕 [33]看(看見)漢 [21]鼾寒韓 [13]旱 [22]汗銲翰
ø	[55]安鞍 [33]按案

ɔŋ

p	[55]幫邦 [35]榜綁 [22]傍(傍晚)
p^h	[33]謗 [21]滂旁螃龐 [13]蚌
m	[55]虻 [21]忙茫芒亡 [13]莽蟒網輞妄 [22]忘望
f	[55]荒慌方肪芳 [35]謊晃倣紡仿彷訪 [33]放況 [21]妨房防
t	[55]當(當時) [35]黨擋 [33]當(典當) [22]宕蕩
t^h	[55]湯 [35]倘躺 [33]燙趟 [21]堂棠螳唐糖塘
l	[35]兩(幾兩幾錢) [21]囊瓤 [13]朗兩(兩個) [22]浪亮諒輛量
tʃ	[55]贓髒將漿張莊裝章樟樁(打樁) [35]蔣獎槳長(生長)掌 [33]莽醬將漲帳賬脹壯障瘴 [22]藏(西藏)臟匠象像橡丈仗杖狀撞
$tʃ^h$	[55]倉蒼槍瘡昌菖窗 [35]搶闖廠 [33]暢唱倡(提倡) [21]藏(隱藏)牆詳祥長(長短)腸場床
ʃ	[55]桑喪相(互相)箱廂湘襄鑲霜孀商傷雙 [35]嗓想爽賞鯗(鯗魚：曬乾和醃過的魚) [33]喪相(相貌) [21]常嘗裳償 [13]上(上山) [22]尚(和尚)上(上面)
j	[55]央秧殃 [21]羊洋烊楊(姓)陽揚瘍 [13]攘嚷仰養癢 [22]釀壤讓樣
k	[55]岡崗剛綱缸疆僵薑礓(礓石)韁姜羌江扛豇(豇豆) [35]講港 [33]鋼杠降
k^h	[33]抗炕 [21]強(強大) [13]強(勉強)
ŋ	[21]昂
kw	[55]光 [35]廣
kw^h	[33]曠擴礦 [21]狂
w	[55]汪 [35]枉 [21]黃簧皇蝗王 [13]往 [22]旺
h	[55]康糠香鄉匡筐眶腔 [35]慷晌餉享響 [33]向 [21]行(行列)航杭降(投降) [22]項巷
ø	[55]骯

ɔt

k	[3]割葛
h	[3]喝渴

ɔk

p	[3]博縛駁 [2]薄泊（澹泊名利）
p^h	[3]樸朴撲
m	[5]剝 [2]莫膜幕寞
f	[3]霍藿（藿香）
t	[3]琢啄涿（涿鹿） [2]鐸踱
t^h	[3]託托
l	[2]諾落烙駱酪洛絡樂（快樂）略掠
tʃ	[3]作爵雀鵲嚼著（著衣）酌勺 [2]鑿昨著（附著）
$tʃ^h$	[3]錯綽焯芍卓桌戮
ʃ	[3]索朔
j	[3]約（公約） [2]若弱虐瘧鑰躍
k	[3]各閣擱腳覺（知覺）角
k^h	[3]郝卻確搉（搉蒜）
ŋ	[2]鄂嶽岳樂（音樂）愕鱷顎萼鶚
kw	[3]郭國
kw^h	[3]廓
w	[2]鑊獲
h	[3]殼 [2]鶴學
ø	[3]惡（善惡）

ou

p	[55]褒 [35]補保堡寶 [33]布佈報 [22]怖部簿（簿記）步捕暴菢（菢雞仔）

p^h	[55]鋪（鋪設） [35]譜普浦脯甫（幾甫路）脯（杏脯） [33]鋪（店鋪） [21]蒲菩袍 [13]抱
m	[55]蟆（蝦蟆） [21]模摹無巫誣毛 [13]武舞侮鵡母拇 [22]暮慕墓募務霧冒帽戊
t	[55]都刀叨 [35]堵賭島倒 [33]妒到 [22]杜度渡鍍道稻盜導
t^h	[55]滔 [35]土禱討 [33]吐兔套 [21]徒屠途塗圖掏桃逃淘陶萄濤 [13]肚
l	[21]奴盧爐蘆廬勞牢嘮 [13]努魯櫓虜滷腦惱老 [22]怒路賂露鷺澇
tʃ	[55]租糟遭 [35]祖組早棗蚤澡 [33]灶 [22]做皂造
$tʃ^h$	[55]粗操（操作） [35]草 [33]醋措躁糙 [21]曹槽
ʃ	[55]蘇酥鬚騷 [35]數（動詞）嫂 [33]素訴塑數（數目）掃
k	[55]高膏（膏腴）篙羔糕 [35]稿 [33]告膏（動詞，把毛筆蘸上墨，再在硯臺邊上搽：膏筆）
ŋ	[22]傲
h	[55]蒿薅（薅鋤） [35]好（好壞） [33]犒好（喜好）耗 [21]豪壕毫號（呼號） [22]浩號（號數）
ø	[35]襖 [33]懊奧

om

k	[55]甘柑 [35]敢感
h	[35]揿（碰撞）
ø	[55]庵 [42]暗（老）□（哄小孩入睡）

oŋ

p^h	[35]捧 [21]篷蓬
m	[21]蒙 [13]懵蠓 [22]夢
f	[55]風楓瘋豐封峰蜂鋒 [35]俸 [33]諷 [21]馮逢縫（縫衣） [22]鳳奉縫（一條縫）
t	[55]東冬 [35]董懂 [33]凍 [22]棟動洞
t^h	[55]通爋（以火暖物） [35]桶捅統 [33]痛 [21]同銅桐筒童瞳
l	[21]籠聾農膿儂隆濃龍 [13]攏隴壟 [22]弄

tʃ	[55]棕鬃宗中（當中）忠終蹤縱鐘鍾盅舂 [35]總粽種（種類）腫 [33]綜中（射中）眾縱種（種樹） [22]仲誦頌訟
tʃ^{h}	[55]聰匆葱（洋葱）囪（煙囪）充衝 [35]冢寵 [21]叢蟲從松重（重複） [13]重（輕重）
ʃ	[55]鬆嵩從（從容不迫） [35]慫 [33]送宋 [21]崇
j	[55]翁雍癰（生背癰） [35]擁壅甬湧 [21]戎絨融茸容蓉鎔庸 [13]冗（冗員）勇 [22]用
k	[55]公蚣工功攻弓躬宮恭供（供給） [35]拱鞏 [33]貢供（供養） [22]共
k^{h}	[21]窮
h	[55]空胸凶（吉凶）兇（兇惡） [35]孔恐 [33]控烘哄汞鬨嗅 [21]虹紅洪鴻熊雄
ø	[33]甕

op

k	[3]蛤鴿敆（湊、聚）
h	[2]合（合作）盒

ok

p	[5]卜（占卜） [2]僕曝瀑
p^{h}	[5]仆（前仆後繼）
m	[2]木目穆牧
f	[5]福幅蝠複腹覆（反覆） [2]復（復興）服伏
t	[5]篤督 [2]獨讀牘犢毒
t^{h}	[5]禿
l	[2]鹿祿六陸綠錄
tʃ	[5]浞竹築祝粥足燭囑觸捉 [2]續濁鐲族逐軸俗
tʃ^{h}	[5]速畜蓄促束
ʃ	[5]肅宿縮叔粟 [2]熟淑贖蜀屬
j	[5]沃郁 [2]肉育辱褥玉獄欲（搖搖欲墜）慾（意慾）浴

k	[5]穀谷（山谷）菊掬（笑容可掬）麴（酒麴） [2]局
k^h	[5]曲（曲折）
h	[5]哭 [2]斛酷
ø	[5]屋

u

f	[55]枯呼夫膚敷俘孵麩 [35]苦卡府腑斧撫釜 [33]庫褲戽賦富副 [21]乎符扶芙 [13]婦 [22]付傅赴訃父腐輔附負
k	[55]姑孤 [35]古估牯股鼓 [33]故固錮雇顧
k^h	[55]箍
w	[55]烏污塢 [35]滸 [33]惡（可惡） [21]胡湖狐壺瓠鬍 [22]戶滬互護芋

ui

p	[55]杯 [33]貝輩背 [22]背（背誦）焙（焙乾）
p^h	[55]胚坯 [33]沛配佩 [21]培陪賠裴 [13]倍
m	[21]梅枚媒煤 [13]每 [22]妹昧
f	[55]魁恢灰奎 [33]悔晦
k^h	[35]賄潰劊檜繪
w	[55]煨 [21]回茴 [13]會（懂得） [22]匯會（會計）彙滙

un

p	[55]般搬 [35]本 [33]半 [22]絆伴拌叛胖
p^h	[55]潘 [33]拚判 [21]盤盆
m	[21]瞞門 [13]滿 [22]悶
f	[55]寬歡 [35]款
k	[55]官棺觀（參觀）冠（衣冠） [35]管館 [33]貫灌罐觀（寺觀）冠（冠軍）
w	[35]玩（玩味）豌剜碗腕 [21]桓（春秋時代齊桓公） [13]皖 [22]喚煥緩換玩（玩味）

ut

p	[2]撥勃
p^h	[3]潑
m	[3]抹 [2]末沫沒
f	[3]闊
k^h	[3]括豁
w	[2]活

œ

t	[35]朵
l	[55]螺 [22]糯
h	[55]靴

ɵy

t	[55]堆 [33]對碓兌 [22]隊
t^h	[55]推 [35]腿 [33]退蛻
l	[13]呂旅縷屢儡累壘女 [21]雷 [22]濾累（連累）類淚慮
tʃ	[55]追錐蛆 [35]嘴 [33]最醉 [22]聚罪贅墜序聚
$tʃ^h$	[55]趨催崔吹炊 [35]取娶 [33]趣脆翠 [21]除隨槌錘徐
ʃ	[55]須需雖綏衰 [35]水 [33]碎歲稅帥 [21]垂誰 [13]髓絮緒 [22]睡瑞粹遂隧穗
j	[13]蕊 [22]芮銳
k	[55]居車（車馬砲）驅 [21]渠瞿 [13]佢拒距
h	[55]墟虛噓吁 [35]許 [33]去

ɵn

t	[55]敦墩蹲 [22]頓遁
t^h	[13]盾

l	[35]卵 [21]鄰鱗燐崙倫淪 [22]吝論
tʃ	[55]津榛臻 [35]準准 [33]進晉俊濬 [22]盡
tʃ^{h}	[55]椿春 [35]蠢 [21]旬循巡
ʃ	[55]荀殉 [35]筍榫（榫頭） [33]信訊遜迅 [21]純醇 [22]順舜

ɵt

l	[2]律栗慄率（效率）
tʃ	[5]捽
tʃ^{h}	[5]出黜
ʃ	[5]蟀摔率（率領） [2]朮術述秫

y

tʃ	[55]豬諸誅蛛株朱硃珠 [35]煮拄主 [33]著駐註注鑄 [22]箸住
tʃ^{h}	[35]處杵 [33]處（處所） [21]廚 [13]褚（姓）儲苧署柱
ʃ	[55]書舒樞輸 [35]暑鼠黍 [33]庶恕戍 [21]薯殊 [22]豎樹
h	[55]於淤迂于 [21]如魚漁余餘儒愚虞娛盂榆愉 [13]汝語與乳雨宇禹羽 [22]御禦譽預遇愈喻裕

yn

t	[55]端 [35]短 [33]斷（決斷）鍛 [22]斷（斷絕）段緞椴
t^{h}	[21]團屯豚臀
l	[35]戀 [21]鸞 [13]暖 [22]亂嫩
tʃ	[55]專尊 [35]纂轉 [33]鑽（鑽子）轉（轉螺絲） [22]傳（傳記）
tʃ^{h}	[55]川穿村 [35]揣喘忖 [33]竄串寸吋 [21]全泉傳（傳達）椽存
ʃ	[55]酸宣孫 [35]選損 [33]算蒜 [21]旋鏇船 [22]篆
k	[55]捐 [35]捲卷 [33]眷絹 [22]圈倦
k^{h}	[21]拳權顴
h	[55]圈喧冤淵 [35]犬丸阮宛 [33]勸券 [21]弦完圓員緣沿鉛元原源袁轅援玄懸 [13]軟遠 [22]院願縣眩

yt

t	[2]奪
t^h	[3]脫
l	[3]捋劣
tʃ	[2]拙
tʃ^h	[3]撮猝
ʃ	[3]雪說
k^h	[3]決訣缺
h	[3]血乙 [2]悅月閱越曰粵穴

m̩

	[21]唔

ŋ̍

	[21]吳蜈吾梧 [13]午伍五 [22]誤悟

第七節　珠海市擔杆鎮伶仃村水上話同音字彙

a

p	[55]巴芭疤爸 [35]把 [33]霸壩（水壩）垻（堤塘） [21]爸$^{55-21}$ [22]罷
p^h	[55]趴 [33]怕 [21]爬琶耙杷鈀
m	[55]媽 [21]媽$^{53-21}$麻痳 [13]馬碼 [22]罵
f	[55]花 [33]化
t	[55]打$^{21-35}$（一打，來自譯音） [35]打
t^h	[55]他她它祂牠佗憏
l	[55]啦 [35]乸 [21]拿 [13]哪那
tʃ	[55]查（山查）碴渣髽（髽髻：抓髻）吒（哪吒：神話人物） [33]詐榨炸乍炸

tʃ^{h}	[55]叉杈差（差別） [33]岔奼（奼紫嫣紅）衩（衩衣，開衩） [21]茶搽茬（麥茬，麥收割後留在地的根）查（調查）
ʃ	[55]沙紗砂莎卅鯊痧（刮痧） [35]灑耍灑嗄（聲音嘶啞） [21]卅（異）
j	[13]也 [22]廾廿
k	[55]家加痂嘉傢瓜枷迦嘎伽袈鎵葭泇珈笳踋茄 [35]假（真假）賈（姓）寡剮斝（玉製的盛酒器具） [33]假（放假）架駕嫁稼價掛卦（新）
k^{h}	[55]誇垮（搞垮）跨夸（奢侈） [35]侉（誇大不實際） [33]卦（老）
kw	[55]瓜 [35]寡剮 [33]掛卦（新）
kw^{h}	[55]誇垮（搞垮）跨夸（奢侈） [35]侉（誇大不實際） [33]卦（老）
w	[55]劃（劃船）蛙窪 [35]畫（名） [21]華（中華）華（華夏）鏵（犁鏵）樺（又） [22]華（華山、姓氏）樺話（說話）
h	[55]蝦（魚蝦）蝦（蝦蟆）哈 [21]霞瑕遐（名聞遐邇） [22]廈（大廈）廈（廈門）下（底下、下降）夏（春夏）夏（姓氏）暇（分身不暇）
ø	[55]鴉丫椏 [35]啞 [33]亞 [21]牙芽衙伢（小孩子） [13]雅瓦（瓦片） [22]砑（砑平：碾壓成偏平）

ai

p	[55]掰（掰開）拜$^{33\text{-}55}$擘 [35]擺 [33]拜湃 [22]敗
p^{h}	[55]派（派頭） [35]牌$^{21\text{-}35}$（打牌） [33]派湃（又） [21]排牌簰（竹筏）霾（陰霾）
m	[21]埋 [13]買 [22]賣邁
f	[33]傀塊快筷
t	[55]呆（異）獃（書獃子） [35]歹傣$^{33\text{-}35}$ [33]戴帶傣（傣族） [22]大（大量）大（大夫）
t^{h}	[55]呔（方：車呔） [33]太態泰貸汰（汰弱留強）鈦（鈦合金）舦（舦盤）舵（異）
l	[55]拉繿（方：繿仔） [35]瀨$^{21\text{-}35}$（瀨粉） [33]癩（癩瘡） [21]奶$^{13\text{-}21}$ [13]乃奶 [22]賴籟（萬籟無聲）瀨（方：瀨尿）酹（酹酒）癩（異）
tʃ	[55]齋 [33]債 [22]寨
tʃ^{h}	[55]猜釵差（出差） [35]踩（踩高蹺）踹（踹踏） [21]豺柴
ʃ	[35]璽徙舐（舐犢情深） [33]晒曬（晒之異體字）
j	[35]踹

k	[55]皆階稭佳街乖 [35]解（解開）解（曉）蒯（姓）拐（拐杖） [33]介階偕界芥尬疥届戒
k^h	[35]楷
kw	[55]乖 [35]蒯（姓）拐（拐杖）
w	[55]歪 [33]餧（同「餵」字） [21]懷槐淮 [22]壞
h	[55]揩（揩油） [21]孩諧鞋骸 [13]蟹懈駭 [22]邂械懈解（姓氏）
ø	[55]挨哎唉埃 [33]隘（氣量狹隘） [21]涯崖捱睚 [22]艾刈（鐮刀）

au

p	[55]包胞鮑（姓）鮑$^{22-55}$（鮑魚）孢（孢子）
p^h	[55]泡（一泡尿）拋 [35]跑 [33]豹泡（泡茶）砲礮爆
m	[21]錨矛 [13]卯牡鉚（鉚釘） [22]貌
l	[55]撈（異） [21]撈鐃撓（百折不撓） [22]鬧
tʃ	[55]嘲啁 [35]抓爪找肘帚 [33]罩笊（笊籬） [22]櫂（櫂槳湖上）驟棹
tʃ^h	[35]吵 [21]巢
ʃ	[55]梢（樹梢）捎（捎帶）筲鞘艄 [35]稍 [33]哨潲（豬潲，豬食物）
k	[55]交郊膠蛟（蛟龍）鮫 [35]絞狡攪（攪勻）餃（餃子） [33]覺（睡覺）較校（校對）校（上校）窖滘斠
k^h	[33]靠
h	[55]酵（酵母）敲吼烤拷酵 [35]考烤巧 [33]孝酵 [21]姣（方：發姣） [22]效校（學校）傚
ø	[35]拗（拗斷） [33]坳（山坳）拗（拗口） [21]熬肴淆 [13]咬

am

t	[55]耽擔（擔任） [35]膽 [33]擔（挑擔） [22]淡（冷淡）（地名：淡水）
t^h	[55]貪 [33]探 [21]潭譚談痰 [13]淡（鹹淡）
l	[35]欖 [21]南男藍籃 [13]覽攬 [22]濫（泛濫）纜艦
tʃ	[55]簪 [35]斬 [33]蘸 [22]暫鏨站

$tʃ^h$	[55]參攙（攙扶） [35]慘 [33]杉 [21]蠶慚讒饞
ʃ	[55]三衫
k	[55]尷監（監獄） [35]減 [33]鑑監（太監）
h	[35]餡 [33]喊 [21]函咸鹹銜 [22]陷（陷阱）
ø	[21]巖岩癌

am

t	[55]耽擔（擔任） [35]膽 [33]擔（挑擔） [22]淡（冷淡）（地名：淡水）
t^h	[55]貪 [33]探 [21]潭譚談痰 [13]淡（鹹淡）
l	[35]欖 [21]南男藍籃 [13]覽攬 [22]濫（泛濫）纜艦
tʃ	[55]簪 [35]斬 [33]蘸 [22]暫鏨站
$tʃ^h$	[55]參攙（攙扶） [35]慘 [33]杉 [21]蠶慚讒饞
ʃ	[55]三衫
k	[55]尷 [35]減 [33]鑑監（太監）
h	[35]餡 [33]喊 [21]函咸鹹銜 [22]陷（陷阱）
ø	[21]巖岩癌

an

p	[55]班斑頒扳 [35]板版闆阪（日本地名）扳（異） [22]扮辦
p^h	[55]扳（扳回一局棋）攀頒（異） [33]盼襻（紐襻）
m	[21]蠻 [13]晚 [22]慢饅漫幔萬蔓
f	[55]翻番（番幾番）幡（幢幡）反（反切） [35]返 [33]販泛（廣泛，泛泛之交）氾反（平反） [21]凡帆藩（藩鎮之亂）煩礬繁芃氾（姓） [22]范範犯瓣飯礬（異）
t	[55]丹單（單獨）鄲（邯鄲） [35]旦（花旦）彈（子彈）蛋（蛋花湯） [33]旦（元旦）誕 [22]但
t^h	[55]坍灘攤 [35]坦毯 [33]碳炭嘆歎 [21]檀壇彈（彈琴）
l	[21]難（難易）蘭攔欄 [13]懶 [22]難（患難）爛
tʃ	[35]斬盞 [33]贊 [22]賺綻（破綻）棧撰
$tʃ^h$	[55]餐 [35]鏟產 [33]燦 [21]殘

ʃ	[55]珊山刪閂拴 [35]散（鞋帶散了） [33]傘散（分散）疝（疝氣）篡涮 [21]潺
k	[55]艱間（中間） [35]鹻簡襇柬繭趼（手過度磨擦生厚皮） [33]間（間斷）諫澗鐧（車鐧）慣
kw	[55]鰥（鰥寡）關 [33]慣
w	[55]彎灣 [21]頑還環灣（銅鑼灣、長沙灣、土瓜灣） [13]挽 [22]幻患宦（宦官）
h	[21]閒 [22]限
ø	[33]晏 [21]顏 [13]眼 [22]雁

aŋ

p^h	[55]烹 [21]彭膨棚鵬 [13]棒
m	[13]猛蜢錳 [22]孟
l	[13]冷
tʃ	[55]爭掙睜猙 [22]掙
$tʃ^h$	[55]撐 [35]橙 [33]牚 [21]瞪倀
ʃ	[55]生牲甥 [35]省
k	[55]更耕粳 [35]梗
kw^h	[55]筐
kw^h	[55]框眶 [33]逛
w	[21]橫
h	[55]夯坑 [21]行桁
ø	[55]罌甖 [22]硬

ap

t	[3]答搭 [2]踏沓
t^h	[3]搨塔榻塌
tʃ	[3]砸劄眨 [2]雜閘集習襲鍘
$tʃ^h$	[3]插
k	[3]甲胛
h	[3]掐 [2]狹峽匣

ø	[3]鴨

at

p	[3]八捌
m	[3]抹
f	[3]法髮發砝琺
t	[2]達
t^h	[3]韃撻躂獺
l	[3]瘌
tʃ	[3]札紮扎軋 [2]鍘
tʃ^h	[3]獺擦察刷
ʃ	[3]殺撒薩煞
kw	[3]刮
w	[3]挖斡 [2]滑猾或
ø	[3]押壓

ak

p	[3]泊百柏伯舶佰 [2]白帛
p^h	[3]帕拍魄檗
m	[3]擘
tʃ	[3]窄責 [2]澤擇宅摘擲
tʃ^h	[3]拆策冊柵 [2]賊
ʃ	[3]索
j	[3]喫
k	[3]胳格革隔骼鬲
k^h	[3]聒（聒耳）
kw^h	[3]摑
w	[2]惑劃

h	[3]嚇（恐嚇）客嚇（嚇一跳）赫
ø	[3]押壓 [2]額逆

ɐi

p	[55]跛 [33]蔽閉箅（蒸食物的竹箅子） [22]稗敝弊幣斃陛
p^{h}	[55]批 [13]睥
m	[55]咪 [21]迷謎霾糜眯 [13]米眯弭
f	[55]麾揮輝徽麾暉 [35]痱痱 [33]廢肺費沸芾痱狒 [22]吠痱蜚
t	[55]低 [35]底抵邸砥 [33]帝蒂締諦疐 [22]第弟遞隸逮棣悌娣埭締
t^{h}	[55]梯銻 [35]體睇梯 [33]替涕剃屜 [21]堤題提蹄啼 [22]弟悌娣
l	[21]犁黎泥尼來犁藜 [13]禮醴蠡 [22]例厲勵麗荔
tʃ	[55]擠劑 [35]濟仔囝 [33]祭際制製濟掣 [21]齊薺 [22]滯
tʃ^{h}	[55]妻棲淒悽 [33]砌切
ʃ	[55]篩西犀 [35]洗駛使 [33]世勢細婿 [22]誓逝噬
j	[13]曳 [22]拽
k	[55]雞圭 [35]偈 [33]計繼髻鱖
k^{h}	[55]溪蹊 [35]啟 [33]契
kw	[55]閨龜歸鮭 [35]詭軌鬼簋 [33]鱖桂癸季貴瑰劌悸蹶饋 [22]跪櫃饋匱餽悸柜
kw^{h}	[55]盔規虧窺谿 [33]愧 [21]攜畦逵葵畦揆夔馗 [13]揆
w	[55]威 [35]毀萎委 [33]穢畏慰 [21]桅為維惟遺唯違闈 [13]諱偉葦緯 [22]衛惠慧為位胃謂蝟
h	[55]屄 [21]奚兮蹊嵇 [22]繫系（中文系）係
ø	[35]矮 [33]縊翳哎隘 [21]倪危 [13]蟻 [22]藝毅偽魏

ɐu

m	[55]痞 [33]卯 [21]謀牟眸蝥蟊 [13]某畝牡 [22]茂貿謬謬繆袤
f	[35]剖否 [21]浮 [22]埠阜復

t	[55]兜 [35]斗（一斗米）抖陡糾蚪 [33]鬥（鬥爭） [22]豆逗讀（句讀）竇痘荳
t^h	[55]偷 [35]敨（展開） [33]透 [21]頭投
l	[55]褸騮 [35]紐扭朽 [21]樓耬流留榴硫琉劉餾榴嘍摟琉瘤瀏婁耬蹓鎏 [13]摟簍摟柳 [22]漏陋溜餾鏤遛蹓
tʃ	[55]揫鄒掫（巡夜打更）周舟州洲 [35]走酒肘帚 [33]奏晝皺縐咒 [22]就袖紂宙驟
$tʃ^h$	[55]秋鞦抽 [35]丑（小丑）醜（醜陋） [33]湊臭糗嗅 [21]囚泅綢稠籌酬
ʃ	[55]修羞颼蒐收 [35]叟搜手首守 [33]嗽秀宿鏽瘦漱獸 [21]愁仇 [22]受壽授售
j	[55]丘休憂優幽 [33]幼 [21]柔揉尤郵由油游猶悠 [13]有友酉莠誘 [22]又右祐柚鼬釉
k	[55]鳩鬮 [35]狗苟九久韭 [33]夠灸救究咎 [22]舊柩
k^h	[55]溝摳瞘（眼瞘） [33]構購叩扣寇 [21]求球 [13]臼舅
h	[55]吼 [35]口 [21]侯喉猴瘊（皮膚所生的小贅肉） [13]厚 [22]後后（皇后）候
ø	[55]勾鉤歐甌 [35]嘔毆 [33]漚慪 [21]牛 [13]藕偶耦耦

ɐm

l	[21]林淋臨 [13]檁（正檁）
tʃ	[55]斟 [35]枕 [33]浸枕
$tʃ^h$	[55]侵參（參差） [35]寢 [21]尋沉
ʃ	[55]心森參（人參）深 [35]沈審嬸 [33]滲 [21]岑 [22]葚甚
j	[55]欽音 [33]蔭 [21]壬吟淫 [22]賃任紝
k	[55]甘柑泔今 [35]感敢橄錦 [33]禁 [22]撳
k^h	[55]襟 [21]琴禽擒 [13]妗
h	[55]堪龕蚶 [35]坎砍 [33]勘 [21]含酣 [22]撼憾嵌
ø	[55]庵 [35]揞（揞住）埯 [33]暗

ɐn

p	[55]杉賓檳奔 [35]稟品 [33]殯鬢 [22]笨
p^h	[33]噴 [21]貧頻
m	[55]蚊 [21]民文紋聞 [13]滙閩憫敏抿吻刎 [22]問璺
f	[55]昏婚分芬紛熏勳薰葷 [35]粉 [33]糞訓 [21]墳焚 [13]奮憤忿 [22]份
t^h	[55]吞飩 [33]褪
tʃ	[55]珍真 [33]鎮振震
$tʃ^h$	[55]親（親人） [35]診疹 [33]親（親家）趁櫬 [21]陳塵
ʃ	[55]辛新薪身申伸娠 [21]神辰晨臣 [22]腎慎
j	[55]陰恩姻欣殷 [35]隱 [33]印 [21]人仁寅 [13]忍引 [22]刃韌
k	[55]跟根巾筋 [35]僅緊謹 [33]棍 [22]近（接近）
k^h	[21]芹
kw	[22]郡
kw^h	[55]昆崑坤 [35]綑菌 [33]困窘 [21]群裙
w	[55]溫瘟 [35]穩 [33]熨 [21]魂餛勻云（子云）雲暈 [13]允尹 [22]渾混運
h	[35]懇墾齦很 [21]痕銀艮齦 [22]恨

ɐŋ

p	[55]奔崩
p^h	[21]蘋朋憑
m	[21]萌盟
t	[55]登燈瞪 [35]等 [33]凳 [22]鄧澄（澄粉、澄麵）
t^h	[21]騰謄藤疼
l	[21]能
tʃ	[55]曾增憎僧爭箏睜
$tʃ^h$	[21]曾（曾經）
ʃ	[55]生（出生）

k	[55]更（更換）庚粳羹耕 [35]哽埂梗耿 [33]更（更加）
kw	[55]轟揈
h	[55]亨 [21]恆行（行為）衡 [22]行（品行）幸

ɐp

l	[2]立
ʃ	[2]十什拾
j	[2]入
k	[3]合（十合一升）蛤鴿
k^h	[2]及
h	[2]合（合作）盒磕洽

ɐt

p	[2]拔鈸弼
m	[2]襪密蜜物勿
f	[2]乏伐筏罰佛
tʃ	[2]疾姪
j	[2]日逸
kw	[2]掘倔
w	[2]核（核桃）
h	[2]瞎轄核（審核）
ø	[2]訖

ɐk

p	[2]拔鈸弼
m	[2]墨默陌麥脈
t	[2]特
l	[2]肋勒
l	[2]肋勒

ɛ

t	[55]爹
tʃ	[55]遮[35]姐者 [33]借藉蔗 [22]謝
$tʃ^h$	[55]車奢 [35]且扯 [21]邪斜
ʃ	[55]些賒 [35]寫捨 [33]瀉卸赦舍 [21]蛇佘 [13]社 [22]射麝
j	[21]耶爺 [13]惹野 [22]夜
k^h	[21]茄瘸

ɛŋ

p	[35]餅 [33]柄 [22]病
t	[55]釘 [35]頂 [33]掟 [22]訂
t^h	[55]聽廳 [13]艇
l	[33]靚 [21]靈鯪 [13]領嶺
tʃ	[55]精 [35]井阱 [33]正 [22]淨鄭阱
$tʃ^h$	[55]青 [35]請
ʃ	[55]聲星腥 [35]醒 [21]成城
k	[55]驚 [35]頸 [33]鏡
h	[55]輕

ɛk

p	[3]壁
p^h	[3]劈
t	[2]笛糴（糴米）
t^h	[3]踢
tʃ	[3]隻炙脊
$tʃ^h$	[3]赤尺呎
ʃ	[3]錫 [2]石

k^h	[2]劇屐
h	[3]吃喫

ei

p	[55]篦碑卑悲 [35]彼俾比秕 [33]臂祕泌轡庇痺 [22]被避備鼻
p^h	[55]披丕 [35]鄙 [33]譬屁 [21]皮疲脾琶枇 [13]被婢
m	[21]糜眉楣微 [13]靡美尾 [22]媚寐未味
f	[55]非飛妃 [35]匪榧翡 [21]肥
t	[22]地
l	[55]璃 [21]驢雷彌離梨釐狸 [13]履你李里裡理鯉累 [22]膩利吏餌
k	[55]飢几（茶几）基幾（幾乎）機饑 [35]已紀杞幾（幾個） [33]寄記既 [22]技妓忌
k^h	[33]冀 [21]奇（奇怪）騎（輕騎）祁鰭其棋期旗祈 [13]企徛（站立）
h	[55]犧欺嬉熙希稀 [35]起喜蟢 [33]戲器棄氣汽

eŋ

p	[55]冰兵 [35]丙秉 [33]迸柄併 [22]並
p^h	[55]姘拼 [33]聘 [21]平坪評瓶屏萍
m	[21]鳴明名銘 [13]皿 [22]命
t	[55]丁釘靪疔 [35]頂鼎 [33]釘 [22]訂錠定
t^h	[55]聽廳汀（水泥） [33]聽（聽其自然） [21]亭停廷蜓 [13]艇挺
l	[55]拎 [21]楞陵凌菱寧靈零鈴伶翎 [13]領嶺 [22]令佞另
tʃ	[55]徵蒸精晶睛貞偵正（正月）征 [35]拯井整 [33]證症正（正常）政 [22]靜靖淨
$tʃ^h$	[55]稱（稱呼）清蟶青蜻 [35]請逞 [33]稱（相稱）秤 [21]澄懲澄（水清）晴呈程
ʃ	[55]升勝聲星（星空）腥 [35]省醒（醒目） [33]勝性姓聖 [21]乘繩塍承丞成（成事）城（城市）誠 [22]剩盛
j	[55]應鷹鶯鸚櫻英嬰纓 [35]影映 [33]應（應對） [21]仍凝蠅迎盈贏形型刑 [22]認

k	[55]京荊驚經 [35]境景警竟 [33]莖敬勁徑 [22]勁競
k^h	[55]傾 [35]頃 [21]擎鯨瓊
w	[55]扔 [21]榮 [13]永 [22]泳詠潁
h	[55]興（興旺）卿輕（輕重）馨兄 [33]興（高興）慶磬

ek

p	[5]逼迫碧壁璧
p^h	[5]僻闢劈
m	[2]覓
t	[5]的嫡 [2]滴廸
t^h	[5]剔
l	[5]匿 [2]力溺歷曆
tʃ	[5]即鯽織職積跡績斥
$tʃ^h$	[5]斥戚
ʃ	[5]悉息熄媳嗇識式飾惜昔適釋析 [3]錫（用於人名） [2]食蝕
j	[5]憶億抑益 [2]翼逆亦譯易（交易）液腋疫役
k	[5]戟擊激虢 [2]極
w	[2]域

i

tʃ	[55]知蜘支枝肢梔資咨姿脂茲滋輜之芝 [35]紫紙只（只有）姊旨指子梓滓止趾址 [33]智致至置志（志氣）誌（雜誌）痣 [22]自雉稚字伺祀巳寺嗣飼痔治
$tʃ^h$	[55]雌疵差（參差不齊）眵癡嗤 [35]此侈豕恥柿齒始 [33]刺賜翅次廁 [21]池馳匙瓷餈遲慈磁辭詞祠持 [13]似恃
ʃ	[55]斯廝施私師獅尸（尸位素餐）屍司絲思詩 [35]黍屎使（使用）史 [33]肆思（意思）試 [21]時鰣 [13]市 [22]是氏豉示視士（士兵）仕（仕途）事侍
j	[55]伊醫衣依 [35]倚椅 [33]意 [21]兒宜儀移夷姨而疑飴沂 [13]爾議耳擬矣已以 [22]義（義務）易（難易）二肄異

iu

p	[55]臕標錶彪 [35]表
p^h	[55]飄漂（漂浮） [33]票漂（漂亮） [21]瓢嫖 [13]鰾
m	[21]描 [13]藐渺秒杳 [22]廟妙
t	[55]刁貂雕丟 [33]釣弔吊 [22]掉調（調查）
t^h	[55]挑 [33]跳糶跳 [21]條調（調和）
l	[21]燎療聊遼撩寥瞭 [13]鳥了 [22]尿料（預料）廖
tʃ	[55]焦蕉椒朝（今朝）昭（昭雪）招 [35]剿沼（沼氣） [33]醮照詔（詔書） [22]噍趙召
$tʃ^h$	[55]超 [35]悄 [33]俏鞘 [21]樵瞧朝（朝代）潮
ʃ	[55]消宵霄硝銷燒蕭簫 [35]小少（多少） [33]笑少（少年） [21]韶 [22]兆紹邵
j	[55]妖邀腰要（要求）么吆（大聲吆喝） [33]要 [21]饒橈搖瑤謠姚堯 [13]擾繞舀 [22]耀鷂
k	[55]驕嬌 [35]矯轎繳 [33]叫
k^h	[33]竅 [21]喬僑橋蕎
h	[55]囂僥 [35]曉

in

p	[55]鞭邊蝙辮 [35]貶扁匾 [33]變遍 [22]辨辯汴便（方便）
p^h	[55]編篇偏 [33]騙片 [21]便（便宜）
m	[21]綿棉眠 [13]免勉娩緬 [22]面（面子）麵（粉麵）
t	[55]顛掂拈 [35]典點 [33]墊店 [21]黏廉鐮鮎 [13]簟斂殮臉 [22]電殿奠佃 [22]念
t^h	[55]天添 [35]腆舔 [21]田填甜
l	[35]捻戀 [21]連聯年憐蓮 [13]碾輦攆 [22]練鍊楝
tʃ	[55]煎氈羶箋尖沾粘瞻占（占卜） [35]剪展 [33]箭濺餞顫薦佔（侵佔） [22]賤漸
$tʃ^h$	[55]遷千殲 [35]淺 [21]錢纏前潛 [13]踐
ʃ	[55]仙鮮（新鮮）先 [35]鮮（鮮少）癬陝閃 [33]線搧扇 [21]蟾簷蟬禪 [22]羨善膳單（姓）

j	[55]煙燕（燕京）淹閹醃腌 [35]演堰掩 [33]厭燕（燕子）嚥宴 [21]涎然燃焉延筵言研賢炎鹽閻嚴嫌 [22]莧諺硯現 [55]淹閹醃腌 [35]掩 [33]厭 [21]炎鹽閻嚴嫌 [13]染冉儼 [22]驗豔焰莧諺硯現
k	[55]肩堅 [35]檢 [33]建見劍 [22]件鍵健儉
k^h	[21]乾虔鉗
h	[55]軒掀牽謙 [35]遣顯險 [33]憲獻欠 [21]弦

it

p	[5]必 [3]鱉憋 [2]別
p^h	[3]撇
m	[2]滅篾
t	[3]跌[2]疊碟牒蝶諜
t^h	[3]鐵帖貼
l	[2]列烈裂聶鑷躡獵捏
tʃ	[2]哲蜇折節接摺褶
tʃ^h	[3]徹撤轍設切（切開）妾
ʃ	[3]涉薛泄屑楔攝 [2]舌
j	[2]熱薛葉頁業
k	[3]結潔劫澀 [2]傑
k^h	[3]揭
h	[3]歇蠍怯脅歉協

ɔ

p	[55]波菠玻 [33]簸播
p^h	[55]坡 [35]頗 [33]破 [21]婆
m	[55]魔摩 [35]摸 [21]磨（動詞）饃 [22]磨（石磨）
f	[55]科 [35]棵火夥 [33]課貨
t	[55]多 [35]朵躲剁 [22]惰

t^h	[55]拖 [33]唾 [21]駝馱（馱起來）舵 [13]妥橢 [22]馱（牲畜背上所背的貨物）
l	[55]囉 [35]裸 [21]挪羅鑼籮騾腡 [22]糯
tʃ	[35]左阻 [33]佐 [22]佐坐（坐立不安）座助
$tʃ^h$	[55]搓初雛 [35]楚礎 [33]銼錯 [21]鋤
ʃ	[55]蓑梭唆莎梳疏蔬 [35]鎖瑣所 [21]傻
k	[55]歌哥
kw	[55]戈 [35]果裹餜 [33]個過
kw^h	[35]顆
w	[55]鍋倭窩蝸 [21]和禾 [22]禍
h	[35]可 [21]荷河何 [22]賀
ø	[55]阿（阿膠） [21]蛾俄鵝蛾峨訛 [13]我 [22]臥餓

ɔi

t	[22]待殆代袋
t^h	[55]胎 [21]台臺抬 [13]怠
l	[21]來 [22]耐奈內
tʃ	[55]災栽 [35]宰載 [33]再載 [22]在
$tʃ^h$	[35]彩採睬 [33]菜賽蔡 [21]才材財裁纔（方纔）
ʃ	[55]腮鰓
k	[55]該 [35]改 [33]蓋
k^h	[33]概溉慨丐
h	[55]開 [35]凱海 [22]亥害駭
ø	[55]哀埃 [35]藹 [33]愛 [21]呆 [22]礙外

ɔn

k	[55]干（干戈）肝竿乾（乾濕）桿疆 [35]稈趕 [33]幹（幹部）
h	[55]看（看守）刊 [35]罕 [33]看（看見）漢 [21]鼾寒韓 [13]旱 [22]汗銲翰
ø	[55]安鞍 [33]按案 [22]岸

ɔŋ

p	[55]幫邦 [35]榜綁 [22]傍（傍晚）
p^h	[33]謗 [21]滂旁螃龐 [13]蚌
m	[55]虻 [21]忙茫芒亡 [13]莽蟒網輞妄 [22]忘望
f	[55]荒慌方肪芳 [35]謊晃倣紡仿彷訪 [33]放況 [21]妨房防
t	[55]當（當時） [35]黨擋 [33]當（典當） [22]宕蕩
t^h	[55]湯 [35]倘躺 [33]燙趟 [21]堂棠螳唐糖塘
l	[35]兩（幾兩幾錢） [21]囊瓤 [13]朗兩（兩個） [22]浪亮諒輛量
tʃ	[55]贓髒將漿張莊裝章樟樁（打樁） [35]蔣獎槳長（生長）掌 [33]葬醬將漲帳賬脹壯障瘴 [22]藏（西藏）臟匠象像橡丈仗杖狀撞
tʃ^h	[55]倉蒼槍瘡昌菖窗 [35]搶闖敞 [33]暢唱倡（提倡） [21]藏（隱藏）牆詳祥長（長短）腸場床
ʃ	[55]桑喪相（互相）箱廂湘襄鑲霜孀商傷雙 [35]嗓想爽賞鯗（鯗魚：曬乾和醃過的魚） [33]喪相（相貌） [21]常嘗裳償 [13]上（上山） [22]尚（和尚）上（上面）
j	[55]央秧殃 [21]羊洋烊楊（姓）陽揚瘍 [13]攘嚷仰養癢 [22]釀壤讓樣
k	[55]岡崗剛綱缸疆僵薑礓（礓石）韁姜羌江扛豇（豇豆） [35]講港 [33]鋼杠降
k^h	[33]抗炕 [21]強（強大） [13]強（勉強）
kw	[55]光 [35]廣
kw^h	[33]曠擴礦 [21]狂
w	[55]汪 [35]枉 [21]黃簧皇蝗王 [13]往 [22]旺
h	[55]康糠香鄉匡筐眶腔 [35]慷晌餉享響 [33]向 [21]行（行列）航杭降（投降） [22]項巷
ø	[55]骯 [21]昂

ɔt

k	[3]割葛
h	[3]喝渴

ɔk

p	[3]博縛駁 [2]薄泊（澹泊名利）
p^h	[3]樸朴撲
m	[5]剝 [2]莫膜幕寞
f	[3]霍藿（藿香）
t	[3]琢啄涿（涿鹿） [2]鐸踱
t^h	[3]託托
l	[2]諾落烙駱酪洛絡樂（快樂）略掠
tʃ	[3]作爵雀鵲嚼著（著衣）酌勺 [2]鑿昨著（附著）
tʃ^h	[3]錯綽焯芍卓桌戳
ʃ	[3]索朔
j	[3]約（公約） [2]若弱虐瘧鑰躍
k	[3]各閣擱腳覺（知覺）角
k^h	[3]郝卻確搉（搉蒜）
kw	[3]郭國
kw^h	[3]廓
w	[2]鑊獲
h	[3]殼 [2]鶴學
ø	[3]惡（善惡） [2]鄂嶽岳樂（音樂）愕鱷顎萼鶚

ou

p	[55]褒 [35]補保堡寶 [33]布佈報 [22]怖部簿（簿記）步捕暴菢（菢雞仔）
p^h	[55]鋪（鋪設） [35]譜普浦脯甫（幾甫路）脯（杏脯） [33]鋪（店鋪） [21]蒲菩袍 [13]抱
m	[55]蟆（蝦蟆） [21]模摹無巫誣毛 [13]武舞侮鵡母拇 [22]暮慕墓募務霧冒帽戊
t	[55]都刀叨 [35]堵賭島倒 [33]妒到 [22]杜度渡鍍道稻盜導
t^h	[55]滔 [35]土禱討 [33]吐兔套 [21]徒屠途塗圖掏桃逃淘陶萄濤 [13]肚

l	[21]奴盧爐蘆廬勞牢嘮 [13]努魯櫓虜滷腦惱老 [22]怒路賂露鷺澇
tʃ	[55]租糟遭 [35]祖組早棗蚤澡 [33]灶 [22]做皂造
tʃ^{h}	[55]粗操（操作） [35]草 [33]醋措躁糙 [21]曹槽
ʃ	[55]蘇酥鬚騷 [35]數（動詞）嫂 [33]素訴塑數（數目）掃
k	[55]高膏（膏腴）篙羔糕 [35]稿 [33]告膏（動詞，把毛筆蘸上墨，再在硯臺邊上掭：膏筆）
h	[55]蒿薅（薅鋤） [35]好（好壞） [33]犒好（喜好）耗 [21]豪壕毫號（呼號） [22]浩號（號數）
ø	[35]襖 [33]懊奧 [22]傲

oŋ

p^{h}	[35]捧 [21]篷蓬
m	[21]蒙 [13]懵蠓 [22]夢
f	[55]風楓瘋豐封峰蜂鋒 [35]俸 [33]諷 [21]馮逢縫（縫衣） [22]鳳奉縫（一條縫）
t	[55]東冬 [35]董懂 [33]凍 [22]棟動洞
t^{h}	[55]通熥（以火暖物） [35]桶捅統 [33]痛 [21]同銅桐筒童瞳
l	[21]籠聾農膿儂隆濃龍 [13]攏隴壟 [22]弄
tʃ	[55]棕鬃宗中（當中）忠終蹤縱鐘鍾盅舂 [35]總粽種（種類）腫 [33]綜中（射中）眾縱種（種樹） [22]仲誦頌訟
tʃ^{h}	[55]聰匆葱（洋葱）囱（煙囱）充衝 [35]冢寵 [21]叢蟲從松重（重複） [13]重（輕重）
ʃ	[55]鬆嵩從（從容不迫） [35]慫 [33]送宋 [21]崇
j	[55]翁雍癰（生背癰） [35]擁壅甬湧 [21]戎絨融茸容蓉鎔庸 [13]冗（冗員）勇 [22]用
k	[55]公蚣工功攻弓躬宮恭供（供給） [35]拱鞏 [33]貢供（供養） [22]共
k^{h}	[21]窮
h	[55]空胸凶（吉凶）兇（兇惡） [35]孔恐 [33]控烘哄汞鬨嗅 [21]虹紅洪鴻熊雄
ø	[33]甕

ok

p	[5]卜（占卜） [2]僕曝瀑
pʰ	[5]仆（前仆後繼）
m	[2]木目穆牧
f	[5]福幅蝠複腹覆（反覆） [2]復（復興）服伏
t	[5]篤督 [2]獨讀牘犢毒
tʰ	[5]禿
l	[2]鹿祿六陸綠錄
tʃ	[5]涿竹築祝粥足燭囑觸捉 [2]續濁鐲族逐軸俗
tʃʰ	[5]速畜蓄促束
ʃ	[5]肅宿縮叔粟 [2]熟淑贖蜀屬
j	[5]沃郁 [2]肉育辱褥玉獄欲（搖搖欲墜）慾（意慾）浴
k	[5]穀谷（山谷）菊掬（笑容可掬）麴（酒麴） [2]局
kʰ	[5]曲（曲折）
h	[5]哭 [2]斛酷
ø	[5]屋

u

f	[55]枯呼夫膚敷俘孵麩 [35]苦卡府腑斧撫釜 [33]庫褲戽賦富副 [21]乎符扶芙 [13]婦 [22]付傅赴訃父腐輔附負
k	[55]姑孤 [35]古估牯股鼓 [33]故固錮雇顧
kʰ	[55]箍
w	[55]烏污塢 [35]滸 [33]惡（可惡） [21]胡湖狐壺瓠鬍 [22]戶滬互護芋

ui

p	[55]杯 [33]貝輩背 [22]背（背誦）焙（焙乾）
pʰ	[55]胚坯 [33]沛配佩 [21]培陪賠裴 [13]倍
m	[21]梅枚媒煤 [13]每 [22]妹昧

f	[55]魁恢灰奎 [33]悔晦
k^h	[35]賄潰劊檜繪
t	[55]堆 [33]對碓兌 [22]隊
t^h	[55]推 [35]腿 [33]退蛻
l	[13]呂旅縷屢傴累壘女 [21]雷 [22]濾累（連累）類淚慮
tʃ	[55]追錐蛆 [35]嘴 [33]最醉 [22]聚罪贅墜序聚
$tʃ^h$	[55]趨催崔吹炊 [35]取娶 [33]趣脆翠 [21]除隨槌錘徐
ʃ	[55]須需雖綏衰 [35]水 [33]碎歲稅帥 [21]垂誰 [13]髓絮緒 [22]睡瑞粹遂隧穗
j	[13]蕊 [22]芮銳
k	[55]居車（車馬砲）驅 [21]渠瞿 [13]佢拒距
w	[55]煨 [21]回茴 [13]會（懂得） [22]匯會（會計）彙滙
h	[55]墟虛噓吁 [35]許 [33]去

un

p	[55]般搬 [35]本 [33]半 [22]絆伴拌叛胖
p^h	[55]潘 [33]拚判 [21]盤盆
m	[21]瞞門 [13]滿 [22]悶
f	[55]寬歡 [35]款
k	[55]官棺觀（參觀）冠（衣冠） [35]管館 [33]貫灌罐觀（寺觀）冠（冠軍）
w	[35]玩（玩味）豌剜碗腕 [21]桓（春秋時代齊桓公） [13]皖 [22]喚煥緩換玩（玩味）

ut

p	[2]撥勃
p^h	[3]潑
m	[3]抹 [2]末沫沒
f	[3]闊
k^h	[3]括豁

w	[2]活

œ

h	[55]靴

ɵn

t	[55]敦墩蹲 [22]頓遁
tʰ	[13]盾
l	[35]卵 [21]鄰鱗燐崙倫淪 [22]吝論
tʃ	[55]津榛臻 [35]準准 [33]進晉俊濬 [22]盡
tʃʰ	[55]椿春 [35]蠢 [21]旬循巡
ʃ	[55]荀殉 [35]筍榫（榫頭） [33]信訊遜迅 [21]純醇 [22]順舜

ɵt

l	[2]律栗慄率（效率）
tʃ	[5]捽
tʃʰ	[5]出齣
ʃ	[5]蟀摔率（率領） [2]朮術述秫

y

tʃ	[55]豬諸誅蛛株朱硃珠 [35]煮拄主 [33]著駐註注鑄 [22]箸住
tʃʰ	[35]處杵 [33]處（處所） [21]廚 [13]褚（姓）儲苧署柱
ʃ	[55]書舒樞輸 [35]暑鼠黍 [33]庶恕戍 [21]薯殊 [22]豎樹
j	[55]於淤迂于 [21]如魚漁余餘儒愚虞娛盂榆愉 [13]汝語與乳雨宇禹羽 [22]御禦譽預遇愈喻裕

yn

t	[55]端 [35]短 [33]斷（決斷）鍛 [22]斷（斷絕）段緞椴
tʰ	[21]團屯豚臀

l	[35]戀 [21]鸞 [13]暖 [22]亂嫩
tʃ	[55]專尊 [35]纂轉 [33]鑽（鑽子）轉（轉螺絲） [22]傳（傳記）
tʃ^h	[55]川穿村 [35]揣喘忖 [33]竄串寸吋 [21]全泉傳（傳達）椽存
ʃ	[55]酸宣孫 [35]選損 [33]算蒜 [21]旋鏇船 [22]篆
j	[55]冤淵 [35]丸阮宛 [33]怨 [21]完圓員緣沿鉛元原源袁轅援玄懸 [13]軟遠 [22]院願縣眩
k	[55]捐 [35]捲卷 [33]眷絹 [22]圈倦
k^h	[21]拳權顴
h	[55]圈喧 [35]犬 [33]勸券 [21]弦

yt

t	[2]奪
t^h	[3]脫
l	[3]捋劣 [2]捏
tʃ	[2]拙
tʃ^h	[3]撮猝
ʃ	[3]雪說
j	[3]乙 [2]悅月閱越曰粵穴
k^h	[3]決訣缺
h	[3]血

m̩

	[21]唔 [13]午伍五 [21]吳蜈吾梧 [22]誤悟

第八節　東莞市道滘鎮厚德坊水上話同音字彙

a

p	[55]巴芭疤爸 [35]把 [33]霸壩（水壩）埧（堤塘） [21]爸$^{55-21}$ [22]罷
p^h	[55]趴 [33]怕 [21]爬琶耙杷鈀
m	[55]媽 [21]媽$^{53-21}$麻痳 [13]馬碼 [22]罵
f	[55]花 [33]化
t	[55]打$^{21-35}$（一打。來自譯音） [35]打
t^h	[55]他她它祂牠佗怹
n	[35]乸 [21]拿 [13]哪那
l	[55]啦
tʃ	[55]查（山查）碴渣髽（髽髻：抓髻）吒（哪吒：神話人物） [33]詐榨炸乍炸
$tʃ^h$	[55]叉杈差（差別） [33]岔姹（姹紫嫣紅）衩（衩衣，開衩） [21]茶搽茬（麥茬，麥收割後留在地的根）查（調查）
ʃ	[55]沙紗砂莎卅鯊痧（刮痧） [35]灑耍灑嗄（聲音嘶啞） [21]卅（異）
j	[13]也 [22]廿廿
k	[55]家加痂嘉傢枷迦嘎伽袈鎵葭泇珈笳跏茄 [35]假（真假）賈（姓）斝（玉製的盛酒器具） [33]假（放假）架駕嫁稼價
ŋ	[21]牙芽衙伢（小孩子） [13]雅瓦（瓦片） [22]砑（砑平：碾壓成偏平）
kw	[55]瓜 [35]寡剮 [33]掛卦（新）
kw^h	[55]誇垮（搞垮）跨夸（奢侈） [35]侉（誇大不實際） [33]卦（老）
w	[55]劃（劃船）蛙窪 [35]畫（名） [21]華（中華）華（華夏）鏵（犁鏵）樺（又） [22]華（華山、姓氏）樺話（說話）
h	[55]蝦（魚蝦）蝦（蝦蟆）哈 [21]霞瑕遐（名聞遐邇） [22]廈（大廈）廈（廈門）下（底下、下降）夏（春夏）夏（姓氏）暇（分身不暇）
ø	[55]鴉丫椏 [35]啞 [33]亞

ai

p	[55]掰（掰開）拜$^{33-55}$擘 [35]擺 [33]拜湃 [22]敗
p^h	[55]派（派頭） [35]牌$^{21-35}$（打牌） [33]派湃（又） [21]排牌簰（竹筏）霾（陰霾）
m	[21]埋 [13]買 [22]賣邁
f	[33]傀塊快筷
t	[55]呆（異）獃（書獃子） [35]歹傣$^{33-35}$ [33]戴帶傣（傣族） [22]大（大量）大（大夫）
t^h	[55]呔（方：車呔） [33]太態泰貸汰（汰弱留強）鈦（鈦合金）舦（舦盤）舵（異）
n	[21]奶$^{13-21}$ [13]乃奶
l	[55]拉䊛（方：䊛仔） [35]瀨$^{21-35}$（瀨粉） [33]癩（癩瘡） [22]賴籟（萬籟無聲）瀨（方：瀨尿）酹（酹酒）癩（異）
tʃ	[55]齋 [33]債 [22]寨
$tʃ^h$	[55]猜釵差（出差） [35]踩（踩高蹺）踹（踹踏） [21]豺柴
ʃ	[35]璽徙舐（舐犢情深） [33]晒曬（晒之異體字）
j	[35]踹
k	[55]皆階稭佳街 [35]解（解開）解（曉） [33]介階偕界芥尬疥屆戒
k^h	[35]楷
ŋ	[21]涯崖捱睚
kw	[55]乖 [35]蒯（姓）拐（拐杖）
w	[55]歪 [33]餧（同「餵」字） [21]懷槐淮 [22]壞
h	[55]揩（揩油） [21]孩諧鞋骸 [13]蟹懈駭 [22]邂械懈解（姓氏）
ø	[55]挨哎唉埃 [33]隘（氣量狹隘） [22]艾刈（鐮刀）

au

p	[55]包胞鮑（姓）鮑$^{22-55}$（鮑魚）孢（孢子） [35]飽 [33]爆5
p^h	[55]泡（一泡尿）拋 [35]跑 [33]豹炮（槍炮）泡（泡茶）砲趵爆 [21]刨鉋（木鉋）
m	[55]貓 [21]茅錨矛 [13]卯牡鉚（鉚釘） [22]貌
n	[21]鐃撓（百折不撓） [22]鬧

l	[55]撈（異）[21]撈撈（異）
tʃ	[55]嘲啁 [35]抓爪找肘帚 [33]罩笊（笊籬）[22]櫂（櫂槳湖上）驟棹
$tʃ^h$	[55]抄鈔 [35]炒吵 [21]巢
ʃ	[55]梢（樹梢）捎（捎帶）筲鞘艄 [35]稍 [33]哨潲（豬潲，豬食物）
k	[55]交郊膠蛟（蛟龍）鮫 [35]絞狡攪（攪勻）搞（搞清楚）餃（餃子）[33]教覺（睡覺）較校（校對）校（上校）窖滘斠
k^h	[33]靠
ŋ	[21]熬肴淆 [13]咬
h	[55]酵（酵母）敲吼烤拷酵 [35]考烤巧 [33]孝酵 [21]姣（方：發姣）[22]效校（學校）傚
ø	[35]拗（拗斷）[33]坳（山坳）拗（拗口）

an

p	[55]班斑頒扳 [35]板版闆阪（日本地名）扳（異）[22]扮辦
p^h	[55]扳（扳回一局棋）攀頒（異）[33]盼襻（紐襻）
m	[21]蠻 [13]晚 [22]慢饅漫幔萬蔓
f	[55]翻番（番幾番）幡（幢幡）反（反切）[35]返 [33]販泛（廣泛，泛泛之交）氾反（平反）[21]凡帆藩（藩鎮之亂）煩礬繁芃氾（姓）[22]范範犯瓣飯礬（異）
t	[55]丹單（單獨）鄲（邯鄲）耽擔（擔任）[35]旦（花旦）彈（子彈）蛋（蛋花湯）膽 [33]旦（元旦）誕擔（挑擔）[22]但淡（冷淡）（地名：淡水）
t^h	[55]坍灘攤貪 [35]坦毯 [33]碳炭嘆歎探 [21]檀壇彈（彈琴）潭譚談痰 [13]淡（鹹淡）
n	[21]南男難（難易）[22]難（患難）
l	[21]蘭攔欄 [35]欖 [21]藍籃 [13]懶覽攬 [22]）爛濫（泛濫）纜艦
tʃ	[55]簪 [35]盞斬 [33]贊蘸 [22]賺綻（破綻）棧撰暫鏨站
$tʃ^h$	[55]餐參攙（攙扶）[35]鏟產慘 [33]燦杉 [21]殘蠶慚讒饞
ʃ	[55]珊山刪閂拴三衫 [35]散（鞋帶散了）[33]傘散（分散）疝（疝氣）篡涮 [21]潺

k	[55]艱間（中間）尷 [35]鹻簡襇柬繭趼（手過度磨擦生厚皮）減 [33]間（間斷）諫澗鐗（車鐗）慣鑑監（太監）
ŋ	[21]顏巖岩癌 [13]眼 [22]雁
kw	[55]鰥（鰥寡）關 [33]慣
w	[55]彎灣 [21]頑還環灣（銅鑼灣、長沙灣、土瓜灣）[13]挽 [22]幻患宦（宦官）
h	[35]餡 [33]喊 [21]閒函咸鹹銜 [22]限陷（陷阱）
ø	[33]晏

aŋ

p^h	[55]烹 [21]彭膨棚鵬 [13]棒
m	[13]猛蜢錳 [22]孟
l	[13]冷
tʃ	[55]爭掙睜猙 [22]掙
$tʃ^h$	[55]撐 [35]橙 [33]掌 [21]瞪倀
ʃ	[55]生牲甥 [35]省
k	[55]更耕粳 [35]梗
ŋ	[22]硬
kw^h	[55]筐
kw^h	[55]框眶 [33]逛
w	[21]橫
h	[55]夯坑 [21]行桁
ø	[55]罌甖

at

p	[3]八捌
m	[3]抹
f	[3]法髮發砝琺
t	[3]答搭 [2]達踏沓

t^h	[3]韃撻躂獺搨塔榻塌
l	[3]瘌
tʃ	[3]札紮扎軋砸劄眨 [2]鍘雜閘集習襲鍘
$tʃ^h$	[3]獺擦察刷插
ʃ	[3]殺撒薩煞
k	[3]甲胛
kw	[3]刮
w	[3]挖斡 [2]滑猾或
h	[3]掐 [2]狹峽匣
ø	[3]押壓鴨

ak

p	[3]泊百柏伯舶佰 [2]白帛
p^h	[3]帕拍魄檗
m	[3]擘
tʃ	[3]窄責 [2]澤擇宅摘擲
$tʃ^h$	[3]拆策冊柵 [2]賊
ʃ	[3]索
j	[3]喫
k	[3]胳格革隔骼鬲
k^h	[3]聒（聒耳）
ŋ	[2]額逆
kw^h	[3]摑
w	[2]惑劃
h	[3]嚇（恐嚇）客嚇（嚇一跳）赫

ɐi

p	[55]跛 [33]蔽閉箅（蒸食物的竹箅子） [22]稗斃弊幣斃陛

p^h	[55]批 [13]睥
m	[55]咪 [21]迷謎霾糜眯 [13]米眯弭
f	[55]麾揮輝徽麾暉 [35]疿痱 [33]廢肺費沸芾疿狒 [22]吠痱蜚
t	[55]低 [35]底抵邸砥 [33]帝蒂締諦疐 [22]第弟遞隸逮棣悌娣埭締
t^h	[55]梯銻 [35]體睇梯 [33]替涕剃屜 [21]堤題提蹄啼 [22]弟悌娣
n	[21]泥尼
l	[21]犁黎來藜 [13]禮醴蠡 [22]例厲勵麗荔
tʃ	[55]擠劑 [35]濟仔囝 [33]祭際制製濟掣 [21]齊薺 [22]滯
$tʃ^h$	[55]妻棲淒悽 [33]砌切
ʃ	[55]篩西犀 [35]洗駛使 [33]世勢細婿 [22]誓逝噬
j	[13]曳 [22]拽
k	[55]雞圭 [35]偈 [33]計繼髻鱖
k^h	[55]溪蹊 [35]啟 [33]契
ŋ	[33]縊翳哎隘 [13]蟻 [21]倪危 [22]藝毅偽魏
kw	[55]閨龜歸鮭 [35]詭軌鬼簋 [33]鱖桂癸季貴瑰劌悸蹶饋 [22]跪櫃饋匱餽悸柜
kw^h	[55]盔規虧窺谿 [33]愧 [21]攜畦逵葵畦揆夔馗 [13]揆
w	[55]威 [35]毀萎委 [33]穢畏慰 [21]桅為維惟遺唯違圍 [13]諱偉葦緯 [22]衛惠慧為位胃謂蝟
h	[55]屄 [21]奚兮蹊嵇 [22]繫系(中文系)係
ø	[35]矮

ɐu

m	[55]痞 [33]卯 [21]謀牟眸蝥蟊 [13]某畝牡 [22]茂貿謬謬繆袤
f	[35]剖否 [21]浮 [22]埠阜復
t	[55]兜 [35]斗(一斗米)抖陡糾蚪 [33]鬥(鬥爭) [22]豆逗讀(句讀)竇痘荳
t^h	[55]偷 [35]敨(展開) [33]透 [21]頭投
n	[35]紐扭朽

l	[55]褸騮 [21]樓耬流留榴硫琉劉餾榴嘍摟琉瘤瀏婁耬蹓鎏 [13]摟簍摟柳 [22]漏陋溜餾鏤遛蹓
tʃ	[55]揫鄒揪（巡夜打更）周舟州洲 [35]走酒肘帚 [33]奏晝皺縐咒 [22]就袖紂宙驟
$tʃ^h$	[55]秋鞦抽 [35]丑（小丑）醜（醜陋） [33]湊臭糗嗅 [21]囚泅綢稠籌酬
ʃ	[55]修羞颼蒐收 [35]叟搜手首守 [33]嗽秀宿鏽瘦漱獸 [21]愁仇 [22]受壽授售
j	[55]丘休憂優幽 [33]幼 [21]柔揉尤郵由油游猶悠 [13]有友酉莠誘 [22]又右祐柚鼬釉
k	[55]鳩鬮 [35]狗苟九久韭 [33]夠灸救究咎 [22]舊柩
k^h	[55]溝摳瞘（眼瞘） [33]構購叩扣寇 [21]求球 [13]臼舅
ŋ	[21]牛 [13]藕偶耦耦
h	[55]吼 [35]口 [21]侯喉猴瘊（皮膚所生的小贅肉） [13]厚 [22]後后（皇后）候
ø	[55]勾鉤歐甌 [35]嘔毆 [33]漚慪

ɐn

p	[55]杉賓檳奔崩 [35]稟品 [33]殯鬢 [22]笨
p^h	[33]噴 [21]貧頻朋憑
m	[55]蚊 [21]民文紋聞 [21]萌盟 [13]澠閩憫敏抿吻刎 [22]問璺
f	[55]昏婚分芬紛熏勳薰葷 [35]粉 [33]糞訓 [21]墳焚 [13]奮憤忿 [22]份
t	[55]登燈瞪敦墩蹲 [35]等 [33]凳 [22]鄧澄（澄粉、澄麵）頓遁
t^h	[55]吞飩 [33]褪 [21]騰謄藤疼 [13]盾
n	[21]能
l	[35]卵 [21]林淋臨鄰鱗燐崙倫淪 [13]檁（正檁） [22]吝論
tʃ	[55]珍真斟曾增憎僧爭箏睜津榛臻[35]枕準准 [33]鎮振震浸枕進晉俊濬 [22]盡
$tʃ^h$	[55]親（親人）侵參（參差）椿春 [35]診疹寢蠢 [33]親（親家）趁櫬 [21]陳塵尋沉曾（曾經）旬循巡

ʃ	[55]辛新薪身申伸心森參（人參）深生（出生）荀殉 [35]沈審嬸筍榫（榫頭） [33]滲信訊遜迅 [21]神辰晨臣岑純醇 [22]腎慎葚甚順舜
j	[55]陰恩姻欣殷欽音 [35]隱 [33]印蔭 [21]人仁寅壬吟淫 [13]忍引 [22]刃韌賃任紝
k	[55]跟根巾筋甘柑泔今更（更換）庚粳羹耕 [35]僅緊謹感敢橄錦哽埂梗耿 [33]棍禁更（更加） [33]更（更加） [22]近（接近）撳
k^h	[55]襟 [21]芹琴禽擒 [13]妗
kw	[22]郡轟搵
kw^h	[55]昆崑坤 [35]綑菌 [33]困窘 [21]群裙
ŋ	[21]銀艮齦
w	[55]溫瘟 [35]穩 [33]熨 [21]魂餛匀云（子云）雲暈 [13]允尹 [22]渾混運
h	[55]堪龕蚶亨 [35]懇墾齦很坎砍 [33]勘 [21]痕含酣恆行（行為）衡 [22]恨撼憾嵌行（品行）幸

ɐt

p	[2]拔鈸弼
m	[2]襪密蜜物勿墨默陌麥脈
f	[2]乏伐筏罰佛
t	[2]特
l	[2]立律栗慄率（效率）肋勒
tʃ	[5]捽 [2]疾姪
$tʃ^h$	[5]出齣
ʃ	[5]蟀摔率（率領） [2]十什拾朮術述秫
j	[2]日逸入
k	[3]合（十合一升）蛤鴿
k^h	[2]及
kw	[2]掘倔
ŋ	[2]訖

w	[2]核（核桃）
h	[2]瞌轄核（審核）合（合作）盒磕洽

ε

t	[55]爹
tʃ	[55]遮 [35]姐者 [33]借藉蔗 [22]謝
tʃʰ	[55]車奢 [35]且扯 [21]邪斜
ʃ	[55]些賒 [35]寫捨 [33]瀉卸赦舍 [21]蛇佘 [13]社 [22]射麝
j	[21]耶爺 [13]惹野 [22]夜
kʰ	[21]茄瘸
h	[55]靴

εŋ

p	[35]餅 [33]柄 [22]病
t	[55]釘 [35]頂 [33]掟 [22]訂
tʰ	[55]聽廳 [13]艇
l	[33]靚 [21]靈鯪 [13]領嶺
tʃ	[55]精 [35]井阱 [33]正 [22]淨鄭阱
tʃʰ	[55]青 [35]請
ʃ	[55]聲星腥 [35]醒 [21]成城
k	[55]驚 [35]頸 [33]鏡
h	[55]輕

εk

p	[3]壁
pʰ	[3]劈
t	[2]笛糴（糴米）
tʰ	[3]踢

tʃ	[3]隻炙脊
tʃ^h	[3]赤尺呎
ʃ	[3]錫 [2]石
k^h	[2]劇屐
h	[3]吃喫

ei

p	[55]篦碑卑悲 [35]彼俾比秕 [33]臂祕泌轡庇痺 [22]被避備鼻
p^h	[55]披丕 [35]鄙 [33]譬屁 [21]皮疲脾琶枇 [13]被婢
m	[21]糜眉楣微 [13]靡美尾 [22]媚寐未味
f	[55]非飛妃 [35]匪榧翡 [21]肥
t	[22]地
n	[21]彌 [13]你 [22]膩餌
l	[55]璃 [21]驢雷離梨釐狸 [13]履李里裡理鯉累 [22]利吏
k	[55]飢几（茶几）基幾（幾乎）機饑 [35]己紀杞幾（幾個） [33]寄記既 [22]技妓忌
k^h	[33]冀 [21]奇（奇怪）騎（輕騎）祁鰭其棋期旗祈 [13]企徛（站立）
h	[55]犧欺嬉熙希稀 [35]起喜蟢 [33]戲器棄氣汽

eŋ

p	[55]冰兵 [35]丙秉 [33]迸柄併 [22]並
p^h	[55]姘拼 [33]聘 [21]平坪評瓶屏萍
m	[21]鳴明名銘 [13]皿 [22]命
t	[55]丁釘靪疔 [35]頂鼎 [33]釘 [22]訂錠定
t^h	[55]聽廳汀（水泥） [33]聽（聽其自然） [21]亭停廷蜓 [13]艇挺
n	[21]靈 [22]佞
l	[55]拎 [21]楞陵凌菱寧零鈴伶翎 [13]領嶺 [22]令另
tʃ	[55]徵蒸精晶睛貞偵正（正月）征 [35]拯井整 [33]證症正（正常）政 [22]靜靖淨

tʃ^{h}	[55]稱(稱呼)清蟶青蜻 [35]請逞 [33]稱(相稱)秤 [21]澄懲澄(水清)晴呈程
ʃ	[55]升勝聲星(星空)腥 [35]省醒(醒目) [33]勝性姓聖 [21]乘繩塍承丞成(成事)城(城市)誠 [22]剩盛
j	[55]應鷹鶯鸚櫻英嬰纓 [35]影映 [33]應(應對) [21]仍凝蠅迎盈贏形型刑 [22]認
k	[55]京荊驚經 [35]境景警竟 [33]莖敬勁徑 [22]勁競
k^{h}	[55]傾 [35]頃 [21]擎鯨瓊
w	[55]扔 [21]榮 [13]永 [22]泳詠潁
h	[55]興(興旺)卿輕(輕重)馨兄 [33]興(高興)慶磬

ek

p	[5]逼迫碧壁璧
p^{h}	[5]僻闢劈
m	[2]覓
t	[5]的嫡 [2]滴廸
t^{h}	[5]剔
n	[5]匿 [2]溺
l	[2]力歷曆
tʃ	[5]即鯽織職積跡績斥
tʃ^{h}	[5]斥戚
ʃ	[5]悉息熄媳嗇識式飾惜昔適釋析 [3]錫(用於人名) [2]食蝕
j	[5]憶億抑益 [2]翼逆亦譯易(交易)液腋疫役
k	[5]戟擊激虢 [2]極
w	[2]域

i

tʃ	[55]豬諸誅蛛株朱硃珠知蜘支枝肢梔資咨姿脂茲滋輜之芝 [35]煮拄主紫紙只(只有)姊旨指子梓滓止趾址 [33]著駐註注鑄智致至置志(志氣)誌(雜誌)痣 [22]箸住自雉稚字伺祀巳寺嗣飼痔治

$t\int^h$	[55]雌疵差（參差不齊）眵癡嗤 [35]處杵此侈豕恥柿齒始 [33]處（處所）刺賜翅次廁[21]廚臍池馳匙瓷餈遲慈磁辭詞祠持 [13]褚（姓）儲苧署柱似恃
ʃ	[55]書舒樞輸斯廝施私師獅尸（尸位素餐）屍司絲思詩 [35]暑鼠黍屎使（使用）史[33]庶恕戍肆思（意思）試 [21]薯殊時鰣 [13]市 [22]豎樹是氏豉示視士（士兵）仕（仕途）事侍
j	[55]於淤迂于伊醫衣依 [35]倚椅 [33]意 [21]如魚漁余餘儒愚虞娛盂榆愉兒宜儀移夷姨而疑飴沂 [13]汝語與乳雨宇禹羽爾議耳擬矣已以 [22]御禦譽預遇愈喻裕誼義（義務）易（難易）二肄異

iu

p	[55]臕標錶彪 [35]表
p^h	[55]飄漂（漂浮） [33]票漂（漂亮） [21]瓢嫖 [13]鰾
m	[21]苗描 [13]藐渺秒杳 [22]廟妙
t	[55]刁貂雕丟 [33]釣弔吊 [22]掉調（調查）
t^h	[55]挑 [33]跳糶跳 [21]條調（調和）
n	[13]鳥 [22]尿
l	[21]燎療聊遼撩寥瞭 [13]了 [22]料（預料）廖
tʃ	[55]焦蕉椒朝（今朝）昭（昭雪）招 [35]剿沼（沼氣） [33]醮照詔（詔書） [22]噍趙召
$t\int^h$	[55]超 [35]悄 [33]俏鞘 [21]樵瞧朝（朝代）潮
ʃ	[55]消宵霄硝銷燒蕭簫 [35]小少（多少） [33]笑少（少年） [21]韶 [22]兆紹邵
j	[55]妖邀腰要（要求）么吆（大聲吆喝） [33]要 [21]饒橈搖瑤謠姚堯 [13]擾繞舀 [22]耀鷂
k	[55]驕嬌 [35]矯轎繳 [33]叫
k^h	[33]竅 [21]喬僑橋蕎
h	[55]囂僥 [35]曉

in

p	[55]鞭邊蝙辮般搬 [35]貶扁匾本 [33]變遍半 [22]辨辯汴便（方便）絆伴拌叛胖

p^h	[55]編篇偏潘 [33]騙片拚判 [21]便（便宜）盤盆
m	[21]綿棉瞞門 [13]免勉娩緬滿 [22]面（面子）麵（粉麵）悶
f	[55]寬歡 [35]款
t	[55]顛掂端 [35]典點短 [33]墊店斷（決斷）鍛 [13]簟 [22]電殿奠佃斷（斷絕）段緞椴
t^h	[55]天添 [35]腆舔 [21]田填甜團屯豚臀
n	[55]拈 [35]撚 [21]黏年 [13]碾暖 [22]念嫩
l	[35]戀 [21]連聯憐蓮廉鐮鮎鸞 [13]輦攆斂殮臉 [22]練鍊楝亂
tʃ	[55]煎氈氈箋尖沾粘瞻占專尊 [35]剪展纂轉 [33]箭濺餞顫薦佔（侵佔）鑽（鑽子）轉（轉螺絲） [22]賤漸傳（傳記）
$tʃ^h$	[55]遷千殲川穿村 [35]淺揣喘忖 [33]竄串寸吋 [21]錢纏前潛全泉傳（傳達）椽存 [13]踐
ʃ	[55]仙鮮（新鮮）先陝閃酸宣孫 [35]鮮（鮮少）癬選損 [33]線搧扇算蒜 [21]蟾簷蟬禪旋鏇船 [22]篆 [22]羨善膳單（姓）
j	[55]煙燕（燕京）淹閹醃腌冤淵 [35]演堰掩丸阮宛 [33]燕（燕子）嚥宴厭怨 [21]涎然燃焉延筵言研賢炎鹽閻嚴嫌完圓員緣沿鉛元原源袁轅援玄懸 [13]染冉儼軟遠 [22]莧諺硯現驗豔焰院願縣眩
k	[55]肩堅官棺觀（參觀）冠（衣冠）捐 [35]檢管館捲卷 [33]建見劍貫灌罐觀（寺觀）冠（冠軍）眷絹 [22]件鍵健儉圈倦
k^h	[21]乾虔鉗拳權顴
w	[35]玩（玩味）豌剜碗腕 [21]桓（春秋時代齊桓公） [13]皖 [22]喚煥緩換玩（玩味）
h	[55]軒掀牽謙圈喧 [35]遣顯險犬 [33]憲獻欠 [21]弦

it

p	[5]必 [3]鱉憋 [2]別撥勃
p^h	[3]撇潑
m	[3]抹 [2]滅篾末沫沒
f	[3]闊
t	[3]跌疊碟牒蝶諜 [2]奪

tʰ	[3]鐵帖貼脫
n	[2]聶鑷躡揑
l	[3]捋劣 [2]列烈裂獵
tʃ	[2]哲蜇折節接摺褶拙
tʃʰ	[3]徹撤轍設切（切開）妾攝猝
ʃ	[3]涉薛泄屑楔攝雪說 [2]舌
j	[3]乙 [2]熱薛葉頁業悅月閱越曰粵穴
k	[3]結潔劫澀 [2]傑
kʰ	[3]揭括豁決訣缺
w	[2]活
h	[3]歇蠍怯脅歉協血

ɔ

p	[55]波菠玻 [33]簸播
pʰ	[55]坡 [35]頗 [33]破 [21]婆
m	[55]魔摩 [35]摸 [21]磨（動詞）饃 [22]磨（石磨）
f	[55]科 [35]棵火夥 [33]課貨
t	[55]多 [35]朵躲剁 [22]惰
tʰ	[55]拖 [33]唾 [21]駝馱（馱起來）舵 [13]妥橢 [22]馱（牲畜背上所背的貨物）
n	[22]糯
l	[55]囉 [35]裸 [21]挪羅鑼籮騾腡
tʃ	[35]左阻 [33]佐 [22]佐坐（坐立不安）座助
tʃʰ	[55]搓初雛 [35]楚礎 [33]銼錯 [21]鋤
ʃ	[55]蓑梭唆莎梳疏蔬 [35]鎖瑣所 [21]傻
k	[55]歌哥戈 [35]果裹餜 [33]個過
kʰ	[35]顆
k	[55]歌哥 [33]個
ŋ	[21]訛蛾俄鵝蛾 [13]我 [22]臥

kw	[55]戈 [35]果裹餜 [33]過
kw^h	[35]顆
w	[55]鍋倭窩蝸 [21]和禾 [22]禍
h	[55]靴 [35]可 [21]荷河何 [22]賀
ø	[55]阿（阿膠）

ɔŋ

p	[55]幫邦 [35]榜綁 [22]傍（傍晚）
p^h	[33]謗 [21]滂旁螃龐 [13]蚌
m	[55]虻 [21]忙茫芒亡 [13]莽蟒網輞妄 [22]忘望
f	[55]荒慌方肪芳 [35]謊晃倣紡仿彷訪 [33]放況 [21]妨房防
t	[55]當（當時） [35]黨擋 [33]當（典當） [22]宕蕩
t^h	[55]湯 [35]倘躺 [33]燙趟 [21]堂棠螳唐糖塘
l	[35]兩（幾兩幾錢） [21]囊瓤 [13]朗兩（兩個） [22]浪亮諒輛量
tʃ	[55]贓髒將漿張莊裝章樟樁（打樁） [35]蔣獎槳長（生長）掌 [33]莽醬將漲帳賬脹壯障瘴 [22]藏（西藏）臟匠象像橡丈仗杖狀撞
$tʃ^h$	[55]倉蒼槍瘡昌菖窗 [35]搶闖敞 [33]暢唱倡（提倡） [21]藏（隱藏）牆詳祥長（長短）腸場床
ʃ	[55]桑喪相（互相）箱廂湘襄鑲霜孀商傷雙 [35]嗓想爽賞鯗（鯗魚：曬乾和醃過的魚） [33]喪相（相貌） [21]常嘗裳償 [13]上（上山） [22]尚（和尚）上（上面）
j	[55]央秧殃 [21]羊洋烊楊（姓）陽揚瘍 [13]攘嚷仰養癢 [22]釀壤讓樣
k	[55]岡崗剛綱缸疆僵薑礓（礓石）韁姜羌江扛豇（豇豆） [35]講港 [33]鋼杠降
k^h	[33]抗炕 [21]強 [13]強（勉強）
kw	[55]光 [35]廣
kw^h	[33]曠擴礦 [21]狂
w	[55]汪 [35]枉 [21]黃簧皇蝗王 [13]往 [22]旺
h	[55]康糠香鄉匡筐眶腔 [35]慷晌餉享響 [33]向 [21]行（行列）航杭降（投降） [22]項巷

ø	[55]骯 [21]昂

ɔk

p	[3]博縛駁 [2]薄泊（澹泊名利）
p^h	[3]樸朴撲
m	[5]剝 [2]莫膜幕寞
f	[3]霍藿（藿香）
t	[3]琢啄涿（涿鹿） [2]鐸踱
t^h	[3]託托
l	[2]諾落烙駱酪洛絡樂（快樂）略掠
tʃ	[3]作爵雀鵲嚼著（著衣）酌勺 [2]鑿昨著（附著）
$tʃ^h$	[3]錯綽焯芍卓桌戮
ʃ	[3]索朔
j	[3]約（公約） [2]若弱虐瘧鑰躍
k	[3]各閣擱腳覺（知覺）角
k^h	[3]郝卻確搉（搉蒜）
kw	[3]郭國
kw^h	[3]廓
w	[2]鑊獲
h	[3]殼 [2]鶴學
ø	[3]惡（善惡） [2]鄂嶽岳樂（音樂）愕鱷顎萼鶚

ou

p	[55]褒 [35]補保堡寶 [33]布佈報 [22]怖部簿（簿記）步捕暴菢（菢雞仔）
p^h	[55]鋪（鋪設） [35]譜普浦脯甫（幾甫路）脯（杏脯） [33]鋪（店鋪） [21]蒲菩袍 [13]抱
m	[55]蟆（蝦蟆） [21]模摹無巫誣毛 [13]武舞侮鵡母拇 [22]暮慕墓募務霧冒帽戊

t	[55]都刀叨 [35]堵賭島倒 [33]妒到 [22]杜度渡鍍道稻盜導
t^h	[55]滔 [35]土禱討 [33]吐兔套 [21]徒屠途塗圖掏桃逃淘陶萄濤 [13]肚
n	[21]奴 [13]惱腦老努22]怒
l	[21]盧爐蘆廬勞牢嘮 [13]魯櫓虜滷 [22]路賂露鷺澇
tʃ	[55]租糟遭 [35]祖組早棗蚤澡 [33]灶 [22]做皂造
$tʃ^h$	[55]粗操（操作） [35]草 [33]醋措躁糙 [21]曹槽
ʃ	[55]蘇酥鬚騷 [35]數（動詞）嫂 [33]素訴塑數（數目）掃
k	[55]高膏（膏腴）篙羔糕 [35]稿 [33]告膏（動詞，把毛筆蘸上墨，再在硯臺邊上掭：膏筆）
ŋ	[22]傲
h	[55]蒿薅（薅鋤） [35]好（好壞） [33]犒好（喜好）耗 [21]豪壕毫號（呼號） [22]浩號（號數）
ø	[35]襖 [33]懊奧

oŋ

p^h	[35]捧 [21]篷蓬
m	[21]蒙 [13]懵蠓 [22]夢
f	[55]風楓瘋豐封峰蜂鋒 [35]俸 [33]諷 [21]馮逢縫（縫衣） [22]鳳奉縫（一條縫）
t	[55]東冬 [35]董懂 [33]凍 [22]棟動洞
t^h	[55]通燵（以火暖物） [35]桶捅統 [33]痛 [21]同銅桐筒童瞳
n	[21]農濃膿儂
l	[21]籠聾隆龍 [13]攏隴壟 [22]弄
tʃ	[55]棕鬃宗中（當中）忠終蹤縱鐘鍾盅舂 [35]總粽種（種類）腫 [33]綜中（射中）眾縱種（種樹） [22]仲誦頌訟
$tʃ^h$	[55]聰匆葱（洋蔥）囱（煙囪）充衝 [35]冢寵 [21]叢蟲從松重（重複） [13]重（輕重）
ʃ	[55]鬆嵩從（從容不迫） [35]慫 [33]送宋 [21]崇
j	[55]翁雍癰（生背癰） [35]擁壅甬湧 [21]戎絨融茸容蓉鎔庸 [13]冗（冗員）勇 [22]用

k	[55]公蚣工功攻弓躬宮恭供（供給） [35]拱鞏 [33]貢供（供養） [22]共
k^h	[21]窮
h	[55]空胸凶（吉凶）兇（兇惡） [35]孔恐 [33]控烘哄汞閧嗅 [21]虹紅洪鴻熊雄
ø	[33]甕

ok

p	[5]卜（占卜） [2]僕曝瀑
p^h	[5]仆（前仆後繼）
m	[2]木目穆牧
f	[5]福幅蝠複腹覆（反覆） [2]復（復興）服伏
t	[5]篤督 [2]獨讀櫝犢毒
t^h	[5]禿
l	[2]鹿祿六陸綠錄
tʃ	[5]浞竹築祝粥足燭囑觸捉 [2]續濁鐲族逐軸俗
$tʃ^h$	[5]速畜蓄促束
ʃ	[5]肅宿縮叔粟 [2]熟淑贖蜀屬
j	[5]沃郁 [2]肉育辱褥玉獄欲（搖搖欲墜）慾（意慾）浴
k	[5]穀谷（山谷）菊掬（笑容可掬）麴（酒麴） [2]局
k^h	[5]曲（曲折）
h	[5]哭 [2]斛酷
ø	[5]屋

u

f	[55]枯呼夫膚敷俘孵麩 [35]苦卡府腑斧撫釜 [33]庫褲戽賦富副 [21]乎符扶芙 [13]婦 [22]付傅赴訃父腐輔附負
k	[55]姑孤 [35]古估牯股鼓 [33]故固錮雇顧
k^h	[55]箍
w	[55]烏污塢 [35]滸 [33]惡（可惡） [21]胡湖狐壺瓠鬍 [22]戶滬互護芋

ui

p	[55]杯 [33]貝輩背 [22]背（背誦）焙（焙乾）
p^h	[55]胚坯 [33]沛配佩 [21]培陪賠裴 [13]倍
m	[21]梅枚媒煤 [13]每 [22]妹昧
f	[55]魁恢灰奎 [33]悔晦
t	[55]堆 [33]對碓兌 [22]待殆代袋隊待殆代袋
t^h	[55]胎推 [35]腿 [33]退蛻 [21]台臺抬
n	[13]女 [22]耐奈內
l	[21]來雷 [13]呂旅縷屢傴累壘 [22]濾累（連累）類淚慮
tʃ	[55]災栽追錐蛆 [35]宰載嘴 [33]再載最醉 [22]在聚罪贅墜序聚
$tʃ^h$	[55]趨催崔吹炊 [35]彩採睬取娶 [33]菜賽蔡趣脆翠 [21]才材財裁纔（方纔）除隨槌錘徐
ʃ	[55]腮鰓須需雖綏衰 [35]水 [33]碎歲稅帥 [21]垂誰 [13]髓絮緒 [22]睡瑞粹遂隧穗
j	[13]蕊 [22]芮銳
k	[55]該 [35]改 [33]蓋
k^h	[35]賄潰劊檜繪 [33]概溉慨丐
ŋ	[21]呆 [22]礙外
w	[55]煨 [21]回茴 [13]會（懂得） [22]匯會（會計）彙滙
h	[55]開 [35]凱海 [22]亥害駭
ø	[55]哀埃 [35]藹 [33]愛

un

p	[55]般撥 [35]本 [33]半 [22]絆伴拌叛胖
p^h	[55]潘 [33]拚判 [21]盤盆
m	[21]瞞門 [13]滿 [22]悶
f	[55]寬歡 [35]款

k	[55]官棺觀（參觀）冠（衣冠）干（干戈）肝竿乾（乾濕）桿 [35]管館稈趕 [33]貫灌罐觀（寺觀）冠（冠軍）幹
ŋ	[22]岸
w	[35]玩（玩味）豌剜碗腕 [21]桓（春秋時代齊桓公） [13]皖 [22]喚煥緩換玩（玩味）
h	[55]看（看守）刊 [35]罕 [33]看（看見）漢 [21]鼾寒韓 [13]旱 [22]汗銲翰
ø	[55]安鞍 [33]按案

ut

p	[2]撥勃
p^h	[3]潑
m	[3]抹 [2]末沫沒
f	[3]闊
k	[3]割葛
kw^h	[3]括豁
w	[2]活
h	[3]喝渴

m̩

	[21]唔

ŋ̍

	[13]午伍五 [21]吳蜈吾梧 [22]誤悟

第九節　江門市新會區大鰲鎮東衛村水上話同音字彙

a

p	[55]巴芭疤爸 [35]把 [33]霸壩（水壩）埧（堤塘） [21]爸$^{55-21}$ [22]罷
p^h	[55]趴 [33]怕 [21]爬琶耙杷鈀

m	[55]媽 [21]媽$^{53-21}$痲痳 [13]馬碼 [22]罵
f	[55]花 [33]化
t	[55]打$^{21-35}$（一打，來自譯音） [35]打
t^h	[55]他她它祂牠佗怹
l	[55]啦 [35]乸 [21]拿 [13]哪那
tʃ	[55]查（山查）碴渣髽（髽髻：抓髻）吒（哪吒：神話人物） [33]詐榨炸乍炸
$tʃ^h$	[55]叉杈差（差別） [33]岔奼（奼紫嫣紅）衩（衩衣，開衩） [21]茶搽茬（麥茬，麥收割後留在地的根）査（調查）
ʃ	[55]沙紗砂莎卅鯊痧（刮痧） [35]灑耍灑嗄（聲音嘶啞） [21]卅（異）
j	[13]也 [22]廿廿
k	[55]家加痂嘉傢枷迦嘎伽袈鎵葭泇珈笳跏茄 [35]假（真假）賈（姓）斝（玉製的盛酒器具） [33]假（放假）架駕嫁稼價
ŋ	[21]牙芽衙伢（小孩子） [13]雅
kw	[55]瓜 [35]寡剮 [33]掛卦（新）
kw^h	[55]誇垮（搞垮）跨夸（奢侈） [35]侉（誇大不實際） [33]卦（老）
w	[55]劃（劃船）蛙窪 [35]畫（名） [21]華（中華）華（華夏）鏵（犁鏵）樺（又） [22]華（華山、姓氏）樺話（說話）
h	[55]蝦（魚蝦）蝦（蝦蟆）哈 [21]霞瑕遐（名聞遐邇） [22]廈（大廈）廈（廈門）下（底下、下降）夏（春夏）夏（姓氏）暇（分身不暇）
ø	[55]鴉丫椏 [35]啞 [33]亞 [13]瓦（瓦片） [22]砑（砑平：碾壓成偏平）

ai

p	[55]掰（掰開）拜$^{33-55}$擘 [35]擺 [33]拜湃 [22]敗
p^h	[55]派（派頭） [35]牌$^{21-35}$（打牌） [33]派湃（又） [21]排牌簰（竹筏）霾（陰霾）
m	[21]埋 [13]買 [22]賣邁
f	[33]傀塊快筷
t	[55]呆（異）歹（書歹子） [35]歹傣$^{33-35}$ [33]戴帶傣（傣族） [22]大（大量）大（大夫）
t^h	[55]呔（方：車呔） [33]太態泰貸汰（汰弱留強）鈦（鈦合金）舦（舦盤）舵（異）

l	[55]拉𥴊（方：𥴊仔）[35]舐（異）瀨$^{21-35}$（瀨粉）[33]癩（癩瘡）[21]奶$^{13-21}$ [13]乃奶 [22]賴籟（萬籟無聲）瀨（方：瀨尿）酹（酹酒）
tʃ	[55]齋 [33]債 [22]寨
tʃ^h	[55]猜釵差（出差）[35]踩（踩高蹺）踹（踹踏）[21]豺柴
ʃ	[35]璽徙舐（舐犢情深）[33]晒曬（晒之異體字）
j	[35]踹
k	[55]皆階稭佳街 [35]解（解開）解（曉）[33]介階偕界芥尬疥屆戒
k^h	[35]楷
ŋ	[21]涯崖捱睚
kw	[55]乖 [35]蒯（姓）拐（拐杖）
w	[55]歪 [33]餧（同「餵」字）[21]懷槐淮 [22]壞
h	[55]揩（揩油）[21]孩諧鞋骸 [13]蟹懈駭 [22]邂械懈解（姓氏）
ø	[55]挨哎唉埃 [33]隘（氣量狹隘）[22]艾刈（鐮刀）

au

p	[55]包胞鮑（姓）鮑$^{22-55}$（鮑魚）孢（孢子）[35]飽 [33]爆5
p^h	[55]泡（一泡尿）抛 [35]跑 [33]豹炮（槍炮）泡（泡茶）砲趵爆 [21]刨鉋（木鉋）
m	[55]貓 [21]茅錨矛 [13]卯牡鉚（鉚釘）[22]貌
l	[55]撈（異）[21]撈鐃撓（百折不撓）撈（異）[22]鬧
tʃ	[55]嘲啁 [35]抓爪找肘帚 [33]罩笊（笊籬）[22]櫂（櫂槳湖上）驟棹
tʃ^h	[55]抄鈔 [35]炒吵 [21]巢
ʃ	[55]梢（樹梢）捎（捎帶）筲鞘艄 [35]稍 [33]哨潲（豬潲，豬食物）
k	[55]交郊膠蛟（蛟龍）鮫 [35]絞狡攪（攪勻）搞（搞清楚）餃（餃子）[33]教覺（睡覺）較校（校對）校（上校）窖滘斠
k^h	[33]靠
ŋ	[21]熬肴淆 [13]咬
h	[55]酵（酵母）敲吼烤拷酵 [35]考烤巧 [33]孝酵 [21]姣（方：發姣）[22]效校（學校）傚

ø	[35]拗（拗斷） [33]坳（山坳）拗（拗口）

am

t	[55]耽擔（擔任） [35]膽 [33]擔（挑擔） [22]淡（冷淡）（地名：淡水）
t^h	[55]貪 [33]探 [21]潭譚談痰 [13]淡（鹹淡）
l	[35]欖 [21]南男藍籃 [13]覽攬 [22]濫（泛濫）纜艦
tʃ	[55]簪 [35]斬 [33]蘸 [22]暫鏨站
$tʃ^h$	[55]參攙（攙扶） [35]慘 [33]杉 [21]蠶慚讒饞
ʃ	[55]三衫
k	[55]尷 [35]減 [33]鑑監（太監）
h	[35]餡 [33]喊 [21]函咸鹹銜 [22]陷（陷阱）
ŋ	[21]巖岩癌

an

p	[55]班斑頒扳 [35]板版闆阪（日本地名）扳（異） [22]扮辦
p^h	[55]扳（扳回一局棋）攀頒（異） [33]盼襻（紐襻）
m	[21]蠻 [13]晚 [22]慢饅漫幔萬蔓
f	[55]翻番（番幾番）幡（幢幡）反（反切） [35]返 [33]販泛（廣泛，泛泛之交）氾反（平反） [21]凡帆藩（藩鎮之亂）煩礬繁芃氾（姓） [22]范範犯瓣飯礬（異）
t	[55]丹單（單獨）鄲（邯鄲） [35]旦（花旦）彈（子彈）蛋（蛋花湯） [33]旦（元旦）誕 [22]但
t^h	[55]坍灘攤 [35]坦毯 [33]碳炭嘆歎 [21]檀壇彈（彈琴）
l	[21]難（難易）蘭攔欄 [13]懶 [22]難（患難）爛
tʃ	[35]斬盞 [33]贊 [22]賺綻（破綻）棧撰
$tʃ^h$	[55]餐 [35]鏟產 [33]燦 [21]殘
ʃ	[55]珊山刪閂拴 [35]散（鞋帶散了） [33]傘散（分散）疝（疝氣）篡涮 [21]潺
k	[55]艱間（中間） [35]鹻簡襉柬繭趼（手過度磨擦生厚皮） [33]間（間斷）諫澗鐧（車鐧）慣
ŋ	[21]顏 [13]眼 [22]雁
kw	[55]鰥（鰥寡）關 [33]慣

w	[55]彎灣 [21]頑還環灣（銅鑼灣、長沙灣、土瓜灣） [13]挽 [22]幻患宦（宦官）
h	[21]閒 [22]限
ø	[33]晏

aŋ

p^h	[55]烹 [21]彭膨棚鵬 [13]棒
m	[13]猛蜢錳 [22]孟
l	[13]冷
tʃ	[55]爭掙睜猙 [22]掙
tʃ^h	[55]撐 [35]橙 [33]牚 [21]瞪倀
ʃ	[55]生牲甥 [35]省
k	[55]更耕粳 [35]梗
ŋ	[22]硬
kw^h	[55]筐
kw^h	[55]框眶 [33]逛
w	[21]橫
h	[55]夯坑 [21]行桁
ø	[55]罌甖

ap

t	[3]答搭 [2]踏沓
t^h	[3]搨塔榻塌
tʃ	[3]砸劄眨 [2]雜閘集習襲鍘
tʃ^h	[3]插
k	[3]甲胛
h	[3]掐 [2]狹峽匣
ø	[3]鴨

at

p	[3]八捌
m	[3]抹
f	[3]法髮發砝珐
t	[2]達
t^h	[3]韃撻躂獺
l	[3]瘌
tʃ	[3]札紮扎軋 [2]鍘
tʃ^h	[3]獺擦察刷
ʃ	[3]殺撒薩煞
kw	[3]刮
w	[3]挖斡 [2]滑猾或
ø	[3]押壓

ak

p	[3]泊百柏伯舶佰 [2]白帛
p^h	[3]帕拍魄檗
m	[3]擘
tʃ	[3]窄責 [2]澤擇宅摘擲
tʃ^h	[3]拆策冊柵 [2]賊
ʃ	[3]索
j	[3]喫
k	[3]胳格革隔骼鬲
k^h	[3]聒（聒耳）
ŋ	[2]額逆
kw^h	[3]摑
w	[2]惑劃

h	[3]嚇（恐嚇）客嚇（嚇一跳）赫

ɐi

p	[55]跛 [33]蔽閉箅（蒸食物的竹箅子） [22]稗敝弊幣斃陛
p^h	[55]批 [13]睥
m	[55]咪 [21]迷謎霾麋眯 [13]米眯弭
f	[55]麾揮輝徽麾暉 [35]痱痱 [33]廢肺費沸芾痱狒 [22]吠痱蜚
t	[55]低 [35]底抵邸砥 [33]帝蒂締諦疐 [22]第弟遞隸逮棣悌娣埭締
t^h	[55]梯銻 [35]體睇梯 [33]替涕剃屜 [21]堤題提蹄啼 [22]弟悌娣
l	[21]犁黎泥尼來犂藜 [13]禮醴蠡 [22]例厲勵麗荔
tʃ	[55]擠劑 [35]濟仔囝 [33]祭際制製濟掣 [21]齊薺 [22]滯
$tʃ^h$	[55]妻棲淒悽 [33]砌切
ʃ	[55]篩西犀 [35]洗駛使 [33]世勢細婿 [22]誓逝噬
j	[13]曳 [22]拽
k	[55]雞圭 [35]偈 [33]計繼髻鱖
k^h	[55]溪蹊 [35]啟 [33]契
ŋ	[13]蟻 [21]倪危 [22]藝毅偽魏
kw	[55]閨龜歸鮭 [35]詭軌鬼簋 [33]鱖桂癸季貴瑰劌悸蹶饋 [22]跪櫃饋匱餽悸柜
kw^h	[55]盔規虧窺谿 [33]愧 [21]攜畦逵葵畦揆夔馗 [13]揆
w	[55]威 [35]毀萎委 [33]穢畏慰 [21]桅為維惟遺唯違圍 [13]諱偉葦緯 [22]衛惠慧為位胃謂蝟
h	[55]屄 [21]奚兮蹊嵇 [22]繫系（中文系）係
ø	[35]矮 [33]縊翳哎隘

ɐu

m	[55]痞 [33]卯 [21]謀牟眸蝥蟊 [13]某畝牡 [22]茂貿謬謬繆袤
f	[35]剖否 [21]浮 [22]埠阜復

t	[55]兜 [35]斗（一斗米）抖陡糾蚪 [33]鬥（鬥爭） [22]豆逗讀（句讀）竇痘荳
t^h	[55]偷 [35]敨（展開） [33]透 [21]頭投
l	[55]褸騮 [35]紐扭朽 [21]樓耬流留榴硫琉劉餾榴嘍摟琉瘤瀏婁耬蹓鎏 [13]摟簍摟柳 [22]漏陋溜餾鏤遛蹓
tʃ	[55]揫鄒掫（巡夜打更）周舟州洲 [35]走酒肘帚 [33]奏晝皺縐咒 [22]就袖紂宙驟
$tʃ^h$	[55]秋鞦抽 [35]丑（小丑）醜（醜陋） [33]湊臭糗嗅 [21]囚泅綢稠籌酬
ʃ	[55]修羞颼蒐收 [35]叟搜手首守 [33]嗽秀宿鏽瘦漱獸 [21]愁仇 [22]受壽授售
j	[55]丘休憂優幽 [33]幼 [21]柔揉尤郵由油游猶悠 [13]有友酉莠誘 [22]又右祐柚鼬釉
k	[55]鳩鬮 [35]狗苟九久韭 [33]夠灸救究咎 [22]舊柩
k^h	[55]溝摳軀（眼軀） [33]構購叩扣寇 [21]求球 [13]臼舅
ŋ	[21]牛 [13]藕偶耦耦
h	[55]吼 [35]口 [21]侯喉猴瘊（皮膚所生的小贅肉） [13]厚 [22]後后（皇后）候
ø	[55]勾鉤歐甌 [35]嘔毆 [33]漚慪

ɐm

l	[21]林淋臨 [13]檁（正檁）
tʃ	[55]斟 [35]枕 [33]浸枕
$tʃ^h$	[55]侵參（參差） [35]寢 [21]尋沉
ʃ	[55]心森參（人參）深 [35]沈審嬸 [33]滲 [21]岑 [22]葚甚
j	[55]欽音 [33]蔭 [21]壬吟淫 [22]賃任紝
k	[55]甘柑泔今 [35]感敢橄錦 [33]禁 [22]撳
k^h	[55]襟 [21]琴禽擒 [13]妗
h	[55]堪龕蚶 [35]坎砍 [33]勘 [21]含酣 [22]撼憾嵌
ø	[55]庵 [35]揞（揞住）埯 [33]暗

ɐn

p	[55]杉賓檳奔 [35]稟品 [33]殯鬢 [22]笨
p^h	[33]噴 [21]貧頻
m	[55]蚊 [21]民文紋聞 [13]澠閩憫敏抿吻刎 [22]問璺
f	[55]昏婚分芬紛熏勳薰葷 [35]粉 [33]糞訓 [21]墳焚 [13]奮憤忿 [22]份
t^h	[55]吞飩 [33]褪
tʃ	[55]珍真 [33]鎮振震
$tʃ^h$	[55]親（親人） [35]診疹 [33]親（親家）趁櫬 [21]陳塵
ʃ	[55]辛新薪身申伸娠 [21]神辰晨臣 [22]腎慎
j	[55]陰恩姻欣殷 [35]隱 [33]印 [21]人仁寅 [13]忍引 [22]刃韌
k	[55]跟根巾筋 [35]僅緊謹 [33]棍 [22]近（接近）
k^h	[21]芹
kw	[22]郡
kw^h	[55]昆崑坤 [35]綑菌 [33]困窘 [21]群裙
ŋ	[21]銀艮齦
w	[55]溫瘟 [35]穩 [33]熨 [21]魂餛匀云（子云）雲暈 [13]允尹 [22]渾混運
h	[35]懇墾齦很 [21]痕 [22]恨

ɐŋ

p	[55]奔崩
p^h	[21]頻朋憑
m	[21]萌盟
t	[55]登燈瞪 [35]等 [33]凳 [22]鄧澄（澄粉、澄麵）
t^h	[21]騰謄藤疼
l	[21]能
tʃ	[55]曾增憎僧爭箏睜
$tʃ^h$	[21]曾（曾經）

ʃ	[55]生（出生）
k	[55]更（更換）庚粳羹耕 [35]哽埂梗耿 [33]更（更加）
kw	[55]轟揈）
h	[55]亨 [21]恆行（行為）衡 [22]行（品行）幸

ɐp

l	[2]立
ʃ	[2]十什拾
j	[2]入
k	[3]合（十合一升）蛤鴿
kʰ	[2]及
h	[2]合（合作）盒磕洽

ɐt

p	[2]拔鈸弼
m	[2]襪密蜜物勿
f	[2]乏伐筏罰佛
tʃ	[2]疾姪
j	[2]日逸
kw	[2]掘倔
ŋ	[2]訖
w	[2]核（核桃）
h	[2]瞎轄核（審核）

ɐk

p	[2]拔鈸弼
m	[2]墨默陌麥脈
t	[2]特

l	[2]肋勒

ɛ

t	[55]爹
tʃ	[55]遮 [35]姐者 [33]借藉蔗 [22]謝
tʃ^{h}	[55]車奢 [35]且扯 [21]邪斜
ʃ	[55]些賒 [35]寫捨 [33]瀉卸赦舍 [21]蛇佘 [13]社 [22]射麝
j	[21]耶爺 [13]惹野 [22]夜
k^{h}	[21]茄瘸
h	[55]靴

ɛu

p	[35]飽（口語） [33]爆（口語）
p^{h}	[33]炮（口語） [21]刨（口語）鉋（口語）
m	[55]貓（口語） [21]茅（口語）
k	[35]搞（口語）餃（口語） [33]教（口語）
tʃ^{h}	[55]抄（口語）鈔（口語） [35]炒（口語）
ŋ	[13]咬（口語）

ɛm

tʃ	[55]簪（口語）
tʃ^{h}	[42]蠶（口語）
k	[35]減（口語） [33]橄（口語）
h	[35]餡（口語） [33]喊（口語） [21]鹹（口語） [22]莧（口語）

ɛn

p	[55]邊（口語）
k	[55]間（口語） [35]繭（口語）

ŋ	[13]眼（口語）
w	[42]還（口語）
h	[42]閒（口語） [22]限（口語）

εŋ

p	[35]餅 [33]柄 [22]病
t	[55]釘 [35]頂 [33]掟 [22]訂
t^h	[55]聽廳 [13]艇
l	[33]靚 [21]靈鯪 [13]領嶺
tʃ	[55]精 [35]井阱 [33]正 [22]淨鄭阱
$tʃ^h$	[55]青 [35]請
ʃ	[55]聲星腥 [35]醒 [21]成城
k	[55]驚 [35]頸 [33]鏡
h	[55]輕

εp

k	[3]鴿（口語） [2]夾（口語）
h	[2]盒（口語）合（口語） [3]蛤（口語）

εt

p	[3]八（老、口語）
m	[2]篾（口語）
ŋ	[3]噎（口語）
kw	[3]刮（口語）
w	[3]挖（口語） [2]猾（口語）滑（口語）

εk

p	[3]壁

p^h	[3]劈
t	[2]笛糴（糴米）
t^h	[3]踢
tʃ	[3]隻炙脊
$tʃ^h$	[3]赤尺呎
ʃ	[3]錫 [2]石
k^h	[2]劇屐
h	[3]吃喫

ei

p	[55]篦碑卑悲 [35]彼俾比秕 [33]臂祕泌轡庇痺 [22]被避備鼻
p^h	[55]披丕 [35]鄙 [33]譬屁 [21]皮疲脾琶枇 [13]被婢
m	[21]糜眉楣微 [13]靡美尾 [22]媚寐未味
f	[55]非飛妃 [35]匪榧翡 [21]肥
t	[22]地
l	[55]璃 [21]驢雷彌離梨釐狸 [13]履你李里裡理鯉累 [22]膩利吏餌
k	[55]飢几（茶几）基幾（幾乎）機饑 [35]己紀杞幾（幾個） [33]寄記既 [22]技妓忌
k^h	[33]冀 [21]奇（奇怪）騎（輕騎）祁鰭其棋期旗祈 [13]企徛（站立）
h	[55]犧欺嬉熙希稀 [35]起喜蟢 [33]戲器棄氣汽

`eŋ

p	[55]冰兵 [35]丙秉 [33]迸柄併 [22]並
p^h	[55]姘拼 [33]聘 [21]平坪評瓶屏萍
m	[21]鳴明名銘 [13]皿 [22]命
t	[55]丁釘靪疔 [35]頂鼎 [33]釘 [22]訂錠定
t^h	[55]聽廳汀（水泥） [33]聽（聽其自然） [21]亭停廷蜓 [13]艇挺
l	[55]拎 [21]楞陵凌菱寧靈零鈴伶翎 [13]領嶺 [22]令佞另
tʃ	[55]徵蒸精晶睛貞偵正（正月）征 [35]拯井整 [33]證症正（正常）政 [22]靜靖淨

$tʃ^h$	[55]稱（稱呼）清蟶青蜻 [35]請逞 [33]稱（相稱）秤 [21]澄懲澄（水清）晴呈程
ʃ	[55]升勝聲星（星空）腥 [35]省醒（醒目） [33]勝性姓聖 [21]乘繩塍承丞成（成事）城（城市）誠 [22]剩盛
j	[55]應鷹鶯鸚櫻英嬰纓 [35]影映 [33]應（應對） [21]仍凝蠅迎盈贏形型刑 [22]認
k	[55]京荊驚經 [35]境景警竟 [33]莖敬勁徑 [22]勁競
k^h	[55]傾 [35]頃 [21]擎鯨瓊
w	[55]扔 [21]榮 [13]永 [22]泳詠穎
h	[55]興（興旺）卿輕（輕重）馨兄 [33]興（高興）慶磬

ek

p	[5]逼迫碧壁璧
p^h	[5]僻闢劈
m	[2]覓
t	[5]的嫡 [2]滴廸
t^h	[5]剔
l	[5]匿 [2]力溺歷曆
tʃ	[5]即鯽織職積跡績斥
$tʃ^h$	[5]斥戚
ʃ	[5]悉息熄媳嗇識式飾惜昔適釋析 [3]錫（用於人名） [2]食蝕
j	[5]憶億抑益 [2]翼逆亦譯易（交易）液腋疫役
k	[5]戟擊激虢 [2]極
w	[2]域

i

tʃ	[55]豬諸誅蛛株朱硃珠知蜘支枝肢梔資咨姿脂茲滋輜之芝 [35]煮拄主紫紙只（只有）姊旨指子梓滓止趾址 [33]著駐註注鑄智致至置志（志氣）誌（雜誌）痣 [22]箸住自雉稚字伺祀巳寺嗣飼痔治

tʃ^h	[55]雌疵差（參差不齊）眵癡嗤 [35]處杵此侈豕恥柿齒始 [33]處（處所）刺賜翅次廁 [21]廚臍池馳匙瓷餈遲慈磁辭詞祠持 [13]褚（姓）儲苧署柱似恃
ʃ	[55]書舒樞輸斯廝施私師獅尸（尸位素餐）屍司絲思詩 [35]暑鼠黍屎使（使用）史 [33]庶恕戍肆思（意思）試 [21]薯殊時鰣 [13]市 [22]豎樹是氏豉示視士（士兵）仕（仕途）事侍
j	[55]於淤迂于伊醫衣依 [35]倚椅 [33]意 [21]如魚漁余餘儒愚虞娛盂榆愉兒宜儀移夷姨而疑飴沂 [13]汝語與乳雨宇禹羽爾議耳擬矣已以 [22]御禦譽預遇愈喻裕誼義（義務）易（難易）二肄異

iu

p	[55]臕標錶彪 [35]表
p^h	[55]飄漂（漂浮） [33]票漂（漂亮） [21]瓢嫖 [13]鰾
m	[21]苗描 [13]藐渺秒杳 [22]廟妙
t	[55]刁貂雕丟 [33]釣弔吊 [22]掉調（調查）
t^h	[55]挑 [33]跳糶跳 [21]條調（調和）
l	[21]燎療聊遼撩寥瞭 [13]鳥了 [22]尿料（預料）廖
tʃ	[55]焦蕉椒朝（今朝）昭（昭雪）招 [35]剿沼（沼氣） [33]醮照詔（詔書） [22]噍趙召
tʃ^h	[55]超 [35]悄 [33]俏鞘 [21]樵瞧朝（朝代）潮
ʃ	[55]消宵霄硝銷燒蕭簫 [35]小少（多少） [33]笑少（少年） [21]韶 [22]兆紹邵
j	[55]妖邀腰要（要求）么吆（大聲吆喝） [33]要 [21]饒橈搖瑤謠姚堯 [13]擾繞舀 [22]耀鷂
k	[55]驕嬌 [35]矯轎繳 [33]叫
k^h	[33]竅 [21]喬僑橋蕎
h	[55]囂僥 [35]曉

im

t	[55]掂 [35]點 [33]店 [13]簟
t^h	[55]添 [35]舔 [21]甜
l	[55]拈 [21]黏廉鐮鲇 [13]斂殮臉 [22]念

tʃ	[55]尖沾粘瞻占（占卜）[33]佔（侵佔）[22]漸
tʃ^{h}	[55]殲 [21]潛
ʃ	[35]陝閃 [21]蟾簷蟬禪
j	[55]淹閹醃腌 [35]掩 [33]厭 [21]炎鹽閻嚴嫌 [13]染冉儼 [22]驗豔焰
k	[35]檢 [33]劍 [22]儉
k^{h}	[21]鉗
h	[55]謙 [35]險 [33]欠

in

p	[55]鞭邊蝙辮般搬 [35]貶扁匾本 [33]變遍 [22]辨辯汴便（方便）絆伴拌叛胖
p^{h}	[55]編篇偏潘 [33]騙片拚判 [21]便（便宜）盤盆
m	[21]綿棉眠 [13]免勉娩緬 [22]面（面子）麵（粉麵）
t	[55]顛端 [35]典短 [33]墊斷（決斷）鍛 [22]電殿奠佃斷（斷絕）段緞椴
t^{h}	[55]天 [35]腆 [21]田填團屯豚臀
l	[35]捻戀 [21]連聯年憐蓮鸞 [13]碾輦攆暖 [22]練鍊楝亂嫩
tʃ	[55]煎氈羶箋鑽（動詞）專尊遵 [35]剪展纂轉 [33]箭濺餞顫薦鑽（鑽子）轉（轉螺絲） [22]賤傳（傳記）
tʃ^{h}	[55]遷千川穿村 [35]揣淺喘忖 [33]竄串寸吋 [21]錢纏前全泉傳（傳達）椽存 [13]踐
ʃ	[55]仙鮮（新鮮）先酸宣孫 [35]鮮（鮮少）癬選損 [33]線搧扇算蒜 [21]旋鏇船 [22]羨善膳單（姓）篆
j	[55]煙燕（燕京）冤淵 [35]演堰丸阮宛 [33]厭燕（燕子）嚥宴怨 [21]涎然燃焉延筵言研賢完圓員緣沿鉛元原源袁轅援玄懸 [13]軟遠 [22]莧諺硯現院願縣眩
k	[55]肩堅捐 [35]捲卷 [33]建見眷絹 [22]件鍵健圈倦
k^{h}	[21]乾虔拳權顴
h	[55]軒掀牽圈喧 [35]遣顯犬 [33]憲獻勸券 [21]弦

ip

t	[3]趹 [2]疊碟牒蝶諜
t^h	[3]帖貼
l	[2]聶鑷躡獵捏
tʃ	[2]接摺褶
tʃ^h	[3]妾
ʃ	[3]攝
j	[2]葉頁業
k	[3]劫澀
h	[3]怯脅歉協

it

p	[5]必 [3]鱉憋 [2]別撥勃
p^h	[3]撇潑
m	[2]滅篾
t	[3]趹 [2]奪
t^h	[3]鐵脫
l	[3]捋劣 [2]列烈裂
tʃ	[2]哲蜇折節拙
tʃ^h	[3]徹撤轍設切（切開）撮猝
ʃ	[3]涉薛泄屑楔雪說 [2]舌
j	[3]乙 [2]熱薛悅月閱越曰粵穴
k	[3]結潔 [2]傑
k^h	[3]揭厥決訣缺
h	[3]歇蠍血

ɔ

p	[55]波菠玻 [33]簸播
p^h	[55]坡 [35]頗 [33]破 [21]婆
m	[55]魔摩 [35]摸 [21]磨（動詞）饃 [22]磨（石磨）
f	[55]科 [35]棵火夥 [33]課貨
t	[55]多 [35]朵躲剁 [22]惰
t^h	[55]拖 [33]唾 [21]駝馱（馱起來）舵 [13]妥橢 [22]馱（牲畜背上所背的貨物）
l	[55]囉 [35]裸 [21]挪羅鑼籮騾腡 [22]糯
tʃ	[35]左阻 [33]佐 [22]佐坐（坐立不安）座助
tʃ^h	[55]搓初雛 [35]楚礎 [33]銼錯 [21]鋤
ʃ	[55]蓑梭唆莎梳疏蔬 [35]鎖瑣所 [21]傻
k	[55]歌哥
ŋ	[21]蛾俄鵝蛾峨訛 [13]我 [22]臥餓
kw	[55]戈 [35]果裹餜 [33]個過
kw^h	[35]顆
w	[55]鍋倭窩蝸 [21]和禾 [22]禍
h	[35]可 [21]荷河何 [22]賀
ø	[55]阿（阿膠）

ɔi

t	[22]待殆代袋
t^h	[55]胎 [21]台臺抬 [13]怠
l	[21]來 [22]耐奈內
tʃ	[55]災栽 [35]宰載 [33]再載 [22]在
tʃ^h	[35]彩採睬 [33]菜賽蔡 [21]才材財裁纔（方纔）
ʃ	[55]腮鰓
k	[55]該 [35]改 [33]蓋

k^h	[33]概漑慨丐
ŋ	[22]礙外
h	[55]開 [35]凱海 [22]亥害駭
ø	[55]哀埃 [35]藹 [33]愛 [21]呆

ɔn

k	[55]干（干戈）肝竿乾（乾濕）桿韁 [35]稈趕 [33]幹（幹部）
ŋ	[22]岸
h	[55]看（看守）刊 [35]罕 [33]看（看見）漢 [21]鼾寒韓 [13]旱 [22]汗銲翰
ø	[55]安鞍 [33]按案

ɔŋ

p	[55]幫邦 [35]榜綁 [22]傍（傍晚）
p^h	[33]謗 [21]滂旁螃龐 [13]蚌
m	[55]虻 [21]忙茫芒亡 [13]莽蟒網輞妄 [22]忘望
f	[55]荒慌方肪芳 [35]謊晃倣紡仿彷訪 [33]放況 [21]妨房防
t	[55]當（當時） [35]黨擋 [33]當（典當） [22]宕蕩
t^h	[55]湯 [35]倘躺 [33]燙趟 [21]堂棠螳唐糖塘
l	[35]兩（幾兩幾錢） [21]囊瓤 [13]朗兩（兩個） [22]浪亮諒輛量
tʃ	[55]贓髒將漿張莊裝章樟樁（打樁） [35]蔣獎槳長（生長）掌 [33]莽醬將漲帳賬脹壯障瘴 [22]藏（西藏）臟匠象像橡丈仗杖狀撞
$tʃ^h$	[55]倉蒼槍瘡昌菖窗 [35]搶闖廠 [33]暢唱倡（提倡） [21]藏（隱藏）牆詳祥長（長短）腸場床
ʃ	[55]桑喪相（互相）箱廂湘襄鑲霜孀商傷雙 [35]嗓想爽賞鯗（鯗魚：曬乾和醃過的魚） [33]喪相（相貌） [21]常嘗裳償 [13]上（上山） [22]尚（和尚）上（上面）
j	[55]央秧殃 [21]羊洋烊楊（姓）陽揚瘍 [13]攘嚷仰養癢 [22]釀壤讓樣
k	[55]岡崗剛綱缸疆僵薑礓（礓石）韁姜羌江扛豇（豇豆） [35]講港 [33]鋼杠降
k^h	[33]抗炕 [21]強（強大） [13]強（勉強）

ŋ	[21]昂
kw	[55]光 [35]廣
kwʰ	[33]曠擴礦 [21]狂
w	[55]汪 [35]枉 [21]黃簧皇蝗王 [13]往 [22]旺
h	[55]康糠香鄉匡筐眶腔 [35]慷晌餉享響 [33]向 [21]行（行列）航杭降（投降）[22]項巷
ø	[55]骯

ɔt

k	[3]割葛
h	[3]喝渴

ɔk

p	[3]博縛駁 [2]薄泊（澹泊名利）
pʰ	[3]樸朴撲
m	[5]剝 [2]莫膜幕寞
f	[3]霍藿（藿香）
t	[3]琢啄涿（涿鹿） [2]鐸踱
tʰ	[3]託托
l	[2]諾落烙駱酪洛絡樂（快樂）略掠
tʃ	[3]作爵雀鵲嚼著（著衣）酌勺 [2]鑿昨著（附著）
tʃʰ	[3]錯綽焯芍卓桌戳
ʃ	[3]索朔
j	[3]約（公約） [2]若弱虐瘧鑰躍
k	[3]各閣擱腳覺（知覺）角
kʰ	[3]郝卻確推（推蒜）
ŋ	[2]鄂嶽岳樂（音樂）愕鱷顎噩鶚
kw	[3]郭國

kw^h	[3]廓
w	[2]鑊獲
h	[3]殼 [2]鶴學
ø	[3]惡（善惡）

ou

p	[55]褒 [35]補保堡寶 [33]布佈報 [22]怖部簿（簿記）步捕暴菢（菢雞仔）
p^h	[55]鋪（鋪設） [35]譜普浦脯甫（幾甫路）脯（杏脯） [33]鋪（店鋪） [21]蒲菩袍 [13]抱
m	[55]蟆（蝦蟆） [21]模摹無巫誣毛 [13]武舞侮鵡母拇 [22]暮慕墓募務霧冒帽戊
t	[55]都刀叨 [35]堵賭島倒 [33]妒到 [22]杜度渡鍍道稻盜導
t^h	[55]滔 [35]土禱討 [33]吐兔套 [21]徒屠途塗圖掏桃逃淘陶萄濤 [13]肚
l	[21]奴盧爐蘆廬勞牢嘮 [13]努魯櫓虜滷腦惱老 [22]怒路賂露鷺澇
tʃ	[55]租糟遭 [35]祖組早棗蚤澡 [33]灶 [22]做皂造
tʃ^h	[55]粗操（操作） [35]草 [33]醋措躁糙 [21]曹槽
ʃ	[55]蘇酥鬚騷 [35]數（動詞）嫂 [33]素訴塑數（數目）掃
k	[55]高膏（膏腴）篙羔糕 [35]稿 [33]告膏（動詞，把毛筆蘸上墨，再在硯臺邊上掭：膏筆）
h	[55]蒿薅（薅鋤） [35]好（好壞） [33]犒好（喜好）耗 [21]豪壕毫號（呼號） [22]浩號（號數）
ø	[35]襖 [33]懊奧 [22]傲

oŋ

p^h	[35]捧 [21]篷蓬
m	[21]蒙 [13]懵蠓 [22]夢
f	[55]風楓瘋豐封峰蜂鋒 [35]俸 [33]諷 [21]馮逢縫（縫衣） [22]鳳奉縫（一條縫）
t	[55]東冬 [35]董懂 [33]凍 [22]棟動洞
t^h	[55]通燵（以火暖物） [35]桶捅統 [33]痛 [21]同銅桐筒童瞳
l	[21]籠聾農膿儂隆濃龍 [13]攏隴壟 [22]弄

tʃ	[55]棕鬃宗中（當中）忠終蹤縱鐘鍾盅舂 [35]總粽種（種類）腫 [33]綜中（射中）眾縱種（種樹） [22]仲誦頌訟
tʃʰ	[55]聰匆葱（洋葱）囱（煙囱）充衝 [35]冢寵 [21]叢蟲從松重（重複） [13]重（輕重）
ʃ	[55]鬆嵩從（從容不迫） [35]慫 [33]送宋 [21]崇
j	[55]翁雍癰（生背癰） [35]擁壅甬湧 [21]戎絨融茸容蓉鎔庸 [13]冗（冗員）勇 [22]用
k	[55]公蚣工功攻弓躬宮恭供（供給） [35]拱鞏 [33]貢供（供養） [22]共
kʰ	[21]窮
h	[55]空胸凶（吉凶）兇（兇惡） [35]孔恐 [33]控烘哄汞鬨嗅 [21]虹紅洪鴻熊雄
ø	[33]甕

ok

p	[5]卜（占卜） [2]僕曝瀑
pʰ	[5]仆（前仆後繼）
m	[2]木目穆牧
f	[5]福幅蝠複腹覆（反覆） [2]復（復興）服伏
t	[5]篤督 [2]獨讀牘犢毒
tʰ	[5]禿
l	[2]鹿祿六陸綠錄
tʃ	[5]浞竹築祝粥足燭囑觸捉 [2]續濁鐲族逐軸俗
tʃʰ	[5]速畜蓄促束
ʃ	[5]肅宿縮叔粟 [2]熟淑贖蜀屬
j	[5]沃郁 [2]肉育辱褥玉獄欲（搖搖欲墜）慾（意慾）浴
k	[5]穀谷（山谷）菊掬（笑容可掬）麴（酒麴） [2]局
kʰ	[5]曲（曲折）
h	[5]哭 [2]斛酷
ø	[5]屋

u

f	[55]枯呼夫膚敷俘孵麩 [35]苦卡府腑斧撫釜 [33]庫褲戽賦富副 [21]乎符扶芙 [13]婦 [22]付傅赴訃父腐輔附負
k	[55]姑孤 [35]古估牯股鼓 [33]故固錮雇顧
k^h	[55]箍
w	[55]烏污塢 [35]滸 [33]惡（可惡） [21]胡湖狐壺瓠鬍 [22]戶滬互護芋

ui

p	[55]杯 [33]貝輩背 [22]背（背誦）焙（焙乾）
p^h	[55]胚坯 [33]沛配佩 [21]培陪賠裴 [13]倍
m	[21]梅枚媒煤 [13]每 [22]妹昧
f	[55]魁恢灰奎 [33]悔晦
k^h	[35]賄潰劊檜繪
w	[55]煨 [21]回茴 [13]會（懂得） [22]滙會（會計）彙匯
w	[55]煨 [21]回茴 [13]會（懂得） [22]滙會（會計）彙匯

un

m	[21]瞞門 [13]滿 [22]悶
f	[55]寬歡 [35]款
k	[55]官棺觀（參觀）冠（衣冠） [35]管館 [33]貫灌罐觀（寺觀）冠（冠軍）
w	[35]玩（玩味）豌剜碗腕 [21]桓（春秋時代齊桓公） [13]皖 [22]喚煥緩換玩（玩味）

ut

m	[3]抹 [2]末沫沒
f	[3]闊
k^h	[3]括豁
w	[2]活

œ

l	[21]蕾

ɵy

t	[55]堆 [33]對碓兌 [22]隊
t^h	[55]推 [35]腿 [33]退蛻
l	[13]呂旅縷屢傴累壘女 [21]雷 [22]濾累（連累）類淚慮
tʃ	[55]追錐蛆 [35]嘴 [33]最醉 [22]聚罪贅墜序聚
tʃ^h	[55]趨催崔吹炊 [35]取娶 [33]趣脆翠 [21]除隨槌錘徐
ʃ	[55]須需雖綏衰 [35]水 [33]碎歲稅帥 [21]垂誰 [13]髓絮緒 [22]睡瑞粹遂隧穗
j	[13]蕊 [22]芮銳
k	[55]居車（車馬砲）驅 [21]渠瞿 [13]佢拒距
h	[55]墟虛噓吁 [35]許 [33]去

ɵn

t	[55]敦墩蹲 [22]頓遁
t^h	[13]盾
l	[35]卵 [21]鄰鱗燐崙倫淪 [22]吝論
tʃ	[55]津榛臻 [35]準准 [33]進晉俊濬 [22]盡
tʃ^h	[55]椿春 [35]蠢 [21]旬循巡
ʃ	[55]荀殉 [35]筍榫（榫頭） [33]信訊遜迅 [21]純醇 [22]順舜

ɵt

l	[2]律栗慄率（效率）
tʃ	[5]捽
tʃ^h	[5]出齣
ʃ	[5]蟀摔率（率領） [2]朮術述秫

m̩

	[21]唔

ŋ̍

	[13]午伍五 [21]吳蜈吾梧 [22]誤悟

第十節　肇慶市端州區城南廠排水上話同音字彙

a

p	[55]巴芭疤爸 [35]把 [33]霸壩（水壩）垻（堤塘） [21]爸$^{55-21}$ [22]罷
p^{h}	[55]趴 [33]怕 [21]爬琶耙杷鈀
m	[55]媽 [21]媽$^{53-21}$痲痳 [13]馬碼 [22]罵
f	[55]花 [33]化
t	[55]打$^{21-35}$（一打。來自譯音） [35]打
t^{h}	[55]他她它祂牠佗憢
n	[35]乸 [21]拿 [13]哪那
l	[55]啦
tʃ	[55]查（山查）碴渣髽（髽髻：抓髻）吒（哪吒：神話人物） [33]詐榨炸乍炸
tʃh	[55]叉杈差（差別） [33]岔奼（奼紫嫣紅）衩（衩衣，開衩） [21]茶搽茬（麥茬，麥收割後留在地的根）查（調查）
ʃ	[55]沙紗砂莎卅鯊痧（刮痧） [35]灑耍灑嗄（聲音嘶啞） [21]卅（異）
j	[13]也 [22]廾廿
k	[55]家加痂嘉傢瓜枷迦嘎伽袈鎵葭泇珈笳跏茄 [35]假（真假）賈（姓）寡剮斝（玉製的盛酒器具） [33]假（放假）架駕嫁稼價掛卦（新）
k^{h}	[55]誇垮（搞垮）跨夸（奢侈） [35]侉（誇大不實際） [33]卦（老）
ŋ	[21]牙芽衙伢（小孩子） [13]雅瓦（瓦片） [22]砑（砑平：碾壓成偏平）
kw	[55]瓜 [35]寡剮 [33]掛卦（新）

kw^h	[55]誇垮（搞垮）跨夸（奢侈） [35]侉（誇大不實際） [33]卦（老）
w	[55]劃（劃船）蛙窪 [35]畫（名） [21]華（中華）華（華夏）鏵（犁鏵）樺（又） [22]華（華山、姓氏）樺話（說話）
h	[55]蝦（魚蝦）蝦（蝦蟆）哈 [21]霞瑕遐（名聞遐邇） [22]廈（大廈）廈（廈門）下（底下、下降）夏（春夏）夏（姓氏）暇（分身不暇）
ø	[55]鴉丫椏 [35]啞 [33]亞

ai

p	[55]掰（掰開）拜$^{33-55}$擘 [35]擺 [33]拜湃 [22]敗
p^h	[55]派（派頭） [35]牌$^{21-35}$（打牌） [33]派湃（又） [21]排牌簰（竹筏）霾（陰霾）
m	[21]埋 [13]買 [22]賣邁
f	[33]傀塊快筷
t	[55]呆（異）獃（書獃子） [35]歹傣$^{33-35}$ [33]戴帶傣（傣族） [22]大（大量）大（大夫）
t^h	[55]呔（方：車呔） [33]太態泰貸汰（汰弱留強）鈦（鈦合金）舦（舦盤）舵（異）
n	[21]奶$^{13-21}$ [13]乃奶
l	[55]拉𦉐（方：𦉐仔） [35]舐（異）瀨$^{21-35}$（瀨粉） [33]癩（癩瘡） [22]賴籟（萬籟無聲）瀨（方：瀨尿）酹（酹酒）癩（異）
tʃ	[55]齋 [33]債 [22]寨
$tʃ^h$	[55]猜釵差（出差） [35]踩（踩高蹺）踹（踹踏） [21]豺柴
ʃ	[35]璽徙舐（舐犢情深） [33]晒曬（晒之異體字）
j	[35]踹
k	[55]皆階稭佳街乖 [35]解（解開）解（曉）蒯（姓）拐（拐杖） [33]介階偕界芥尬疥屆戒
k^h	[35]楷
ŋ	[21]涯崖捱睚
kw	[55]乖 [35]蒯（姓）拐（拐杖）
w	[55]歪 [33]餧（同「餵」字） [21]懷槐淮 [22]壞
h	[55]揩（揩油） [21]孩諧鞋骸 [13]蟹懈駭 [22]邂械懈解（姓氏）
ø	[55]挨哎唉埃 [33]隘（氣量狹隘） [21]涯崖捱睚 [22]艾刈（鐮刀）

au

p	[55]包胞鮑（姓）鮑$^{22-55}$（鮑魚）孢（孢子）
p^h	[55]泡（一泡尿）抛 [35]跑 [33]豹泡（泡茶）砲趵爆
m	[21]錨矛 [13]卯牡鉚（鉚釘） [22]貌
n	[21]鐃撓（百折不撓） [22]鬧
l	[55]撈（異） [21]撈撈（異）
tʃ	[55]嘲啁 [35]抓爪找肘帚 [33]罩笊（笊籬） [22]櫂（櫂槳湖上）驟棹
$tʃ^h$	[35]吵 [21]巢
ʃ	[55]梢（樹梢）捎（捎帶）筲鞘艄 [35]稍 [33]哨潲（豬潲，豬食物）
k	[55]交郊膠蛟（蛟龍）鮫 [35]絞狡攪（攪勻）餃（餃子） [33]覺（睡覺）較校（校對）校（上校）窖滘斠
k^h	[33]靠
ŋ	[21]熬肴淆
h	[55]酵（酵母）敲吼烤拷酵 [35]考烤巧 [33]孝酵 [21]姣（方：發姣） [22]效校（學校）傚
ø	[35]拗（拗斷） [33]坳（山坳）拗（拗口） [21]熬肴淆 [13]咬

am

t	[55]耽擔（擔任） [35]膽 [33]擔（挑擔） [22]淡（冷淡）（地名：淡水）
t^h	[55]貪 [33]探 [21]潭譚談痰 [13]淡（鹹淡）
n	[21]南男
l	[35]欖 [21]藍籃 [13]覽攬 [22]濫（泛濫）纜艦
tʃ	[55]簪 [35]斬 [33]蘸 [22]暫鏨站
$tʃ^h$	[55]參攙（攙扶） [35]慘 [33]杉 [21]蠶慚讒饞
ʃ	[55]三衫
k	[55]尷 [35]減 [33]鑑監（太監）
h	[35]餡 [33]喊 [21]函咸鹹銜 [22]陷（陷阱）
ŋ	[21]巖岩癌

an

p	[55]班斑頒扳 [35]板版闆阪（日本地名）扳（異） [22]扮辦
p^h	[55]扳（扳回一局棋）攀頒（異） [33]盼襻（紐襻）
m	[21]蠻 [13]晚 [22]慢饅漫幔萬蔓
f	[55]翻番（番幾番）幡（幢幡）反（反切） [35]返 [33]販泛（廣泛，泛泛之交）氾反（平反） [21]凡帆藩（藩鎮之亂）煩礬繁芃氾（姓） [22]范範犯瓣飯礬（異）
t	[55]丹單（單獨）鄲（邯鄲） [35]旦（花旦）彈（子彈）蛋（蛋花湯） [33]旦（元旦）誕 [22]但
t^h	[55]坍灘攤 [35]坦毯 [33]碳炭嘆歎 [21]檀壇彈（彈琴）
n	[21]難（難易） [22]難（患難）
l	[21]蘭攔欄 [13]懶 [22]爛
tʃ	[35]斬盞 [33]贊 [22]賺綻（破綻）棧撰
tʃ^h	[55]餐 [35]鏟產 [33]燦 [21]殘
ʃ	[55]珊山刪閂拴 [35]散（鞋帶散了） [33]傘散（分散）疝（疝氣）篡涮 [21]潺
k	[55]艱間（中間） [35]鹻簡襉柬繭趼（手過度磨擦生厚皮） [33]間（間斷）諫澗鐧（車鐧） 慣
ŋ	[21]顏 [13]眼 [22]雁
kw	[55]鰥（鰥寡）關 [33]慣
w	[55]彎灣 [21]頑還環灣（銅鑼灣、長沙灣、土瓜灣） [13]挽 [22]幻患宦（宦官）
h	[21]閒 [22]限
ø	[33]晏

aŋ

p^h	[55]烹 [21]彭膨棚鵬 [13]棒
m	[13]猛蜢錳 [22]孟
l	[13]冷
tʃ	[55]爭掙睜猙 [22]掙
tʃ^h	[55]撐 [35]橙 [33]牚 [21]瞪倀

ʃ	[55]生牲甥 [35]省
k	[55]更耕粳 [35]梗
ŋ	[22]硬
kw^{h}	[55]筐
kw^{h}	[55]框眶 [33]逛
w	[21]橫
h	[55]夯坑 [21]行桁
ø	[55]罌甖

ap

t	[3]答搭 [2]踏沓
t^{h}	[3]搨塔榻塌
tʃ	[3]砸劄眨 [2]雜閘集習襲鍘
tʃ^{h}	[3]插
k	[3]甲胛
h	[3]掐 [2]狹峽匣
ø	[3]鴨

at

p	[3]八捌
m	[3]抹
f	[3]法髮發砝琺
t	[2]達
t^{h}	[3]韃撻躂獺
l	[3]瘌
tʃ	[3]札紮扎軋 [2]鍘
tʃ^{h}	[3]獺擦察刷
ʃ	[3]殺撒薩煞

kw	[3]刮
w	[3]挖斡 [2]滑猾或
ø	[3]押壓

ak

p	[3]泊百柏伯舶佰 [2]白帛
p^h	[3]帕拍魄檗
m	[3]擘
tʃ	[3]窄責 [2]澤擇宅摘擲
$tʃ^h$	[3]拆策冊柵 [2]賊
ʃ	[3]索
j	[3]喫
k	[3]胳格革隔骼鬲
k^h	[3]聒（聒耳）
ŋ	[2]額逆
kw^h	[3]摑
w	[2]惑劃
h	[3]嚇（恐嚇）客嚇（嚇一跳）赫

ɐi

p	[55]跛 [33]蔽閉箅（蒸食物的竹箅子） [22]稗敝弊幣斃陛
p^h	[55]批 [13]睥
m	[55]咪 [21]迷謎霾麋眯 [13]米眯弭
f	[55]麾揮輝徽麾暉 [35]痱痱 [33]廢肺費沸芾痱狒 [22]吠痱蜚
t	[55]低 [35]底抵邸砥 [33]帝蒂締諦疐 [22]第弟遞隸逮棣悌娣埭締
t^h	[55]梯銻 [35]體睇梯 [33]替涕剃屜 [21]堤題提蹄啼 [22]弟悌娣
n	[21]泥尼
l	[21]犁黎來犂藜 [13]禮醴蠡 [22]例厲勵麗荔

tʃ	[55]擠劑 [35]濟仔囝 [33]祭際制製濟掣 [21]齊薺 [22]滯
tʃ^{h}	[55]妻棲淒悽 [33]砌切
ʃ	[55]篩西犀 [35]洗駛使 [33]世勢細婿 [22]誓逝噬
j	[13]曳 [22]拽
k	[55]雞圭 [35]偈 [33]計繼髻鱖
k^{h}	[55]溪蹊 [35]啟 [33]契
ŋ	[13]蟻 [22]藝毅偽魏
kw	[55]閨龜歸鮭 [35]詭軌鬼簋 [33]鱖桂癸季貴瑰劌悸蹶饋 [22]跪櫃饋匱餽悸柜
kw^{h}	[55]盔規虧窺谿 [33]愧 [21]攜畦逵葵畦揆夔馗 [13]揆
w	[55]威 [35]毀萎委 [33]穢畏慰 [21]桅為維惟遺唯違圍 [13]諱偉葦緯 [22]衛惠慧為位胃謂蝟
h	[55]屄 [21]奚兮蹊嵇 [22]繫系（中文系）係
ø	[35]矮 [33]縊翳哎隘 [21]倪危

ɐu

m	[55]痞 [33]卯 [21]謀牟眸蝥蟊 [13]某畝牡 [22]茂貿謬謬繆袤
f	[35]剖否 [21]浮 [22]埠阜復
t	[55]兜 [35]斗（一斗米）抖陡糾蚪 [33]鬥（鬥爭） [22]豆逗讀（句讀）竇痘荳
t^{h}	[55]偷 [35]敨（展開） [33]透 [21]頭投
n	[35]紐扭朽
l	[55]褸騮 [21]樓耬流留榴硫琉劉餾榴嘍摟琉瘤瀏婁耬蹓鎏 [13]摟簍摟柳 [22]漏陋溜餾鏤遛蹓
tʃ	[55]揫鄒掫（巡夜打更）周舟州洲 [35]走酒肘帚 [33]奏晝皺縐咒 [22]就袖紂宙驟
tʃ^{h}	[55]秋鞦抽 [35]丑（小丑）醜（醜陋） [33]湊臭糗嗅 [21]囚泅綢稠籌酬
ʃ	[55]修羞颼蒐收 [35]叟搜手首守 [33]嗽秀宿鏽瘦漱獸 [21]愁仇 [22]受壽授售

j	[55]丘休憂優幽 [33]幼 [21]柔揉尤郵由油游猶悠 [13]有友酉莠誘 [22]又右祐柚鼬釉
k	[55]鳩鬮 [35]狗苟九久韭 [33]夠灸救究咎 [22]舊柩
kʰ	[55]溝摳瞘（眼瞘） [33]構購叩扣寇 [21]求球 [13]臼舅
ŋ	[21]牛 [13]藕偶耦耦
h	[55]吼 [35]口 [21]侯喉猴瘊（皮膚所生的小贅肉） [13]厚 [22]後后（皇后）候
ø	[55]勾鉤歐甌 [35]嘔毆 [33]漚慪

ɐm

l	[21]林淋臨 [13]檁（正檁）
tʃ	[55]斟 [35]枕 [33]浸枕
tʃʰ	[55]侵參（參差） [35]寢 [21]尋沉
ʃ	[55]心森參（人參）深 [35]沈審嬸 [33]滲 [21]岑 [22]葚甚
j	[55]欽音 [33]蔭 [21]壬吟淫 [22]賃任紝
k	[55]甘柑泔今 [35]感敢橄錦 [33]禁 [22]撳
kʰ	[55]襟 [21]琴禽擒 [13]妗
h	[55]堪龕蚶 [35]坎砍 [33]勘 [21]含酣 [22]撼憾嵌
ø	[55]庵 [35]揞（揞住）埯 [33]暗

ɐn

p	[55]杉賓檳奔 [35]稟品 [33]殯鬢 [22]笨
pʰ	[33]噴 [21]貧頻
m	[55]蚊 [21]民文紋聞 [13]澠閩憫敏抿吻刎 [22]問璺
f	[55]昏婚分芬紛熏勳薰葷 [35]粉 [33]糞訓 [21]墳焚 [13]奮憤忿 [22]份
t	[55]敦墩蹲 [22]頓遁
tʰ	[55]吞飩 [33]褪 [13]盾
l	[35]卵 [21]鄰鱗燐崙倫淪 [22]吝論
tʃ	[55]珍真津榛臻 [35]準准 [33]鎮振震進晉俊濬 [22]盡

tʃʰ	[55]親(親人)椿春 [35]診疹蠢 [33]親(親家)趁櫬 [21]陳塵旬循巡
ʃ	[55]辛新薪身申伸荀殉 [35]筍榫(榫頭) [33]信訊遜迅 [21]神辰晨臣純醇 [22]腎慎順舜
j	[55]陰恩姻欣殷 [35]隱 [33]印 [21]人仁寅 [13]忍引 [22]刃靭
k	[55]跟根巾筋 [35]僅緊謹 [33]棍 [22]近(接近)
kʰ	[21]芹
kw	[22]郡
kwʰ	[55]昆崑坤 [35]綑菌 [33]困窘 [21]群裙
ŋ	[21]銀艮齦
w	[55]溫瘟 [35]穩 [33]熨 [21]魂餛勻云(子云)雲暈 [13]允尹 [22]渾混運
h	[35]懇墾齦很 [21]痕 [22]恨

ɐp

l	[2]立
ʃ	[2]十什拾
j	[2]入
k	[3]合(十合一升)蛤鴿
kʰ	[2]及
h	[2]合(合作)盒磕洽

ɐt

p	[2]拔鈸弼
m	[2]襪密蜜物勿
f	[2]乏伐筏罰佛
l	[2]律栗慄率(效率)
tʃ	[5]捽 [2]疾姪
j	[2]日逸
tʃʰ	[5]出齣

ʃ	[5]蟀摔率（率領） [2]朮術述秫
k	[2]掘倔
w	[2]核（核桃）
h	[2]瞎轄核（審核）
ø	[2]訖

ɛ

t	[55]爹
tʃ	[55]遮 [35]姐者 [33]借藉蔗 [22]謝
tʃʰ	[55]車奢 [35]且扯 [21]邪斜
ʃ	[55]些賒 [35]寫捨 [33]瀉卸赦舍 [21]蛇佘 [13]社 [22]射麝
j	[21]耶爺 [13]惹野 [22]夜
kʰ	[21]茄瘸

ɛŋ

p	[35]餅 [33]柄 [22]病
t	[55]釘 [35]頂 [33]掟 [22]訂
tʰ	[55]聽廳 [13]艇
l	[33]靚 [21]靈鯪 [13]領嶺
tʃ	[55]精 [35]井阱 [33]正 [22]淨鄭阱
tʃʰ	[55]青 [35]請
ʃ	[55]聲星腥 [35]醒 [21]成城
k	[55]驚 [35]頸 [33]鏡
h	[55]輕

ɛk

p	[3]壁
pʰ	[3]劈

t	[2]笛糴（糴米）
t^h	[3]踢
tʃ	[3]隻炙脊
$tʃ^h$	[3]赤尺呎
ʃ	[3]錫 [2]石
k^h	[2]劇屐
h	[3]吃喫

ei

p	[55]篦碑卑悲 [35]彼俾比秕 [33]臂祕泌轡庇痺 [22]被避備鼻
p^h	[55]披丕 [35]鄙 [33]譬屁 [21]皮疲脾琶枇 [13]被婢
m	[21]糜眉楣微 [13]靡美尾 [22]媚寐未味
f	[55]非飛妃 [35]匪榧翡 [21]肥
t	[22]地
n	[13]你 [22]膩
l	[55]璃 [21]彌離梨釐狸 [13]履李里理鯉 [22]利吏餌
k	[55]飢几（茶几）基幾（幾乎）機饑 [35]己紀杞幾（幾個） [33]寄記既 [22]技妓忌
k^h	[33]冀 [21]奇（奇怪）騎（輕騎）祁鰭其棋期旗祈 [13]企徛（站立）
h	[55]欺嬉熙希稀 [35]起喜蟢豈 [33]戲器棄氣汽

eŋ

p	[55]冰兵奔崩 [35]丙秉 [33]迸柄併 [22]
p^h	[55]姘拼 [33]聘 [21]平坪評瓶屏萍頻朋憑
m	[21]鳴明名銘萌盟 [13]皿 [22]命
t	[55]丁釘靪疔登燈瞪 [35]頂鼎等 [33]釘凳 [22]訂錠定鄧澄（澄粉、澄麵）
t^h	[55]聽廳汀（水泥） [33]聽（聽其自然） [21]亭停廷蜓騰謄藤疼 [13]
n	[21]能靈
l	[55]拎 [21]楞陵凌菱寧零鈴伶翎曾（曾經） [13]領嶺 [22]令佞另

tʃ	[55]徵蒸精晶睛貞偵正（正月）征曾增憎僧爭箏睜 [35]拯井整 [33]證症正（正常）政 [22]靜靖淨
tʃʰ	[55]稱（稱呼）清蟶青蜻 [35]請逞 [33]稱（相稱）秤 [21]澄懲澄（水清）晴呈程曾（曾經）
ʃ	[55]升勝聲星（星空）腥生（出生） [35]省醒（醒目） [33]勝性姓聖 [21]乘繩塍承丞成（成事）城（城市）誠 [22]剩盛
j	[55]應鷹鶯鸚櫻英嬰纓 [35]影映 [33]應（應對） [21]仍凝蠅迎盈贏形型刑 [22]認
k	[55]京荊驚經更（更換）庚粳羹耕轟揈 [35]境景警竟哽埂梗耿 [33]更（更加） [33]莖敬勁徑 [22]勁競
kʰ	[55]傾 [35]頃 [21]擎鯨瓊
w	[55]扔 [21]榮 [13]永 [22]泳詠潁
h	[55]興（興旺）卿輕（輕重）馨兄亨 [33]興（高興）慶罄 [21]恆行（行為）衡 [22]行（品行）幸

ek

p	[5]逼迫碧壁璧
pʰ	[5]僻闢劈
m	[2]覓墨默陌麥脈
t	[5]的嫡 [2]滴廸特
tʰ	[5]剔
n	[5]匿 [2]溺
l	[2]力歷曆肋勒
tʃ	[5]即鯽織職積跡績斥
tʃʰ	[5]斥戚
ʃ	[5]悉息熄媳嗇識式飾惜昔適釋析 [3]錫（用於人名） [2]食蝕
j	[5]憶億抑益 [2]翼逆亦譯易（交易）液腋疫役
k	[5]戟擊激虢 [2]極
w	[2]域

i

tʃ	[55]知蜘支枝肢梔資咨姿脂茲滋輜之芝 [35]紫紙只（只有）姊旨指子梓滓止趾址 [33]智致至置志（志氣）誌（雜誌）痣 [22]自雉稚字伺祀巳寺嗣飼痔治
tʃʰ	[55]雌疵差（參差不齊）眵癡嗤 [35]此侈豕恥柿齒始 [33]刺賜翅次廁 [21]池馳匙瓷餈遲慈磁辭詞祠持 [13]似恃
ʃ	[55]斯廝施私師獅尸（尸位素餐）屍司絲思詩 [35]黍屎使（使用）史 [33]肆思（意思）試 [21]時鰣 [13]市 [22]是氏豉示視士（士兵）仕（仕途）事侍
j	[55]伊醫衣依 [35]倚椅 [33]意 [21]兒宜儀移夷姨而疑飴沂 [13]爾議耳擬矣已以 [22]義（義務）易（難易）二肄異

iu

p	[55]臕標錶彪 [35]表
pʰ	[55]飄漂（漂浮） [33]票漂（漂亮） [21]瓢嫖 [13]縹
m	[21]描 [13]藐渺秒杳 [22]廟妙
t	[55]刁貂雕丟 [33]釣弔吊 [22]掉調（調查）
tʰ	[55]挑 [33]跳糶眺 [21]條調（調和）
n	[13]鳥 [22]尿
l	[21]燎療聊遼撩寥瞭 [13]了 [22]料（預料）廖
tʃ	[55]焦蕉椒朝（今朝）昭（昭雪）招 [35]剿沼（沼氣） [33]醮照詔（詔書） [22]噍趙召
tʃʰ	[55]超 [35]悄 [33]俏鞘 [21]樵瞧朝（朝代）潮
ʃ	[55]消宵霄硝銷燒蕭簫 [35]小少（多少） [33]笑少（少年） [21]韶 [22]兆紹邵
j	[55]妖邀腰要（要求）么吆（大聲吆喝） [33]要 [21]饒橈搖瑤謠姚堯 [13]擾繞舀 [22]耀鷂
k	[55]驕嬌 [35]矯轎繳 [33]叫
kʰ	[33]竅 [21]喬僑橋蕎
h	[55]囂僥 [35]曉

im

t	[55]掂 [35]點 [33]店 [13]簟
t^h	[55]添 [35]舔 [21]甜
n	[55]拈 [21]黏 [22]念
l	[21]廉鐮鮎 [13]斂殮臉
tʃ	[55]尖沾粘瞻占（占卜） [33]佔（侵佔） [22]漸
tʃ^h	[55]殲 [21]潛
ʃ	[35]陝閃 [21]蟾簷蟬禪
j	[55]淹閹醃腌 [35]掩 [33]厭 [21]炎鹽閻嚴嫌 [13]染冉儼 [22]驗豔焰
k	[35]檢 [33]劍 [22]儉
k^h	[21]鉗
h	[55]謙 [35]險 [33]欠

in

p	[55]鞭邊蝙辮 [35]貶扁匾 [33]變遍 [22]辨辯汴便（方便）
p^h	[55]編篇偏 [33]騙片 [21]便（便宜）
m	[21]綿棉眠 [13]免勉娩緬 [22]面（面子）麵（粉麵）
t	[55]顛 [35]典 [33]墊 [22]電殿奠佃
t^h	[55]天 [35]腆 [21]田填
n	[35]撚 [13]碾 [21]年
l	[35]戀 [21]連聯憐蓮 [13]輦攆 [22]練鍊楝
tʃ	[55]煎氈羶箋 [35]剪展 [33]箭濺餞顫薦 [22]賤
tʃ^h	[55]遷千 [35]淺 [21]錢纏前 [13]踐
ʃ	[55]仙鮮（新鮮）先 [35]鮮（鮮少）癬 [33]線搧扇 [22]羨善膳單（姓）
j	[55]煙燕（燕京） [35]演堰 [33]燕（燕子）嚥宴 [21]涎然燃焉延筵言研賢 [22]莧諺硯現
k	[55]肩堅 [33]建見 [22]件鍵健

k^h	[21]乾虔
h	[55]軒掀牽 [35]遣顯 [33]憲獻 [21]弦

ip

t	[2]疊碟牒蝶諜
t^h	[3]帖貼
n	[2]聶捏
l	[2]鑷躡獵
tʃ	[2]接摺褶
$tʃ^h$	[3]妾
ʃ	[3]攝
j	[2]葉頁業
k	[3]劫澀
h	[3]怯脅歉協

it

p	[5]必 [3]鱉憋 [2]別
p^h	[3]撇
m	[2]滅篾
t	[3]跌
t^h	[3]鐵
l	[2]列烈裂
tʃ	[2]哲蜇折節
$tʃ^h$	[3]徹撤轍設切（切開）
ʃ	[3]涉薛泄屑楔 [2]舌
j	[2]熱薛
k	[3]結潔 [2]傑
k^h	[3]揭

h	[3]歇蠍

ɔ

p	[55]波菠玻 [33]簸播
p^h	[55]坡 [35]頗 [33]破 [21]婆
m	[55]魔摩 [35]摸 [21]磨（動詞）饃 [22]磨（石磨）
f	[55]科 [35]棵火夥 [33]課貨
t	[55]多 [35]朵躲剁 [22]惰
t^h	[55]拖 [33]唾 [21]駝馱（馱起來）舵 [13]妥橢 [22]馱（牲畜背上所背的貨物）
n	[21]挪 [22]糯
l	[55]囉 [35]裸 [21]羅鑼籮騾腡
tʃ	[35]左阻 [33]佐 [22]佐坐（坐立不安）座助
$tʃ^h$	[55]搓初雛 [35]楚礎 [33]銼錯 [21]鋤
ʃ	[55]蓑梭唆莎梳疏蔬 [35]鎖瑣所 [21]傻
k	[55]歌哥
ŋ	[21]蛾俄鵝蛾峨訛 [13]我 [22]臥餓
kw	[55]戈 [35]果裹餜 [33]個過
kw^h	[35]顆
w	[55]鍋倭窩蝸 [21]和禾 [22]禍
h	[55]靴 [35]可 [21]荷河何 [22]賀
ø	[55]阿（阿膠）

ɔŋ

p	[55]幫邦 [35]榜綁 [22]傍（傍晚）
p^h	[33]謗 [21]滂旁螃龐 [13]蚌
m	[55]虻 [21]忙茫芒亡 [13]莽蟒網輞妄 [22]忘望
f	[55]荒慌方肪芳 [35]謊晃倣紡仿彷訪 [33]放況 [21]妨房防
t	[55]當（當時） [35]黨擋 [33]當（典當） [22]宕蕩

tʰ	[55]湯 [35]倘躺 [33]燙趟 [21]堂棠螳唐糖塘
n	[21]囊瓤
l	[35]兩（幾兩幾錢） [13]朗兩（兩個） [22]浪亮諒輛量
tʃ	[55]贓髒將漿張莊裝章樟樁（打樁） [35]蔣獎槳長（生長）掌 [33]葬醬將漲帳賬脹壯障瘴 [22]藏（西藏）臟匠象像橡丈仗杖狀撞
tʃʰ	[55]倉蒼槍瘡昌菖窗 [35]搶闖廠 [33]暢唱倡（提倡） [21]藏（隱藏）牆詳祥長（長短）腸場床
ʃ	[55]桑喪相（互相）箱廂湘襄鑲霜孀商傷雙 [35]嗓想爽賞鯗（鯗魚：曬乾和醃過的魚） [33]喪相（相貌） [21]常嘗裳償 [13]上（上山） [22]尚（和尚）上（上面）
j	[55]央秧殃 [21]羊洋烊楊（姓）陽揚瘍 [13]攘嚷仰養癢 [22]釀壤讓樣
k	[55]岡崗剛綱缸疆僵薑礓（礓石）韁姜羌江扛豇（豇豆） [35]講港 [33]鋼杠降
kʰ	[33]抗炕 [21]強（強大） [13]強（勉強）
ŋ	[21]昂
kw	[55]光 [35]廣
kwʰ	[33]曠擴礦 [21]狂
w	[55]汪 [35]枉 [21]黃簧皇蝗王 [13]往 [22]旺
h	[55]康糠香鄉匡筐眶腔 [35]慷晌餉享響 [33]向 [21]行（行列）航杭降（投降） [22]項巷
ø	[55]骯

ɔk

p	[3]博縛駁 [2]薄泊（澹泊名利）
pʰ	[3]樸朴撲
m	[5]剝 [2]莫膜幕寞
f	[3]霍藿（藿香）
t	[3]琢啄涿（涿鹿） [2]鐸踱
tʰ	[3]託托
n	[2]諾

l	[2]落烙駱酪洛絡樂（快樂）略掠
tʃ	[3]作爵雀鵲嚼著（著衣）酌勺 [2]鑿昨著（附著）
tʃ^h	[3]錯綽焯芍卓桌戮
ʃ	[3]索朔
j	[3]約（公約） [2]若弱虐瘧鑰躍
k	[3]各閣擱腳覺（知覺）角
k^h	[3]郝卻確推（推蒜）
ŋ	[2]鄂嶽岳樂（音樂）愕鱷顎萼鶚
kw	[3]郭國
kw^h	[3]廓
w	[2]鑊獲
h	[3]殼 [2]鶴學
ø	[3]惡（善惡）

ou

p	[55]褒 [35]補保堡寶 [33]布佈報 [22]怖部簿（簿記）步捕暴菢（菢雞仔）
p^h	[55]鋪（鋪設） [35]譜普浦脯甫（幾甫路）脯（杏脯） [33]鋪（店鋪） [21]蒲菩袍 [13]抱
m	[55]蟆（蝦蟆） [21]模摹無巫誣毛 [13]武舞侮鵡母拇 [22]暮慕墓募務霧冒帽戊
t	[55]都刀叨 [35]堵賭島倒 [33]妒到 [22]杜度渡鍍道稻盜導
t^h	[55]滔 [35]土禱討 [33]吐兔套 [21]徒屠途塗圖掏桃逃淘陶萄濤 [13]肚
n	[21]奴 [13]努腦惱 [22]怒
l	[21]盧爐蘆廬勞牢嘮 [13]魯櫓虜滷老 [22]路賂露鷺澇
tʃ	[55]租糟遭 [35]祖組早棗蚤澡 [33]灶 [22]做皂造
tʃ^h	[55]粗操（操作） [35]草 [33]醋措躁糙 [21]曹槽
ʃ	[55]蘇酥鬚騷 [35]數（動詞）嫂 [33]素訴塑數（數目）掃
k	[55]高膏（膏腴）篙羔糕 [35]稿 [33]告膏（動詞，把毛筆蘸上墨，再在硯臺邊上掭：膏筆）

h	[55]蒿薅（薅鋤） [35]好（好壞） [33]犒好（喜好）秏 [21]豪壕毫號（呼號） [22]浩號（號數）
ø	[35]襖 [33]懊奧 [22]傲

oŋ

p^h	[35]捧 [21]篷蓬
m	[21]蒙 [13]懵蠓 [22]夢
f	[55]風楓瘋豐封峰蜂鋒 [35]俸 [33]諷 [21]馮逢縫（縫衣） [22]鳳奉縫（一條縫）
t	[55]東冬 [35]董懂 [33]凍 [22]棟動洞
t^h	[55]通熥（以火暖物） [35]桶捅統 [33]痛 [21]同銅桐筒童瞳
n	[21]農膿儂濃
l	[21]籠聾隆龍 [13]攏隴壟 [22]弄
tʃ	[55]棕鬃宗中（當中）忠終蹤縱鐘鍾盅舂 [35]總粽種（種類）腫 [33]綜中（射中）眾縱種（種樹） [22]仲誦頌訟
$tʃ^h$	[55]聰匆葱（洋葱）囪（煙囪）充衝 [35]冢寵 [21]叢蟲從松重（重複） [13]重（輕重）
ʃ	[55]鬆嵩從（從容不迫） [35]慫 [33]送宋 [21]崇
j	[55]翁雍癰（生背癰） [35]擁壅甬湧 [21]戎絨融茸容蓉鎔庸 [13]冗（冗員）勇 [22]用
k	[55]公蚣工功攻弓躬宮恭供（供給） [35]拱鞏 [33]貢供（供養） [22]共
k^h	[21]窮
h	[55]空胸凶（吉凶）兇（兇惡） [35]孔恐 [33]控烘哄汞鬨嗅 [21]虹紅洪鴻熊雄
ø	[33]甕

ok

p	[5]卜（占卜） [2]僕曝瀑
p^h	[5]仆（前仆後繼）
m	[2]木目穆牧

f	[5]福幅蝠複腹覆（反覆） [2]復（復興）服伏
t	[5]篤督 [2]獨讀牘犢毒
tʰ	[5]秃
l	[2]鹿祿六陸綠錄
tʃ	[5]浞竹築祝粥足燭矚觸捉 [2]續濁鐲族逐軸俗
tʃʰ	[5]速畜蓄促束
ʃ	[5]肅宿縮叔粟 [2]熟淑贖蜀屬
j	[5]沃郁 [2]肉育辱褥玉獄欲（搖搖欲墜）慾（意慾）浴
k	[5]穀谷（山谷）菊掬（笑容可掬）麴（酒麴） [2]局
kʰ	[5]曲（曲折）
h	[5]哭 [2]斛酷
ø	[5]屋

u

f	[55]枯呼夫膚敷俘孵麩 [35]苦卡府腑斧撫釜 [33]庫褲辱賦富副 [21]乎符扶芙 [13]婦 [22]付傅赴訃父腐輔附負
k	[55]姑孤 [35]古估牯股鼓 [33]故固錮雇顧
kʰ	[55]箍
w	[55]烏污塢 [35]滸 [33]惡（可惡） [21]胡湖狐壺瓠鬍 [22]戶滬互護芋

ui

p	[55]杯 [33]貝輩背 [22]背（背誦）焙（焙乾）
pʰ	[55]胚坯 [33]沛配佩 [21]培陪賠裴 [13]倍
m	[21]梅枚媒煤 [13]每 [22]妹昧
f	[55]魁恢灰奎 [33]悔晦
kʰ	[35]賄潰劊檜繪
t	[55]堆 [33]對碓兌 [22]待殆代袋
tʰ	[55]胎推 [35]腿 [33]退蛻 [21]台臺抬 [13]怠

n	[21]女 [22]耐奈內
l	[21]來雷 [13]呂旅縷屢傴累壘 [22]濾累（連累）類淚慮
tʃ	[55]災栽追錐蛆 [35]宰載嘴 [33]再載最醉 [22]在聚罪贅墜序聚
tʃʰ	[55]趨催崔吹炊 [35]彩採睬取娶 [33]菜賽蔡趣脆翠 [21]才材財裁纔（方纔）除隨槌錘徐
ʃ	[55]腮鰓須需雖綏衰 [35]水 [33]碎歲稅帥 [21]垂誰 [13]髓絮緒 [22]睡瑞粹遂隧穗
j	[13]蕊 [22]芮銳
k	[55]該居車（車馬砲）驅 [35]改 [21]渠瞿 [13]佢拒距 [33]蓋
kʰ	[33]概溉慨丐
ŋ	[22]礙外
w	[55]煨 [21]回茴 [13]會（懂得） [22]滙會（會計）彙滙
h	[55]開墟虛噓吁 [35]凱海許 [22]亥害駭去
ø	[55]哀埃 [35]藹 [33]愛 [21]呆

un

k	[55]干（干戈）肝竿乾（乾濕）桿疆 [35]稈趕 [33]幹（幹部）
ŋ	[22]岸
h	[55]看（看守）刊 [35]罕 [33]看（看見）漢 [21]鼾寒韓 [13]旱 [22]汗銲翰
ø	[55]安鞍 [33]按案

ut

k	[3]割葛
h	[3]喝渴

y

tʃ	[55]豬諸誅蛛株朱硃珠 [35]煮拄主 [33]著駐註注鑄 [22]箸住
tʃʰ	[35]處杵 [33]處（處所） [21]廚 [13]褚（姓）儲苧署柱
ʃ	[55]書舒樞輸 [35]暑鼠黍 [33]庶恕戍 [21]薯殊 [22]豎樹

j	[55]於淤迂于 [21]如魚漁余餘儒愚虞娛盂榆愉 [13]汝語與乳雨宇禹羽 [22]御禦譽預遇愈喻裕

yn

p	[55]般搬 [35]本 [33]半 [22]絆伴拌叛胖
p^h	[55]潘 [33]拚判 [21]盤盆
m	[21]瞞門 [13]滿 [22]悶
f	[55]寬歡 [35]款
t	[55]端 [35]短 [33]斷（決斷）鍛 [22]斷（斷絕）段緞椴
t^h	[21]團屯豚臀
n	[13]暖 [22]嫩
l	[35]戀 [21]鸞 [22]亂
tʃ	[55]專尊 [35]纂轉 [33]鑽（鑽子）轉（轉螺絲） [22]傳（傳記）
$tʃ^h$	[55]川穿村 [35]揣喘忖 [33]竄串寸吋 [21]全泉傳（傳達）椽存
ʃ	[55]酸宣孫 [35]選損 [33]算蒜 [21]旋鏇船 [22]篆
j	[55]冤淵 [35]丸阮宛 [33]怨 [21]完圓員緣沿鉛元原源袁轅援玄懸 [13]軟遠 [22]院願縣眩
k	[55]捐官棺觀（參觀）冠（衣冠） [35]捲卷管館 [33]眷絹貫灌罐觀（寺觀）冠（冠軍） [22]圈倦
k^h	[21]拳權顴
h	[55]圈喧 [35]犬 [33]勸券 [21]弦

yt

p	[2]撥勃
p^h	[3]潑
m	[3]抹 [2]末沫沒
f	[3]闊
t	[2]奪

t^h	[3]脫
n	[2]捏
l	[3]捋劣
tʃ	[2]拙
$tʃ^h$	[3]撮猝
ʃ	[3]雪說
j	[3]乙 [2]悅月閱越曰粵穴
k^h	[3]決訣缺括豁
w	[2]活
h	[3]血

m̩

	[21]唔吳蜈吾梧 [13]午伍五 [22]誤悟

第五章
香港石排灣漁村水上話語法

由於各地漁村的詞彙基本一致，語法一致，本章寫作以石排灣為主，若然有些漁村的語法不同，會加以聲明，如河南尾的詞彙與石排灣不同，便在石排灣之下加上河南尾說法。至於語法，基本一致，筆者便以石排灣漁村水上話作代表。

第一節　詞法方面

一　名詞前綴

「阿」

「阿」，用於詞頭，在水上話中有幾種用法：(1) 用於對人稱呼，一般是比較親切或隨便的稱呼，如「阿婆」，對老年婦女的尊稱。(2) 用於親戚，如阿嫂，就是指嫂子。(3) 敬語，與英語一起用，如阿 SIR。(4) 敬語，指先生，如阿生，指那位先生。用法，如阿生，請你入嚟。水上人用法跟岸上人用法一致，不存在差異。

「老」

「老」字在水上話中有多種用法：(1) 表示尊敬或親暱：可以用來稱呼年長者、上司、老師等，表達對他們的敬意或親近感。例如：

「老張」、「老王」、「老馮」[1]。(2)表示熟悉或親密:用於與熟人、朋友、同學等交往時,表示彼此之間的熟悉和親密關係。例如:「老友」、「老同學」、「老鄉」。(3)表示經驗豐富或資深:用於形容一個人在某個領域或工作上有豐富的經驗和專業知識。例如:「老師傅」、「老手」、「老兵」。(4)表示某種狀態或特徵:用於形容某物或某人具有特定的狀態或特徵。例如:「老舊」、「老實」、「老遠」。(5)表示程度或強度:用於形容某種程度或強度很高。例如:「老高」、「老快」、「老熱」。

二　名詞後綴

「仔」

「仔」用於詞尾,在水上話中有幾種用法:(1)用於指年齡較小的男性,如司機仔(是指年輕的男司機)。(2)用於年紀較細的人,如後生仔。(3)用於姓和名之後的年輕人,如陳仔、明仔。(4)指嬰兒,如 BB 仔。(5)昵稱,如伢伢仔。水上人用法跟岸上人用法一致,不存在差異。

「公」

「公」這個詞,在水上話中有幾種用法:(1)表示對男性的尊稱或稱呼。例如,「阿公」表示「爺爺」、「公公」。(2)表示是「丈夫」,則稱「老公」。(3)指人時,用於成年男性,如盲公(瞎子,男的)、衰公(壞傢伙,指男的)。(4)用於動物,如雞公(公雞)。

1　「老馮」如此說法,佛山市三水西南河口、肇慶瑞州廠排和鼎湖區廣利漁村水人水上人稱他們未聽過有如此尊敬或親暱說法。

（5）用於某些事物的稱呼，如雷公（雷）、手指公（大拇字）。

「佬」

「佬」這個詞，在水上話中有幾種用法：(1)，主要用於對男性的稱呼。它可以用來尊稱一個人，如「大佬」。(2) 也可以用來指代某一地方的人，如「東莞佬」、「順德佬」等。(3) 它也可用於表達職業身份，比如「泥水佬」、「豬肉佬」表示賣豬肉的男人。(4) 可以用來稱呼男性，尤其是成年男性，例如「肥佬」、「鄉巴佬」等。(5) 還可以用來稱呼那些從事不正當行業的人，例如「挑夫佬」、「戲子佬」等。

「哥」

「哥」這個詞，在水上話中有幾種用法，通常用於稱呼年紀較大或地位較高的男性長輩，表示尊重和敬意：(1)「大哥」：用於稱呼年長的大哥，表示尊重和敬意。(2)「哥哥」：用於稱呼哥哥，表示親切和親密。(3)「老土哥」：用於形容很老土的人。(4) 可以用來稱呼某個年齡段的人，例如「小鮮肉哥」、「文藝青年哥」等。(5) 也用於物，如「鼻哥」(鼻子)、「鷯哥」、「八哥」。(6)「新郎哥」指新郎，是在婚禮場合稱呼表達對新婚男子的尊重和祝福。

「乸」

「乸」這個詞，在水上話中，「乸」的字面意思是雌性，有兩種用法：(1) 通常指雌性動物，例如「雞乸」指母雞，「豬乸」指母豬。(2) 在部分語境中，「乸」也可以用來形容人，例如「乸型」、「乸乸地」指女性化的行為或外表，含貶義。

三　助詞

「曬」

水上話助詞「曬」是一個多功能的助詞，通常緊跟在動詞或形容詞之後，用來表示不同的狀態或程度。下面是一些「曬」的常見用法：（1）程度副詞：「曬」可以用來表示程度，類似於普通話中的「得很」。它可以強調動作或狀態的程度。例如，「熱曬」（熱得很）、「開心曬」（非常開心）。（2）完全程度：在一些情況下，「曬」可以表示完全程度，類似於普通話中的「完全」。例如，「食飽曬」（吃飽了，完全飽了）。（3）狀態變化：「曬」還可以用來表示狀態的變化。例如，「變紅曬」（變紅了，完全變紅）。（4）用於強調的有時候，「曬」可以用來強調一個動作或狀態的發生。例如，「冇錯曬」（確實沒有錯），這裡的「曬」強調了沒有錯的事實。

「埋」

在珠三角的水上人方言中，其助詞「埋」字的使用有多種不同的類別。根據不同的語境和用法，可以歸納為以下兩種類型：（1）用於動詞後表示動作的完成或實現，例如「食埋」（吃完）、「洗埋」（洗完）等。（2）都有、一併、一起，如「帶埋條仔嚟」（把男朋友都帶來）。（3）有靠近之意，如坐埋啲（靠近一點兒坐），走埋啲（走得靠近一點）。

「番」

在水上話中，助詞「番」字的使用也有多種不同的類別。根據不同的語境和用法，可以歸納為以下幾種類型：（1）用於動詞後表示動作的完成或實現，例如「睇番」（看完了）、「食番」（吃完了）等。（2）用於形容詞後表示程度或狀態的加強或加深，例如「好番」（非常好）、「爛番」（非常差）等。（3）用於表達某種狀態，例如「笑番」（笑著）、「哭番」（哭著）等。

「住」

「住」在珠三角水上話中，主要有以下兩種用法：（1）放在動詞後面，表示動作或行為的持續或進行，相當於普通話中的「著」、「在」。例如：企住：站著；坐住：坐著；睇住（看著）。（2）放在形容詞後面，表示程度的加強，相當於普通話中的「很」、「非常」。例如：好住，表示這裡很好住之意。

第二節　句法方面

一　比較句（Comparative Sentences）

水上話的比較句用於比較兩個或多個事物、情況或屬性之間的差異或相似性。以下是一些水上話中的比較句示例以及它們的用法：

（1）形容詞比較句：這種句子用來比較兩個事物的性質或特徵。

例句：「呢個蘋果大啲。」（這個蘋果比較大。）

在這個句子中，「大啲」（比較大）表示了一個比較關係，將一個蘋果的大小與另一個蘋果的大小相比。

（2）動詞比較句：這種句子用來比較兩個動作的不同或相似。

例句：「佢走得快啲。」（他走得比較快。）

這個句子中的「快啲」（比較快）用於比較一個人的步行速度與另一個人的速度。

（3）名詞比較句：這種句子用來比較兩個名詞或物體之間的關係。

例句：「佢兩個朋友啲書多啲。」（他兩個朋友有更多的書。）

在這個句子中，「多啲」（更多）用於比較兩個人的書的數量。

（4）差異比較句：這種句子用於強調差異。

例句：「佢同佢老豆唔同。」（他和他爸爸不一樣。）

這個句子中使用「唔同」（不一樣）來表達兩者之間的不同之處。

水上話的比較句結構可以根據具體的比較物件和屬性而變化，但通常都包括一個比較詞彙來引導比較，並使用適當的詞語或結構來表示比較。這些句子在日常交流中非常常見，用於表達差異和相似性。

二　雙賓句（Double Object Sentences）

水上話的的雙賓語句是一種語法結構，其中一個動詞有兩個賓語，通常是一個直接賓語和一個間接賓語。這兩個賓語分別表示動作的接受者和受益者。以下是水上話中雙賓語句的一些示例和講解：

（1）直接賓語＋動詞＋間接賓語

例句：「我畀書阿媽。」（我給媽媽書。）

在這個例句中，「書」（書）是直接賓語，表示動作的接受者，「阿媽」（媽媽）是間接賓語，表示受益者。動詞是「畀」（給）。

（2）直接賓語＋動詞＋間接賓語＋直接賓語的具體信息

例句：「佢畀咗張票佢老細。」（他給老板一張票。）

在這個例句中，「張票」（一張票）是直接賓語，「老細」（老板）是間接賓語。動詞是「畀」（給），而「咗」（了）表示動作的完成。

（3）直接賓語＋動詞＋間接賓語＋直接賓語的數量

例句：「佢畀曬張票佢老細。」（他給了老板一張票。）

這個例句中，「曬」表示動作的完成，「張票」（一張票）是直接賓語，「老細」（老板）是間接賓語。

水上話雙賓語句可以根據具體的語境和需要來構造，但通常都包含一個直接賓語和一個間接賓語，用來表示給予或交付某物的行為。這些句子非常常見，並在日常交流中經常使用。

三　被動句（Passive Voice）

水上話中的被動句用於強調動作的接受者或強調動作本身，而不是執行動作的主體。水上話的被動句通常采用以下結構：

主語＋被＋動作動詞＋[其他成分]＋基本補語

以下是一些水上話的被動句的例句以及解釋：

（1）強調動作的接受者

例句：「佢被老師鬧咗。」（他被老師罵了。）

在這個句子中，「佢」（他）是主語，「被」是被動句的標誌，「老師」是動作的執行者，「鬧咗」（罵了）是動作動詞，強調了動作的接受者，也就是「佢」。

（2）強調動作本身

例句：「我個仔唔係唔肯去讀書，係唔被允許去讀書。」（我的孩子不是不肯去讀書，是不被允許去讀書。）

在這個句子中，「我個仔」（我的孩子）是主語，「唔被允許」是被動句的標誌，「去讀書」（去讀書）是動作動詞，強調了孩子的動作本身。

這句話的意思是，孩子本身是願意讀書的，但是由於某種原因，他不被允許去讀書。這裡強調的是不被允許這個動作，而不是孩子的意願。

（3）被動句的其他成分

被動句還可以包含其他成分，如時間、地點等，這些成分通常放在動作動詞後面。

在水上話中，被動句的使用與普通話或其他漢語方言中的被動句相似，用於強調動作的接受者或動作本身，根據具體的語境和需要，可以調整句子的結構。

四　有字句（Existential Sentences）

水上話的「有字句」用於表達存在或有的情況。這種句型強調某物或某事的存在，類似於英語中的存在句（There is / There are）或漢語中的存在句式。水上話中的「有字句」通常使用以下結構：

（1）有＋名詞：這是最基本的形式，用於表達某物或某事的存在。

例句：「屋企有本書。」（家裏有一本書。）

在這個句子中，「有」後面跟著名詞「本書」，表示在家裡存在一本書。

（2）有＋數詞＋名詞：這個形式用來表示數量，並且強調某物或某事的存在。

例句：「條街有兩間餐廳。」（這條街有兩家餐館。）

這個句子中，「有」後面跟著數詞「兩」（兩）和名詞「間餐廳」，表示這條街上存在兩家餐館。

（3）有＋量詞＋名詞：在水上話中，有些名詞需要使用量詞，因此在「有字句」中，也可以使用量詞來強調存在。

例句：「碗碟有個櫃。」（碗碟有一個櫥櫃。）

這個句子中，「有」後面跟著量詞「個」和名詞「櫃」（櫥櫃），表示碗碟存在一個櫥櫃裡。

「有字句」在水上話中非常常見，用於描述物品或事物的存在。這種句式的結構比較簡單，通常在日常交流中頻繁使用。

五　處置句（resultative construction或resultative phrase）

水上話中的處置句具有獨特的語法結構，其中包括了一種稱為「處置句」的結構。處置句用於表達某種動作或狀態正在進行中，或已經完成，這些動作或狀態通常涉及到對象的處理、改變或處置。以下舉兩個例子來示範其語法結構。

我洗碗：在這個句子中，「我」是主語，「洗」是處置動詞，「碗」是對象。這表示主詞正在進行洗碗的動作。

佢煮飯：這句話中，「佢」是主語，「煮」是處置動詞，「飯」是對象。這表示他／她正在煮飯。

這些例子展示了水上話處置句的語法結構，其中包括主語、處置動詞和對象，可以用來描述各種處置動作或狀態。

處置句在粵方言中是一種常見的語法結構，用於表達處理或處置事物的動作，並可以根據需要進行時態的調整。處置句是粵方言語法中的重要部分，用於日常交流中描述各種處置動作。

六　否定句（Negative Sentence）

水上話是廣東話的一種方言，主要使用於廣東省的水上地區，如佛山和廣州附近的地區。水上話有自己的語法結構和詞彙，以下是水上話粵方言的一個例子。在水上話中，否定句通常使用「唔」或「冇」來表達否定。這兩個詞在否定句中具有不同的語法作用。

使用「唔」

在水上話中，否定句通常以「唔」來表達否定，這個「唔」相當於標準廣州話中的「唔」。

例子：「我唔識講英文」

這句話的意思是「我不懂講英文」，其中「我」表示主語，「唔」表示否定，「識講」表示懂得講，「英文」表示英文。整句的意思是「我不懂講英文」。

使用「冇」

「冇」通常用於否定名詞，表示缺少或不存在的意思。

例子：「我冇錢」

在這句話中，「我」表示主語，「冇」表示否定，「錢」表示錢。整句的意思是「我沒有錢」。

七　疑問句（Interrogative Sentence或Question Sentence）

水上話中的疑問句有多種語法結構，但通常使用問詞或語調來表示疑問。以下是一個例子：

水上話中的疑問句用於詢問信息，請求確認或引起對話對象的回應。這些句子通常以問詞或語調表示疑問。

例子：「你食咗飯未？」

這句話中，「你」表示主語，「食咗飯未」表示詢問對方是否吃飯。「食」表示吃，「咗」是過去完成的助動詞，「未」表示是否。整句的意思是「你吃過飯了嗎？」

八　多少句（Interrogative Sentence of Quantity）

「多」句

在水上話中，「多」用來表示數量多或多餘的意思。它通常放在名詞之前，以描述有多少個或多少事物。

例子：「我哋有多人？」

在這句話中，「我哋」表示我們，「有」表示有，「多人」表示多少人。整句的意思是「我們有多少人？」

「少」句

在水上話中，「少」用來表示數量少或不足的意思。它也通常放在名詞之前，以描述有多少個或多少事物，但是指的是較少的情況。

例子：「冇咗兩個人，依家係少咗幫手。」

在這句話中，「冇咗」表示失去了，「兩個人」表示兩個人，「依家」表示現在，「係」表示是，「少咗」表示少了，「幫手」表示幫忙。整句的意思是「失去了兩個人，現在幫手少了。」

九　賓補次序（Object-Verb-Complement Order）

在水上話中，賓補次序指的是賓語和補語在句子中的排列次序。通常，水上話的賓補次序為「主語＋謂詞＋賓語＋補語」，這與標準的普通話（官話）語法基本相同，[2]普通話的賓語和補語次序通常是「主語＋謂詞＋賓語＋補語」。

以下是一個用水上話粵方言的語法示例，在水上話中，賓補次序在句子中通常是：

2　李新魁、黃家教、麥耘、施其生、黃芳：《廣州方言研究》（廣州：廣東人民出版社，1995年6月），頁580：賓語和補語的次序，廣州話只有少數地方和普通話不一樣。筆者調查時，也發現方言水上話的賓補次序跟普通話是一致的。高然著，中山市人民政府地方志辦公室編：《中山方言志》（廣州：南方出版傳媒、廣東經濟出版社，2018年11月），頁116-121：中山粵語水上話語法則未有觸及。

「主語＋賓語＋動詞＋補語」

例子：「我飲咗杯咖啡。」

在這句話中，「我」表示主語，「飲咗」表示動詞（「飲」表示喝，「咗」表示完成的助動詞），「杯」表示賓語，「咖啡」表示補語。整句的意思是「我喝了一杯咖啡。」

這種賓補次序在水上話粵方言中相當常見。如果水上話在某些情況下採用了不同的賓補次序，那可能是特定方言或口語的特殊現象，這是筆者未遇上而已。

第六章
音節表、文白異讀、變調

第一節　音節表

香港仔石排灣漁村音節表

表一　陰聲韻音節

	a	ɛ	i	ɔ	u	ai	au	ɐi	ɐu	ei	iu	ɔi	ou	ui	ɵy
p	巴			波		拜	包	跛		碑	標		褒	杯	
p^h	趴			破		派	拋	批		披	飄		鋪	胚	
m	媽			摩		埋	貓	咪	痞	眉	苗		蟆	梅	
f	花			科	呼	快		揮	剖	非				魁	
t	打	爹		多		歹		低	蚪	地	貂	待	都		堆
t^h	他			拖		呔		梯	偷		挑	胎	滔		推
l	啦			裸		拉	撈	黎	騮	璃	聊	來	奴		旅
tʃ	渣	遮	支	左		齋	嘲	劑	周	聚	焦	栽	租		追
$tʃ^h$	叉	奢	雌	初		猜	抄	妻	秋	徐	超	彩	粗		吹
ʃ	沙	些	獅	梭		徙	梢	西	修	死	消	腮	蘇		需
j	也	耶	衣			踹		曳	休		妖				蕊
k	家			哥	姑	皆	交	雞	狗	飢	驕	該	高		
k^h	誇	茄		顆	箍	楷	靠	溪	溝	冀	喬	概	蒿	潰	
w	蛙			鍋	烏	歪		威						煨	
h	蝦			靴		揩	酵	嵇	吼	希	囂	開	襖		
ø	鴉			阿		挨	拗	矮	歐			鞍			

表二 陽聲韻音節

	an	aŋ	ɐn	ɛŋ	eŋ	in	ɔn	ɔŋ	oŋ	un
p	班		賓	餅	冰	鞭		幫		般
p^h	攀	烹	噴		拼	篇		謗	捧	潘
m	蠻	猛	蚊		明	眠		虻	蒙	門
f	翻		昏					荒	風	寬
t	丹		敦	釘	鼎	顛		當	東	
t^h	灘		吞	廳	亭	天		湯	通	
l	欖	冷	卵	靚	拎	拈		兩	籠	
tʃ	簪	爭	珍	鄭	徵	尖		贓	中	
$tʃ^h$	餐	撐	侵	青	蜻	千		倉	匆	
ʃ	珊	牲	心	醒	升	仙		桑	鬆	
j			音		應	煙		央	翁	
k	艱	更	甘	鏡	京	兼	肝	缸	公	官
k^h		框	昆		傾	拳		抗	窮	
w	彎	橫	溫		扔			汪		腕
h	餡	坑	堪	輕	兄	軒	看	康	空	
ø	晏	罌	庵				安	骯	甕	

表三 入聲韻音節

	at	ak	ɐt	ɛk	ek	it	ɔt	ɔk	ok	ut
p	八	百	拔	壁	迫	必		博	曝	撥
p^h		拍		劈	僻	撇		樸	仆	潑
m	抹	擘	襪		覓	滅		莫	木	末
f	法		乏					霍	福	闊
t	答		特	糴	的	跌		琢	督	

t^h	韃			踢	剔	帖		托	禿	
l	瘌		立		匿	劣		落	六	
tʃ	札	窄	姪	隻	即	接		作	竹	
$tʃ^h$	插	拆		尺	斥	妾		綽	速	
ʃ	薩	索	十	石	息	攝		朔	肅	
j		喫	日		憶	乙		若	沃	
k	刮	格	合		擊	澀	割	各	穀	
k^h		摑	及	劇		揭		卻	曲	括
w	挖	劃	核		域			獲		活
h	狹	嚇	輆	吃		怯	喝	殼	哭	
ø	鴨	額	訖					惡	屋	

表四　聲母韻母配合關係表

（石排灣漁民舉凡y、yn、yŋ時，則讀作i、in、eŋ，所以便沒有撮合呼）

	開口呼	齊齒呼	合口呼
p p^h m	巴趴媽波摩比眉米閉埋柴包跑茅考謬保毛暴母稟跟名平病烹棚盲朋萌邦畢匹密襪碧僻壁拍白北墨博薄	表飄鞭篇辨綿名（文）別滅八	判般本門般潑末勃沒木
f	花苦非揮否凡泛訓況荒法伐	發	父款封風闊
t t^h	打他多拖朵地帝帶胎斗投刀陶都土度添貪潭談旦灘檀替吞敦登騰當堂答塔達踢滴敵得特託	端團段定帖疊錢跌脫	童動冬禿獨

	開口呼	齊齒呼	合口呼
l	啦羅利泥禮賴奶耐女雷樓勞奴路臨男藍蘭鄰論能娘良郎立納臘辣律栗溺歷勒諾絡	料鳥連曖亂獵列捋劣	龍祿
k k^h h w	卡蝦家瓜卡誇哥苛可過靴幾豈寄啟奚葵龜鬼貴皆戒街蟹怪開海孩蓋害交敲考候口垢扣九求舊高好今感勘含甘感監關艱諫看寒肝頸（白）輕坑肯恆幸更行耿疆強鄉剛康江講降光曠狂急及合盒甲狹轄刮吉乞骨橘掘葛渴割擊格客赫革刻黑腳卻各鶴擴確學國郭	驕儉險檢兼謙虔件肩牽顯權宣頸（文）輕（文）兄刦協傑歇結闕決血	話和孤狐壞還灣棍坤魂溫君郡云窘隕官換橫宏汪王枉旺公空紅弓熊共滑鬱活域或劃獲哭谷局
tʃ $tʃ^h$ ʃ	渣叉沙左錯所過濟西妻世災蔡吹退摧罪碎最水抄巢稍偷走草曹掃浸心尋深岑蔘蠶慚三斬箴審衫燦殘山刪珍陳神昏津秦盡春準順俊旬爭撐增生贈張暢長丈將槍詳雙窗床莊執濕十集習緝雜插扎察殺刷姪實七瑟卒出術戌恤述石錫尺隻適積惜食澤摘責策則賊測酌鵲削朔昨索	豬書住知詩自朝兆昭沾閃減漸展戰善仙尊酸轉程徵聲（文）成精青（文）靜性接妾揖孽徹折舌切（切開）拙說絕雪	聰宗中鍾族速燭足
j	也移異魚衣閏	銳妖饒驗炎染嚴延煙然研淵緣袁迎仰洋秧業邑	翁肉獄欲育辱

	開口呼	齊齒呼	合口呼
		熱悅越穴一日逸逆瘧約藥若	
ø	牙鴉鵝危藝艾矮礙哀咬偶朱襖眼顏銀岸安硬鶯昂鴨額惡		

鼻韻m̩不歸類

第二節　香港石排灣文白異讀

珠三角漁村的文白異讀只舉香港仔石排灣為例，其餘漁村便不一一列舉，基本差異不大。

一　古全濁上聲字，石排灣漁民有陽上與陽去兩讀

讀陽上的是白話音，讀陽去的是文讀。例如：

例字	文（陽去）	白（陽上）
近	kɐn^{22}	$\text{k}^{\text{h}}\text{ɐn}^{13}$
坐	tʃɔ^{22}	$\text{tʃ}^{\text{h}}\text{ɔ}^{13}$
淡	tan^{22}	$\text{t}^{\text{h}}\text{an}^{13}$

文讀是保留了古濁的調讀。香港仔石排灣漁民這方面的文白異讀，與粵語一致的。

二　送氣與不送氣

文讀為送氣音，白讀是不送氣音。例如：

例字	文（不送氣）	白（送氣）
坐（從）	tʃɔ^{22}	tʃʰɔ^{13}
近（群）	kɐn^{22}	kʰɐn^{13}
伴（並）	pun^{22}	pʰun^{13}
臼（群）	kɐu^{33}	kʰɐu^{33}
溝	kɐu^{55}	kʰɐu^{55}
構	kɐu^{33}	kʰɐu^{33}
購	kɐu^{33}	kʰɐu^{33}
鳩	kɐu^{55}	kʰɐu^{55}
斷（斷絕）	tin^{22}	tʰin^{13}
桌	tʃɔk^{3}	tʃʰɔk^{3}
哽（骨哽在喉）	kɐn^{35}	kʰɐn^{35}

三　聲母方面

（一）文讀輔音聲母為j，白讀輔音聲母為ø

例如：

例字	文	白
仰	jɔŋ^{13}	ɔŋ^{13}（仰高頭打仰瞓）
吟	jɐn^{21}	ɐn^{21}（吟吟沉沉）
韌	jɐn^{22}	ɐn^{22}（牛肉好韌）
擁	joŋ^{35}	oŋ^{35}（前呼後擁）

(二) 不規則輔音聲母的變異

例字	文	白
錐	tʃɵy^{55}	jɵy^{55}
處	tʃʰi^{33}	ʃi^{33}
舐	ʃai^{35}	lai^{35}

(三) 主要元音的變化

1　主要元音開口度較小是文讀，開口度較大是白讀

也可以說文讀為高元音，白讀為低元音。例如：

例字	文（開口度較小）	白讀（開口度較大）
列	lit^{2}	lat^{2}（一列屋）
簷	jin^{21}	jɐn^{21}（簷篷）
染	jin^{13}	jan^{13}（染的醋喇）
撚	lin^{13}	lɐn^{13}（捻化）
徑	keŋ^{33}	kaŋ^{33}（徑水）
尼	lei^{21}	lɐi^{21}
使	ʃi^{35}	ʃɐi^{35}
抹	mut^{3}	mat^{3}

2　梗攝三四等字，文讀主要元音為e，白讀主要元音為ɛ

例如：

例字	文（e）	白（ɛ）
聲	ʃeŋ^{55}	ʃɛŋ^{55}

城	ʃeŋ^{21}	ʃɛŋ^{21}
腥	ʃeŋ^{55}	ʃɛŋ^{55}
精	tʃeŋ^{55}	tʃɛŋ^{55}

3　曾攝開口一等字，梗攝開口二等字的主要元音為ɐ是文讀，白讀主要元音為a

這點與粵語一樣。例如：

例字	文（ɐ）	白（a）
朋（曾開一）	p^{h}ɐn^{21}	p^{h}aŋ^{21}
勒（曾開一）	lɐk^{2}	lak^{2}
賊（曾開一）	tʃ^{h}ɐt^{2}	tʃ^{h}ak^{2}
刻（曾開一）	hɐt^{5}	hak^{5}
黑（曾開二）	hɐt^{5}	hak^{5}
生（梗開二）	ʃɐn^{55}	ʃaŋ^{55}
牲（梗開二）	ʃɐn^{55}	ʃaŋ^{55}
爭（梗開二）	tʃɐn^{55}	tʃaŋ^{55}

4　文讀主要元音為前元音，白讀為後元音

例字	儲（前元音）	白（後元音）
儲	tʃ^{h}i^{13}	tʃ^{h}ou^{13}
取	tʃ^{h}ɵy^{13}	tʃ^{h}ou^{13}
娶	tʃ^{h}ɵy^{13}	tʃ^{h}ou^{13}
廚	tʃ^{h}i^{13}	tʃ^{h}ɵy13

5　文讀是陰、陽聲韻，白讀為入聲韻

例字	文讀（陰、陽聲韻）	白讀（入聲韻）
泡	p^{h}au^{55}	p^{h}ɔk^{5}
餿	ʃɐu^{55}	ʃok^{5}
塑	ʃou^{33}	ʃɔk^{3}
醃	jin^{55}	jit^{3}
腌	jin^{55}	jit^{3}

從以上的各項得知，香港仔石排灣漁民或各村漁民，其文白異讀與粵語是一致性的。[1]

第三節　香港石排灣的連讀變調和習慣變調

珠三角各漁村的變調都是一致的，便以香港仔變調作代表。香港石排灣變調變化有兩種不同的情況，一是連讀變調，一是習慣變調。[2]

連讀變調是指說話時、朗讀時，由於字調間產生逆同化而起的變調，這點與字義、構詞法，語法連不上一丁兒關係。在石排灣方面，石排灣漁民並沒有這個問題，因為其陰平調調值只有55，不像粵語一個調類兩個變體（即一個調值是55，一個調值是53）。

習慣變調不是音與音相互影響的產物，乃是由於說話的習慣而某

1　本節文白異讀，參考了白宛如：〈廣州話元音變異舉例〉，但白女士並沒有將e—ε；ɐ—a視為文白，《珠江三角洲方言字音對照》則對這方面如實反映，而《漢語方言字匯》第二版也視作為文白。白宛如：〈廣州話元音變化舉例〉，《方言》（中國社會科學出版社，1984年5月24）第二期，頁128-134。

2　宗福邦：〈關於廣州話字調變讀問題〉，《武漢大學學報》（社會科學版）（武漢大學出版社，1983年）第四期，頁80。宗文稱「習慣變調」為「非連讀變調」。

些字調發生了變化。習慣變調與詞的意義、語法、構詞有關。石排灣漁民話的變調，只有習慣變調（或稱非連讀變調）。石排灣漁民話並不像粵語習慣變調那麼豐富。從總的來看，也頗接近。現在分高平變調、高升調、親屬關係名詞性疊詞的變調和幼兒用語的變調各部探討石排灣漁民話的習慣變調。[3]

一　高平調

通過衍生的高平調與原調的對立，反映字義的分化。例如：

例字	原調	高平調
靚	靚lɛŋ^{33}女 （漂亮的姑娘）	lɛŋ$^{33-55}$女 （丫頭）
欄	欄lan^{21} （圍欄）	lan$^{21-55}$ （欄，家畜的圈）
大	咁大tai^{22} （這麼大）	咁大tai$^{22-55}$ （這樣小）

二　高升調

1　通過衍生的高升調與原調的對立，反映字義的分化

例如：

3　變調的調查材料，主要取材自宗福邦：〈關於廣州話字調變讀問題〉、〈關於廣州話陰平調的分化問題〉和饒秉才、歐陽覺亞、周無忌：《廣州話方言詞典》。此外，部分材料取自張日昇：〈香港粵語陰平調及變調問題〉。調查材料在此交代，不再在原文一一枚舉出處。

犯 fan[22]：犯罪、犯法、侵犯

fan[35]：監犯、走私犯、詐騙犯（表示犯人時，便讀高升調）

房 fɔŋ[21]：房屋、房東、平房、長房

fɔŋ[35]：頭房、二房（第二間房間）

料 liu[22]：料理、預料、照料、不出所料

liu[35]：原料、加料、燃料（表示材料時便讀高升調）

2　通過變入與原調之對立，反映詞類之對立

例如：

鑿（動詞）tʃɔk[2]

（名詞）tʃɔk[35]

盒（量詞）hɐt[2]

（名詞）hɐt[35]

3　通過衍生的高升調、變入與原調的對立，反映構詞法的不同

凡前置的保留原調；凡後置的，便變讀高升調或變入。也可以說原調是處於修飾位置，而變讀高升調和變入的，該語素卻成了被修飾成分。例如：

(1) 高升調方面

園　jin[21]：園地、園丁

jin[35]：花園、公園

辦　pan[21]：辦事處、辦理

pan[35]：買辦

圓　jin^{21}：圓形、圓角、園圈

　　jin^{35}：湯圓

棋　$k^{h}ei^{21}$：棋手、棋局、棋譜

　　$k^{h}ei^{35}$：象棋、圍棋、跳棋

馬蹄粉　$ma^{13}\ t^{h}ɐi^{21}fan^{35}$

馬蹄　$ma^{13}t^{h}ɐi^{35}$

番薯藤　$fan^{55}ji^{21}\ t^{h}ɐn^{21}$

番薯　$fan^{55}ji^{35}$

最後兩例，一個變調詞語作了另一個語詞的修飾成分時，變調便消失，但其詞彙意義並沒有改變，只是結構成分性質變了——被修飾成分變成修飾成分。

（2）變入方面

反映語法意義的變化

非陰上調單音形容詞重疊，後字變讀高升調，再後加地tei^{22-35}，使原調帶上略略和有點味兒。例如：

紅紅地　$hoŋ^{21}hoŋ^{21-35}tei^{22-35}$　略帶點紅

甜甜地　$t^{h}in^{21}t^{h}in^{21-35}tei^{22-35}$　有點甜味

平平地　$p^{h}εŋ^{21}p^{h}εŋ^{21-35}tei^{21-35}$　不太貴

非陰上調單音動詞重疊，前字變讀高升調，使原詞帶上「一下」，表示動作短暫，重複次數不多。這個變讀的高升調會讀得重一些、長一些。例如：

叫叫 kiu$^{33-35}$kiu^{33}　　叫一下他

問問 mɐn$^{22-35}$mɐn^{33}老師　　問一下老師

坐坐 tʃhɔ$^{13-35}$tʃ^{h}ɔ^{13}先走　　坐一坐再走

動詞重疊，而後置「下」字，而下「字」又變讀高升調，表示該動作正在進行。例如：

聽聽下 t^{h}ɛŋ^{55}t^{h}ɛŋ^{55}ha$^{22-35}$　　聽著聽著

飄飄下 p^{h}iu^{55}p^{h}iu^{55}ha$^{22-35}$　　飄著飄著

行行下 haŋ^{21} haŋ^{21}ha$^{22-35}$　　走著走著

部分說明事物數量上狀況的形容詞，與前置的指示詞「咁」kɐn^{33}相組合，而這後置的形容詞通過聲調不同的變換，可表示不同程度上的變化。例如：

大	咁大	kɐn^{33}tai^{22}	這麼大（強調大）
	咁大	kɐn^{33} tai$^{22-35}$	就這麼大（僅說明有多大）
	咁大	kɐn^{33}tai$^{22-55}$	這麼小（表示相反的意義）
長	咁長	kɐn^{33}tʃ^{h}ɔŋ^{21}	這麼長（強調長）
	咁長	kɐn^{33}tʃ^{h}ɔŋ$^{21-35}$	就這麼長（僅論明有多長）
	咁長	kɐn^{33}tʃ^{h}ɔŋ$^{21-55}$	這麼短（表示相反的意義）
	咁長長	kɐn^{33}tʃ^{h}ɔŋ$^{21-55}$tʃ^{h}ɔŋ$^{21-55}$	這麼短短的（表示進一步強調「短」）

修飾詞重疊：重疊詞中的後置者，變讀成高升調，在語法功能上有加強形容程度的作用。

重疊形容式是 AAB，而 AB 一詞，在日常用語中，可以獨立存在。例如：

禽禽青　kɐn^{21}kɐn$^{21-35}$tʃʰɛŋ^{55}

踬踬脚　ɐn^{33}ɐn$^{33-35}$kɔk^{3}

重疊的形式是 AA 聲的擬音重疊。第一音節不變調，第二個音節變讀高升調。例如：

灑灑聲（表示下大雨聲）　ʃa^{21} ʃa$^{21-35}$ ʃɛŋ^{55}

吔吔聲（責示痛苦聲）　ja^{21} ja$^{21-35}$ ʃɛŋ^{55}

咕咕聲（表示怨恨聲）　ku^{21} ku$^{21-35}$ ʃɛŋ^{55}

三　親屬關係名詞性疊詞的變調

表示親屬關係的稱謂詞，當它疊音時，後面一個字讀或變讀高平調或高升調。前面一個字不管原來屬甚麼調，一律要讀成低平調。例如：

（1）55＋55→　21＋55

媽媽　ma^{55} ma^{55}→ma$^{55-21}$ ma^{55}

爸爸　pa^{55} pa^{55} →pa$^{55-21}$ pa^{55}

（2）35＋35→　21＋35

仔仔　tʃɐi^{35} tʃɐi^{35}→tʃɐi$^{35-21}$tʃɐ^{35}

弟弟　tɐi^{22}tɐi^{22}→tɐi$^{22-21}$ tɐi$^{22-35}$

（3）幼兒用語的變調

訓覺覺　fɐn^{33} kɐu^{33} kɐu^{33} → fɐn^{33} kɐu$^{33-21}$ kɐu$^{33-55}$

覺覺豬　kɐu^{33} kɐu^{33} tʃi^{55} → kɐu$^{33-21}$ kɐu$^{33-35}$ tʃi^{55}

屙啡啡　ɔ^{55} fɛ^{21} fɛ^{21} → ɔ^{55} fɛ^{21} fɛ$^{21-35}$

捉蟲蟲　tʃok^{5}tʃ^{h}oŋ^{21}tʃ^{h}oŋ^{21} → tʃok^{5}tʃ^{h}oŋ^{21}tʃ^{h}oŋ$^{21-35}$

第七章
總結

在《珠三角白話漁村語音研究》中，作者對珠三角地區的十條漁村水上話進行了深入研究。通過對各種語音特點、同音字彙和語法的詳細分析，得出這些漁村水上話在內部存在著一致性和差異性。

在一致性方面，這些漁村水上話的共同特點包括：一、都屬於粵語系統；二、通過古今比較，珠三角漁村白話都具有較高的古漢語保留程度；三、都存在一定程度的文白異讀現象；四、都有一定的變調現象。這些共同特點表明，儘管這些漁村水上話分布在珠三角的不同地區，但它們在語言系統和語言特性上仍存在著一定的連續性和一致性。

在差異性方面，這些漁村水上話也存在一些區別，如音系特點上的差異，這些差異性表明，儘管這些漁村水上話在語言系統和語言特性上存在著一定的連續性和一致性，但它們在地域文化、歷史背景和語言發展等方面仍存在著一定的獨立性和特殊性。

本研究提供了珠三角地區漁村水上話的詳細資料，有助於深入地理解這一語言現象及其歷史和文化背景。這些資料包括語音記錄、語法、口語習慣等，都是研究珠三角漁村水上話的重要素材。

本研究提供了珠三角地區漁村水上話的詳細資料，有助於研究者深入地理解這一語言現象及其歷史和文化背景。同時，本研究也為研究者提供了一個重要的視角，即通過對珠三角漁村水上話的研究，研究者可以更深入地理解粵語的語言特性和文化價值，以及粵語在珠三角地區的歷史發展和現狀變化。

這項研究的重要性在於，它不僅為語言學家提供了一個深入研究的機會，同時也為當地社區的語言保護工作提供了寶貴的資源。通過記錄和分析這些方言的語音特點和詞彙，我們可以確保這些語言的傳承，以免其消失。

最重要的是，這項研究在促進語言多樣性發揮了積極的作用。這些方言代表了特定地區的豐富文化傳統，其保護和傳承有助於保護和豐富我們的文化多樣性。通過這項研究，可以鼓勵更多人關注和尊重不同的語言和文化，並為這一多樣性作出貢獻。

這項研究提供了一個深入了解珠三角漁村方言的機會，並在語言學研究、語言保護方面提供了重要的見解。筆者期待這項研究對未來的語言和文化研究有所貢獻，並為這些珍貴的方言的傳承和保存帶來積極的影響。

隨著社會的發展和城市化的進程，珠三角地區的漁村水上話面臨著巨大的挑戰。一方面，隨著年輕人大量流向城市，這些漁村水上話的使用人口逐年減少，導致其生存空間受到嚴重壓力。另一方面，隨著國際化的進程，外來語言的影響日益加深，使得珠三角地區的漁村水上話面臨著被邊緣化的風險。

為了保護這些珍貴的方言，筆者建議政府和非政府組織應該加大力度，推動語言保護工作。首先，政府應該制定相關政策，保護方言的使用和傳承，可以設立漁民子弟學校[1]，將水上人的方言納入教育

1 香港設立的漁民子弟學校，如香港仔石排灣漁村就有海面傳道會漁民小學、鴨脷洲漁民學校（小學）、魚類統營處鴨脷洲小學和魚類統營處香港仔中學、田灣魚類統營處工業中學。因為香港仔石排灣是香港最大的漁村，漁民密集，所以便有四所中小學校。此外，還有，魚類統營處筲箕灣小學、青衣漁民子弟學校。至於離島長洲，曾設有長洲漁民子弟學校，其餘新界漁民子弟學校還有鴨洲漁民子弟學校、魚類統營處西貢小學（前身為西貢漁民子弟學校）、大澳漁民子弟學校、滘西漁民子弟學校、高流灣漁民子弟學校、沙頭角西流江漁民子弟學校、青衣漁民子弟學校、

體系，讓年輕一代的漁村水上人子弟在就近學校就能接觸到漁村方言。其次，非政府組織應該舉辦各種活動，提高公眾對方言保護的意識，例如舉辦方言歌唱比賽、方言故事講述比賽等。

此外，科技也在語言保護工作中發揮著重要作用。例如，通過語音識別技術，我們可以將方言錄音轉換成文字，以便更好地記錄和研究方言。通過互聯網和移動應用，我們可以讓更多的人接觸到方言，了解方言的魅力。

珠三角地區的漁村水上話是一筆珍貴的文化財富，眾人應該加強保護，讓它們在現代社會中繼續發揮作用。只有這樣，我們才能保證語言的多樣性，讓不同的地方文化得以延續和發展。

魚類統營處大埔小學、魚類統營處三門仔新村小學等十五間小學和兩間中學。此外，還有香港鮮魚行小學。

後記

我在《香港白話漁村語音研究》[1]中談到香港漁村有一個大特點，就是極度分散，不集中，大部分集中在新界地區，每一個漁村不容易讓為數不多的漁村所在的岸上人影響其口音粵化，讓漁民容易保留了其許多獨特的方言特色，這使得它們與珠三角地區的白話漁村相比更顯出其保守性的獨特個性。跟著又談及香港白話漁村與廣州老四區不同，廣州海珠區珠江沿江一帶，特別是位於河南，岸上人口眾多，漁民的方言往往容易受到為數眾多的岸上人粵語的影響，導致方言逐漸粵語化的現象相當嚴重，因而其本身原來的語言特色便一一磨平。然而，也有例外，就是廣州市海珠區河南尾漁村和黃埔區九沙漁村這兩個地方，像受到岸上粵語的影響相對較少，這使得它們能夠保留許多各自獨特自己的方言特色，這個可能是我恰巧找了保留語言個性特多的漁民進行調查使然，實際上並非如此，可能這兩位水上人的語言天分極低所致，所以該地點的水上話特點便保留下來。從語言相似度角度來看，河南尾的水上話口音與東莞道滘厚德坊水上人口音很想近，這裡便可以看成河南尾部分水上人其祖輩是源自東莞道滘那邊遷來。事實上，昔日老四區的東山區漁村，在筆者調查時，極多水上人的語言受到廣州老四區岸上群眾的粵語影響，已變異到與岸上群眾粵語一致了。筆者在八十年代初，曾在老四區的東山大沙頭調查張亞仔、陳伙帶，張亞仔稱其祖輩已在這一帶打魚，張亞仔水鄉話只保留

1　馮國強：《香港白話漁村語音研究》（臺北：萬卷樓圖書公司，2023年9月）。

了少許水上話特點，而陳伙帶則是滿口廣州話。至於天河獵德涌，梁天帶和鄭十二，兩人的水鄉話接近廣州話，水上話特點不多。

廣州市荔灣區漁民新村的水上人，大概在上世紀末，集體遷到陽光花園，筆者於二〇〇二年曾經追訪到廣州白雲區陽光花園（政府把數棟樓宇作為漁民村）裡去找他們，筆者跟六、七個七十歲以上的老人採訪，他們說的全是地道廣州話了。聽他們說，他們這樣子說話已很久了。[2]

值得一說河南尾的調查。一九八二年，我首次在海珠區河南尾進行了調查，珠江河面一帶漁民甚多，比香港要多，岸上很多居民聚居，岸上人日常生活總會少不了吃上河鮮，從漁民角度來看，這就是一盤大生意，因而集結了許多漁民，漁民橫貫集結在廣州市珠江江邊一帶，特別是河南一帶。[3]這就是其方言極廣容易受岸上話影響，這就是東山大沙頭張亞仔、陳伙帶，天河獵德涌梁天帶和鄭十二的口音極度廣州話化的原因。

筆者在《珠三角水上族群的語言承傳和文化變遷》[4]提及在珠三角共調查了六十六多個漁村，但書裡只放上三十五條漁村的例子，這點與許多水上人口音已廣州化得厲害有關。《珠三角白話漁村語音研

---

2 馮國強：《珠三角水上族群的語言承傳和文化變遷》（臺北市：萬卷樓圖書公司，2015年12月）頁315-316。

3 中南行政委員會民族事務委員會辦公室編印：《關於珠江流域的蜑民》，（內部出版，1953年），頁28：「廣州市水上居民共有54519人，13783人户，特設一個珠江區（水上），橫貫廣州市中心的珠江，毗鄰大東、瀝滘、永漢、惠福、太平、沙面、芳村、河南、荔灣十個區（原文只列出九個點），並與南海禺番接壤，面積為全市各區之冠，從二沙頭粵海關分卡（指海關的分關）至海角紅樓，東西長達二十五華里，從白鵝潭至南石頭南北長達十華里，與東西通聯一起……廣州市珠江區的蜑民分布於東堤、南堤、新堤、黃沙、如意坊、花池口、永漢街等七處，估計有25000人。」

4 馮國強：《珠三角水上族群的語言承傳和文化變遷》（臺北：萬卷樓圖書公司，2015年12月），頁331。

究》描寫珠三角漁村方言只抽出十個最有特色的漁村進行描寫和分析，由於而廣州水上話有其原始特色，便安排兩個漁村進行描寫和分析。至於香港，由於十個漁村都保留著當地漁村的語音特點，筆者也要把當中兩個漁村拿出來分析。餘下六個點，則安排中山市坦洲鎮新合村、佛山市三水區西南河口、珠海市擔杆鎮伶仃村、東莞市道滘鎮厚德坊、江門市新會區大鰲鎮東衛村、肇慶市端州區城南廠排各一方言點進行水上話音系特點描寫和分析。以上是筆者多年來的調研回顧。

關於研究的局限與不足方面，筆者並沒有團隊可以一起合作進行調查和合作寫作，只是個人單打獨鬥，導致研究樣本有極大不足之處。再者，筆者是香港人，到內地調研是需要通過研究所或大學協助跟昔日的新華社去申請，或者，私下跟內地統戰部進行申請進行調研，但後者的方法偶然有效而已，絕大多數要求通過學校層面跟內地機關申請。所以香港人在內地調研，不及內地學者方便。內地高校老師，可以隨便在內地進行調研，於我角度來看他們，他們是這麼輕鬆和容易，這是教人十分羨慕之處。筆者就在這裡跟前新華社給與多次協助，在此致謝。也在此跟內市、區、鎮、村領導致意，多謝不停給我提供調研的方便。

未來的展望方面，筆者希望晚年還有足夠精力，再次跑廣西和海南作深入調查當地漁村方言、婚俗、兒歌、鹹水歌[5]、五行命名等，希望可以寫出一本《兩廣海南白話漁村語言和民俗研究》，如果能夠實現這個目標，筆者就認為此生沒有白活，沒有白來，可說不枉此生。

最後要交代一下，筆者這裡不重複把《香港白話漁村語音研究》詞彙放上來，因所占頁數太多，而香港石排灣漁村的文白異讀、變調

5 鹹水歌是漁民的歌謠，分成唱和嘆兩類。唱類的歌謠稱鹹水歌，嘆類方面的歌謠則稱鹹水嘆。大眾一般把兩者合稱鹹水歌。其實兩者的區別蠻大，這裡不適宜作詳細交代。

卻重複放上來，主要文字較少。要想了解香港石排灣漁村詞彙，請找《香港白話漁村語音研究》詞彙翻閱便行。

馮國強

二〇二三年十二月十八日

參考文獻

外文資料

Benedict, Paul K. (1975). "Austro-Thai: A Language Family of Southeast Asia," *Journal of Linguistics,* 17(2), 1-246.

David Bradley (1977) "Austro-Thai: A New Look at Old Problems" *Linguistic Reconstruction and Indo-Pacific Studie*s. pp.11-45.

Robert Blust (1976) "Austronesian Culture History: Some Linguistic Inferences and Their Relations to the Archaeological Record." *World Archaeology* 8(1):1 pp.19-43.

古籍、史料

〔東漢〕許慎（約58-約147）著、〔宋〕徐鉉（916-991）等奉敕校定：《說文解字》，北京：中華書局據平津館叢書本影印，1985年。

〔唐〕何超（八世紀中葉）：《晉書音義》，臺北：迪志文化出版社，2001年。

〔宋〕周去非（1135-1189）（公元1163年進士）：《嶺外代答》，《欽定四庫全書》，臺北：迪志文化出版社，1999年文淵閣四庫全書電子版。

〔宋〕范成大（1126-1193）撰：《桂海虞衡志》（《欽定四庫全書》），臺北：迪志文化出版社，1999年文淵閣四庫全書電子版。

〔明〕田汝成（1503-1557）、〔明〕高拱（1513-1578）撰：《炎徼紀聞·綏廣紀事》，上海：商務印書館，民國25年6月。

〔清〕鈕樹玉（1760-1827）：《說文新附考》，北京：中華書局，1985年。

專書

丁新豹：《香港早期之華人社會（1841-1870）》，香港：香港大學博士論文，1988年。

中南行政委員會民族事務委員會辦公室編印：《關於珠江流域的蜑民》，內部出版，1953年。

甘于恩：〈三水西南方言音系概述〉《第二屆國際粵方言研討會論文集》，廣州：暨南大學出版社，1990年。

李如龍：《地名與語言學論集》，福州：福建省地圖出版社，1983年。

李新魁、黃家教、麥耘、施其生、黃芳：《廣州方言研究》，廣州：廣東人民出版社，1995年6月。

李　輝：〈百越遺傳結構的一元二分跡象〉，連曉鳴、李永鑫編：《2002年紹興越文化國際學術研討會論文》，杭州：浙江古籍出版社，2006年。

高　然：《中山方言志》，廣州：南方出版傳媒、廣東經濟出版社，2018年11月。

張元生：〈壯族人民的文化遺產——方塊壯字〉，《中國民族古字研究》，北京：中國社會科學院出版社，1980年。

張壽祺：《蛋家人》，香港：（香港）中華書局公司，1991年11月。

梁炳華：《南區風物志》，香港：南區區議會，1996年。
曾昭璇：〈從人類地理學看海南島歷史上的幾個問題〉，廣東省民族研究學會等編：《廣東民族研究論叢　第4輯》，廣州：廣東人民出版社，1988年12月。
覃鳳余、林亦：《壯語地名的語言與文化》，南寧：廣西人民出版社，2007年。
賀　喜、科大衛編：《浮生：水上人的歷史人類學研究》，上海：中西書局公司，2021年6月。
馮國強：《香港白話漁村語音研究》，臺北：萬卷樓圖書公司，2023年9月。
馮國強：《珠三角水上族群的語言承傳和文化變遷》，臺北：萬卷樓圖書公司，2015年12月。
黃新美：《珠江口水上居民（疍家）的研究》，廣州：中山大學出版社，1990年。
詹伯慧、張日昇主編：《珠江三角洲方言字音對照》，廣州：廣東人民出版社，1987年。
詹伯慧主編：《廣東粵方言概要》，廣州：暨南大學出版社，2002年。
福建省地名委員會辦公室、福建省地名學研究會編：《福建省海域地名志》，廣州：廣東省地圖出版社，1991年。
廣州市海珠區地方志編纂委員會編：《廣州市海珠區志》，廣州：廣東人民出版社，2000年8月。
廣西壯族自治區地名委員會辦公室編：《廣西海域地名志》，南寧：廣西民族出版社，1992年。
廣東省地名委員會辦公室編纂：《廣東省海域地名志》，廣州：廣東省地圖出版社，1989年。
鄧佑玲：《民族文化傳承的危機與挑戰——土家語瀕危現象研究》，北京：民族出版社，2006年7月。

遼寧省地名委員會：《遼寧省海域地名錄》（內部資料），瀋陽：欠出版社資料，1987年。

羅香林：〈蜑民源流考〉，《百越源流考與文化》，臺北：國立編譯館中華叢書編審委員會印行，中華民國67年2月增補再版。

期刊

李　輝：〈東亞人的遺傳系統初識〉，《國立國父紀念館館刊》第十期，臺北：國立國父紀念館，2002年。

石　林：〈侗語地名的得名、結構和漢譯〉，《貴州民族研究》第二期，貴陽：貴州民族研究編輯部，1966年。

甘于恩、吳芳：〈廣東順德（陳村）話調查紀略〉，《粵語研究》，澳門：粵語研究，2007年。

詹堅固（1972-）：〈試說疍名變遷與疍民族屬〉，《民族研究》第一期，北京：中國社會科學院民族學與人類學研究所，2012年。

劉南威（1931-）：〈現行南海諸島地名中的漁民習用地名〉，《中國地名》，第四期，瀋陽：中國地名編輯部，1996年。

宗福邦：〈關於廣州話字調變讀問題〉，《武漢大學學報》（社會科學版）第四期，武漢大學出版社，1983年。

羅香林（1905-1978）：〈唐代蜑族考上篇〉，《國立中山大學文史研究所月刊》第二卷第三四期合刊，廣州：國立中山大學文史學研究所、中山大學文史學研究所月刊社，1934年。

楊　豪、楊耀林：〈廣東高要縣茅崗水上木構建築遺址〉，《文物》第十二期，1983年12月。

楊　豪：〈茅崗遺址遠古居民族屬考〉，《文物》第十二期，1983年12月。

白宛如：〈廣州話元音變化舉例〉，《方言》，中國社會科學出版社，1984年5月24日。

網際網路

《地方——香港島嶼》，網址：http://www.hk-place.com/view.php?id=138，發布日期：2000年4月1日；瀏覽日期：2012年2月1日。

語言文字叢書 1000023

珠三角白話漁村語音研究

作　　者　馮國強
責任編輯　林涵瑋
特約校稿　林秋芬

發 行 人　林慶彰
總 經 理　梁錦興
總 編 輯　張晏瑞
編 輯 所　萬卷樓圖書股份有限公司
　臺北市羅斯福路二段 41 號 6 樓之 3
　電話 (02)23216565
　傳真 (02)23218698

發　　行　萬卷樓圖書股份有限公司
　臺北市羅斯福路二段 41 號 6 樓之 3
　電話 (02)23216565
　傳真 (02)23218698
　電郵 SERVICE@WANJUAN.COM.TW
香港經銷　香港聯合書刊物流有限公司
　電話 (852)21502100
　傳真 (852)23560735

ISBN 978-626-386-042-1
2024 年 3 月初版一刷
定價：新臺幣 560 元

如何購買本書：
1. 劃撥購書，請透過以下郵政劃撥帳號：
　帳號：15624015
　戶名：萬卷樓圖書股份有限公司
2. 轉帳購書，請透過以下帳戶
　合作金庫銀行　古亭分行
　戶名：萬卷樓圖書股份有限公司
　帳號：0877717092596
3. 網路購書，請透過萬卷樓網站
　網址　WWW.WANJUAN.COM.TW
大量購書，請直接聯繫我們，將有專人為您服務。客服：(02)23216565　分機 610

如有缺頁、破損或裝訂錯誤，請寄回更換

國家圖書館出版品預行編目資料

珠三角白話漁村語音研究 / 馮國強著. -- 初版. -- 臺北市 : 萬卷樓圖書股份有限公司, 2024.03
　面 ;　公分. -- (語言文字叢書 ; 1000023)
ISBN 978-626-386-042-1(平裝)

1.CST: 粵語 2.CST: 語音學 3.CST: 方言學 4.CST: 珠江三角洲

802.5233　113000866